杀人之门

〔日〕东野圭吾 著

张智渊 译

南海出版公司

新经典文化股份有限公司
www.readinglife.com
出　品

1

　　小学五年级的时候，我第一次意识到人的死亡。那是过完年，第三学期刚开学的时候。给我带来这种体验的是祖母。当时，我并不能确定她的年纪，根据日后父母所言，应该刚满七十岁。

　　我的老家是一栋历史悠久的老屋。进入玄关，正面是一条长长的走廊，和室并排两侧。最里头是厨房，还是泥巴地，因此做个菜也得穿鞋，流理台旁是后门，附近卖酒和卖米的常来询问是否需要叫货。

　　厨房前面向右转，有一条走廊通往建在院子里的别舍。那是祖母的房间。或许因为当时我还是孩子，印象中房间挺宽敞，但里面只放了个小衣柜，再铺床棉被就差不多了，所以顶多四叠半吧。这房间据说是改建了原本更小的茶室，才成了看护祖母的房间。

　　在我的记忆中，祖母总是卧床。有时会醒来，我却不曾看见她离开床铺。只有几次在吃饭时，我看过她吃力地挺起上半身的模样。父亲好像说过祖母的脚有问题，但实际如何不得而知。毕竟我并不怎么在意祖母卧床一事，并不想了解详情。自我懂事起，她就已经这样了。后来我去朋友家玩，看见别人的祖母硬朗地四处走动，反而觉得奇怪。

　　从吃饭到祖母身边大小事，都由小富照料。小富住在附近，我压根儿不记得她是从什么时候开始进出我家的。大概祖母卧床不起时，父母就雇她来当看护了。

父亲健介是牙医，在我家隔壁开了一家小型诊所。父亲是自行创业，家里原本经营木材行，父亲身为独子却坚决不愿继承。

我想那是祖母死前的夏天，父亲告诉我他为何选择牙医这条路。"因为商品买卖会受经济景况的影响。"吃过晚饭，父亲喝着啤酒，以泡菜相佐。我已不记得怎么会讲到这一话题，大概是在聊我的志向吧。

"就这点来说，医生这一行不受经济景况影响。景况再差，人都会生病。不，人在不景气的时候反而会更拼命，所以容易生病。没钱归没钱，但人只要一生病就无法工作，因此就算省吃俭用，还是一定得看医生。"

我问父亲为什么要选牙医，穿着短裤的父亲拍了一下大腿，一副"这问题问得好"的表情，盘腿坐下。

"你觉得当什么医生比较好？"父亲反问我。

"内科或外科吧。医生不是有很多种吗？"

父亲听了抿嘴一笑。爱好钓鱼的父亲总是晒得一身古铜色，或许是这个缘故，他脸上深邃的皱纹看起来比同龄人多。只要一笑，眼睛就埋入皱纹堆里。

"为什么那种医生比较好呢？"

"要是感冒流行起来，就会有很多病人，可以赚大钱啊。"

父亲听后大笑，笑得有点夸张。他喝着啤酒，用团扇对着脸扇风。

"感冒流行时，病人的确会增加，可医生自己也可能被传染啊。"

我"啊"了一声。

父亲继续说："一般小感冒也就罢了，可感冒有很多凶猛的类型。你被传染试试看。到时诊所就非休诊不可了。这么一来，不是损失惨重吗？医生可不是不会生病。就这点来说，至少牙病不会传染。你没听说过蛀牙会传染吧？眼科和皮肤科就不太好，因为眼睛和皮肤的疾病会传染。"

"可是感冒的人说不定也会去看牙医。"

"感冒的人就算牙齿有点痛，还是会忍着在家休息，来看牙医通常都会等病好之后。还有，对付感冒或肚子痛有很多成药，对吧？可牙痛绝不可能不治而愈。想要痊愈，只能去看牙医。"

"可生病或受伤要动手术的时候，不是要花很多钱吗？这样的医生不就可以赚很多钱了吗？"

"动手术是外科。"父亲将杯子放在餐桌上，面对我重新坐好，"你听好了，爸爸选择当牙医的原因很多，就像刚才讲的那些，但还有一个最重要的理由。"

面对父亲不同往日的严肃表情，我稍微端正了坐姿倾听。

"就是不用同人的死亡扯上关系，至少不用担心病人会因为蛀牙而死。为重病患者开刀，取出内脏的病变部分，如果病人因这样的大工程而得救也就罢了；要是病人死了，医生心中不知会蒙上多么令人不快的阴影，弄不好还会被家属怨恨。"

"医生已经尽力了，病人回天乏术也是无可奈何啊。"

父亲缓缓地摇头。"人死这档子事，不是那种大道理三两下就可以说清的。总而言之，最好还是不要和人死扯上关系。就算知道不是自己害的，心里也会不是滋味。"

所以还是牙医好，这是父亲的结论。我虽然点头，却觉得无法全盘接受，毕竟当时我还不了解人死是怎么一回事。

母亲峰子行动果决、争强好胜，至少在我看来是如此。她在数字方面很有天分，每天晚上都在餐桌上铺开文件，拨打算盘，应该是在计算诊所的支出或收入吧。有时父亲会从旁插嘴，但会计事务都由母亲负责，每个月会有一个不知打哪儿来的税务会计来家里，与母亲谈论许多事情。那人脸形瘦削，总是身穿灰色西装。

母亲也在诊所帮忙，所以每当我从学校回来，家里就只有小富和祖母。学校的营养午餐很难吃，我几乎不吃，回到家时肚子总是饿得咕噜咕噜叫，餐桌上则放着为我准备好的饭团。祖母死后，我才知道那出自小富之手，而非母亲所为。因为小富不再来家里之后，餐桌上也就不再出现饭团了。

即使如此，多年之后，对我而言，那个饭团就是妈妈的味道。每当想起饭团的滋味，就感到既怀念又哀戚。

我们全家几乎没有一起旅行过。一到星期天，父亲就出门钓鱼，母亲多半也会和朋友出去玩。边看电视，边吃小富为我做的午餐，就是我星期天的过法。

小富看起来像个阿姨辈的人，但也许是当时我年纪太小才会这么认为，说不定她还不到三十岁。我记得母亲曾背地里对人说她是"退货"的坏话。不外乎说她好不容易嫁到一个好婆家，不到两年就回娘家了，在家里闲着不是办法，才会来我家工作。

我一个人的时候，她常来跟我说话："小和，寂不寂寞啊？"接着陪我一起玩游戏机，或教我翻花绳的变化方式。有时候，她甚至会叫我别告诉父母，偷偷煎松饼给我吃。虽然只是用水和好面粉去煎，对我来说却是人间美味，连奶油融化的香味都有别于以往。

我已无法清晰地记起小富当时的模样，脑海中顶多只能模模糊糊地浮现她将长发随意扎在脑后的样子，以及她圆润的脸庞。

我倒是记得她肤色很白。不，这么说并不准确，应该说她屁股很白。

我想那件事情发生在某个星期六。那天我突发奇想要从后门进入家中，打算让在厨房准备午餐的小富吓一跳。

通往厨房的小板门上了锁，但我知道有一段围墙坏了，轻而易举就翻了进去，悄悄地打开了后门。

小富不在流理台边，煤气炉前也看不见她的踪影。于是我将门再推开一些，目光扫过整间厨房。乍看之下，还以为她不在。

但紧邻厨房的和室里，小富背对着我，好像正蹲着。我悄悄走近，却看见她的裙摆被撩起，下半身裸露。我仿佛被捆住似的僵住了。

她身下有人。那人穿着藏青色的袜子，脚心朝向我，灰色的裤子褪及脚踝。

我的目光转向放在角落里的公事包，是税务会计的。

小富跨在仰躺的税务会计身上，上下晃动着屁股。此时，我才注意到两人激烈的喘息声，税务会计还在呻吟。

看到不该看的东西了。这个想法向我袭来，我僵着身体走到屋外，悄悄掩上门，随即像进来时那样翻出围墙。

我跑了起来，只为甩掉刚才看到的情景。然而，在数十年之后的今天，我依然清晰地记得小富的白屁股。

近来，对于男女之间的性行为，连小学生也具备相当的知识。当时的我却一无所知。但我还是下意识地觉得自己看到了大人的隐私。我没有将此事告诉父母，也从未对任何人提起。

此后，我想我对小富的态度有了明显的转变。我不再主动和她说话，也极力不去接近她。但我似乎并非讨厌她。或许幼小的我已经当她是一个成熟女人，所以发现她的真面目跟自己所想相去甚远，便会感到畏怯。

我完全不知道小富与税务会计发展到何种程度，持续到何时，因为那天之后，我再未撞见会令人联想到两人这层关系的事情。相对地，我却知道了她与别的男人之间的关系，那人自然就是我的父亲。

那天是法定假日，诊所休息，父亲照例出门钓鱼。因为和母亲约好了要去看电影，我的心情很好。

然而，我们刚要出门，母亲的朋友来电话找她。通完话，母亲歉然对我说："对不起，妈妈有重要的事，下次再带你去看电影，今天就忍耐一下。"

我哭着向母亲抱怨，说她不守约定，说话不算数。

在这种时候，母亲刚开始会一脸内疚地道歉，一旦超过了忍耐极限，便会恼羞成怒。她的个性就是这样。当时的她最后还是对不断抱怨的我露出了令人害怕的神色。

"吵死人了，什么电影、电影的没完没了！有重要的事我能怎样？

不是跟你说下次再带你去吗？话又说回来，你的家庭作业呢？学校应该有家庭作业吧？别光想玩，书也要读一下！"

我哭丧着脸上楼，不过我的房间并不在二楼。当时的我还没有自己的房间，二楼的房间里只放了客人用的棉被和衣柜。一有不如意的事，我就爱跑到这个房间里哭泣。

母亲大概懒得搭理我这个爱哭鬼儿子，也没来看看我就出了门。

我事后回想，这时小富应该在家，但她似乎没有听到母亲与我的对话，不知道母亲留下了我，独自出门。

母亲外出后不久，楼下便发出了声响。是父亲的声音。我吓了一跳，他去钓鱼应该到晚上才回来。

楼下还传来小富的声音，两人似乎在讲什么，我听不清楚。

不久，好像有人上楼，我慌了。之前父亲撞见我在放棉被的房里哭泣，狠狠训了我一顿。

我马上躲进柜子，屏气噤声。

有人打开拉门，走了进来。我感觉到是两个人。

"婆婆呢？"我听到父亲比平日更为低沉的声音。

"刚吃完饭，现在应该在睡觉。"另一人果然是小富。

我感觉他们在脱衣服。小富发出撒娇般的声音。

此后的情形我不太记得了，或许是因为我拼命抗拒耳边传来的东西发出的声响和两人的声音，但我知道衣柜外正在发生什么好事。脑海中浮现出小富和税务会计的身影，我想起了小富白色的屁股。

不知过了多久，大概三十分钟，两个人做完离开了房间，我仍在柜子里抱膝待了很久，无法动弹。

我下到一楼，悄悄地走到外面。此时已看不见父亲的身影，我又走进家里，故意弄出很大的动静。

"咦？你回来啦？妈妈呢？"从里屋出来的小富一脸意外。

我回答我们没去看电影。

"那你刚才在哪儿？"小富吃惊地问。

"公园。"

"公园？你一个人？"

"嗯。"

我从小富身边穿过，走到有电视机的客厅，没能仔细看她的表情。

晚上，父母相继回家。父亲拿出鱼炫耀，说是今天的收获。小富拿那条鱼做菜，我心想，应该是在哪家鱼店买的吧。

爱吃鱼的我，那天却没有动生鱼片。大家都问我怎么回事，我没有回答。母亲对父亲说，大概是因为没带我去看电影，在闹脾气。

在那个宽敞的家中，我渐渐失去了立足之地。

与仓持修熟稔起来，就是在那段时间。自从升上五年级，我和他就在同一个班，比邻而坐。但我做梦也没想到，这个人竟会改变我的一生。

仓持并不引人注目，在班上应该算是个独行侠。大家聚在一起打躲避球时，他只是一脸扫兴地在远处观望，从不加入。

我也是不擅交友的人，总是避开人群。性情相似的人才会臭味相投。但在他看来，实在想不到会被认为和我是同一类人。他总是这么说：

"我最讨厌一堆人唧唧喳喳，好像很融洽的样子。一旦有状况，终究还是自己最重要，那又何必虚情假意装作感情很好，真是无聊。这些家伙就是不明白这一点，一群小鬼！"

五年级的孩子称同班同学为"小鬼"实在令人啼笑皆非，但实际上仓持的确老成，虽不太引人注目，成绩倒颇为优秀。他教了我很多学校里学不到的事。譬如我们学校附近常有很多江湖卖艺的，仓持告诉了我他们的手法。

那些人有的是让人十元抽一次签，打出诸如一等奖无线对讲机、二等奖照相机等幌子来吸引孩子。然而，一大群孩子不管怎么抽，就是没有人中奖，跑江湖的看准时机，自己把手伸进箱子抽签，打开一看，竟中了奖，以示真实可信。

"骗人的啦。"仓持偷偷在我耳边说，"大叔的手伸进箱子之前，就把中奖签藏在手指间了。箱子里哪有什么中奖签！"

"那得告诉大家才行。"我说。

"不用了。"他皱起眉头，"别理那群笨蛋。反正他们有的是钱，随他们去吧。"

我想仓持应该不讨厌江湖卖艺的人，因为每当他们出现，他就会在一旁观看，直到孩子们离去，但他绝不会出钱。现在回想，那对他而言或许是一堂课，如何骗人钱财的一课。

仓持家是卖豆腐的，身为长子，他照理说将来应该会继承家业，他却说绝对不干。

"夏天也就算了，碰水的感觉还挺舒服。问题出在冬天，冬天就算什么都不做也容易冻伤，我才不想把手伸进水里。"接着他补充道，"而且一块豆腐才几十元，这种买卖要做到哪一年啊。做生意就是要一口气大赚一笔。"

"卖大的东西？像是房子或飞机什么的？"

"那也行啊，另外也可以一口气卖掉大量小商品。此外，还可以卖无形商品。"

"无形商品？那是什么？那种东西怎么能卖？"我笑着问。仓持一脸不屑。

"你真是无知，这个世上买空卖空的人多的是。"

过了一阵子，我才知道他是从哪里获得这些想法的。当时，我只觉得这家伙讲话很奇怪。

第一次带我到电子游戏厅的也是他。当时还没有什么电玩中心，只有百货公司顶楼游乐场的部分场地会架设游戏机。那时自然还没有像今天的电视游乐机这种东西，最常见的就是弹子球机和射击游戏了。

仓持几乎没花过自己的钱。首先，他会带我到游戏机前，告诉我那多有趣。他说得口沫横飞，而他的话也有股吸引我的魔力。

等到看准我有点动心之后，他便问："怎样？想不想玩一次看看？"

我立即说想，接着掏出钱包。

然而，当我把钱投入机器，他却说："先让我示范给你看吧。"

反正我也想要个范本，就答应了。于是，由他展开第一回合的游戏。

有些机器只要得高分就可以再玩一次。这样的游戏几乎都是由他先玩，而往里投硬币的则是我。他的得分通常很高，所以我不用再投钱就可以玩，但即使他失手，也不会付钱。他只是把怒气撒在机器上，要他还钱的话我也就说不出口了。

仓持还常常带我去捞金鱼和弹子球机的店。我以前只在庙会的日子里见过这样的店，第一次去的时候着实吃了一惊。

仓持在这里也不花钱，但也不用我的钱去玩。他只在我玩的时候从旁观看，有时也给我一些指导。我问过他几次为什么不玩，得到的回答总是一样。

"我不用了，玩太多次，腻了。而且我喜欢看人家玩。"

跟着仓持玩，我的零用钱不断减少，但我并不曾想与他断绝来往，因为只要和他在一起，就能接连不断地遇上新奇有趣的事情。这股新鲜劲儿，对于快要在家中失去立足之地的我，成了一种慰藉。

不和仓持出去玩时，我常常跑到别舍。祖母会握着我的手或摸着我的头，状似愉悦地听我说学校的事。

但事实上，我讨厌祖母。

我讨厌祖母身上发出的臭味，混杂着馊味、灰尘霉味，以及药膏和樟脑丸的怪味。祖母长时间不洗澡，帮她擦澡是小富的工作，但我几乎没见小富这么做过。

再者，祖母皮肤的触感令我不快。每当她用皱巴巴、干瘪瘪的手抚摸我，我总觉得背脊发凉。老实说，她的脸也不那么让人好受。眼睛和脸颊凹陷、头发掉尽、额头宽阔而突出，就像在骷髅上覆了一层薄皮。

既然这么讨厌，为什么还要去祖母的别舍呢？因为我另有目的。只要一个劲儿地对祖母讲在学校的事，她一定会说："啊，对了，不给你零用钱怎么行。"

棉被里发出一阵窸窸窣窣的声音，然后祖母掏出一个布钱包，取出零钱给我，叫我别对爸爸说。

我老实地收下、道谢。卧病在床却这么有钱，对小孩子而言这真不可思议，当然我没向父母提过这件事。我家应该比其他人家富裕，父母却精打细算，如果用途不明，我连一毛钱也拿不到。要是告诉他们祖母给我钱，一定马上就会被没收。

母亲很讨厌祖母，我常听她在通电话时说祖母的坏话。

"没想到这个年纪就卧病在床了，真够烦的。不过啊，这样不用和她碰面，照料的事交给女佣就好，我反而乐得轻松。有本事起来走动走动嘛！要是像之前那样唠唠叨叨，我可受不了。什么？嗯，那倒是，要是她早点那个就好了。呵呵。"

谈话之间，母亲时而压低声音，时而发出别有用意的笑声，让我感到她对祖母深不见底的憎恶。我也明白"早点那个就好了"的含意。事后我听亲戚说，自从嫁过来之后，母亲就饱受婆婆的欺凌。

我不太清楚父亲怎么看待自己的母亲，因为几乎不记得父亲提过祖母什么。夹在老母和要强的妻子之间，父亲想必也有难处。我知道父亲时常趁母亲不注意时去别舍。那时父亲的背影看来格外渺小、佝偻。

但我只要想起在柜子里听到小富的喘息，就会感到些许迷惘。父亲竟然在家金屋藏娇，还让情妇去照料老母。直到今日，他的心境还是个谜。

总之，我家的人心仿佛以睡在别舍的老太婆为轴心，彻底扭曲了。说不定扭曲程度已达极限。

老太婆死在一个冬日的早晨，发现她的不是别人，就是我。

2

当时，我手头很紧。

这简直不像小学生说的话，但我既没有开玩笑，也没有夸张，事实就是如此。我迷上了一种东西，仅有的一点零用钱几乎全用在那上头。拜其所害，我连糖果店都逛不起。

我迷上的是五子棋，也是仓持修邀我去玩的。当然，五子棋的玩法我是知道的，他教我的则是如何靠它来增加零用钱。

他带我去一个河畔的住宅区，里头聚集着许多铁皮屋顶的小房子。我们的目的地是其中的一栋，一个用作玄关却又显得粗糙的入口处镶嵌了一扇大门，铰链已经坏掉。门很矮，我们这样的小学生进去时都得留心头顶。

门内是水泥地，地上放了一张小桌子，两旁各摆一把椅子。桌上放有五子棋盘，墙上贴着五子棋游戏规则。

仓持一吆喝，旁边的拉门马上打开了，出现一个男人，穿着工作裤和衬衫，套了一件肮脏的日式短外套。在我看来那男人应该一把年纪了，现在回想起来，说不定才三十五岁上下。他应该是理成五分头的，但头发长了不少。

仓持递出两个一百元的硬币，男人放在桌上，在对面的椅子上坐下，从桌底拿出棋子。

仓持在我跟前的椅子上坐下，双方并无交谈，下起了五子棋。仓持起手先下，我站在他的斜后方观战。

仓持中途出现了重大失误，第一局男人轻松获胜。我发现了仓持的失误，却不能告诉他，因为墙上贴了一张纸条："旁人开口，罚钱一百。"

第二局势均力敌，仓持和男人都无失误，最后仓持凭一记妙招取胜。男人低叫一声"输了"。下棋过程中，他只有此时发出了声音。

紧接着第三局，又是一场胶着战，最后赢的是男人。

"田岛也试试嘛，你应该会赢。"仓持咂着嘴说。

据他说，只要拿出两百元，跟男人下三局，三战两胜者即可得到五百元。如果连赢两局，还可以得到一千元。对当时的小学生来说，一千元可是个大数目。

我有些犹豫，但还是决定挑战。我付给男人两百元，坐到仓持的座位上。我对五子棋很有自信，看了仓持刚才的棋局，我暗忖这个男人强不到哪儿去。

第一局我胜了，赢得轻而易举，令我出乎意料，还真有点扫兴。

"耶！可以拿到一千元喽！"仓持拍手叫好。

我有些得意忘形。胜券在握，我甚至已经开始思考一千元的用途。

第二局开始，男人稍微改变了作战方式，困惑的我不小心犯了个错，无法连胜。"就差一点，你好好下！"仓持跺脚，大呼可惜。

不用他说，我自然小心谨慎地应对第三局。若这一局输了，别说一千元，就连两百元也飞了。

然而，我看错了对方的棋路，无法拿下第二场胜利。我并不觉得这人有多强，这反而让我更加懊悔。

那天，我一共花了六百元，即在那之后我又挑战了两次。可结果还是一样，每每棋到酣处，男人总能扭转形势获胜。连我自己都不清楚为什么赢不了。

后来，每隔两三天我就会跑去下五子棋。要是我不堪一击也就罢了，偏偏好几次都快赢了。实际上，我几乎没有一上来就输棋，总觉得获胜是迟早的事。此外，二连胜可以获得一千元也很吸引我。虽然电子游戏厅或捞金鱼也很有趣，但再厉害也赚不了钱，我的热衷程度根本不能与下棋相提并论。

我想要零用钱，但又不能说出用途，所以不能向父母要。于是，我能指望的就只剩下一个人了。

趁还没人起床，我跑到别舍，拉开印渍斑斑的拉门，唱歌似的叫了声："奶——奶——"

祖母闭着眼，半张着嘴。室内依旧有霉味儿，比平常更冷。在我拉开门之前，室内的空气仿佛完全静止。

"奶奶。"我又轻轻地叫了一声。要是声音太大被人听到可就糟了，我尤其不想让母亲听见。

祖母没有反应。甚至连眼皮都没有动一动的迹象。我关上门，爬近睡铺，一股老人惯有的臭味扑面而来。

我想祖母大概睡着了，于是隔着棉被摇了摇她。祖母只像玩偶般晃了晃，身体如石头般冰冷僵硬。

祖母平常总是鼾声雷动，现在别说鼾声了，她半张的嘴里甚至没有发出一丁点儿呼吸声。

可能死掉了吧？

我从未见过人的尸体，无法确定这究竟是不是死亡。猫狗或虫子的尸体倒是见过，但它们的死对我而言，就像玩具坏了。理论上我可以懂得同样的事情也会发生在人身上，但就是无法体会。

我决定不再去想祖母是否已经死亡。重点是祖母好像不会动了，那么现在是将零用钱据为己有的绝佳时机。

手脚若不快一点，就要被母亲发现了……

我忐忑地揭开棉被，看见祖母瘦骨嶙峋的身体。她睡袍的胸前部分敞开，露出皮包肋骨的胸部。我讨厌的气味变得更浓了。

　　我将棉被全部掀开，马上发现她放在肚子上的手正紧握着我的目标，从她枯枝般的手指间可见钱包上小槌形状的装饰。

　　我将目光从祖母脸上移开，试着取出钱包。但她的双手紧紧地攥着钱包，我稍稍用力拉扯，还是纹丝不动。由于完全不能动之分毫，我想到祖母是不是还活着，而且不打算把钱包交给我。

　　事已至此，我可不能打退堂鼓。只有蛮夺硬抢了。我用双手将祖母的手指一根根扳开，它们全无弹性，而且冰冷，我像是在玩干了的黏土制品。

　　我查看了一下总算抢到的钱包，里头除了几张印有伊藤博文和岩仓具视头像的钞票①，居然还有圣德太子的大钞②。我在心里欢呼呐喊。自从过年收到亲戚的红包之后，我就再没拿过大笔的钱了。

　　目的达成，在祖母房间里多留无益。我将棉被恢复原状，站起身来，原本不打算看祖母的脸，那面孔还是在一瞬间溜入眼角。我打了个哆嗦。

　　祖母似乎死不瞑目，不仅如此，仿佛还在瞪着抢她钱包的逆孙。

　　我没有勇气去确认这件事。忽然，恐惧向我袭来，我像个齿轮坏了的机器人，动作僵硬地离开了睡铺。我觉得祖母仿佛随时都会开口对我讲话。我小心地不发出声响，一出房间，便逃也似的离开了现场。

　　约一个小时之后，有人发现祖母去世，引起了一阵骚动。

　　父亲的麻将牌友——一位住在附近、姓西山的医生来检查祖母的遗体，我也想进去看看，却被小富阻止了。

　　尽管确定祖母已经死亡，西山医生还是迟迟不出来。父母都在房间里，与他讨论着什么。

---

①分别为一千日元、五百日元的旧版纸钞。
②五千日元或一万日元的旧版纸钞。

当天夜里举行了守灵仪式，大家整天忙得鸡飞狗跳。从下午起，除了亲戚，附近的邻居也蜂拥而来，着手将我家布置成简单的灵堂。他们在佛堂设祭坛、置棺材。

没人告诉我祖母是怎么死的。我从亲戚的对话中听到了"寿终正寝"这个词。

我问舅舅什么叫寿终正寝，舅舅采用了一种我容易理解的说法："和幸你应该有马达驱动的塑料模型吧？就是雷鸟神机队那种。那种模型只要装上电池，马达就会转动，如果你一直让它转动会怎么样呢？是不是最后就停住了？你知道为什么吗？"

"是不是因为没电了？"

"没错。人终究和那模型一样，就算没有故障，总有一天也会因没电而停止转动。这就是寿终正寝。人跟模型不一样的地方，就在于人不能更换电池。"

这么说来，人终究也不过是机器嘛。医生看病就像修理机器一样。这么一想，我才发现原来死也没什么大不了，只是坏了，无法复原罢了。

守灵与其说是追悼故人，倒更像一场宴会。家里放了几张不知从哪儿运来的长条茶几，上头摆着附近外卖餐馆送来的菜肴。许多人进进出出，轮番下箸夹菜。会场还准备了很多清酒和啤酒，吊唁的客人中甚至有人往客厅一坐，喝酒喝得口齿不清。有几个人则在背后说他坏话，损他老是如此。

父亲身为丧主，忙前忙后自不在话下，母亲也为应付吊唁客人而忙得团团转。客人们表示同情与哀悼，父母则表现出由衷哀戚难过的样子回礼。母亲却向娘家人眨眼表示："这下总算安心了。"对方也心领神会地点头。

第二天举行葬礼，来的人比守灵时更多。

对我而言，这是个无趣的仪式。不用上学是唯一值得高兴的事，但忍着哈欠听和尚诵经时，我心想与其这样，倒不如去上课。

出殡之前，身穿黑衣的男子请大家做最后告别。我不认识此人，大概是殡仪社的。

大家将花朵放入棺材，好几个人还哭了。

"和幸，你也去跟奶奶道别。"父亲对我说。

我一步一步走近棺材，稍稍看见了祖母的鼻尖。那一瞬间，难以言喻的恐惧和厌恶感向我袭来，我停下脚步，向后退去。不知谁在我背后推了一把。

"我不！"我大叫，"我不，我不，我不！"

我出乎意料的反应让周遭的人慌了手脚。父母格外不知如何是好，两人从旁抓住我的手臂，让我站到棺材前。

"不，真恶心！"

我想甩开父母的手，却立刻被父亲掴了一巴掌。

"别胡说！快点献花！"

父亲硬逼我拿花，要我放入棺材。我看见了祖母的脸。祖母骷髅一般的脸似在微笑。那副笑容让我益发战栗。

祖母周围没有我讨厌的那种气味，满溢着花香。但我闻到那股香味的刹那，一阵猛烈的呕吐感涌上心头。

我向后飞一般逃离棺材，父亲不知喊了什么，我听不见。我当场狂吐。之前我喝了柳橙汁，片刻间我的脚边就一片橙黄。

直到在火葬场等待时我才平静下来。我没有年龄相仿的堂兄弟，只好无所事事神情恍惚地看着大人们。父亲吩咐母亲，在回家之前不准让我进食饮水，因此我不能伸手去拿备好的零食，反正也丝毫没有食欲。

我自己也不清楚为何会陷入那样严重的恐慌。前一天不是才从舅舅的话中意识到人终究不过是机器吗？人死意味着机器坏掉，因此尸体只是单纯的物质罢了。既然如此，又为何会……

大人们边饮茶酒边谈话。让我觉得奇怪的是，有不少人还在笑。母亲的脸上虽没有笑容，表情却比平常更生动。父亲也是一副心无挂碍的神色。看着他们，我心想原来大人们都知道尸体不过是个坏了的机器。

火葬大概花了一个多小时，之后我又被带到捡骨的地方。父母担心我再次胡闹，但这层顾虑是多余的。我看着垃圾屑般的残骸，心想，什么嘛，不过如此。丑陋可怕的尸体一旦火化，几乎一无所剩。这样就不会有人知道我抢了祖母的钱包。

人死，就是这么一回事——这是我的感想。

葬礼后的第二天，小富就没有再到家里来。她本就是雇来照顾祖母的，不再来也顺理成章。

之前小富总是自行决定厨房里调味料、烹饪用具的放置，以便自己取用，但母亲对此似乎并不满意，有时会去厨房整理一番。她似乎想重新整顿一切，还剩下一点糖或盐的瓶瓶罐罐，也都直接丢进垃圾桶。

头七那天，亲戚们再度聚集。这天成了一场宴会，不知是否因为大家彼此心知肚明而不以为意，不少人尽兴过了头。

表面上，父亲的亲戚和母亲的娘家人关系亲密，但就连还是孩子的我也察觉到，他们其实并不和睦，特别是叔婆们似乎对这个家的财产最终成了母亲的囊中物感到不悦。

"峰子这下可以随意改建了。以前她一直抱怨这样的老屋，现在总算如愿了。"二叔婆歪嘴说道。她说话的对象是父亲的堂姐妹们。不知何故，田岛家的后代多是女性，亲戚也以女性占绝对多数。

"峰子一直忍耐到现在吗？"

"是啊，因为大嫂不肯。毕竟这个家还是登记在大嫂名下。"

"是这样啊。"其他女人纷纷点头。

我得以偷听到她们的对话，是因为我在隔着一道拉门的走廊上看漫画杂志，她们并没有看到我。

"除了房子的事，峰子大概还可以落个清静了。听说以前和伯母之间发生了不少事。"父亲的一个堂姐妹说。

"噢，那倒是。"另一个意味深长地附和。

"听说伯母身体还硬朗的时候，对峰子挺严厉？"

"才不严呢。与我们相比，那算普通了。之前我常听大嫂诉苦，心想娶媳妇时，真的要充分调查才行。当初如果娶个乖巧一点的，大嫂一定可以活得更长。她常说，都是峰子害她折寿。"

"说不定就是这样哟。伯母被关在那个原本是茶室的房间里，不是吗？整天待在那种不见天日的地方，根本治不好病嘛。"

"再说，峰子最近完全没有照料伯母的起居，不是吗？听说请了个女佣，大大小小的事都丢给她做。"

"那个女佣也真是，"二叔婆说，"听说人不机灵，做事马马虎虎，做菜又很难吃，吃她做的菜很辛苦。"

女人们一同叹息。

"这么说，伯母简直就是被峰子杀死的嘛。"

这个人的发言让所有人霎时沉默。

"话不能这么说，这也太过火了。"有人说了一句责备的话，却带着幸灾乐祸的语气。

"不，我就是这么认为的。"二叔婆说，已不是半开玩笑的口吻了，"我认为大嫂是被那个人杀的。只是不知是有意还是无意。"这话不好轻易附和，所有人都不发一语。

因为当时听到了"被杀"这类令人不安的词语，这段对话我记忆犹新。电视剧里的杀人事件我早已见惯不惊，但在现实生活中毕竟前所未闻。

我也察觉到母亲期盼着祖母死去。但当时的我，还无法联想到母亲是因此才把祖母关在那样的房间，或请来一个做事不利落的女佣照顾祖母。

此后，我对母亲的看法有了些许转变。

祖母死后，大家重新忙碌起来，几乎没有全家聚在一块儿好好吃顿饭。父母谈的不是哪里的谁包了多少奠仪，就是奠仪的回礼要送什么才好。两人绝口不提对于祖母之死有何感想。

法事按照世俗礼法结束后，情况也没有多大改变。诊所重新营业，父母又像从前一样为工作疲于奔命。

不同的是，三餐改由母亲下厨，但厨艺并不如小富，做的都是速食料理。父亲对此并无怨言，我自然也没有资格说话。父亲训示过：挑剔食物就是奢侈。那个时代所有的家庭恐怕都是如此。

每次吃母亲做的菜，我都觉得不可思议。据二叔婆说，祖母好像抱怨过小富做菜不好吃，我却从未那么想过，父亲也总是赞不绝口。

我想，或许是奶奶太奢侈了。

吃饭时，父母几乎不交谈，顶多有些关于诊所财务状况的简短对话。祖母死后，父亲变得不爱笑了，也不再陪我玩，总是若有所思。

那时，传出了一个奇怪的谣言。

有一天，放学后我一个人走在回家的路上，忽然有人从后面叫住我。回头一看，三个六年级学生靠了过来。其中一人是附近钢铁建材厂老板的儿子。他人高马大，长得像个大人，在学校是头目级的人物。

老大面露奸笑，站在我面前一脸不屑地看着我。

"听说你奶奶被杀了？"老大说。其他两人哂笑着，一脸幸灾乐祸的表情。

"才不是。"我回答。听说这些六年级学生只要一动怒，就会痛殴低年级学生，不争气的我声音有些颤抖。

"你说谎！我都听说了，牙医家的老婆婆每天被人一点一点地喂毒害死了。"

"没那回事！"

待我发火，三人大概觉得好笑，便笑出了声。

"哎哟，我好怕。要是说错话，搞不好营养午餐里会被人下毒。"一个小弟语带消遣地说。

"对啊，这可不妙。"说完，老大和两个小弟走开，还不时回头向我张望，交头接耳、窃窃私语。

第二天，似乎全班都听到了这个谣言。其他人什么都没说，只有仓持修告诉我这件事。

"这是假的吧？"他压低音量问我。

"假的，当然是假的。我奶奶是寿终正寝的。"

"所谓寿终正寝不就是没有特别的死因吗？"

"就是大限到了，跟电池没电一样。"

"可是，"他凑近我耳边，"听说有时候老年人死掉，搞不清楚病因的时候，医生嫌麻烦，就会说是寿终正寝。"

"如果是被毒死的，医生怎么可能不知道？"

"那种情形医生好像都看不出来。毕竟被毒死的病人不多，很多医生没有亲眼见过。"

不知是不是因为我真的开始生气了，仓持没再多问。

原本我以为只是孩子之间的谣言，没想到其散播范围超乎我的想象。

附近面包店的阿姨出了名的亲切，可当我站在橱窗前时，她却立刻露出为难的表情，然后挤出生硬的笑容，对我说："今天好像没有和幸爱吃的面包哦。"一副要我快点离开的样子。

不光是她，碰到我的人都一脸尴尬。刚开始我以为是心理作用，但还是仓持，让我知道不是那么一回事。

"我妈也知道那个谣言。"在学校时，他小声地偷偷告诉我。

我完全不清楚为什么谣言散播得那么厉害。大家究竟是从哪里听来的呢？

听我这么一说，仓持也歪头思索。

"我是从别班的一个家伙那里听来的，我妈则是听一个客人说的。"

他的话让我更加郁闷，眼前浮现出那些爱说长道短的主妇，在各家店里眉飞色舞地谈论家长里短的嘴脸。

我想父母亲应该也知道这个谣言，却都没有提及此事，也许是想避免在我面前提吧。

　　但父母看上去坐立难安，诊所的病人也大幅减少，想必与谣言脱不了关系。

　　没多久，警察来了。我从学校回到家时，发现玄关放了两双从没见过的鞋，从走廊可以看到两个男人在和父母亲说话，一人身穿制服，另一个则穿着便装。我见过那个穿制服的警官，他常出现在车站前的派出所。

　　"不，我们绝对不是在怀疑贵府，只是想请教贵府对于散播谣言一事心里是否有底。"穿制服的警官说，"一般的谣言，我们警察不会出面，由于谣言的内容并不单纯，才会请刑警一同前来。"

　　"我们怎么可能心里有底？这谣言没凭没据，我们倒想知道究竟是谁在散播！"父亲的声音出奇地粗暴。

　　"真的很伤脑筋。"母亲从旁附和。

　　"所以，这也可能只是单纯的恶作剧……"

　　"就是恶作剧。"父亲打断警官，"而且是恶意的！"

　　"那么，您是否知道谁有可能制造这种恶作剧呢？"

　　"天知道。人这种动物总是在一些令人想象不到的事情上嫉妒、憎恨别人。说不定就有人想勒索我家。"

　　"是否可以列举一些这类人物的名字呢？我们不会泄露只言片语。"

　　"嗯……这个嘛，"父亲沉吟道，"虽然你说不会泄露，我怎么知道是不是可靠。"

　　"绝对没有问题。"

　　"与其如此，为什么不去一个个调查听到谣言的人呢？这样应该就可以找到谣言散播的源头了。"

　　"这个嘛，因为消息错综复杂，我们无法查证出处。况且也有人不肯告诉我们是从哪里听来的。"

"真是一场灾难！到底是哪个家伙干出这种无聊的事呢？"父亲重重地叹了一口气，"要是你们回去时被人看见，大概又要被人说警察终于来调查了。"

"不会的，我们离开时会十分小心。"穿制服的警官慌张地说。

一直沉默不语的刑警终于开口："您知道砒霜吗？"

"砒霜？"

"是的。这里，或是诊所，有没有使用砒霜？"

"没有。"父亲立即回答，"那是毒药吧？"

"没有砒霜也无妨，有没有什么含砒霜的药品呢？"

"没有。为什么要问这种问题？是不是有谣言指出我母亲是被人灌下砒霜而死？"

"正是。田岛家的老婆婆就是因为每天吃被混入少许砒霜的饭菜才死的——这是目前传得最厉害的谣言。"

"鬼扯！完全是胡说八道！要是找到散播谣言的始作俑者，非告他不可！"父亲大声撂下狠话。

3

那天之后，刑警就没再来。大概原本并无特别的嫌疑，只不过有点在意那个谣言罢了。

我们渐渐听不到那个谣言了。镇上的人对与自己毫无关系的事不再感兴趣。比起别人家发生的不幸，大家更在意自己的明天。

然而，尽管谣言降温，却没有被淡忘，只是谈论的人变少了。当谣言不再成为话题，这个不祥的故事便不再是单纯的想象，而成为一个事实，深深地烙印在大家的记忆中。从父亲诊所离开的病人从此不再上门。原本朋友就不多的我，在学校日渐被孤立。都说谣言不长久，但这个定论似乎并不适用于负面的谣言。毕竟，过了好几年，甚至在我家被拆掉之后，那个镇上依然流传着"那家有个老婆婆被人谋杀"的谣言。

父母以坚决的态度渡过了难关。病人再少，父亲仍和以前一样，继续牙医的工作，假日则约朋友外出钓鱼。他还嘱咐与邻居处得不好的母亲积极参与邻里集会和家长会。母亲虽兴味索然，但不服输的个性使她在听了父亲"老是关在家，更会引人瞎猜"的话之后，反而比平常更用心梳妆打扮，穿戴上最喜爱的衣服首饰出门。我后来听别人说，看母亲这样，不少人在背后暗骂她"不要脸"。

双亲似乎想对世人宣告：一切和从前一样，没有改变。但只要一走进家，就会发现事实并非如此。在我看来，父母简直变成了两个陌生人。

父亲的举动特别奇怪。有一天，我从学校回到家，听见厨房里有声音。我心下纳罕。那天，母亲应该去亲戚家了。

我提心吊胆地穿过走廊，听到两声咳嗽，方才松了一口气。是父亲，当时他得了轻微的感冒。

我走到厨房，发现父亲蹲在流理台前，下方的柜子门开着，父亲正往里头瞧。他身旁摆着原本放在柜子里的酱油瓶和清酒瓶。

环顾四周，我发现还有好几个餐具柜和收纳柜的抽屉、拉门也都开着，调味料和食材都有动过的迹象。

父亲很专心，没有注意到我，继续在流理台下找东西。当他把醋瓶拿出来时，总算察觉到有人，一脸吃惊地回过头来。

"搞什么啊，原来是你。"

父亲音调偏高，脸色异常红润，似乎不只是低着头的缘故。

我只好说声："我回来了。"

"你什么时候站在那里的？"

"我刚到家。"

"哦。"

当时父亲大概正在想该如何圆场，但又发现自己拿着甜料酒瓶子的样子不太寻常，慌忙将瓶子放在地上，故作苦笑道："所谓君子远庖厨，男人不能进厨房，这是你故去的爷爷教的。我一直奉行这个道理，才会一旦想找什么，都不清楚放在哪里。"

"你在找什么呢？"

"没有，也没什么大不了的，就是这个……"父亲做了一个倒酒的动作，"威士忌。我记得有人送了我一瓶，可怎么找也找不着。"

"你现在要喝威士忌？"

当时好像才四点左右。

"不是要喝，是想送人。"父亲开始把拿出来的酱油和酒放回原位，"真奇怪，你妈收到哪儿去了？"

"问妈不就得了？"

"嗯，啊……也对……"父亲一边闪烁其词，一边继续收拾善后。

我察觉自己不该待在那里，刚转身要走，父亲叫住了我。

"和幸，这件事别跟你妈说。"

"咦？"

"你妈的个性就是那样，别人送的东西，打死也不肯送人，对吧？说穿了就是小气鬼。那瓶威士忌也是，明明自己不喝，我想送人她也一定会反对。我懒得被她唠叨，才趁她不在找找看。所以……你知道了吧？"

这不像父亲平常的口气，更像是在找借口。通常，他会直接命令我："不准跟你妈说！"才不会啰啰唆唆地向我解释原因。

"嗯，我知道了。"我回答。

父亲满意地点头，继续收拾剩下的东西。但他好像不太记得应该分别放在何处。我心想就算不说，母亲也会发现吧。但我还是闭上了嘴巴。

傍晚母亲回到家里时，父亲已经回诊所了。我在客厅看电视，同时注意母亲是否发现了厨房的不对劲。

吃晚饭时，答案揭晓了。

"你在厨房做了什么？"母亲吃着饭，若无其事地问父亲。

"厨房？什么做什么？"父亲装傻，继续倒啤酒。

"你进了厨房，对吧？"

"我？没有啊。"

"是吗？真奇怪。"

母亲将视线转向我。我低下头，默默地动着嘴巴和筷子，生怕被母亲问到。

"可厨房的样子不太对。"母亲再度向父亲开口，"调味料的位置什么的，都跟平常不太一样。"

"是你的错觉吧，应该是你之前都不大进厨房的关系。"父亲喝着啤酒说。他是在挖苦母亲，小富在的时候几乎不做家事。

"可是盐和胡椒都出现在了绝对不可能的位置上，你说这是怎么回事？"

"天晓得，不知道。"

"老实说吧！"母亲直直地盯着父亲，父亲好像刻意不看她。

"老实说什么？"

"你是不是在检查？检查有没有那个东西？"

"哪个？"

"前一阵子刑警说的东西啊。"

"他说了什么？他说的话莫名其妙，我根本没专心听。"

"你还真能糊弄……"

母亲对父亲顾左右而言他的态度感到不耐烦，有些动怒。

原以为母亲就要发作，但她隐忍了下来。我察觉那是因为我在一旁。这使我更加坐立难安，于是努力扒拉碗里的饭，打算及早离开。

吃完饭，我离开餐桌出了餐厅，走到隔壁的客厅打开电视。我的眼睛并没有盯着荧幕，反倒将耳朵贴着墙壁。我知道这样可以听到隔壁房间的对话。从前，税务局的人来的时候，小富就是这么做的。

"你把话说清楚不就得了吗？既然怀疑就明说啊。"是母亲的声音。

父亲应了几句，声音模糊，听不清楚。

"你是在找砒霜之类的毒药，对吧？你听了那个刑警的话，认为我可能真的会那么做，对吧？"

我听见父亲啐了一句"无聊"，后面的话又听不清楚了，感觉上应该是在否认。

"你不用装蒜，我看你的脸就知道了。你说清楚，我反而轻松。我说老公啊，亲戚那边你可不是这样说的。你说妈猝死很不寻常。这不是在怀疑我吗？"以母亲的音量，大概我不用耳朵贴墙也听得见。

"我可没那么说。"父亲稍微提高了声音。

"你说谎！"

"我没有。"

"那你为什么检查厨房？太蹊跷了吧。"

"不是跟你说我没检查吗？真啰唆！"

"要不是你，那是谁干的好事？到处都有被翻过的迹象。"

"我不知道，说不定是和幸在找点心啊。"

我的名字忽然出现，把我吓了一跳。

"那我们要不要去问问和幸？怎么可能为了找点心，去开流理台下面的柜门！"

"总之我不知道。别再说那些莫名其妙的话了！"

"等一下，你别走！"母亲说。父亲似乎想离开。

"我没空陪你说浑话，浪费时间。"

"我没有做。何况，我根本没办法在妈吃的食物里下毒啊。你刚才不是也说了吗？我这一阵子又没进厨房，能这么做的只有照料妈三餐的人。"

不知是不是亢奋过度，母亲的话岔到了莫名其妙的地方。父亲的反应有点慢半拍。

"愚蠢至极，她怎么可能会做那种事。"

"'她'？这个叫法还真是意义深远啊。"

"我称小富小姐为'她'有什么不对？"

"你也不用刻意加个'小姐'。明明私底下都叫她富惠，对吧？"

"你什么意思？"

"哪有什么意思。你以为我什么都不知道吗？"

我听不见父亲的声音，想必是他沉默了。

没想到母亲竟会发现父亲和小富的关系。而且明明发现了，却不置一词，这让我很惊讶。

父亲嘀嘀咕咕，似乎并不承认和小富之间的事。

"别装蒜了你，反正我也无所谓。不过，钱你可要给我按时入账。只要你遵守这一点，我也就不跟你啰唆了。"

"钱、钱、钱，你这个贪得无厌的女人，要不要脸啊？"

"你才不要脸。竟然被那种女人耍得团团转。"

突然"当啷"一声，听到东西翻倒的声音，同时也有餐具撞击的声音。我眼前浮现出父亲踹倒餐桌的情景。

"不就是因为你讨厌妈，才只好叫小富来帮忙？人家对我们那么好，你居然还说那种话！"

"又不是没付她钱。"

"钱还不是我付的！你什么也没做，就盼着妈早点走。你对娘家人说妈什么我都知道！"

"所以就是我杀的吗？你拿出证据啊！然后叫警察抓我走不就得了？"

"吵死了！"父亲怒斥。一阵粗暴地开关拉门的声音之后，重重的脚步声从走廊上传出。

紧接着，我紧贴在墙上的耳朵听到"砰"的撞击声，好像是什么东西砸到了墙壁上，墙下随即发出东西破碎的声音。

客观一点思考，父亲似乎确实在怀疑母亲，因为他当时在厨房的举动太不寻常。而且，我还知道父亲在书房阅读有关毒药的书籍。有一次，我到书房想用百科全书，偶然发现一本书塞在书柜的角落。我被"毒"这个字眼吸引，抽出来一看，发现书中夹着书签，而且那一页是有关砒霜中毒的内容。

> 三氧化二砷是一种无味无臭的白色粉末，不易溶于冷水，易溶于温水。中毒症状可分急性和慢性，若大量摄入，会出现急性中毒症状；少量摄入，则会导致亚急性中毒。亚急性中毒的主要症状

有胃肠不适、肾炎、蛋白尿、血尿、肝肿大、知觉障碍、运动障碍、肌肉萎缩、神经炎、失眠、全身无力。

书中内容如上，最后以"能够致死"总结。

我想起发现祖母尸体时的情景——她那像鸡骨般瘦弱衰老的身体，以及几乎感觉不到生命的肤色。祖母死前，说她全身上下都不舒服，应该是胃肠不适引起的，她的肝肾功能一定也不正常。此外，还伴有明显的知觉和运动神经紊乱，全身衰弱无力更是自不待言。

如此想来，祖母被人下砒霜的推论似乎益趋真实。书中还写道，有不少医生将砒霜中毒误判成其他疾病的案例。

父亲既然读了这一页，自然会对祖母之死怀有疑虑，连我也觉得那个谣言可能并非单纯的恶意中伤，毕竟母亲希望祖母死是事实。

可能是母亲下的毒手，但为什么我并不怎么害怕呢？我知道杀人是一种犯罪行为，却无法体会罪孽实际有多深重。这或许是因为我对祖母并无亲爱之情，觉得睡在那个房间里的老太婆是个肮脏丑陋的生物。再说，我并不认为死有什么大不了，不过就是从生物变成物质罢了。诚如舅舅所说，人死就像玩具坏了无法再动，我非常喜欢这个比喻，又想起了在火葬场捡骨灰的情景。

死人自己一无所知……

假如母亲是杀人犯，祖母会悔恨吗？我的答案是——不会！祖母并不知道自己被人下毒，也不会知道身体的异常是毒药所致。她在毫不知情的状况下死去。不，她应该连自己会不会死都不知道，因为确认她是否死亡的是活着的人。

从那时起我就不相信有死后的世界和灵魂，今日亦然，因此无法理解为什么被杀害的人会心存怨恨。当然，我知道许多深爱死者的人怀有憎恨与悲伤的情感。但想起大家在葬礼上并不十分哀戚的表情，也就可想而知他们的憎恨与悲伤不过尔尔。

相比之下，当时我更感兴趣的是，杀人究竟是怎么一回事？母亲是怀着怎样的心情，对祖母下毒？而计谋顺利实现时又有怎样的欣喜？

我不时溜进父亲的书房，翻阅有关砒霜这类毒药的书籍。书中介绍的毒药之多，着实让人大吃一惊。还有对从古到今如何用毒杀人的描述，诸如玛莎·玛雷克使用铊犯罪的案例、凡宁卡利用鸦片毒害他人而声名大噪的案例、被人灌下氰化钾却没死的怪僧拉斯普金，还有发生在日本的帝银事件[①]。

我印象最深刻的就是布林维里尔公爵夫人的案例。她和丈夫的友人桑德拉·克洛亚坠入情网，即身陷现在所谓的婚外情。她的父亲杜布雷大发雷霆，将桑德拉送进监狱。夫人等他出狱后，和他联手毒弑亲父。据说杜布雷在乡下静养期间，夫人为了让父亲松懈防备，在喂他喝下有毒的汤羹之前，竭尽所能地孝顺。

当她察觉两位兄长怀疑父亲的死和她有关时，更派出手下到兄长身边，成功将其一一毒杀。根据书上记载，毒死她大哥花了约七十天，二哥则为九十天左右。据说她为了让毒性慢慢发作，犯案之前还曾到熟悉的医院里做实验，对贫穷的病人下毒。

让我惊叹的是她持久的杀意，以及在杀人过程中的冷静。在我以往模糊的印象中，杀人的欲望应该是爆发性的、瞬间涌现的。或许是因为电视剧中的杀人情节，从产生动机到实际执行都没花多少时间的缘故。此外，在小孩心中，现实生活中绝大多数案件都是"血气上涌失手杀人"。因此，对于复仇烈焰持续燃烧数十年、不惜花费数日杀害对方的执著念头，我心怀畏惧。

杀人究竟是怎么一回事？又是一种怎样的心情？

我想，我就是从这时起开始真正对杀人感兴趣。每当我查看某种毒药，就会想象使用它的情景。我会这样做，不，那样也可以。只是当时

[①] 1948年1月26日，在日本帝国银行东京椎名町分行，歹徒化装成卫生局人员，声称附近发生痢疾，要求职员服药，导致十二人因氰酸化合物中毒而丧生。

还没有让我想下毒杀掉的人。正因如此，我很想知道实际下手的人心境如何。

那本书中并无布林维里尔公爵夫人的肖像。在我心中，那张脸却与母亲的脸渐渐重叠。

那次之后，父母再未当着我的面争吵过。我将之解释成两人已经达成某种妥协。相较之下，我更担心自己在学校的处境。谣言使得没人愿意靠近我、和我说话，就连老师似乎也在避免与我扯上关系。

唯有一个人还和从前一样——仓持修。然而，他似乎也不想让其他人知道他和我有往来。有旁人在，他就不靠近我，甚至经常在我向他搭话时，也无视我的存在。

"听说上村他妈到校长室去了。"有一次，在放学回家的路上，我们来到附近的堤坝时，仓持告诉我。

我问他为什么。

"听说是希望校长不要让她儿子跟田岛你在同一个班级。他妈说，谣言是真是假不知道，但只要想到班上有一个这种家庭的小孩，就觉得毛骨悚然。"不知是否该说仓持消息灵通，他总是对此特别擅长，对小道消息的细节格外清楚。

"校长怎么说？"

"好像是说他办不到。那也难怪，如果每个人的要求他都一一满足，就没完没了。"

总而言之，全班的人都想转班。一想到这里，我的心情就郁闷起来。

"对了，好像有警察去找医生了。"仓持又抖出另一则小道消息。

"什么医生？"

"好像是叫西山医院的吧。"

我会意地点头。西山是确认祖母遗体的医生。

"为什么警察要去西山医院呢？"

"天知道。应该是要去问田岛婆婆死时的事吧？人家不是说人如果被毒死，尸体会有变化吗？"

对此，我比仓持清楚，毕竟我一天到晚看这类书籍。

"医生怎么回答？"

"那就不知道了。应该没有提到什么有毒杀嫌疑之类的，不然现在你家门前早就停满警车了。"

话说得真不顺耳，但一点没错。西山医生不可能包庇罪犯，大概是没发现典型的中毒症状吧。

我无法判断母亲有没有对祖母下毒。究竟从哪里弄来砒霜也是个问题。但另一方面，我对一幅画面印象深刻——祖母死后，母亲扔掉盐、糖等调味料的情景。到底是怎么回事？那真的是盐和糖吗？难道不是什么其他的"白色粉末"吗？

旁人看来或许会觉得奇怪，但我完全不想感情用事地相信母亲。老实说，直到最后我都不清楚母亲是个怎样的人。我也不懂杀人的心理。我甚至无法想象母亲内心是否萌生了那被称为"杀意"的东西。如果她告诉我人是她杀的，我大概也只会觉得"哦，那样啊"，反之，也可以接受。

我刚才说，直到最后我都不清楚母亲是个怎样的人。那个"最后"就在我升上六年级的时候忽然来到。

一天我放学回到家，父母已在那里等我。那天不是诊所休息的日子，我益发感到事情非比寻常。父亲身边坐着一个陌生男人，后来他们告诉我，他是律师。

父母想逼我作选择，看我要跟着父亲还是母亲，因为他们已经决定要离婚了。

4

我这才知道，原来夫妻也会分开。我身边有好几个这样的人，就连小富也历经过离婚。但我从没想到自己的父母亲也会离婚。刚听到这件事时，我着实有点反应不及。

但那不是开玩笑，也不是假设。父母绝不正视彼此的情形道出了这一点。

"随便你选谁。"父亲说。

"你没选的那方，也不是从此就见不到面。想见面随时都可以。只不过是看你平日想跟爸爸还是妈妈一起生活。"

"直到你长大成人，都不用担心钱的事。这一点，我们已经达成协议。"母亲提起赡养费的问题。

"不转校也没关系。"她补上一句。

"没有必要急着逼他答复，不是吗？"在我不知如何选择时，律师帮我说了句话。于是，他们给我两三天考虑的时间。父母分手却一天也没拖延。当天，母亲就带着基本的行李离开了家。那时我才知道，母亲已在外面租下房子。

现在回想起来，母亲也许以为如果自己不在，儿子会感到寂寞吧。如果她真这么想，未免也太不了解我了。我看着她离家而去的背影，感到了像冰一样的冷漠，与其说是母亲，我更将她视为"涉嫌杀了婆婆的女人"。

而且我另有算计：父亲可能会支付赡养费，但金额应该不会太大。况且，没人能保证母亲不会把那些钱花在养育我之外的用途上。母亲过惯了优裕的生活，究竟能否让我安稳地度日也令人不安。

母亲离家那天夜里，父亲待我异常和善。他订了外卖的特级寿司，叫我爱吃多少吃多少。他虽没有叫我留在这个家，但有点多话，不断问我学校里的事。

"明年你就是初中生了，该给你弄间书房了。"父亲喝着啤酒，以一副心情极佳的口吻说道，似乎生怕我心情不好。

这样的父亲让我感到郁闷。看着父亲的脸，我眼前就会浮现小富的白屁股。我会想，那个屁股曾经骑在眼前的父亲身上，而他像当时的税务会计般喘息着。

但这样的郁闷我可以忍受。反正白天父亲不在家，我可以一个人待着。而且，根本不需要为我弄什么书房。反正从明天起，我就可以随心所欲地使用这个家了。我有了立足之地。

那天夜里，我醒了好几次。每次入睡就会梦到母亲。她不断责骂我，直到我无法忍受。

当我回答要留在这个家里时，母亲脸上表现出的不是失望，而是愤怒。她觉得自己遭到了背叛。

"好啦，反正想见面随时都可以见。"

父亲打着圆场。他说得轻松，母亲则一语不发，或许是觉得发牢骚会显得更落泊。

进入梅雨季之前，母亲从家里带走了所有行李。父亲去诊所了，只有我一个人待在院子的角落，望着熟悉的家具一件件被装上卡车。

其中，包括母亲的梳妆台。梳妆台上镶着一面大镜子，布套从上头垂下来。我不喜欢那个梳妆台，母亲映照其中的脸看起来总不像她，仿佛是别的女人的脸。当母亲坐到梳妆台前，即意味着她要扔下我，独自外出。母亲带我外出时当然也会化妆，但那样的记忆模糊得多。

梳妆台左右都有抽屉，我知道右边第三个抽屉里有一个放着白粉的盒子。很久以前，母亲曾和一个女性亲戚聊到脂粉。

"你在用这种过时的脂粉啊？"

"噢，是很久之前买的，没有用，扔了又觉可惜，就放在那儿。也该扔掉了。"

刚上小学时，我曾把脂粉抹在脸上，好像大部分孩子都想玩玩化妆。我最感兴趣的是色彩鲜艳的口红。母亲涂口红之前会先把脸抹白，所以我想首先得扑上脂粉。

我扑完白粉的时候，却被母亲发现了。她看着我哈哈大笑，接着拿出口红，把我的嘴唇涂成红色。

"这下看起来像个女孩了。"母亲说完，又笑了。

夜里，母亲告诉了父亲，父亲沉下脸来。

"男孩子别做那种事！"他对我训斥道。

原本以为父亲也会一笑置之，真让我失望。

行李全部装上卡车后，母亲走到我身边。

"这你拿着。"

是成田山的护身符。我握在手里，她握住我的手，让我放进口袋。

"要随时带在身上，可别让你爸发现了。就算被发现，也不能说是妈给你的。知道了吗？"母亲再三叮咛。我默默点头。

下一秒钟，一颗颗泪珠从母亲眼眶掉落。她的表情一如往常，带着半分怒意，刹那间我不知道究竟发生了什么事。

"要注意身体。睡觉时要盖好被子。"

说到这里，或许因为哽咽，母亲抓住我的肩膀，垂下头，过了好一阵子才抬起头。

"要是想见妈，就把刚才的护身符打开，知道吗？"

"嗯。"

"那，妈走了。"

我在大门前目送母亲离去，她坐上副驾驶座，后视镜中映出她的面容。

那天夜里，父亲的心情有了一百八十度大转变。他不大说话，咂嘴不已，似乎对找不到替换内裤、厕所的擦手巾不干净很不满。当然，家里已没人供他使唤。很快地，他不耐烦了，因为连喝杯茶都得自己泡。那一阵子，我们吃的都是从餐馆叫的便饭。吃了些什么，我已不记得。但可以确定，其中并没有特级寿司那种令人印象深刻的东西。

一个人的时候，我打开了母亲给的护身符，里面包了一张白纸，写着地址和电话号码。

快要放暑假时，邮差送来了一封给我的信。那是一封令人毛骨悚然、充满恶意的信。

信的起首写着一个"咒"字。内容如下：

> 这是一封诅咒信，请协助我的诅咒。用红笔在明信片上写下"杀"字，匿名寄给写在这封信最尾端的人。寄信时，务必注入你的诅咒。
>
> 接着在一个星期之内，将这封信复制三份，分别匿名寄出。届时，请去掉刚才提到的列在信尾的最后一个名字，然后在最前面写下你想诅咒的人名和地址。五周之后，就会有两百四十三人的诅咒寄到那人手上。
>
> 千万别切断这个诅咒之轮，否则诅咒将会降临到你身上。大阪市生野区绿之丘町的奥林千代子小姐就是因为不肯照办，连续五十三天为高烧所苦，终致丧命。
>
> 你一定有想诅咒的人，请诚实地面对自己的内心。

最后，绝对不能对人提及你收到了这封信。

信末写着五个陌生的人名和地址。我收到的这封信末尾是一个姓铃木的女子，地址是北海道的札幌。

我听班上同学讨论过这件事，知道有这样一封信。但我从未亲眼见过实物，也不知道信的具体内容。

这是一封邪恶的信，充满令人无法轻视的黑暗力量。

有两件事我很犹豫：首先是我要不要寄一张写有"杀"字的明信片给那个姓铃木的陌生女子，其次是该不该把这封信寄给别人。我觉得不管做哪件事，都既麻烦，又不是滋味。但信中"千万别切断这个诅咒之轮，否则诅咒将会降临到你身上"这段文字，却在我脑中挥之不去。

先前说过，我不相信鬼神。读信的时候，我也不认为会发生那种事。然而当一个星期的期限渐渐逼近，我的心情逐渐浮躁起来。让我困惑的是，信中因诅咒而牺牲的案例未免太具体了。不但详述死因，连地址和姓名也有明确记载，实在令人毛骨悚然。

其实只要稍作调查，就会知道大阪市的生野区根本没有绿之丘町这一地名，我也该想到奥林千代子是改编自当时某流行女歌手的艺名。然而，当时我无暇思及这些，只觉得既然信上细节如此翔实，应该不是信手而为。

虽然信上使用了"诅咒"这个不科学的字眼，但执行方式却很有数字概念，这也让我无法释怀。两百四十三这个数字，乍看之下并不是什么整数，根据信上内容左右推敲，我才理解该数字的含意。信的最后列了五个人名，若所有收信人都依照指示寄信，名字被写在第一个的人最终会收到 $3 \times 3 \times 3 \times 3 \times 3 = 243$ 封信。

若有人收到这么多只写了一个"杀"字的明信片，会作何感想？大概无法将此事当作单纯的恶作剧一笑置之。

我很想问问其他人有没有收到这样的信，但信尾特别叮嘱"绝对不能对人提及"。在意这封信本身，是否就意味着自己中了诅咒？

还有一件事我很在意——这封信是谁寄给我的？信封上没有寄信人的姓名，一切以匿名的方式进行，也是这封信的阴险之处。

我的脑海中浮现出几个有嫌疑的人，其中包括仓持修。

列在信尾的名字是推论寄信人的提示，遵照信的指示，写在第一个的就是寄信人想诅咒的人。这封信中第一个人名是"佐藤"，住在广岛县。我不认识。

我想到的人中，包括仓持，没人和广岛县扯得上关系。但如果他们在广岛县有亲戚，我无从得知。

最令我耿耿于怀的是，我不知道寄信人，寄信人却知道我。我觉得对方不可能知道我是否切断了诅咒之轮，但还是担心会被识破。毕竟，寄信的人成了诅咒共同体，一旦切断诅咒之轮，难保不会遭到报复。

但最终我没有寄出写有"杀"字的明信片，也没有将诅咒信寄给任何人。并非因为我有什么坚定的信念，只是我还在左思右想，期限就到了。我根本没时间将这封冗长的信抄三遍。既然期限不守，寄信也是无谓，我也就没有寄出"杀"字明信片。

然而，我并未当真忘得一干二净。我将那封信收进抽屉，心里总觉得自己做了一件无法挽回的事。

不久，仓持提起了诅咒信。他问我知不知道有这样的信，我回答知道。

"你看过吗？"他进一步询问。

"不，那倒没有。"

我无法告诉他收到信一事，依然遵照着"不能对人提及"的指示。

"哦，我也没有。"仓持说。

当时，我心想没准儿他也收到了。毕竟我们有共同的朋友，都收到信的可能性很高。

"要是有信寄来，你会怎么做？按照上头写的去做吗？"

"这个嘛，"我郑重其事地回答，"没有真的收到信，我也不知道。"

"听说要是切断诅咒之轮，诅咒就会降临在自己身上。"

"怎么可能嘛。"

"是吗？听说真的有人死了。"

"那一定是碰巧。"

"听说就算收到诅咒，只要将诅咒数目刻在神社的鸟居①上就能得救。"

"哦。"我装作不感兴趣的样子。

当时家里有些微妙的变化。父亲为了逃避每天的家事，雇了新女佣，终究没有再次雇用小富。新来的是一个看上去已过了五十岁的瘦小女子，我至今不知她的全名，父亲要我称她阿春姨。

阿春是个做事一板一眼的人，打扫动作干净利落，我放学回家时，家里总是一尘不染。她也经常帮我们洗衣服，这样洗完澡就不会找不着内裤了。她烹饪功夫普通，但当时偏瘦的我马上就恢复了体重。

她的个性是拿一分钱，做一分事，从不多做，一做好我和父亲的晚饭就赶紧回家。就连父亲晚归、我必须一个人吃晚餐时，她也不曾陪我。她只要没事，就不会跟我说话。大概她认为陪小孩是薪水范围外的工作吧。她的性情完全符合"沉默寡言"这四字。

以孩子的眼光来看，阿春算不上美女。况且她的年纪比父亲还大，父亲好像也不想和她做出当时与小富的行为。星期六的午餐是我们三个人唯一聚齐的时候，但父亲对阿春毫不在意。

父亲有时会晚归，但并不是因为工作。受谣言影响，去诊所的病人有减无增。祸不单行，车站前新开业的牙医颇受好评，病人似乎都去那边了。

谣言也许是原因之一，不过父亲外出喝酒也开始频繁增加了。刚开始，父亲还会回家一趟，告诉我他要出去。久而久之，他就不说了。好

---

①一种类似中国牌坊的日式建筑，常设于通向神社的大道上。主要用以区分神域与人界，代表神域的入口，可视为一种"门"。

几次我都是等了好一会儿，才吃起冷掉的晚餐。我本有心恪守"不能比父亲先下筷"的训示，但次数多了也就不再理会。

父亲似乎去了银座，回来时总是满脸通红，满身酒气，说话不着边际，还有好几次走起路来东倒西歪。父亲本就贪爱杯中物，只是从未如此丑态百出，着实让我吃惊。他的酒力没道理忽然变弱，应该是酒量增加了。

记不得是什么时候的事了，有一天父亲说："今晚我有重要的事，晚一点回来。也可能就不回来睡了。你明年就上初中了，一个人没问题吧。"

我很吃惊，但还是默默地点了头。父亲露出满意的表情。

"睡觉的时候门窗要锁好。我会拜托阿春尽量晚点回去。"

父亲那天的穿着与平常有些不同，就像外国电影中的绅士。只是他不像明星那样会穿西装。

当晚，父亲没回来。他说"也可能就不回来睡了"，其实是他原本的打算吧。

自此，父亲隔三差五在外过夜，却从没告诉过我，他是在哪儿过夜。

一天夜里，父亲又出去了。第二天不是休息日，照理说父亲不会外宿。我在被窝里看书，等着父亲归来。我已渐渐习惯了一个人过夜。当时，我热衷阿加莎·克里斯蒂的作品，其内容多与毒杀有关。我因祖母事件而对毒药感兴趣，她的作品是很好的教科书。但我并没有满足，即使理智上能够接受小说所述的犯罪动机及心理，感觉上还是难以认同。直到现在，我依然无法理解，凶手设局投毒之前，突破心理防线的瞬间究竟是怎么一回事。

我想父亲应该是凌晨一点左右回来的。当时看的小说着实有趣，我忘了时间，无法释卷。

若是平常，这时我已入睡，但我听到外面有声音，便直接穿着睡衣起身。父亲有时会带盒装寿司回来，我很期待，心想说不定今天也……

然而，那天夜里父亲带回来的却不是食品。

我来到走廊，正撞上蹑手蹑脚从玄关走进来的父亲。看见我，父亲狼狈异常，大概是以为我早已睡下，但事情没那么简单——他背后还站着一个陌生的女人。

"噢，怎么回事，你还醒着啊？"父亲僵硬的脸上浮现出勉强的笑意。

我说正在看书。父亲好像没有听见，回过头说道："这是爸爸的朋友。"

"晚安。"那女人点点头。她身着和服，挽着头发，脸蛋娇小，肤色白皙，有一对迷人的眼睛，睫毛细长，但大概是假的。

"晚安。"我点头回礼。女人身上飘散着一股我从没闻过的气味。我想，父亲去的就是有这种香粉味的场所。

"爸爸跟朋友有点话要说，你快去睡觉。"

我顺从地点点头。穿和服的女人好像在低头微笑。

我不知道父亲把我当成几岁小孩，但至少我知道他们两人之间的关系，也察觉到他们接下来打算做什么。父亲以前与小富在放棉被的房间里做的事，现在要换成和这个人做吧。

第二天早上我起床时，穿和服的女人已不见了。父亲在寝室里打鼾。

不久，阿春一走进邻近厨房的和室，就微微抽动鼻子，接着来到流理台前不知检查了什么，然后又回到和室。

"昨天有客人啊？"阿春问我。

我不知该不该说谎，微微点了点头。

阿春趴在地上，直直盯着榻榻米。不久，她好像发现了什么，用手指拈着。

"头发。"

阿春歪着头抿着嘴角，露出一种奇怪的笑容。这是我第一次看到阿春笑，一种让人感到不祥的笑容。

我就是在这个时候接到诅咒信的。老实说，我的脑袋里净是家里的事，根本无暇理会别人的诅咒。

但就在暑假快结束的时候，寄来了令我震惊的东西。

那是两张明信片。都是标准明信片，一张的邮戳来自荻漥，另一张来自品川。印象中，一张是用黑色签字笔写的地址，另一张则是用蓝色钢笔。

问题出在明信片的背后，都写着一模一样的字——用红色铅笔写的"杀"字。

看到的瞬间，我的大脑因过度恐惧陷入混乱。收到这种东西，难道是因为自己切断了诅咒之轮？冷静思考之后，我大致理清了这件事。

信尾列出的五个人名中，有人加上了"田岛和幸"。只要收信人遵照指示，这个名字就会不断被寄到许多人手上。三的五次方——两百四十三个人。

有人诅咒我——这个事实让我的心情变得无比暗淡。我承认自己有时会为一点小事与人争执，但从未被人诅咒。明信片是谁寄的并不重要，他们只是遵照指示而寄罢了。

我不想把这件事放在心上，这只是某人的恶作剧。况且，也才收到两张写有"杀"字的明信片。

然而，第二天寄来了三张，第三天又寄来了两张，我的心情更加郁闷。这些明信片中，除了"杀"字，有不少还写了其他内容，甚至还有在"杀"字周围写上一圈"死"字的。另外，照理说信中只要求"用红笔"写，但有些明信片不管怎么看，都像是用鲜血写的。

我无法理解，能将如此令人不快的东西寄给陌生人的人究竟在想什么。单张明信片还不至于令人烦恼，可一旦累积起来，便会形成一股邪恶的力量。

一个星期之内，写有"杀"字的明信片不断寄来，总共二十三张。二十三之于两百四十三，是这个诅咒的达成率。

我想视若无睹，心里却有个声音告诉我不能如此。或许是我察觉到四周的世界正在历经重大的变动。

我想起了仓持的话——就算受到诅咒，只要将诅咒数目刻在神社的鸟居上就能得救。

某天夜里，我半夜出门前往附近小学旁边的神社，手里握着雕刻刀。

神社最大的鸟居由混凝土筑成，但我知道神殿旁有一座木制的鸟居，便径直前往那座小型的红色鸟居。

"做这种事才会遭到诅咒或天谴"的想法掠过脑际，但已经不是犹豫的时候了。我尽可能找不显眼的地方，在鸟居下方刻上了"二十三"。在刻最后的"三"时，雕刻刀一滑，割伤了左手的大拇指。我舔着从伤口流出的血，踏上了回家的路。

5

　　父亲带那个穿和服的女人回家仅只一次，但他们的关系并未终止。父亲夜里出门更加频繁，夜不归宿的次数变多，而我也习惯了独自过夜。

　　诊所的生意连我看来也觉得清淡。偶尔有事去诊所，候诊室常常空无一人，前台的小姐无事可做。

　　即便如此，当时的父亲仍一脸愉悦，衣着体面，去理发店的次数也增加了。

　　某天夜里，我听到父亲在通电话，对方似乎是个女子。

　　"我叫你早点辞掉店里的工作嘛。你到底什么时候才肯辞职？"尽管父亲竭力压低声音，我还是听见了。

　　"倒也不是现在就要结婚，可那是迟早的事。我是认真的。志摩子，尽早辞掉工作吧！听到没？拜托你了。"

　　父亲的话让我大吃一惊，毕竟母亲刚离开没多久。但父亲似乎是认真的。

　　要是现在的我，就能给父亲许多建议。但那时我还是个孩子，对男女之事一无所知。我以为，对方也像父亲一样，从心里爱着他。

　　某个星期天，我真切地感受到了父亲日渐加深的爱意。

　　"喂，我今天带你去一个好地方。"吃稍晚的早餐时，父亲说。

我问他去哪儿。

"银座。去买东西。给你买点什么，然后去吃点好吃的。"

我乐坏了。父亲很久没带我出去了。

那应该是我第一次去银座。奢华的商铺栉比鳞次，打扮光鲜亮丽的大人昂首阔步。整条街充满活力，一切都那么金碧辉煌。我无法想象这里和自己日常生活的世界处于同一个空间。

"如何？这条街很壮观吧？"父亲边走边说，"长大后，也要有本事上这条街购物才行。"

我点着头，环顾四周。心想，来到这里就证明成功了吗？

说要购物，父亲却先进了咖啡店。店里摆着皮革椅，一些看来富态的客人谈笑风生，女侍者穿着轻飘飘的围裙忙忙后。我想起母亲从前说过，她实在不明白为一杯咖啡付好几百元的人心里在想什么。那是我第一次踏进咖啡店。

父亲点了咖啡，他看我慌张失措不知该点什么，便建议我点柳橙汁。

送上来的柳橙汁比我喝过的任何果汁都美味。它们竟然共同拥有柳橙汁这个名称，简直不可思议。我用吸管小口啜饮着。

不久，一个女子走进店里，是那个穿和服的女人。此时她换上了质地轻薄的连身套装。或许是头发放下来的关系，她看起来更年轻了。

"不好意思，让你们久等了。"她笑着说，在我们对面坐下。

"不，我们也刚到。"父亲的语调比平时轻快多了。

她点了柠檬红茶。父亲在茶送来之前再度为我们介绍，但其实只是告诉我她叫志摩子，直到今天我也不知她姓什么。

父亲滔滔不绝地介绍我，如擅长什么科目、喜欢什么游戏，以及个性。听着父亲的描述，我感觉怪怪的，因为跟我差太多了，无法想象那就是我。比如我擅长的科目，父亲的记忆大概还停留在我小学低年级时。他似乎把我当成了一个已经十二岁却还在玩怪兽游戏的幼稚儿童。

父亲大概想告诉志摩子我是一个"天真好应付的小孩"吧。谈话过程中我都低着头，偶尔在喝饮料时，抬头瞥一眼志摩子的脸。不知道是第几次时，我和她视线相遇，她微微笑了一下，我满脸通红，慌忙低头。

"只要你喜欢，爸爸都买给你。"走出咖啡店，父亲对我说。

我说想要音响。当时我正开始对音乐感兴趣。

"好，买。"父亲铿锵有力地说，迈步向前。

但他的脚步停在了珠宝店门前。志摩子钩着父亲的右臂，在他耳边轻声说了句什么。

"那我们就去瞧瞧吧。"父亲意气风发地点头，就那样走进商店。

店里是一个令人目眩的世界。展示柜里陈列的珠宝散发着神圣的光辉，甚至店员身上也有一种我不曾接触过的高尚气质。站在店里，自有一种百里挑一的精英的优越感。

店内一角摆放着接待用的沙发，父亲叫我在那里等候。女店员给我送上饮料和巧克力。从店员的态度来看，他们似乎不是第一次来。

身着深灰色上衣的男店员出面应答，主要是在和志摩子交谈。父亲只是听着他们的谈话，不时颔首。

志摩子让店员接连将戒指、项链排放在柜台上，并一一试戴，接着询问父亲好不好看，而父亲只是千篇一律地回答："还不错啊。"

志摩子试了很久，然后获得了戒指、项链、耳环等首饰，心花怒放，而父亲让情人瞧见自己的威风，也一副心满意足的模样。

刚买完一堆珠宝，志摩子一走出店门却又对父亲说："人家好想要诞生石，手上一颗也没有，怪寒酸的。"

"好，下次来买给你。"

"真的？你最好了。"她紧紧钩住父亲的手臂。

听说志摩子的生日在五月，不知父亲后来是否信守承诺买了祖母绿给她。

走出珠宝店，又进了和服店。我有些不耐烦，不知父亲要到什么时候才给我买音响，他似乎没将我的事放在心上，说不定正在为顺利将情人和儿子介绍给彼此而喜不自胜呢。

志摩子在和服店也东穿西戴，最后买了看起来最昂贵的和服及衣带。和服店老板满脸堆笑，对父亲点头哈腰，连声道谢。

父亲随后总算走进了电器行。但就在我选音响选到一半时，志摩子竟小声对父亲说："人家想要新的冰箱。"

"咦？你不是有了吗？"

"我想要大一点的嘛。你也知道，人家平时没办法去买东西，想多买点东西存起来，免得你突然来的时候没东西吃嘛。"

"哦。"

不用说，买完我的音响，父亲又前往冰箱卖场。

父亲究竟在那个女人身上花了多少钱，我无从得知。他几乎天天去银座的高档酒店报到，而且负担她包含奢侈品在内的行头。一个月的花销按今天的物价换算，恐怕不会低于两百万日元。此外，还要向母亲支付赡养费，可以想象父亲的经济负担不轻。重点是诊所的生意依旧不理想。

父亲没有将实情告诉任何人，也就没人会给父亲任何忠告。唯一察觉到我们田岛家危机的是女佣阿春。

"先生还真能撑啊。他晚上花天酒地的时间比待在诊所的还长吧？"阿春经常在准备晚饭时语带讥讽地说，"不过反正只要先生按时付我薪水，我也没资格说什么。"

每次回想当年，我就觉得可恨。不管是谁，若能提醒父亲一下就好了。父亲迷恋年轻貌美的女子，或许让他觉醒并不容易，但若有人阻止他继续荒唐下去，说不定就不会引发那么严重的后果了。

银座购物之后一个多月的一天夜里，父亲又外出了。我一边用新买的音响听披头士的歌，一边像平常一样看着推理小说。

接近凌晨一点时，电话响了。从来没有人那么晚打来电话，吓了我一跳。我来到走廊，提心吊胆地伸手拿起柜子上的黑色电话。

"喂？"

"啊……请问……"打来电话的男人似乎感到困惑，顿了顿。他大概没想到接电话的会是一个孩子吧。"是田岛家吗？"

"是的。"

"哦，你母亲在家吗？"

"她不在。"

"那么，家里还有其他大人在吗？爷爷奶奶都可以。"

"没有，只有我在家。"

"只有你在家？"男人不知如何是好，和身边的人交谈了几句，才又拿起话筒，"我是警察。你父亲受了伤，被送进医院了。"

"啊？"我吓得全身发冷。

"等一下会有巡警去你家，在那之前，你可不可以帮我查一下亲戚或熟人的联络方式？"

"哦，好。"我脑中一片空白。

男人问我叫什么名字。我费了不少工夫才告诉他和幸的写法。

接下来的几个小时，我在慌乱中度过。先是警官来到家里，然后亲戚也赶来，问了我一大堆问题，又叫我做这个做那个。

我到达父亲所在的医院时，天已大亮。然而，因为谢绝会客，我竟无法见到父亲。

事后经人说明，综合我知道的情况，那天夜里发生的事情大致如下。

父亲像往常一样去志摩子工作的酒店里喝到十二点多，然后独自离开，前往一家酒吧。他和志摩子约在那里碰面。

然而，父亲在途中被人从身后袭击，当场昏倒。那条路没什么人经过，并无目击者。父亲昏倒之后，路人都以为他是醉倒街头，没想到要报警，直到一个摆摊卖拉面的大叔发现父亲的头在流血。

父亲的钱包等随身物品都在身上，警察根据他的身份证和名片确认了身份，于是打来电话。

现场找到一把沾有血迹的扳手，上面的血迹和父亲的血型一致。警方认为这不是一起抢劫案，而是仇怨所致。调查之后发现，嫌疑人是一名在新桥工作的酒保。此人正和志摩子交往，志摩子一个星期有一半的时间在他的住处度过。

志摩子和父亲交往纯粹是为了钱。她的梦想是和酒保男友开店。为达到这个目的，她似乎可以忍受暂时将身体交给不喜欢的男人。

但年轻的情人却忍受不了。那天夜里，他找到志摩子和父亲约会的地方埋伏等待，从背后袭击了父亲。

他被警方逮捕后招供，声称无意杀人，只想让父亲吃点苦头，希望对方能有所警惕，不再接近志摩子。犯罪动机竟来自如此单纯的想法。

父亲被送进医院后不久就恢复了意识。他的头受了两处重伤。我见到父亲是在事发后的第四天。父亲很清醒，对事情的经过也记得一清二楚。遇袭之前，父亲看到了躲在大楼后的男人的脸，帮助警方迅速破案。

父亲住院期间，亲戚们轮流来家里住。他们不断向阿春打听志摩子这个风尘女子的事，关心的焦点集中在父亲到底在她身上浪费了多少钱。听到事情的经过，他们无不皱起眉头。

同时，亲戚们偷偷地在我家召开了一次家族会议，还找来了诊所的税务会计。他就像个被告，坐在众人面前交代我家的财务状况。

至此，大家才知道诊所的经营每况愈下，我家的存款大幅减少。有人责备税务会计放任不管，让事情落到这般田地。税务会计小声辩解自己只负责税务，对于经营无从置喙。再说，税务会计根本无法掌握客户私底下怎么用钱。

亲戚们七嘴八舌："再这样下去，田岛家会完蛋的，一定要快点想想办法。"但他们争吵良久也讨论不出有效的解决方法，只好等父亲出院再说。

然而，事情的严重性却超乎想象。

三天后，父亲出院。父亲的堂姊妹们说要接他出院，父亲却自行回家了。他的心情糟透了，亲戚上前迎接，他也懒得搭理。

　　"他是恼羞成怒啦。钱被女人骗了，还遇上那种倒霉事，觉得难为情，没脸见大家。"亲戚们嘟囔着回家去了。

　　我和父亲很久没有一同吃饭。那天夜里，阿春为我们做了一顿大餐。

　　饭吃到一半，父亲忽然停下筷子，盯着右手。我看到父亲的指尖在微微地抽搐。

　　"爸……你的右手怎么了？"

　　父亲没有马上回答。他盯着那只手看了好一会儿，才回过神来望向我。

　　"啊？哦，没什么。"父亲放下筷子，径自走出餐厅。

　　牙医就像工匠——这是父亲的口头禅。

　　"你想想，牙医又削又补，还要将金属填进牙洞，又不能将齿模师做好的假牙直接放进病人嘴里，还得依照每个人的情况细细修整。这哪里不像工匠？牙医和金属雕刻师、手工艺匠人一样都是工匠。不但做工要好，价格也要便宜，这都是要靠技术的。比方说做金牙，金子的用量越少，价格自然就越便宜。"

　　父亲以自己的高超技术为傲。只要有病人跑来向父亲抱怨别的牙医做的假牙多么不舒服，父亲就会高兴一整天。

　　"口腔就像是从人体独立出来的生物。要是像最近的年轻牙医那样，只有那么一千零一招，根本应付不来各式各样的病人。只有彻底看清口腔的情形，才能根治病症。"

　　父亲以麻醉注射为例来说明。

　　"不是常常有人打了好几支麻醉针却一点效果也没有吗？那就是技术太差劲了。注射麻醉药到牙龈时，靠的是集中力和直觉。关键在于一口气将针头插进那一点，必须快、准、狠，而且手不能抖。"

父亲对我说这些时，常拿筷子当针筒演示。每次说完，他几乎都会补上一句："总之，有一技在身的人就占了上风。只要爸爸这只右手还在，就不怕没饭吃。"

我总是抬头看着父亲的右手，觉得很有安全感。

然而，那只右手却出了问题。接连几天，父亲跑遍了各式各样的医院及民间诊所，有时还将身怀绝技的按摩师请到家里。

父亲绝口不提右手出了什么毛病，大概是不想让我不安，只怕更重要的是，他不愿承认自己失去了唯可自夸的右手。我也就不再多问。

但我还是略微察觉到了父亲右手的症状。他的右手手腕到指尖的部分会不时酸麻或抽搐，没有感觉，使不上力。而且这种症状发生时毫无预兆，我多次看到筷子、汤匙和铅笔之类的东西从父亲手中滑落。这明显是头部受伤的后遗症。

难怪父亲紧张，右手不知何时就会失去知觉，根本无法继续当牙医。实际上，那阵子诊所都没营业。

尝试了所有的治疗方式，父亲的右手依旧不见好转。不久，附近的人都知道父亲的右手不听使唤了。或许是这个缘故，甚至传出田岛牙科即将关门的谣言。

从那时起，父亲干脆不再治疗右手了，反正不管做什么都是徒劳。他越来越频繁地从白天喝酒喝到晚上，还把气出在我和阿春身上。

不仅如此，父亲每到晚上就会出门闲逛。他不说去哪里，但似乎是在银座或新桥一带徘徊。我曾有一次听到父亲对着话筒说："你怎么可能不知道？你们不是无话不谈的手帕交吗？你那么说，是为了包庇志摩子吧？不管是什么，把你知道的告诉我！她家的地址，或是电话号码也好，告诉我她可能会去的地方！"

事情发生后，父亲再也不提志摩子这个名字。他应该是真心想忘掉这个名字。可每当头部受伤的后遗症发作时，他还是无法忘怀。我猜想，父亲还想再见到那个女人，大骂她一顿。

后来父亲找来律师，起诉那个伤他的酒保，并提出损害赔偿。后遗症导致他无法继续当牙医，提出损害赔偿天经地义。但就结论而言，我不记得父亲得到了什么赔偿。酒保因伤害罪入狱，出狱的时候根本不可能有钱赔偿。

我就在这一连串没头没脑的倒霉事中，迎来了小学六年级的新年。既没有新年大餐，也没有红包，只有寒冷相伴。父亲大概想逃避残酷的现实，成天不是喝酒，就是醉醺醺地窝在棉被里呼呼大睡。

三个月后，我小学毕业，准备进入当地的公立中学。原本父亲打算让我进私立中学，但家里的经济已然负担不起。再说，诊所已到了非关门不可的地步，父亲亦没有心思考虑我的升学问题。

生活因父亲受伤开始脱轨，我躲在棉被里哭喊："事情为什么会变成这样？"

这时我想起了诅咒信。我收到了二十三封写了"杀"字的明信片。带着二十三个人的诅咒的明信片……

我想，我被诅咒了。

6

　　那些诅咒明信片，我只看过一次就包上报纸塞进了抽屉深处。我觉得随便处理掉不太好，便没有丢弃。后来在鸟居上刻数字，也是基于相同的理由。我并不相信诅咒，却受到诅咒的束缚。

　　一天，我从抽屉里取出放了好久的明信片，打算丢弃。我认为，保留这种东西会带来不幸。

　　二十三张明信片，我仔细看过的只有几张。我知道上头的内容一模一样，越看只会让自己越痛苦。丢弃之前，我还是逐一看了一遍。不可思议的是，我比第一次看时要冷静。大概是因为当时已经发生了不好的事。

　　我发现了一件奇怪的事——收信人的姓名都写错了。我叫田岛和幸，明信片上写的却都是田岛和辛。我稍微一想，马上明白，寄明信片的人并不认识我，他们只是照抄写在诅咒信上的地址和姓名罢了。是第一个在那封信上写下我的名字的人写错了。

　　那人和我不熟，应该只是在哪里发现了我的地址和姓名，半开玩笑地将我列上了那封诅咒信。但这个失误未免也太讽刺了。只是把"幸"错写成"辛"，就让我的人生转折扭曲。

　　我猜那个人应该和我是同学。我更想去上私立中学了。小学的朋友大多会进入当地的公立中学，如果我能去私立中学就不用再见到他们了。

然而，家变捣毁了我的梦想。我至少得挨过三年孤独的学生生涯。比起学校硬性规定学生剃光头，这更令我郁闷。

成为初中生之后，我却发现天底下倒不全然是坏事。我所在的中学有不少孩子来自其他小学，对我家的过去毫不知情的同学倒也不会排挤我。

当然，那所中学里也有我的小学校友，不难想象他们会在背后说我坏话。但偶然中，我找到了克服这一困境的方法。

那是在休息时间和大家聊天的时候。"田岛家是开牙医诊所的吧？真了不起，那么你是有钱人家的大少爷喽？"一个同学说。他来自别的小学，应该没有恶意。

旁边有些人一脸尴尬地低下头。他们自然都是我的小学校友。

"我家现在歇业。"我回答。有人就住我家附近，可不能胡诌。

"是吗，为什么？"

"因为病人说我爸的技术不值得信任，都不来了。"我有些自暴自弃地说。

听我那么一说，不知情的人都笑了。他们似乎以为我在开玩笑。

"为什么不值得信任呢？难道在你家看完牙的人，嘴巴都肿起来了吗？"

"天知道。说不定是害怕被杀吧。"

我这句话也没有半点开玩笑的意思，但那些不知就里的同学却捧腹大笑。

"什么，原来是会杀人的牙医啊？"

"大家好像是这么说的。"

又是一阵哄堂大笑。我困惑了，大家不带恶意的笑声让我感到不可思议。

"这么说，你家现在已经不是有钱人家了？"

"当然不是。所以原本我想念私立,却只能来这里。我是'前有钱人'。"

"前有钱人"这个词立刻成了我们班的流行语。他们这么一笑,我才发现,根本没必要隐瞒自己的遭遇,成为别人的笑柄也无所谓。这样就不会有人背地里说我坏话了。说不定觉得我很闷的人也会减少。

此后,我便故意拿家丑当笑话讲,彻底成为班上的小丑。"前有钱人"、"前大少爷"之类的名号很受欢迎。两三个月后,田岛已被公认为爱搞笑的家伙。

"奶奶去世的时候,真是把我整惨了。有谣言说她是被人毒死的,连刑警都来了。但最痛苦的还是吃饭的时候,因为我总会想:'这饭里该不会真的掺了毒吧?'"

大家很喜欢这种自虐式的玩笑话。我却想,要是大家听腻了可就糟了。于是自曝其短的情形越演越烈。最后,我终于还是在学校里说出了父亲被陪酒女的情人痛殴一事,但有不少人以为这是我信口胡说的。

在人前说出这段丢人的丑事并不有趣。只不过大伙儿在笑闹之间,不会排挤我,于是我拼命扮演丑角。他们每笑一声,我的心就痛一下。我知道自己正变得越来越卑微,却欲罢不能。

有一个同学名叫木原雅辉,是我上初中之后交的第一个朋友。他住在邻镇,对那个关于我家的令人厌恶的谣言全然不知,认为我的话大半言过其实。他身材矮小纤细,皮肤白皙,要是留起长发、脱掉制服,大概会被误认为女孩子,因而有不少人叫他人妖。

其实他是一个典型的青春期少年。他崇拜女歌手,总是说班上的某某某最可爱。我第一次看到进口的外国杂志就是在他房里。当时连露出乳房的彩页都难得一见,那本杂志上竟然还刊登了露出下体的照片,只不过重要部位会以马克笔涂黑。我和木原在他房里,试过各种方法想将马克笔的部分弄掉,稀释剂、挥发油,连人造黄油、特殊的橡皮都试过,却几乎没什么效果。尽管如此,只要看到的目标隐约可见,我们就乐得欢天喜地。

有一次，他问我有没有看过真人。

"妈妈或姐姐不算哦。"木原贼贼地笑着补充道。那时我们一如往常在他房里聊天。

"没有很清楚地看过，"我老实回答，"倒是在大人做那个的时候看过一点点。"

他惊讶地瞪大了眼睛，马上露出兴致勃勃的表情，凑到我身边问道："什么时候看见的？"

我告诉他小富和税务会计做那档子事时的体位。他半张着嘴，听得入神。

"我没看过那种场面。"他羞红脸颊，"倒是看过几次女孩子的那里，但都是小孩子。"

"那我也看过呀。像是亲戚在为小婴儿换尿布的时候。"

"没那么小啦！大概和我们同龄的女生。"

据木原说，为了钱，有的女孩子愿意露给人看，五十元只能看，一百元就可以轻轻摸一下。他说："跟我们同龄，但好像不同学校。"

"不过是个丑女。"他补充一句，笑了出来。

那女孩的家似乎离木原家有一段距离。听他描述地址时，我意识到那里就在我从前沉迷下五子棋的房子附近。

我说出那件事，木原似乎并不特别意外，还点点头说："如果是赌博的五子棋，我知道呀。有三战两胜和五战三胜的，对吧？"

"我玩的是三战两胜。先胜两局的人可以赢得对方的钱。"

"没错。"木原想了一下之后说，"但那是骗人的。"

"骗人的？"

"我听说是这样。"

"怎样骗人？"

"详情我不知道，听说绝对赢不了。"

"可是，如果换作五子棋的名手就能赢吧？"

木原摇摇头。

"他们不会跟这样的人赌，只会选那种一定会输的人。"

"怎么选呢？对方是强是弱，不下一局怎么知道？"

"他们不会跟自己上门的客人下棋，只会和知道底细的下，所以稳赢不输。"

"可是，我见过有客人赢啊。"我反驳道。

"三战两胜，他赢了两次吗？"

"嗯。"

"那家伙是不是带你去的人？"

我默不作声，被他说中了。

"我想他是和店家串通好的。"木原歉然道，"要是没人能赢，客人就会放弃。那样可不行，必须让客人觉得只差一点儿就赢了。因此，他们会让客人看到其他客人赢棋。不仅如此，他们也会让那个客人赢，但只会让他赢三局中的一局。"

我全身汗毛竖立。那简直就是仓持修第一次带我去赌五子棋时的情景。

只会和知道底细的人下棋，这一点也吻合。也就是说，他们只跟同伙带来的人下棋。我是"稳输不赢的大肥羊"，被带到那里去。

"那人是你的朋友吗？"木原有点犹豫地问。

"不是。"我摇摇头，"是一个不太熟的人。"

木原露出放心的表情，说："我想也是。"

仓持修和我进了同一所初中，但班级离得远，当时几乎没有来往。

我开始计算当时赌五子棋花掉的钱。对于小学生的零用钱来说，是个不小的数字。我就是为了这笔钱，从祖母身上偷走了钱包。

我想找仓持确认这件事，问他是不是欺骗了我。现实却不容许我这么做。发生了更紧急的事，弄不好可能连住的地方都会失去。

谁都看得出来，田岛牙科已无法经营。父亲的右手不见起色，诊所依旧大门深锁。

尽管如此，父亲却没有从事其他工作的打算，照样每天从早喝到晚，喝得烂醉就呼呼大睡。渐渐地，他连寻找志摩子的力气也失去了。

我家的经济状况不断恶化，渐渐坐吃山空。父亲如今就算舍不得投在志摩子身上的钱，亦为时已晚。

所幸阿春依然到我家帮忙。她的薪水应该不多。后来我才知道，她来帮佣并非单纯出自一片好心。

为东山再起，父亲选择放弃一切。一开始，他似乎想将诊所租给别人，却找不到租户。大概田岛牙科的名声太糟，新开业的医生也望之却步吧。不得已，父亲只好决定将诊所卖掉，却卖不了好价钱。

每天都有房地产商在我家进进出出，与父亲商讨。他们的结论是，土地连同房屋一并出售。

父亲的如意算盘是——卖掉土地和房屋，再找个地方盖栋小公寓，靠房租度日。他失去了唯一的技能，只对坐等收益的事情感兴趣。

而不管父亲做什么都要干涉的亲戚们，自然不可能默默任他为所欲为。他们照例在我家召开了家族会议。父亲的提议当场被所有人驳回。众人一致认为，作为名门的田岛家绝对不许变卖祖产。

但房屋的所有权握在父亲手中。他力排众议，或者该说是无视众人意见，将房屋和诊所卖给了某家房地产商。这件事发生在我上初中那年过完新年不久。

我喜欢那所大房子，而且好不容易可以随心所欲使用各个房间了，却不得不搬家，令我很泄气。今后何去何从，我更感到不安。我不讨厌父亲，但自从他被志摩子骗了之后，我完全失去了对他的信赖。父亲原本魁梧的身躯此刻看起来如此瘦弱。

此外，我心里还有几个简单的疑问：搬家之后怎么吃饭？打扫谁做？脏衣服谁洗？纽扣掉了该怎么办？

父母离婚时，我毫不迟疑地选择留在父亲身边。而现在，我第一次后悔当初的决定。

一个寒冷的傍晚，我来到附近的书店。但我的目标并不是那里，而是店前的电话亭。我口袋里满满地装着十元硬币。

一进入电话亭，我立刻拿出母亲给的护身符，里面写着她的地址和电话号码。

在这之前，我从未想过主动打电话给母亲。我没来由地相信母亲总有一天会打电话给我，或来找我。可是，母亲没有和我联系过。

我将十元硬币塞进投币口，拨号，心里七上八下地听着电话铃声。

没过多久，电话通了。

"喂，您好，这里是山本家。"

我听到一个男人的声音。一种很冷淡、嫌麻烦的口吻。

我无法立刻应答，对方更不耐烦地问："喂，找哪位？"若再过几秒不说话，电话一定会被挂掉。

"喂，请问……"我总算说出话来了。

"嗯？"大概是没想到会听到小孩子的声音，他不知该作何反应。

"妈妈在吗？"

"妈妈？"

"是的。那个……我妈叫峰子。"

这下换对方沉默了。他似乎知道了我是谁。

"喂？"我又问了一次。

"她不在。"男人用一种不带感情的语气说。

"她什么时候回来？"

"这我不清楚。她回来我会告诉她你找她。"

"哦，麻烦你了——"我话还没说完，电话就被挂掉了。

此后，我每天都在等母亲的电话，她却没打来。我本想再打一次给她，但觉得又会被那个男人接到，也就不敢打了。

于是我决定星期天去母亲家。我买来地图，确认大致位置后便出了家门。那大概是我第一次独自搭电车去陌生的地方。

母亲住的地方比我想象的要好找。那是一栋两层的公寓。我没有勇气立刻登门拜访，只是站在路边观望，心中期待着母亲不久会从屋里出来。

没过多久，大门开了，出来了一个陌生男人和一个约三岁的小女孩。男人穿着厚夹克，围着围巾，手上拿着脸盆。

男人面带笑容，不知对着屋里说了什么。他和小女孩走开后，屋里伸出一只手臂，砰的一声关上了门。那只手臂罩着粉红色的毛衣。

我确信那是母亲的手。一股心灰意冷的情绪在我心中扩散。事到如今，我已不能投入母亲的怀抱了。我明白，母亲身边已经容不下我了。

父亲在离旧家颇远的地方买了一块地，决定在那里盖公寓。就结果而言，那是个被中介蒙骗的计划，但没有人给失去冷静判断力的父亲任何忠告。亲戚们完全放弃父亲了。

公寓一盖好，我们就可以住进其中一户，在那之前，我和父亲在附近租房住。这一切进行得非常仓促。

搬家的日子临近。有一天父亲要整理物品，去了一趟久违的诊所。入夜后，我也去了诊所，发现父亲双眼无神地坐在诊疗台上，东西没怎么整理，地上放着好几个打开的纸箱。

"噢，是和幸啊。"父亲看到我，张开如有千斤重的嘴。

我问父亲在做什么。

"没什么。"下了诊疗台，父亲叹了一口气，"不知在这里看过多少个病人。"

"如果换算成牙齿的数目，一定更惊人。因为一个人不见得只看一颗牙。"

父亲落寞地笑了。"是啊。"他环顾室内，然后说："剩下的明天再收。

把灯关掉，那边的东西不准碰。"说完，他往门外走去。

我跟在父亲身后。看到一个纸箱时，我停下了脚步。里面放着许多药瓶，其中一瓶上写着"升汞"字样。

我悄悄地拿起那个小瓶子，放进了夹克口袋。

搬到租赁的房子后，我还在原来的中学念了一阵书。因为父亲拖拖拉拉，没有把该办的各项手续办好。从学校到车站的途中，我曾绕远路去看从前的家。那栋气派的传统老屋失去了主人，仿佛一座巨大的坟墓，淹没在群屋之中。

不久，我要转学了。听到这个消息，几个朋友舍不得我离开。当然，我总是拼命扮小丑博取欢笑，也是他们舍不得我的原因之一。

最依依不舍的要算木原雅辉了。

"好不容易成为朋友却要分开，我觉得真遗憾。"他说。

"我也是。"

我送给他披头士的黑胶唱片。那是他们东京演唱会的盗版唱片，音质不太好，却是我的宝贝。他很感动，说在我最后一天到学校上课时也会送我东西。

一天，我一如往常来到老家附近，发现一群人正在拆房屋。他们用推土机推倒围墙，铲平树丛，轻而易举地折断梁柱。土墙如纸般应声倒下。

没花多少时间，历史悠久的老宅就在我眼前化作一堆瓦砾。人们带着工作告一段落的表情，坐上卡车扬长而去。

等到四周不见人影，我向那断壁残垣走去。我的家已变成了粉尘和灰烬。看着几片残破的瓦砾，根本猜不出那曾是家的哪个部分。

带钟摆的挂钟摔在地上。我记得，它原本挂在二楼放棉被的房间里。只要有不如意的事，我就会跑到那个房间哭泣。望着挂钟，我的眼眶热了。我蹲下来，小心地忍住声音哭了一会儿。

过了一阵子，我感觉有人在看我，抬头一看，阿春站在路旁静静地盯着我。目光相遇后，她似乎看到了什么不该看的情景，慌张离去。她大概刚买完东西要回家，系着围裙，提着菜篮，说不定已经找到了新雇主。

父亲说要解雇阿春时，她要求父亲连本带利全额支付拖欠的薪水。

"那个女人知道我在和房地产商见面，便盘算要我连本带利付她薪水，所以之前她才一声不吭。"阿春走后，父亲恨得牙痒。

三月，举行结业典礼那天，也是我和大家道别的日子。第二天起就开始放春假，同学们脸上洋溢着雀跃之情，只有我满腹不痛快。离开大家并不难过，我是不知道接下来的日子要怎么过，被不安的心情压得几乎喘不过气。

从未关心过我的女班主任向同学宣布我要转学，她故意选择煽情的词语，令我光是站在她身边听她讲话都觉得难为情，结果当然没有哪个笨蛋因为她的话而流泪。

最后，班主任要我向大家道别。我走到教室前面，说了些连自己都觉得冷淡的话。班主任很不满意，喜欢看我扮小丑的同学们也一脸大失所望的表情。

那天，木原到车站送我。好像还有几个人，我已没有印象了。在当时的我眼中，木原是唯一的朋友。我到现在还会想，要是上小学时就遇到他该有多好。

"这个送你。"他递给我一支钢笔。我知道这是他经常在英文课上用的笔。

"这样好吗？"

"没问题啊。还有这个。"他又从书包里拿出一样东西。

那是一本纪念册。打开一看，里面满是同学的签名、留言和涂鸦。长期以来，我一直在班上戴着小丑面具，看到那本纪念册时，心里到底还是有些感动。

"谢谢。"我小声说。

然后我搭上了电车。其实，我并非要去别的县，今后想见面随时可以见，但我在电车里向大家挥手道别时，却有一种"今朝离别后，相见永无期"的愁绪。

事实上，那是我最后一次和木原见面。后来，成绩优秀的他进入我怎么也进不去的高中，上了国立大学的日文系，毕业后在一家总部设在东京的报社工作。不过，这些事和我的命运倒没什么关系。

和木原道别后，我在电车里再次打开纪念册。每一页都有一个人签名留言。我看到有些不太熟的同学也留了言，心情很复杂。

翻着翻着，我才发现原来留言的不只是同班同学，还有在体育课和工艺课上相熟的别班同学。我很感激木原，是他将这本纪念册传到其他班级留言的。

然而，这种幸福的心情随着我翻看到某一页时烟消云散。

是仓持修的留言。木原大概听谁说过小学时我和仓持很熟。

"到了新学校也要加油！别输给其他人！"

仓持用彩色签字笔写着，旁边还生动地画了一张《巨人之星》主角的脸。

如果只是这样，也就没什么了。问题出在写在右上角的抬头。

献给田岛和辛。

7

新学校坐落在水质污浊的运河旁。凉爽的季节还好，天气转热非开窗不可的时候，教室里热烘烘的空气中净是油臭味和腐臭味，课根本上不下去。但我很快就知道，即便不是身处这种恶劣环境，我的初中生涯也不可能舒适快活。

班主任是一个长得像山羊的老头。他实际年纪应该不大，但我无法从他那放弃一切的态度中感受到一丝活力。这群初中生就够难带了，现在又要加入一个异类，他大概很郁闷。我甚至可以察觉到，他认为自己被选中担任我的班主任，是种飞来横祸。我这个转学生内心不安、心情低落，但在他脑中，根本没想让我放松心情，对我毫不关心。

"我来介绍新同学。"

班主任第一次带我到班上，只说了这一句话，随即非常机械地让我做自我介绍。

面对忽然跑来的转学生，四十多个同学的眼神中夹杂着各种恶意，比如好奇、厌烦、品头论足、充满敌意。还有不少人一副事不关己的样子。我一面做形式上的自我介绍，一面想：这些是蛇的眼神。我正被一群蛇包围。

印象中，那个班没有坏到骨子里的家伙，只是一个极度平凡的初中生组成的普通班级。没有人会剃眉毛，也没有人会在课堂上无视老师玩纸牌。我也不曾听说班上有人接受辅导。

不过，所谓"普通"就是不好也不坏。这样的人不会采取主动，却往往不假思索地参与他人的坏主意。

刚开始并没有出现直接的"恶作剧"，所有人都在观察我的一举一动。要是这段时间里有人同我说话，而我也能圆滑应对，说不定就能慢慢融入这个班级。但不幸的是，他们从一开始就对我"什么都不做"，即视若无睹。

当第一个人采取不予理睬的态度，第二个人便在如何对待转学生这个问题上面临选择，以决定是要仿效第一个人，还是采取自己的做法。基本上，选择后者需要某种程度的勇气，必须作好与第一个人对立的心理准备。于是第二个人也决定多一事不如少一事，对我不理不睬。如此一来，剩下的人会怎么做不言自明。从第三个人开始，总不能独自采取和大家不同的态度，只好依样而为。

转学之后一个月，我在班上成了一个可有可无的人。大家总是避免和我视线相遇，不管做什么，他们都不会想到还有一个名叫田岛和幸的同学。

比方说，有些课会以分组方式进行，此时我就是多余的。老师看到这种情况，自然会让我加入某个小组，但小组中不会有人和我讲话，即使课程设计是要让一个小组齐心合力完成工作，也不会有任何任务分配给我。整节课我就只是看着大家做。

体育课打垒球时，我既没有防守位置，也轮不上击球。虽然我曾一度站上击球区，但投手投的净是球棒够不着的坏球。担任裁判的同学却判定每一球都是好球。结果，我一球也没打到，就被判三振出局。对此，没有任何一个人有意见，只有人私下窃笑。

我时常回想当时的情景，但就算想破脑袋，也不明白自己为什么会受到那种对待。我没有过错，总是尽可能和同学说话，试图融入团体。

但当我回过神来，我和他们之间已筑起一堵厚实的墙。

书上说，校园暴力问题是在二十世纪八十年代之后才逐渐受到关注。大人应该都知道这问题由来已久，只是没有人特别提出来讨论罢了。

教育界专家和学者一直在思考为什么会发生这种事。从经历过校园暴力的人的角度来看，这类事件必然会发生。排斥自己不熟悉的事物，是人的一种本能。他人的不幸会令人产生快感。而确定一名牺牲者，大家找借口攻击，可让彼此间产生同侪意识。有团体的地方，就有暴力。

转学生特别容易成为被欺负的对象。这样不用伤害已经认识的人，还可以反复进行校园暴力这项吸引人的活动。如果转学生没有受欺负，原则上必须具备某种条件，如看起来擅长打架、家境富裕或成绩出类拔萃等。如果班上领头的学生愿意让转学生融入大家，转学生有时也能幸免于难，这是幸运。

我看起来既不像擅长打架的人，家里也没有钱，又口拙舌笨，一和人说话就结巴，会被盼着欺负他人的家伙视为绝佳的牺牲品一点也不奇怪。

同学的视若无睹其实对我的身体没什么影响，但对我的心理造成了很大的伤害。然而，我连一个可以商量的人都没有。父亲满脑子都是如何妥善经营公寓，而山羊脸的班主任则明显不想和我扯上关系。

在一次全班校外教学活动中，我们要去参观某家报社，搭乘游览车时，发生了一件事，让原本的漠视升级为暴力。

车上全是双人座，同学们两两入座，可谁要坐在我田岛和幸旁边呢？座位不多也不少，没法让我一个人坐。

最后用抽签的方式决定座位，一个姓加藤的男生要坐我旁边。其他人为没有抽到这个位子而松了一口气，加藤却很恼火。"为什么我要坐那家伙旁边？真是倒霉透顶。"

我装作不在乎，坐在旁边听他抱怨。大家虽同情他，却还是窃笑不已。

我坐靠窗的位置，加藤将一条腿伸到过道上，和其他座位的同学聊天。内容大半是今天真倒霉。

过了一会儿，加藤开始做出奇怪的举动。他微微抽动鼻子说："有股怪味儿。"他将脸转向我，皱起眉头，捏住鼻子，"搞什么，原来臭味是从我身旁发出来的。"

听他这么一说，立刻有几个人爆发出笑声。他们也做出嗅气味的姿态，有人还说："真的，臭死人了。"

那一阵子我确实连续几天穿着没好好洗过的制服，但还不至于臭得要捏住鼻子。我心头火起，狠狠瞪着加藤。大家无视我的存在，我一直隐忍，但当时真是是可忍孰不可忍。

加藤反瞪我一眼。"干吗，你有意见吗？"

我将视线移开。我无意吵架，加藤也没再多说什么。车上弥漫着尴尬的气氛。

校外教学活动期间安然无事，但第二天放学后，包括加藤在内的四个男生将准备回家的我团团围住，把我带进体育器材室。

"你昨天很猖狂嘛。"加藤叫嚣。

我刚想回嘴，有人从背后架住我，我还来不及反应，加藤尖尖的鞋尖就踹中了我的肚子。我发不出声音，向前倒下，又被他踹了两三脚。

身后的人放开了我，但我痛得无法站立，抱着腹部蹲在地上，接着又挨了一阵乱踢。除了脸，我的肚子、腰和屁股不断遭到攻击。他们大概怕弄伤我的脸会惹祸上身。

不知他们是踢够了，还是踢累了，终于停下了。不知谁说了句什么，又是谁搭腔。我不记得他们在谈些什么，或许应该说当时的我意识模糊，完全没有力气仔细听他们谈话。

他们抬起瘫软的我，放进一个四方形的箱子。我恍恍惚惚，不知他们要做什么，他们合上了盖子，把我关在一个黑暗狭窄的空间里。

刚才听不清楚他们的谈话，加藤说的最后一句话我倒是记得。他说："你敢向父母和老师打小报告，我就杀了你。"

撂下这句话，他们的声息逐渐远去。

我忍着全身的疼痛，想弄清楚自己被关在什么地方。不久，我便明白是在跳箱里。只要推开最上面那一层，就能出去了。然而那盖子异常沉重，不知和盖子奋战了多久，最后逃出去时，我已筋疲力尽，倒在地上久久无法起身。后来我才发现，原来跳箱上还压着体操用的垫子。

我拖着疼痛不堪的身体回家。路人看着灰头土脸的我，纷纷露出恶心的神色。

当时，我和父亲还赁屋而居。独门独院不过是虚有其名，除了狭窄的厨房，就只有两间脏兮兮的和室。

回到家中，父亲开着电视，人却睡着了在打鼾。餐桌上有许多空酒瓶，一个笔记本摆在旁边，我多次看到父亲将经营公寓的相关细节写在上面。

明明有了土地，公寓却迟迟不见开工。详细情形我不知道，如今回想起来，应该是资金不足。虽然可以将土地抵押给银行贷款，父亲应该也考虑过，但房租收入必须足以支付预估的还款金额。按照所有房间都顺利出租来算，房租至少该收多少呢？考虑到地段等条件，恐怕必须兴建相对高档的公寓才合算。但这样就需要更多的资金。而增加贷款金额，还款金额也会随之增加。父亲每天晚上就是在这个没有出口的迷宫里兜圈子。他用酒灌醉自己，借以逃避现实。

餐桌上摆着几盘附近熟食店里买来的菜肴，都已经凉了。平时我总是将那些当晚餐吃，可那天我实在没有胃口。我到隔壁房间，脱下衣服一看，全身上下都是淤青，肿胀发热，倒是没有出血。

今天不能去澡堂洗澡了。

在那之后，暴力仍然持续着。全班依然无视我的存在，突如其来的暴力也成了家常便饭。欺负我的主要是加藤那帮人，有时别人也会加入。对我而言，那些在一旁幸灾乐祸的人都是帮凶，佯装没看到的人也是一丘之貉。

但是，为什么我明知要被欺负，还是每天乖乖去学校呢？我找不出答案，就像那些人欺负我也没有理由一样。我以为，只要没生病就得去上学。我只能说，这种想法是让我去上学的唯一理由。要是"拒绝上学"这种做法早点流传开来，我说不定就会选择这样做了。

如今只有一件事支撑着我，让我忍受苦痛。我一面受人欺负，一面这么想。

随你们爱怎样就怎样！总有一天，我会杀掉你们……

大概从这时起，我开始具体思考如何杀人。每天我都在想象杀人这件事。这不只是个幻想，我手中握有杀死他们的方法。它就被我藏在家中书桌的抽屉里。

升汞。

书上说，升汞的化学名称为氯化汞，是一种无色结晶，在医学上用作消毒剂和防腐剂，剧毒。0.2 ~ 0.4 克即可致死。

从父亲的诊所把它偷来时，我还没有决定如何使用。对毒药感兴趣的我，一看到瓶上的标签，就知道那是宝物，于是悄悄地放进口袋。

我一直渴望使用这瓶毒药。我常想，总有一天我要让谁吃下它。如果出现了一个我想置之死地的人，我一定会用这个杀死他。

每天晚上我都幻想，不知道让班上同学吃下升汞会怎样。我并不想马上对加藤那帮欺负弱小的人下手。因为他们一死，警方恐怕就会出面调查，经由解剖就会发现有人对他们使用升汞，于是我一定会被怀疑。大家都知道我有杀人动机，警方只要一调查，就会知道我能拿到升汞。

杀掉加藤那帮人，我完全不会感到良心不安。但除非他们把我逼到不惜同归于尽的地步，否则我不会实行这个计划。当时，我还没有那么绝望。

但我并没有打消杀人的念头。我想证明自己真的能够杀人，也想确认升汞的效果。

我脑中浮现的人影是仓持修。

我是有理由恨仓持的。

他欺骗我，还把我带到那个使诈的男人那里去赌五子棋。因为他，我花光了零用钱，还沦落到从祖母尸体上偷钱包的境地。

撇开这件事，还有之前的诅咒信。

将我的名字写上诅咒名单的，一定就是仓持。把"田岛和幸"写成"田岛和辛"，除了他还有谁会犯这种错？因为他，我收到了二十三个人寄来的写有"杀"字的明信片。

我一度认为，那个诅咒已经成真。自从收到明信片起，我屡遭不幸。我不知道这是否是诅咒的效果，但仓持修希望我遭遇不幸却是事实。想到这里，憎恶之情立即涌上心头。亏我还曾将他列为我为数不多的朋友之一，这个想法更令我懊悔。

难道这还不足以构成杀人动机吗？

这世上有千百种杀人凶手，为了区区数千元一时冲动杀人的也时有所闻，但我对那样的杀人事件不感兴趣。我憧憬的杀人魔形象是有确切的杀人动机、心怀长久的杀人念头，并且冷静地付诸实行，就像从前在书上看过的布林维里尔公爵夫人。

杀人这一行为很吸引我，但不能没有杀人动机。我认为，没有杀人动机，就不能算真正的杀人。

有人诅咒我、期待我遭遇不幸，这是否足以成为杀人动机？我总觉得，这可以成为憎恨他的理由，却不至于让我想杀掉他。我为心中的憎恶情绪无法膨胀感到焦躁，同时觉得自己是个非常软弱的人。

然而讽刺的是，消除我心中软弱的正是加藤他们。那天，体育课因下雨改成自习。我在座位上看推理小说，他们凑了过来。

"哟，这家伙在看这种书。"其中一人抢走我的书。

"自习的时候可以看小说吗？"加藤马上接着说。

你们还不是到处乱转，凭什么说我！这句话我当然没有说出口。我双手放在桌上，扭头看向地上。

"这是什么书？外国小说啊，你很酷嘛。"

"喂，拿过来我瞧瞧。"加藤从同伙手中拿过书本，大声念了起来。他遇到困难的汉字就会卡壳，念得七零八落。两三行念完，他说："哼，这是什么玩意儿，让人看得莫名其妙。"

"侦探小说吧？会不会出现怪盗鲁邦和福尔摩斯啊？"

"不会啦。应该会写怎么犯罪之类胡编乱造的东西吧。这书是写找罪犯的吗？"

"大概是吧。侦探最后会找出罪犯。"

"真了不起呢。"加藤说话的腔调令人讨厌。他翻开最后一页。"喂，田岛，你猜猜罪犯是谁。猜对了，我就把书还你。"

我默不作声。要怎么猜呢？我刚开始看，连有哪些角色都还不知道。

"答不出来啊，那就当家庭作业吧。"加藤说完就从我胸前的口袋里抽出钢笔。那支笔是木原雅辉送我的，我顿时慌了手脚。

加藤开始用钢笔在那本书的最后一页上乱画。他动作很粗鲁，笔尖都快被他弄坏了。

"还我！"我扯开嗓子吼道。

一向逆来顺受的人居然出声反抗，加藤露出伤到自尊的表情。

"干什么，你有意见吗？"他将书摔到地上。对我而言，书怎么样都无所谓，重要的是钢笔。

"还我！"我试着从他手中夺回钢笔。

但加藤可没那么容易放手。抢夺之间，钢笔的墨水喷出来，弄脏了加藤的制服袖子。

"啊，你这浑蛋！"他的脸整个扭曲了。他抓住我的制服领口。"搞什么鬼！混账东西！"

我正想回嘴，就被他推倒在地。我想起身，却被加藤的同伙压住动弹不得。

"把他的裤子和内裤扒下来！"

两三个人遵照加藤的指示，往我下半身伸出手来。我双脚乱踢着抵抗，却只是徒劳。他们解开我的腰带，脱下我的裤子和内裤，露出缩成一团的阴茎。女同学扭过脸去，男同学则大半在笑。

加藤在我腿边蹲下，拆开木原送我的钢笔。他打开墨水匣，握住两端。不用想也知道他要干什么。

他双手一用力，钢笔咔嚓一声折断了，黑色的墨水一滴滴溅到我的下体，将缩成一团的阴茎染得乌黑。同学们哄堂大笑。

"把黑板擦拿过来！"加藤下令。有人麻利地递给他。

加藤手持黑板擦往我下体拍了好几下，将那里又染得雪白。看到的人无不捧腹，有人还笑出了眼泪。

这时有人大叫："老师来了！"

加藤一伙迅速拉上我的裤子和内裤，麻利地为我系上腰带，就这么将我丢在地上，各自回座。

当光头的体育老师走进教室时，我还站不起来，跌坐在地上。

"你在做什么？"体育老师看着我说。从平时上课的情形来看，他应该已察觉到我被同学欺负了，但他和许多老师一样，没有为我做什么。

我默默地摇摇头，慢慢回到座位上。我感觉到周围的人都在讪笑。如果我向老师告状，加藤等人一定会在事后围殴我。

我暗下决心——我要杀了你们，总有一天我要杀掉你们这帮人！

我想获得力量。我想确信自己只要有心就能杀人。我再次阅读布林维里尔公爵夫人的犯罪情节，得到了一个启示。她连察觉到她弑父的兄长也一并杀害。实际上，她曾进行杀人实验，即杀人预演。

我又开始考虑仓持修。

当时我并没有非杀仓持修不可的动机。但我想预演一遍，为实现更大的野心作准备。更大的野心自然是指杀掉全班同学。我想，只要通过杀人预演肯定了自己的能力，就能挽回因被同学欺负而失去的东西。

从那天起，我开始思考杀掉仓持修的方法。这是我有生以来第一次拟订杀人计划，而不是单纯的幻想。

我决定使用升汞。但怎么让他吃下去呢？我最先想到的是混在食物里。稍加思考，我发现这个办法并不可行。如果食物来路不明，收下的人必然会提高警惕。我也可以假借仓持好友的名义送食物给他，可一般人在吃之前都会先打电话确认。如果以我的名义送去，自然又另当别论了。

不过，就算仓持不起疑，我也不能确定这么做是不是可以只杀掉他一个人。一不小心便会误杀他人，这有违我的本意。毕竟，我只想解决掉自己看上的猎物。

左思右想之下，我认为还是得由我亲手将掺了毒药的食物交给他，这样才能设法让他独自吃下。

但不能让任何人知道我和仓持见过面。只要做到这一点，警察怀疑我的可能性就不高了。小学毕业之后，我和仓持就渐渐疏远了，转学后更是一次也没联络过。警察应该料想不到，转学去了其他中学的学生会特意拟订复仇计划，回到原来的学校行凶。

什么食物适合掺进升汞呢？书上说，升汞只能微溶于水，却能溶于酒精和丙酮。换句话说，果汁之类的软饮料不能用。

我的思绪回到和仓持一起度过的小学时光。我们经常去电子游戏厅玩弹子球机。

他常常一边打弹子球，一边咬着鲷鱼烧。

8

要毒死仓持修，必须具备下列条件。

首先，必须两人独处。不能让第三者看见我和他在一起，也不能让任何人知道我和他见过面。

其次，不能让仓持起疑心。让他毫不猜疑地吃下我送的鲷鱼烧，这个计划才能成功。

可他吃下去之后该怎么办呢？假设我成功毒死了他，可以不管他的尸体吗？但要搬运尸体是不可能的。这样，杀人之后必须迅速逃离现场，避免被任何人发现，也不能留下任何可能成为警方侦查线索的物证。至于鲷鱼烧要在哪儿买，也必须审慎考虑。万一店员记得我的长相，可就泡汤了。

想到这里，我不由得叹了一口气。我怎么都不相信事情会顺利进行。但即便如此我也不打算放弃。实行下毒杀人计划的决心，可说是我当时唯一的精神支柱。

最后，我决定先调查仓持的生活作息情况。掌握了这一情况，说不定就能找到下手的机会。

第二天放学后，我急忙赶到车站搭电车。目的地自然是过去住的城镇。

仓持家在商业街上经营豆腐店，对街有一家书店，距离豆腐店约二十米。我决定去那里站着看书，以便观察仓持家的情形。快到吃晚饭的时间，街上人来人往，我一直在书店门口看书也不会显得形迹可疑。除了我，还有许多初中生、小学生站着看漫画杂志。

仓持的父母在店里应付客人。五点过后，店里排了许多提菜篮的家庭主妇。我想起仓持从前说过："一块豆腐才几十元，这种买卖要做到哪一年啊。"

六点过后，仓持从店里出来。他跨上店门口的旧自行车，不知道要去哪儿。他骑车经过书店，并没有发现我。我很想知道他要去哪儿，想跟踪他，但他骑着自行车，我是追不上的。

第二天我照样去监视他。那天下着雨，当我撑伞走到那家书店前时，发现老板为避免书被淋湿，将门口的书全收进了店里。在店里无法监视仓持家，不得已，我只好换了稍远的一家模型店。小学时，我在那家店里买过雷鸟神机队的模型。

大概因为下雨，路上只有稀稀拉拉的行人和两三只小猫，豆腐似乎也卖得不好。等着等着，仓持又出来了。他出门比昨天早，没有骑车，撑着雨伞步行离开。机不可失，我随即离开模型店跟踪，有种刑警或侦探的感觉。仓持完全没有注意身后，径自走在雨中。他可能在赶时间，脚步有些快。

不久，我们来到了河畔的住宅区。这个地方我有印象，仓持曾带我到这里赌五子棋。他在那栋只能称之为木板房的屋子前停下，撑着伞左右张望。我马上躲进角落，用伞遮住脸。

我收起雨伞，探出头来，看到仓持蹲在屋子前面。那里摆了好几盆植物，他在搬其中一盆。然后他站起身，摸到破旧大门的把手一带。我知道他在开锁。门一打开，他便迅速进屋。

我在那里待了十来分钟，仓持没有出来。我不清楚他在里面做什么。

这是一个重大收获。我猜他昨天一定也到这里来了。而且，他自己开锁就意味着屋里没有其他人。

第二天是个晴天。放学后我先回了趟家，换了件衣服。然后搭上电车，在同一站下车。我没有去商业街，直接去了河边的屋子。抵达时大约六点。

我躲在一辆停在路边的面包车后面，不久仓持便骑着自行车出现了。他和昨天一样，先察看四周，然后从盆栽下取出钥匙，开门进屋。确定他进屋之后，我就离开了。我已在脑中慢慢勾勒出了杀人计划。

去哪里买鲷鱼烧是个大问题。我观察了好几家店，选择了客人最多的一家。我买了两个鲷鱼烧，走进附近的公园，坐在长椅上，确定没人之后拿出一个。

我先将鱼头部分的皮稍微弄破，小心地不留下指印，露出里头的馅来。接着，我将手伸进口袋，拿出一个包有升汞的小纸包。我摊开纸包，谨慎地将粉末撒在馅上。据我所知，仓持吃鲷鱼烧时，会从鱼头吃起。如果他习惯没变，第一口应该就会把我掺进去的升汞全吃下肚。我从口袋里又取出一件秘密武器——前一晚做的淀粉糊。我先前想过如何将鲷鱼烧弄破的皮修复原状，最后想到了这个好方法。没想到小学上的实验课会在这时候派上用场。

为避免和空气接触，昨晚我将淀粉糊装在了塑料袋里。我用手指蘸起淀粉糊，将鲷鱼烧的皮黏起来。效果比想象中的还要好。如果不仔细看，应该不会发现这个鲷鱼烧被人动过手脚。

最后，我掐掉另一个鲷鱼烧的尾巴，将两个鲷鱼烧一同放回袋中。掐掉尾巴自然是为了做记号。一切准备妥当，我站起身，前往车站。

现在回想起来，当时我并不想杀仓持，只是沉醉在下毒杀人的计划之中。正因乐在其中，才能准备周全，一直不死心地监视仓持。

我在六点前抵达那栋屋子。我知道仓持会从哪个方向来，所以决定埋伏在稍远的地方。

约莫过了十分钟，仓持来了。他将自行车放在屋子前面，从盆栽下拿出钥匙。动作程序一如往常。等他进了屋子，我便展开行动。

四周无人，这很重要。若被人瞧见我进屋，计划就得中止。

我站在门前，做了两次深呼吸，敲响了门。那栋屋子没有对讲机或门铃，因此为了控制敲门的音量费了我不少精神。若声音太小，怕仓持听不到；若太大，又怕附近的人听见。仓持应门之前，我整颗心都悬在半空。

过了一会儿，屋里好像有了动静。仓持应道："来了。"大门缓缓开启。

看到我，他一时未反应过来，眼睛眨了好几下才开口说："咦，怎么是你？"

"嗨，"我试着发出开朗的声音，"好久不见。"

"你怎么会来这里？"他还是一脸诧异的表情。

"我来这附近时正好看到了你。刚想叫你，你就进了屋子。"

"哦。"他似乎接受了我的说辞，表情似乎在说"天下居然有那么巧的事"，"你怎么会来这里呢？"

"我刚去了朋友家，现在一边回家一边到处闲逛。"

"这样啊。"

"倒是你，在这种地方做什么？"

"我啊？我在打工。"他贼贼一笑，总算露出他惯有的神色。

"打工？"

"进来再说。"

屋里和以前没什么改变。只不过曾经用来下五子棋的桌椅不见了，那张写着游戏规则的纸仍旧贴在墙上。

屋子里只有一间狭窄的和室和厨房。榻榻米已变成焦褐色，到处都起了毛絮，厨房则布满污垢。和室里放了一张矮餐桌，上面放着许多细长的纸条。矮餐桌旁有一个纸箱，里面装着纸做的套子，约指尖大小。

"你在做什么？"

"打工啊。"他在矮餐桌前盘腿坐下，"给你看样好东西吧。"

他从口袋中拿出一块紫色的薄布，双手拈着布，像个魔术师似的来回翻转，让我看看布的两面。

"我没动手脚，这块布也没有机关。"说完，他左手握拳，将布一点点塞进左拳。完全塞进后，他在我面前摊开左手，那块布竟然不见了。

"咦？"

我觉得不可思议，但马上发现仓持左手的拇指上戴着一个皮肤色的套子。

"什么嘛，骗三岁小孩的把戏。"

"没错，但你刚才还不是被我骗了。"

仓持拿下拇指上的套子，放到矮餐桌上。套子里装着刚才那块布。

我拿起来，觉得很没质感。

"你在做这种东西？"

"将纸裁成这般大小，用糨糊黏上，干了之后再放入箱子。这样一个赚五元，真不是人干的。"他耸肩表示无奈，还是拿起剪刀，剪起纸来，仿佛分秒必争。

"你每天都做吗？"

"是啊，今天我打算做一百个。但也不过五百元。"

"你为什么要做这种事呢？还在这种地方。"

"住在隔壁的婆婆死了，这本来是她做的家庭代工。岸伯伯接下来，却没有做，只好由我接手。"

"岸伯伯？"

"你知道吧？你不是跟他下过五子棋吗？"

"噢，就是他啊……"

我眼底浮现出脏兮兮的日式短外套和工作裤。他好像是这栋屋子的主人。

"卖艺的没了道具就嚷个不停，岸伯伯是看在邻居的交情上才帮忙做的，但他原本就不爱干细活儿，所以我就当打工喽。如果有时间，你要不要做？我会按工作量把钱分你的。"

"不，你做就好。"

"哦。"

仓持说话时，手上也没闲着。纸套眼看着一个个增加。他动作非常熟练，大概之前已经做了不少。

"你跟岸伯伯挺熟？"我试探着问。

"嗯，算是吧。他教了我很多有趣的事。从他身上可以学到比老师教的还有用的东西。"他抬起头，又露出一抹奸笑。

"他很会下五子棋哦？"

"是啊，不过他已经不行了。他的本领已经被人看尽。有一次来了个学生模样的客人，连赢了他三局。那人之前从没见过。隔了一天，又来了一个人，也是连赢他三局，然后离开。这下岸伯伯才知道大事不妙，他被其他玩赌博游戏的人盯上了。对方彻底分析过他的棋路，他不管下多少局都不会有胜算。他担心日后对方会上门要求赌大的，所以收手不干了。"

"还有那样的人啊？"

"好像有。赌象棋、赌台球、赌麻将，听说赌什么的人都有。"

我从未听说过这些事情，只能点头。

"当初，"我说，"你就是认为我赢不了，才带我来的，对吗？"

我原以为仓持会有些震惊，岂知他那裁纸的手晃都没晃一下。他灵巧地上完糨糊，泰然应道："对啊。那个时候没有客人，岸伯伯很头疼，我就带了几个人过来。"

"那就是说，你跟岸伯伯是一伙的喽？故意一会儿赢一会儿输，让客人抱有希望。"

"这件事让你怀恨在心吗？"仓持停下手，抬头看我。

"老实说，我有点生气。"

"但比赛是真的哦。你要是真有实力，就能和那些玩赌博游戏的人一样，连赢三局带着奖金回家了。"

被他这么一抢白，我无话可说。但我还是不能接受。"我在五子棋上可花了不少钱。"

"好像是吧。老实说，我没想到你会那么着迷，那时候还有点担心。这话可不是说来骗你的。好，又做好一个了。"他说。

"岸伯伯去哪儿了？"

"大概在某个施工路段帮忙吧。工作结束后，他会去路边摊喝酒，晚上多半不在家。"

"你来这里会告诉父母吗？"

"不会啊。我对他们说我在朋友家玩。反正我家小孩都是放养的。"

看来，就算他死在这里，在岸伯伯回来之前，也不会被任何人发现。我小心地不到处乱摸，以免留下指纹。

我将纸袋放到矮餐桌上，说："你要不要吃这个？"

"那是什么？"

"鲷鱼烧。"

仓持停住了手，眼神像小学时一样熠熠生辉。"这样好吗？"

"我买了两个，一人一个吧。"

"谢啦。我刚好饿了。"仓持露出笑容。

我从袋子里拿出尾巴完好的鲷鱼烧递给他。我心跳加速，感觉手指在颤抖。

"你放那边吧。我做完这个再吃。"仓持说。

我稍微撕开纸袋的一边，在矮餐桌上放好，再将鲷鱼烧放在上面。用淀粉糊修补过的痕迹已完全看不出来了。

"我不是因为你买鲷鱼烧才这么说，但或许应该为另一件事向你道歉。"

"另一件事？"

"就是诅咒信。你记得吧？"

我啊了一声。

仓持一脸尴尬，拿出手帕擦手。"你收到过写有'杀'字的明信片吧？"

我点头。心脏怦怦乱跳，却不是因为刚才的理由。

"我把你的名字写在诅咒信上了。"

我瞪大了眼睛。他慌张地说："我不是因为恨你才这样做的。我当时想，那不过是小孩子的游戏，才会半开玩笑地写上你的名字。"

"开玩笑也不能这样做吧？"我咽下一口口水，继续说，"被写名字的人可不愿意呀。"

"大概吧。所以我才要向你道歉。"

"你知道你那么做让我多不痛快吗？"我的声音里透着怒火。

"哎哟，别那么生气嘛。我那么做，一半是开玩笑，一半则是为了试验。"

"试验？"

"我想知道收到那种信之后，有多少人会参加。结果是二十三人，对吧？如果所有人都参加，就是两百四十三人，所以回应比例大约是十分之一。"

我很惊讶他竟然知道二十三这个数字，但随即就明白过来。"你想知道结果，所以告诉我把数字刻在鸟居上就能得救？"

"是啊。鸟居上清清楚楚地刻着二十三。"他爽朗的表情令我憎恶。

当时的我怀着多么悲惨的心情刻下那个数字，手指还被雕刻刀割伤。

"你为什么想知道那个数字？"

"重点就在这儿。你收到了二十三张明信片，对吧？如果把明信片都换成千元钞呢？就赚了两万三千元啊！"

"明信片又不会变成千元钞。"

"我说的不是这个。因为那是诅咒信，才会变得不吉利。假设是可以占便宜的事，比如请对方寄一张千元纸钞给写在名单上的最后一个人。"

"怎么可能会有人把钱寄给陌生人。"

"很难说哦。因为我会在信中这样写——钱寄出后，请将你的地址姓名写在名单最后面。这样过几大就会有两百四十三个人寄千元纸钞给你。"

"哦？"我看着仓持的脸。他奸诈地笑着。

"怎么样，有趣吧？"

我一言不发，缩起下巴。这件事的确有意思。我看到诅咒信的时候，完全没想过那种事。

"会不会有人不寄钱，只把名字写在名单上呢？"

"问题就在这里。我还在想，有没有什么方法能够防止这种侵占他人钱财的行为。"

"你还在想……难道你真的打算做吗？"

"总有一天，"仓持歪着嘴角笑了，"你看我做得这么卖力，一个也不过五元。这个时代要赚钱可不能靠手脚了，而要靠这里。"仓持指着自己的脑袋。"所以呢……"他继续说，"我才会做那种试验，利用你真的很对不起，但请你谅解。我还是替你想过的，不知你有没有察觉。我把你的名字写错了，对吧？田岛和幸的'幸'字被我写成了'辛'字。要是写正确的名字，我会过意不去。"

"原来如此。"

"所以我要向你道歉。对不起。"他低下头。

"事情过去了就算了。"我说。

"是吧。那么，这个我可以吃了吗？"仓持伸手要拿鲷鱼烧。

"啊，等一下。"我抢先一步拿起，"这个沾到头发了。我这个给你。"说完，我将袋子里那个没有尾巴的鲷鱼烧递给他。

"无所谓呀。"

"不行，这一个我吃。"我将喂了毒的鲷鱼烧放进袋子。

"你不吃吗？"

"嗯，我现在不太想吃。"

"那么，我就不客气了。"仓持和以前一样，一口咬下鲷鱼烧的鱼头，咽下肚后露出笑容，"凉了，但很好吃。"

"哦。"我点头。

"我说田岛，新学校怎么样？好玩吗？"

"该怎么说呢？"我知道自己的表情很僵。

仓持仿佛看穿了我的心思似的说："不管到了哪里，都会有讨厌的人。重要的是要让对方怕你。无论使用什么手段，只要让对方怕你就好。岸伯伯说过，人会逃离自己惧怕的事物。"

"嗯。"我含糊地应了一句。仓持兀自吃得津津有味。

我没让仓持吃下有毒的鲷鱼烧，倒不是因为他的道歉，而是他独特的说话方式让我感到困惑，进而失去了杀他的念头。我后来仔细想过，发现他的道歉中有可疑之处。他说自己是故意将"田岛和幸"错写成"田岛和辛"，我很想问他，我转学前他在纪念册上写错的名字又是怎么回事？两次他都写错了。

说不定他早已意识到我发现了诅咒信的事。大概我提到五子棋诈术时，让他想到了这一点。他知道我已看穿他和那个岸伯伯是同伙，因而认为趁此机会把诅咒信的事向我摊牌才是上上之策。

和仓持告别后不久，我就想到了这些，但已无意再次尝试杀他了。我觉得很扫兴。

出了车站，我在回家途中迎面遇见几个年轻人。天黑了，看不清他们的长相，走近后才发现是我现在最不想看到的人。

"哦，黑鸟鸟在散步啊。"加藤面露不怀好意的笑容。

我无视他的存在，想擦身而过。但他们并不打算默不作声地放过我。"喂，等等。"有人抓住我的手臂。

"我们经过的时候，你要在一旁等候！"加藤说。

"跪下道歉！"另一个人说。

我瞪着加藤。这个眼神好像触怒了他，他变了脸色，双手抓住我的领口说："你那是什么表情！"他把我举了起来。我仍旧瞪着他。

"你拿的是什么东西？"有人从我手中抢走纸袋，瞧着袋里笑道，"什么嘛，原来是鲷鱼烧啊。"

"拿来！"加藤接过那个鲷鱼烧，脸上浮出一抹轻蔑的笑，"吃这么寒酸的东西。"说完，他就要一口咬下。

"里面下了毒哦。"我说。

加藤张大嘴巴，停止了动作，接着又伸手来抓我的衣领。"别撒这种无聊的谎了。"

"如果你觉得我在撒谎，尽管吃掉好了。你会死哦。"

加藤用憎恶的眼神看着我。其他人龇牙咧嘴地笑。

"我掺了升汞。"

"升汞？"

"又叫氯化汞，吃下 0.2 到 0.4 克就足以致命。我在鱼头部分掺了一大堆。"

"少胡说八道了！你怎么会有那种东西？"

"为了……"我的目光扫过加藤和其他人的脸，不知哪儿来的勇气，我把心一横说道，"为了杀死你们！"

"什么！"加藤手臂使力，将我压到墙壁上。

"他骗人的，加藤。"有人说。

"我知道，肯定是骗人的。好家伙，你以为这么说我们就怕了吗？"他眼珠子瞪得老大。

"所以我叫你吃啊。吃了就知道我是不是在骗人。你会死的。"

加藤看看鲷鱼烧，又看看我，面露迷惘。

"你干吗带着喂毒的鲷鱼烧？"

"你要问几遍？"我摇摇头，"刚才不是说过吗？为了给你们吃。"

"你胡扯！"

"加藤，就算他胡扯好了。你喂那边的野狗野猫看看。如果它们吃了没事，就证明这家伙在撒谎。"

加藤似乎觉得同伴的提议有道理，放开我的领口。"好，接下来就做动物实验，反正一定不会有事的。喂，田岛，你明天给我做好心理准备，可别逃跑！"

"你们才别逃跑！"

听我这么一说，加藤的脸扭曲得更厉害了。下一秒钟，随着巨大的冲击力，我眼前金星乱冒。等我回过神来，已经跌坐在马路上了，脸颊上留着拳头火辣辣的感觉。我抹了抹嘴巴，手背上沾了鲜血。

"那种毒药我还有。我还能把它掺进你们的盒饭！"

加藤朝我吐了一口口水，吐中了我的运动鞋。

"大伙儿找只狗或猫。"他们迈开步伐。我还听到了"明天杀了你"的声音。

第二天上学时，我包了好几包升汞，放在制服口袋里，万一他们的动物实验失败，就拿出来让他们瞧瞧。

但我多此一举了。

当我走进教室时，加藤一伙并没有靠过来，只是恨恨地看着我。但我一瞪回去，他们便移开了视线。

无论使用什么手段，只要让对方怕你就好——我想起仓持的话。我随即又想，被用来做实验的是狗还是猫呢？

9

　　我的初中生活过得水深火热，初三那年却转瞬即逝。暑假一过就得开始考虑将来的路，但我对未来没有任何理想与目标。从前，我隐约想过，自己大概会继承父亲的诊所，成为一名牙医，但如今诊所已经关门。再说，要当牙医就得进入学费高昂的医科大学就读，我家应该没有那么多钱。或许进国立医大也行，但我对自己的成绩尚有自知之明，要进国立医大无异于痴人说梦。

　　于是我没有考虑太多，就决定念工业高专。我并不特别喜欢数学之类的理科，既然念不成大学，不如念念毕业后好找工作的工科。

　　我念的那个学校，一入学就要学生决定主修科目。我依旧没想太多就选了电子。当时"电脑"、"电子"等词汇正开始流行，我只不过希望自己所学能够合乎未来时代的需求。过了一阵子，我才发现这一选择没有太大意义。

　　从教室的窗户能够看到正在兴建的高速公路，这所工业高专是我期盼已久的休息之所。班上没有人和我来自同一所初中，所以没人知道我的过去，也没人对那些事情感兴趣。我依旧不擅长交朋友，顶多在下课时间和同学闲聊几句。

　　一年级的夏天，我做了有生以来的第一份兼职，在公营游泳馆的小卖部卖果汁和冰激凌。学校严禁学生打工，但几乎没有学生将校规放在眼里。

小卖部的客人很多，一个人得做好几份工作，相形之下时薪便显得微薄。但我总是满心雀跃地去打工。理由很简单，因为可以见到江尻阳子。

店里除了中年女店长和我，还有一个勤工助学的学生阳子。她念的是当地的商业高专。

她身材娇小，一张鹅蛋脸，脸上稚气未脱，说她是初中生也不为过。每当看到她的笑容，我心中的愤怒、烦恼之类的负面情绪总是一扫而空。我好想看见她笑，所以嘴拙的我总向她搭讪。不管多么无趣的话题，她都会看着我的眼睛听我说，并且最后一定会对我微笑。

"田岛真是个有趣的人，净想一些有趣的事儿。"

从头到尾，她只跟我说过一次这样的话。或许当时的我就如她所说，是一个有趣的年轻小伙子。是她，改变了我。

店长对钱管得很严，但如果店里没客人，我们聊天她也不会说什么。不仅如此，只要稍有空闲，我和阳子就会溜到别的地方去乘凉，因此我们常有机会独处。

阳子来自单亲家庭，她念小学时，父亲因胃癌去世，全靠母亲做和服度日。她一听我和父亲相依为命，仿佛遇上什么新奇的事物般地眨眨眼睛，说："是吗，真巧啊。"

"阳子你真开朗，总是笑眯眯的。我觉得你真了不起。不像我，常被人说性格阴沉。"

"我妈对我说过：'你呀，没有什么优点，所以至少要笑口常开啊。'而且我天生就开朗，毕竟我的名字里有个阳嘛。"说完她又微笑着补了一句，"你也很开朗呀。跟你在一起很开心。"

那时，她的声音和笑容不知多少次在我的脑中盘旋。我想，大概我到死都不会忘记。她是我一生中遇见的最美好的事物之一。

那份工作还有几个附带的好处——中午可以随意吃店里卖的东西，

冰激凌更是爱吃多少就吃多少。这的确令人高兴，但最让人期待的莫过于可以到游泳馆游泳。小卖部下午五点关门，工作结束后到六点游泳馆关门前，都可以尽情地游泳。

几乎每天工作结束之后，我和阳子都会一起去游泳。我们比赛谁游得快，相互追逐，在水中打闹，就像小学生一样嬉笑玩耍。她穿着学校订制的蓝白条纹连身泳装，那身古铜色的肌肤总让我看得目眩神迷。

我想，我是真的恋爱了。真希望这份幸福能够持续到永远。

进入八月之后，不速之客来访。

那天是阴天，客人比平常少。我很高兴能多一些时间和阳子说话。

当工作告一段落，我正心头小鹿乱撞，想又可以和她说话了，事情就发生了。

"一个冰激凌。"

当时我背对着柜台，声音从我后面传来。即使天气热得让人一动不动也汗如雨下，听到那声音的瞬间，我全身上下的汗毛还是竖了起来。

我一转身，就看到了仓持修那贼贼的笑容。看来他已察觉店员就是我了。

"仓持……"

"嗨，你气色挺好的嘛。"

仓持比初中时更像大人了。他身材修长，泳裤装扮，肌肉恰到好处。

"你怎么会在这里？"

我一发问，他滑稽地张大嘴巴。"我才想问你呢。你怎么会在这种地方卖冰激凌？"

"打工啊。"

"这我知道。我要问的是，你怎么在做这种低回报率的工作？"

"没有你说的那么糟啦。"

"是吗？看起来好不到哪儿去。"他飞快地扫视店内，"话说回来，我在等你的冰激凌。"

"啊，抱歉。"

当时阳子离开去上厕所了。我一边将冰激凌装进蛋筒，一边盼着她最好暂时别回来。我下意识地不想让她和仓持见面。事后回想，那真是一种惊人的直觉。

然而，仓持接过冰激凌，付完钱，却不肯马上离去。他一边吃，一边和我闲谈。我敷衍着，心想下一位客人怎么不快点来。但偏偏就是没人来。店长也不知跑到哪里纳凉去了。

那次鲷鱼烧事件以后，我就没再和仓持见过面，所以不知道他进了什么学校。他手里拿着冰激凌，很讨厌地说他进了普通高中，还参加了英语会话社和网球社。

"英语会话社还好，网球社不是很花钱吗？"

"还好啦。我用学长送的旧球拍，学校不用场地费，请教练也不用花钱，真是赚到了。美中不足的是训练很严格，但忍耐一年就好了。反正学长没看着时还可以偷懒。再说，我又不想成为职业选手。"

原来还有这种思考方式，我感觉又被他上了一课。我就是讨厌严格训练和花钱，才没参加社团。

这时，阳子回来了。看到我们，她问："你的朋友吗？"

"小学同学。"我回答。

"哦。"阳子对仓持微微一笑，"你好。"

"你好。"仓持也以笑容回应，"你也是高中生？"

"嗯。"她点头应了一声。

"我叫修，仓持修，你呢？"

"我姓江尻。"

"江尻小姐，你叫什么名字？感觉好像会叫美代子。"

他的玩笑话让阳子笑得更爽朗了。她的表情让我感到紧张。

她回答自己叫阳子，仓持接着问怎么写。对于素不相识的人，仓持早已练就不让对话中断的交际本领，以及随机应变的能力。

"这里的工作到几点？"仓持问我。

我不想回答，我猜得到他接下来会说什么。我还在犹豫，阳子从旁答道："到五点半。"

"那么，还有三十分钟。这样吧，我先去换件衣服，五点左右再来，看回家路上要不要三个人一起去咖啡店坐坐？"

"这个嘛，可是……"我看着阳子，祈祷着她会拒绝。

但我的祈祷未能如愿。

"我可以呀。"她说。这么一来，我就非去不可了。

"我也可以。你没有和朋友一起来吗？"

"没有，我一个人来的。那就五点见。"仓持挥了挥手，终于走了。

"他很风趣啊。"目送他离去后，阳子说。她对仓持的友善令我很在意。

"那家伙以前就很会说话。"

"他说是一个人来的，我想他一定很喜欢游泳。"

"是吗……"我歪着头追溯小学时的记忆，印象中他并不特别喜欢游泳。

"今天不能游泳了啊。"我试探着说，想强调快乐时光被不速之客打扰的心情。

"那就请他等一下再换泳衣，三个人一起游到六点再去咖啡店也行呀。"

"不，算了。那家伙说不定已经去更衣室了。"我说。我可不想让仓持看到阳子穿泳装的模样。

仓持五点准时来了。他换上了方格花纹衬衫配白裤子，看起来都是高档货。

他带我们到最近的闹市区，直接走进一家咖啡店，似乎对这里很熟。

他点了一杯美式咖啡，我跟着他点了一样的，虽然我完全不知道美式咖啡是怎样的饮料。别说我不知道它和普通咖啡有什么不同，真正的咖啡我也没喝过。阳子点了一杯牛奶苏打。

我们坐在咖啡店里，仓持主导着话题。他比初中时更会说话了。举凡最近的电影、艺人八卦、流行风尚与音乐等，仿佛他总有话题可讲。而我只能出声附和，对他时而感到佩服，时而感到惊讶，喝着乏善可陈的淡咖啡。

阳子则变得异常健谈。我第一次听说她是滚石乐队的歌迷，而且在那之前，我压根儿不知道她也和一般少女一样，会注意流行动向。提到未来的事时，她脸上甚至浮现出了平时不曾见到的严肃表情。

仓持不单口才好，还擅长让对方说出真心话。他不动声色地撒下许多诱饵，然后立即看穿对方吃的是哪一种。然后他会怂恿对方，或是装作对对方的话题感兴趣的模样，有时还故意唱反调，营造出能让对方畅所欲言的气氛。在他面前，任谁都会变成说话高手，却不知自己只是在他掌中翻滚，按他的脚本演戏。

我们在咖啡店待了两个小时，几乎都是仓持和阳子在说话，我只有在一旁听的份儿。

走出咖啡店，他说要送阳子回家。

"我等一下得去一个地方，刚好跟阳子同一方向。"他看着手表说。

我想起他在刚才聊天时，巧妙地问出了阳子家在哪里。

早知如此，我也说出"一块儿走"就好了。只是我家和阳子家方向相反，实在差得太远。我期待阳子拒绝，可她没有。我甚至感觉到她对仓持的提议表示欢迎。我们一起走到车站，在那里和他们俩告别。我从月台的另一边看着两人上电车，他们早已忘了我的存在，聊得开心不已。

我回到白鹭庄时，管理员室的灯还暗着。我拿出钥匙打开门进去，没有开灯，直接走到里头，拉门的另一面有两个房间和厨房。那是我们父子的居住空间。

父亲日夜期盼的公寓约在一年前完工。父亲不管成本收益是否合算，在许多前提尚未明朗的情况下决定破土动工。但是银行的贷款根本不足以盖好房子，于是父亲向已断绝往来的亲戚低头求助，最后愿意借钱的则是父亲最亲的堂兄。但那位伯父也要父亲瞒着伯母和其他亲戚。他还特别叮嘱父亲，这是最后一次借钱。

父亲似乎想盖一栋高档公寓，但就预算来看是不可能的。这里的交通不算方便，没法让房租开个好价钱。最后，父亲决定盖一栋针对单身人士和学生的公寓。一、二楼共十六个房间，入口处隔了一间管理员室作为我们的新家。

就像先前担心的那样，经营公寓并不简单。花费比想象中的要多，收益惨淡不见起色。光是没租出去的空房就有三间。还掉每个月的贷款之后，剩下的钱只能勉强度日，因此我打工倒也不完全是为了见阳子。

父亲那天很晚才回家。而且不出我所料，他又喝醉了。那时父亲常常和一个姓前田的人搭伴，他总是拖着醉醺醺的父亲回家。前田在附近的小钢珠店工作。父亲经常去那里，而前田好像会偷偷告诉父亲，今天哪一台最有可能中奖。他乍看是个亲切的人，实际上人面兽心。我并不喜欢他。

父亲一进屋，就扑倒在地，开始吼叫着说些莫名其妙的话，还淌着口水。

"你怎么醉成这样？"我对父亲说，话中隐含着对前田的抗议。一定是前田靠父亲的钱白吃白喝，拉着父亲一间接一间地上酒馆买醉。

"哎哟，我本来说要回家，是田岛先生要我再陪他喝一杯的嘛。"

我心想真会骗人，但还是歉然道："老是给你添麻烦，真对不起。"

"我是没关系，反正不用早起。不过，田岛先生是怎么了呢？好像忽然变得很奇怪。"

"变得很奇怪？"

"嗯。我们在吃关东煮的店里喝酒时他还好好的。在去下一家的路上，他却忽然停下，莫名其妙地直直望着一个方向。我问他怎么了，他说没什么，但之后就变得很奇怪。明明不太能喝，却开始大口大口地灌酒，结果就成了这样。"

父亲在看什么呢？是什么会让父亲如此失控？

前田大概担心我要他帮忙照顾父亲，逃也似的回去了。我从壁橱里拿出一条毛巾被，盖在父亲身上。都夏天了，躺在地上睡应该不会感冒。

第二天一早，当我醒来时，父亲已经起来了，坐在电视机前看报纸。他皱着眉头，一脸不悦，显然是要我别问昨晚的事。我什么也没说，默默地烤吐司、煎荷包蛋，吃完了早餐。不知从什么时候起，家里开始有了要吃东西便自己想办法的不成文规定。父亲几乎天天在外吃饭，我则常常吃速食，有时也去超市买点熟食吃。

早饭过后，我急急忙忙出了门。酒醉的父亲不重要，我更关心阳子。

她比我还早到，已穿好围裙。看到我，她露出的微笑和从前的一样。

"后来怎样了？"我提心吊胆地问。

"昨天吗？"

"嗯。"

"没怎样啊，我们就直接回家了。怎么了？"

"不，没什么……"

"仓持很风趣，知道好多事情。"

"是吗？"

"像他那样的人，应该在小学时就很受欢迎了吧？感觉像是班上的头。"

"那家伙吗？不，没那回事。他挺不起眼的。"

"是吗，感觉不像啊。"阳子脑袋微偏，然后好像想起了什么，扑哧一笑，"倒是田岛你很安静吧？听说你在语文课上朗读课文的时候声音太小，总被老师骂。"

"那家伙连这个也告诉你了吗？"

"有什么关系，都是小时候的事了。"

她说得轻松，对我来说可是个大问题。我对自己的少年时期颇感自卑。如果可以，我不想让她知道那个时期的自己。我也想隐瞒祖母被毒死的谣言，更不想让她知道随着家道中落，我惨遭校园暴力的事。

我像平常一样卖冰激凌和果汁，心里祈祷着仓持永远不要再来。

不知是否因为我的祈祷，一整天他都没现身。五点钟关门时，我愉快地对阳子说："我在游泳馆那边等你。"

那里是我们在下水前集合的地方。然而，她双手合十，一脸抱歉地说："对不起，我今天得早点回去。"

"啊，这样啊。"

"抱歉，改天吧。"

"那就明天喽。啊，明天放假，那么后天？"

"好啊。再见。"她微微挥手，走出小卖部。

我感到不安与落寞，目送她的背影离去。不知为什么，我觉得她今天变得很遥远。

那天我回去时，父亲在管理员室里。看到我，他让我叫外卖打发晚饭。这倒是件稀奇事儿。因为他老是说："反正都要付钱，去店里吃更省事。"

吃饭的时候，父亲和平时不大一样。他对我的高中生活总是不闻不问，那天却问了，但看起来却不像在认真听我说话。他摆出一副和儿子交谈的架势，却完全心不在焉。电视里在转播巨人队的球赛，即使父亲支持的选手被三振出局，他也没像平时一样激动地拍桌子。

看得出来，父亲很在意时间。饭后，他看了好几次时钟。指针滑过十点，父亲从位子上站了起来。"我出去一下，会晚点回来。你先锁好门窗睡觉。"

我默默点头，父亲却看都没看我一眼。

已经是夏天了，父亲却穿了件外套出门。我知道，他刚才不但看过钱包，还整理过头发。

类似的情形过去也发生过。我上初中之前，父亲迷上那个叫志摩子的陪酒女，每天晚上外出之前也是这样。我能从他身上嗅出当时的气味。

我不安地想，他该不会又在哪个女人身上乱花钱了吧？这回又会是哪里的女人呢？只要父亲跟女人扯上关系，不幸就会降临。他和小富有了婚外情之后就和妈妈离婚了，迷上志摩子之后又失去工作。我可不想再遇上灾难了。

另一方面，我又梦想着这个世界上的某个地方有一个能拯救我们的女人。我想吃上热乎乎的家常菜，我需要心灵上的平静。我心想，委靡不振的父亲要是能和一个好女人再婚，说不定就能恢复昔日可靠的形象。

接近凌晨两点的时候，父亲回来了。我假装熟睡，竖耳倾听父亲的动静。出人意料的是，父亲没有喝醉，好像一直坐在餐桌前。

他没有摊开报纸，也没有打开收音机。每当他酒醉入睡，就会发出如雷的鼾声，但我也没听见。

我悄悄起身，将脸凑到拉门的缝隙处，看到父亲伛偻着的背影。他的衬衫被汗水浸湿，透出里面背心的形状。

餐桌上放了瓶酒，是回家路上买的吧。

父亲喝了一口酒，微微叹了口气。我看不到他的脸，但他的眼睛应该正盯着某一点。

第二天游泳馆放假，我整天都待在家里看高中棒球赛和漫画。父亲则坐在管理员室里，魂不守舍。

入夜后，父亲开始准备外出。

"您又要出去啊？"我试探性地问。

"嗯。"父亲只是点点头。

"去哪儿？"

"我……有点事情。"像先前一样，父亲看都没看我一眼就出门了。

不会错！父亲一定是去找女人。

10

看夜间棒球转播的时候，我坐立难安，频频看钟。巨人队赢也好输也罢，我都不在乎。

十点，我离开家门，目的地是附近的小钢珠店。

那里已经关门了，透过玻璃可以看见前田在里面边走边摇扇子。我敲敲玻璃门，他往这边看过来，然后一脸意外地开门。

"这么晚了有什么事？如果要找你爸爸，他今天没来哦。"

"这我知道。我有事情想请问您。"

"这可真难得，你居然会有事问我。什么事你说吧。"

"之前我爸喝醉酒那天，您不是和他在一起吗？请告诉我，你们离开关东煮店后去了哪里？"

"嗯？"前田皱起眉头，"噢，你问那天的事啊。离开关东煮店后，我们去了一家叫'露露'的酒馆。跟你说这个，你也不懂吧？"

"那家酒馆在关东煮附近吗？"

"说近也近，走路的话……大概十二三分钟吧。"

"可以告诉我那家关东煮店和'露露'酒馆在哪里吗？在这里帮我画出大概的路线就可以了。"我递上从家里带来的便笺纸和笔。

"你要去找你父亲啊？不用特地跑一趟，给他打电话就行了吧？我告诉你'露露'的电话号码。"

"不，我不想打电话。"

"那么，我帮你打。你有急事找他？"

"倒也不是什么急事。反正，您告诉我地点就好，剩下的我自己会想办法。"

"好吧，随便你。不过，我不太会画地图哦。"

前田总算在我递给他的便笺纸上画起了直线、四方形和圆形。确实画得不好，但勉强能知道大致地点。

"谢谢您。"我收下地图，向他道谢。

"你跟你父亲说一声，告诉他我说的：'不可以太让儿子担心。'"

我微笑点头，心里回了他一句：还不是你拉他去喝酒害的。

地图上显示，那地方就在附近的闹市区。不久前，我和仓持、阳子去的咖啡店也在那条街上。

我搭电车到了那里的车站，往热闹大街的反方向走去。铁路边幽暗的人行道上，有一个路边摊。根据前田的地图，那里应该就是关东煮店。我慢慢走近，果然有香味飘来。

在一条约能容纳五个人的长凳上，坐着三个客人。因为挡着布帘，我看不见他们的脸。不过没有一个背影看起来像父亲。

我看了看地图，再度迈开脚步。这条路通往"露露"，但我的目的地却不是那儿。

父亲喝到烂醉那天，前田曾说："我们在吃关东煮的店里喝酒时他还好好的。在去下一家的路上，他却忽然停下，莫名其妙地直直望着一个方向。"

据前田说，后来父亲的举止就变得很奇怪。我笃定父亲应该不是去"露露"，而是前往酒馆途中的某个地方。

从关东煮店到"露露"有好几条路，我全都走了一遍。一路上，有好几家酒馆和小酒吧，父亲若进了其中一家，我要找到他终究不太可能。

我死心往车站走去，望向马路对面时，我看到了一个在自动售货机前买烟的背影，不禁呆住了。是父亲的背影。

　　我马上躲到停在一旁的面包车后面，他似乎没有发现我。

　　父亲拿着盒香烟，走进身旁的建筑物。一楼的花店已经打烊，二楼是咖啡店。父亲走上楼梯。

　　我正不知所措，抬头一看，咖啡店的玻璃窗后面出现了父亲的脸。我吃了一惊，赶忙缩回脑袋。

　　然而，父亲根本没往我这边看。他的视线落在我二十米外、咖啡店正对面的一栋大楼。那里挂着几家酒店的招牌。

　　我察觉到父亲在等人。他等的人一定在那一排酒店里。

　　不久，有人从那栋大楼出来。我看见父亲趋身向前一探。

　　从大楼里出来的，是三个穿着花哨的女人和两个上班族模样的男人。不用说，那些女人是陪酒女。

　　父亲看到他们，又恢复了原本的姿势。看来并不是他的目标。父亲面前忽然起了一阵白雾，他在抽烟。

　　两名客人和陪酒女好一阵纠缠，终于离去。目送他们离开后，女人们消失在那栋建筑中。

　　不久，又有人从大楼里出来。这次是一个客人和两个女人。这两个女人并不是先前那三个。

　　父亲和刚才一样，将脸贴在玻璃窗上，俯视他们。但这一次，父亲一直保持不动。我离他很远，但我知道父亲的表情变了。

　　我再度看了看那两个女人，忽然倒抽了一口凉气。

　　身穿淡蓝色套装的女人正是志摩子。她更瘦了，原本脸就小的她看起来下巴更尖了。

　　她竟然在这种地方工作……

　　父亲和前田去喝酒那天夜里，一定是偶然看到了志摩子。他想起了不愉快的过去，才会喝得烂醉。

我原以为父亲会从咖啡店里冲出来，他却只是隔着玻璃俯视着她。志摩子一定做梦也想不到，受她之累灾厄连连的一对父子就在咫尺之遥。送走客人之后，她和另一个女人有说有笑地走进了那栋建筑。

　　我看见父亲重整坐姿，没有离席的意思。

　　我又在原地待了二十分钟左右，志摩子没有再出来。此刻差不多已到了最后一班电车发车的时间，再待下去恐怕会让路人起疑，我只好离开。

　　我在家里等到凌晨一点多，父亲才回来，看上去很憔悴。像那样一直在咖啡店里枯等，自然会疲惫。

　　"你还没睡啊？明天还要打工吧，这么晚不睡没关系吗？"父亲看着我说。他的口气有些不悦，或许是因为对我感到内疚。

　　"这阵子您都回来很晚哦？"

　　"嗯……公会那边有很多应酬。"父亲坐在矮餐桌前，摊开手上的体育报。大概是他在咖啡店等人时为了打发时间买的。

　　我先父亲一步躺进被窝闭上眼睛，但许多事情放心不下，根本睡不着。我翻来覆去时，拉门开了，我睁开眼睛。

　　"你果然还醒着。"父亲站着说。

　　"嗯。有事吗？"

　　"噢……你有雕刻刀吧？"

　　"雕刻刀？小学用的倒是有。"

　　"那就行了。借我一下？"

　　"可以是可以……现在吗？"

　　"嗯。"父亲点点头，一副郁郁寡欢的表情。

　　我从被窝里爬出来，打开书桌最下面的抽屉。里面有一个盒子，装着五把雕刻刀和磨刀石。我最后一次使用这套工具，是因诅咒信事件收到二十三封"杀"字明信片后，在附近神社的鸟居刻下二十三这个数字。

　　"您要雕刻刀做什么？"

"不，没什么。不好意思，还让你特地爬起来找。"父亲说完，拿着盒子离开了房间。

我再度钻进被窝，闭上眼睛，但怎么也睡不安稳，不时醒转。每当我醒来，就会听到奇怪的声音霍霍作响，像是在磨什么。父亲在做什么呢？我想着这个问题，进入了梦乡。

第二天我吃早餐的时候，父亲还没起床。他昨天似乎熬到了三更半夜。我环顾室内，没有使用过雕刻刀的痕迹。雕刻刀组放在电视机旁边。我拿起来打开盖子，五把雕刻刀的刀尖依旧锈迹斑斑。我心想这根本不能用。我又看了磨刀石一眼，却发现有使用过的痕迹。我记得以前不曾用过磨刀石。一定是父亲昨天夜里用过，只不过磨的不是雕刻刀。

我想起夜里听到的声音，那正是磨刀时发出的。原来父亲想要的不是雕刻刀，而是磨刀石。

我走进厨房，打开流理台下方的门，里面有一个刀架。我家几乎不做饭，所以只有水果刀和菜刀。

菜刀的刀柄是湿的。我拿起来一看，完全没打理过的菜刀本应布满铁锈，此时刀锋却闪着寒光，生锈的地方也少了许多。很明显，父亲磨过刀。

从不做饭的父亲，没理由要用儿子的雕刻刀磨刀石来磨菜刀。如果真有必要，他也一定不是为了做饭。

那天的天气和往常一样，一大早就很热，我却不寒而栗。

我敢肯定，父亲打算杀志摩子。

千万不能让他那么做——我完全没有这种想法。志摩子害得我们从天堂跌到了地狱，父亲要杀她是理所当然的。

我对另一件事更感兴趣——父亲打算用什么方法、在什么时候杀她，杀掉之后要怎么做。还有，他的杀意有多强烈呢？

在咖啡店里盯着志摩子的父亲，和以前埋伏在仓持修家对面的自己，两个影像在我脑中重叠在一起。当时，我没有成功地让仓持吃下毒药，虽然是我自己改变了主意，事后回想起来，还是不得不承认那是个失败。我自以为下了多么大的决心，却被他那些难辨真假的话弄得晕头转向，松懈了杀意。原来我的杀人意念也不过尔尔。

也许这样说很奇怪，但我确实想要父亲给我示范。祖母去世时，有谣言说母亲下毒。如果那是真的，当时的我也很想问母亲，究竟是怀着怎样的心情做下"那种事"的呢？

父亲磨好菜刀，是打算用来当凶器吗？但我觉得好像还少了什么。用菜刀杀人总让人感觉是毫无计划的冲动行事。我希望父亲是一个冷酷的执行者，希望他能让杀人的念头在体内发酵，拟订缜密的计划，然后大胆地执行。要做到这点，下毒无疑是最适合的杀人手法。那个装着升汞的瓶子还藏在我的抽屉里。我甚至在想，要不要告诉父亲。

那天晚上之后，父亲夜里不再出门，总是一副若有所思的样子，可能在构思杀人计划吧。

我即使在游泳馆小卖部打工，心也总是悬着。父亲会不会在我工作的时候去杀志摩子？老实说，我希望能够亲眼看见父亲杀她。

然而，我也不是整天都在想这件事。还有一件事令我烦恼不已。

江尻阳子身上一定出了什么事。我不知是好事还是坏事，但不管怎样，似乎发生了什么事让她的心情起了变化。内在的变化会形之于外。她一天天地改变，那个令我着迷的天真少女不知何时已消失得无影无踪。她纯真无邪的笑容原本最为迷人，现在却经常透着忧虑。可偏偏这抹不曾见过的忧虑，更为她增添了成熟的魅力。

"阳子，你最近有点怪，发生什么事了吗？"我找了个机会，决心好好问问她。那时没有客人。

"没什么呀。"她笑着回答，但表情已经和之前有些不同。

"那就好。我还以为你有什么烦恼呢。你经常想事情想得出神，不是吗？"

"噢……我没事，不是你想的那样。"她挥挥手，"谢谢你为我担心。"

"没事就好。嗯……对了，今天还是不行吗？"

"今天？"

"游泳啊。工作结束之后，如果你有时间，要不要一起游泳？就像之前一样。"

"噢。"她的笑容变得僵硬，"对不起，我有事。"

"是吗，那就算了。"我也试着挤出笑容，但大概只会让自己看起来更不自然。

打工结束后一同去游泳的乐趣完全被剥夺了。一到下班时间，阳子就像是被什么催赶着似的，匆匆回家。

我很清楚她是从什么时候开始变成那样的。正是从见到仓持那天开始的。从那天起，她就变了。

我不愿去想他们之间发生了什么。在我心里，除了不想让别人抢走心仪的女孩，也不想让别人玷污了她的纯洁。

"那么，下星期三如何？"我问。

"星期三？"

"嗯。打工快结束了，那是最后一次休假。如果可以，能不能和我去看场电影什么的？"

那是我第一次也是最后一次约阳子。后来，我不知后悔了几千几万次，要是能早一点约她就好了。

她一脸抱歉，双手合十。"对不起。星期三我有事。虽然我也想和你约一次会……"

"噢，这样啊。既然如此……嗯，那就算了。我只能再见到你五天了。"

"啊，对啊。时间过得真快。"她扳着手指算了算日子。

我们打工到中元节为止。

下个星期三，我去了附近的百货公司。我想既然约会不成，至少送点什么礼物给她。

但从未和女生交往过的我，完全不知道该送什么才好。我在首饰专柜和女士用品楼层逛了好几圈，最后买了一条平凡无奇的手帕。我本想买条更漂亮些的，但都贵得离谱，没有选择的余地。

第二天是打工的最后一天，从一大早起，我满脑子都在想什么时候把礼物交给她。

"你今天也有事吗？"我趁工作的空当，试探地问。

"嗯，最近不知为什么，变得很忙。"

"真辛苦。"

"还好啦。"她有点吞吞吐吐，像有什么事瞒着我。

下午五点，暑期打工结束。领完薪水，我和阳子一起走出游泳馆，往车站走去。

"嗯……十分钟就好，你可以陪我一下吗？"

她一脸意外地回头看我，有点困惑。

"我有东西想给你……"

阳子垂下眼帘，用手按住头发躬身向我道歉。"对不起，我赶时间。"

"这样啊……"我边走边将手伸进口袋，拿出一个小纸袋，"那么……这个给你。"我将纸袋递给阳子。她总算停下了脚步。

"这是什么？"

"一份小礼物。本想送你更实用的东西，但想不到可以送什么。"

她从袋子里拿出手帕，脸上挤出笑容。"哇，好漂亮。我真的可以收下吗？"

"当然可以。我就是买来送你的呀。"

"可是，我什么都没有准备……"

"不用啦。是我自己要送你的。你可不可以告诉我你家的电话号码？说不定可以再约你出来。"

阳子拿着手帕低下头，默不作声，像在犹豫。

"你怎么了？"

"嗯，啊，告诉你电话号码是没问题，"她微微抬起头，看着我，"不过，我有男朋友了。嗯，就算你打电话给我，我大概也没办法出来。"

"啊……"我呆住了。倒不是因为没想到事情会这样，而是没想到她会说得这么直接。

"啊，我没别的意思，你把我当成普通朋友，和我见见面就行了。"

"抱歉。我不擅长处理感情这种事。"她将手帕放回袋子里，递给我，"这个，我不能收。你的好意我心领了。"

"不，不用还我。请你收下。"

"可是……"

"真的没关系。况且，这种图案的手帕，我也不能用。"

"是吗……那么，我就收下作纪念好了。"她将袋子放进包里。

我们再度往前走。我心情非常沉重，初恋就这样落幕了。

"我可以问你一件事吗？"通过车站检票口之后，我问道，"那个和你交往的人，我该不会认识吧？"

阳子有点知所措，但不是很惊讶。她大概也料到我已有所察觉。

她默默点头，嘴唇紧抿着。

"我就知道。"我叹了一口气，"今天等会儿也要见面吗？"

"嗯，等他打完工之后。"

"哦。"我别无他问，也不打算再让她受折磨。

我们在月台楼梯前停下脚步。我和她要搭不同的电车。

"那么，保重。"我说。

"嗯。"她点点头，跑上楼梯。电车好像刚好进站。我走上月台时，她已不见踪影。

我去快餐店吃过晚餐才回家。父亲则从超市买了烤鸡肉串来当下酒菜。他已喝光了三大瓶啤酒。

我看了酒瓶一眼，去厨房拿了一个玻璃杯回客厅，坐在父亲面前问道："我可不可以喝一杯？"

父亲惊讶地瞪大了眼。"搞什么！你还是高中生，别开玩笑了。"

我心想，不好好工作的人凭什么说我，但没吭声。电视上正在转播夜间棒球赛，我扭过头去看电视。

过了一会儿，我听到父亲在倒酒。转头一看，他在我的杯子里倒上了啤酒。我向他道谢，灌下啤酒。凉凉的口感和恰到好处的苦涩在嘴里散开。我不是第一次喝啤酒。

"发生了什么不愉快的事吗？"父亲问我。

"不，没有。倒是爸爸您出了什么事吗？"

"没什么。我只是想喝罢了。"

"我也是。"

现在回想起来，那真是滑稽的一幕。父子俩居然都因为忘不了离自己而去的女人喝闷酒。

后来大概是酒精发挥了作用，我睡着了，听到某种声音才慢慢回过神来。醒来等了一阵子，我才想到那是玄关大门的声音。

当时是凌晨十二点多，到处都看不到父亲的身影。

我一惊之下跑到厨房，打开流理台的门一看，那把菜刀不见了。

我心跳加速，全身发热，腋下却冷汗直流，不禁打了个寒战。

我急忙换好衣服离开家，口袋里放着今天刚领的薪水。一到大路上，我立刻拦下一部出租车。那是我第一次独自搭出租车。我说出目的地，司机露出惊讶的表情，大概是因为一个高中生竟然要在夜里去不该去的地方。但他没有拒载。

我在车站前下车，像那天晚上一样走过去。卖关东煮的路边摊也依然在营业。

我走到同一个地方，抬头看那间深夜营业的咖啡店，果然透过窗玻璃发现了父亲的身影。他一直盯着对面的大楼入口，姿势宛如一尊石像，一动不动。

可惜没有车停在附近，我只好走到马路对面，躲在小巷里。那里有小便和呕吐物的痕迹，发出阵阵恶臭。

不时有三三两两的人从那栋大楼里出来，却不见志摩子的身影。

就这样过了三十来分钟，志摩子总算出来了。她独自一人，身穿朴素的连身套装，像是要回家。

她走在对面的人行道上。我正不知如何是好，忽然有人从小巷前经过。

我小心翼翼探出头来，看见父亲正跟在志摩子身后。

11

父亲微躬着背，有一股难以言喻的逼人气势。我确信他已做好心理准备，下定决心要跟踪那个女人，杀了她。

我咽下一口口水，却感到口干舌燥。我忍耐着舌头黏在口腔上的感觉，悄悄走出小巷，尾随在父亲身后。

志摩子似乎完全没有察觉我们父子，径自往车站方向走。早已过了最后一班电车的发车时间，她大概打算拦出租车。父亲应该也很清楚她平时总在哪一带拦车。

父亲加快了脚步。若让她坐上车可就糟了。我小心不被两人发觉，也加快了脚步。

父亲打算如何杀人呢？一旦到了车站，就算是深夜，无论什么行动都会被人看见。若猛然挥起菜刀砍人，必然马上引起骚动。难道父亲已经有了心理准备，纵使被人看到也要执行杀人计划吗？杀她之后父亲只能逃跑，在没有准备车辆的情况下，他能够顺利逃脱吗？难道他认为只要杀了她就了无遗憾，即使当场被捕也无所谓？

我边走边想象——我是杀人凶手的儿子。光是想象就令人害怕得快要发抖，但事实上，我心里仍对此有所期待。杀人凶手的儿子——我总觉得其中有一股看不见的力量。我期待自己获得那股力量。

要是别人知道我是杀人凶手的儿子……

应该就不会有人敢瞧不起我了吧。不仅如此，大家一定都会对我退避三舍。他们会想："别惹恼他，那家伙可怕得很，不知道会做出什么事。毕竟他身体里流着杀人魔的血液。"想象大家用那种害怕的眼神看着自己，感觉还不赖。

志摩子在离车站数十米处的一栋大楼前停下脚步。她看着前方的马路，大概是在等出租车吧。

父亲贴着建筑物的墙壁走过去。志摩子面向马路，没有察觉到父亲。我感觉心脏狂跳，手心开始冒汗。

父亲走到她背后，停下脚步，四下观望。我马上躲到身旁一台可口可乐自动售货机后。此时我离父亲大约二十米。

父亲将手伸进外套的内袋，同时缓缓地靠近志摩子。我脑海中浮现出父亲拿刀刺进她背部的情景。

然而，父亲的举动和我想象的却不一样。他紧挨着志摩子，站在她背后。

这时，来了一部白色出租车。

志摩子的手刚举到一半便停在半空。很明显，她察觉到背后有危险。父亲好像在她耳边说了什么。

白色出租车从他们面前驶过，两人一动不动地伫立良久。他们身旁只有一个客人模样的人在对一个陪酒女说着什么。客人死缠烂打，企图将女人弄上手，女人想用肘部格开他，又碍于他是熟客，不能翻脸，很头疼的样子。

父亲和志摩子终于移动了，但他们的动作怎么看都不自然。父亲跟在志摩子斜后方，右手环抱她的肩，左手在她的背后游移。他左手里确实握着那把菜刀。

志摩子明显已全身僵硬。从后面看不到她的表情，但想必是脸部紧绷、面色铁青。父亲的表情应该更不自然。志摩子的脸向着正前方，父亲注意周遭的情形，只是没有余力回头看。

两人在第一个转角走进一条狭窄昏暗的小路。那里没有路灯，连大路上的霓虹灯光也照不进来。

我停下脚步，从转角处探头观察。只见他们又拐进一条小巷，我也快步跟进。

当我走近小巷时，听到了女人微弱的尖叫声。我赶忙靠近，悄悄察看情况。父亲背对我站着。志摩子跌坐在地，连身套装的裙摆凌乱，好像是被父亲推倒了。

"你知道你把我害得多惨吗？"父亲的声音经由小巷墙壁反射而产生回音，他肩膀的影子上下摆动，显然很激动。

"我不知道。是那家伙擅自动手的，我什么都不知道。"

"那家伙"指的应该是殴打父亲的男人，即志摩子的男友。

"你从没提过他。我……一点也不知道……你身边有那样的男人。"父亲激动得有些语塞，讲起话来上气不接下气。

"我怎么能说？我可是陪酒卖笑的，怎么能对客人说我有男人呢？"

"你从一开始就打算骗我，是吧？"

志摩子抬头看着父亲，眼神中充满憎恶。陪酒女欺骗客人哪里不对？我想她嘴里说不定会溜出这句话。然而，她的眼神却忽然变得软弱，似乎是想起父亲正手握菜刀。

"我也觉得自己有错。我并不想骗你。"

"你说谎！"

"我说的是真的，所以才会急着和那家伙分手。我不想一直欺骗你，也不清楚那家伙要是知道你之后会做出什么事来。可是……我迟了一步。我真的很过意不去。我没骗你。求求你，请你相信我。"这女人说话的口吻变成了哀求的语气。

不能被那种人骗了！我在心中呐喊。杀掉她算了！就是她害得我们今天这么穷途潦倒。这样的仇恨千万不能忘了！我希望自己的呐喊能够传到父亲耳中。

"那你为什么逃走？"父亲问。

"因为我害怕。我想你一定很生气。我想，不管怎么解释，你都不会原谅我。再说，我也没脸见你。我真的觉得很抱歉……其实，我很想和你当面说清楚。希望你能了解，我一点背叛你的意思都没有。我说的是真的。"

我从志摩子的话中感觉不到一丝诚恳，但关键是父亲心里怎么想。我看不见父亲的表情，心中不安起来。

"我……我……因为受伤的后遗症，不能再当牙医了。连家里的祖产都不得不卖掉，亲戚也和我断绝了关系。我已经一无所有了。"

"所以我觉得很对不起你。虽然我知道，道歉无济于事，但我除了道歉，还是只能道歉。但我希望你知道，我也很恨他。我打从心里恨他，让你遭到那样的不幸。我不知多少次想找他报仇，可是凭我一个女子，根本无法实现。我懊悔得几乎睡不着觉。"志摩子巧妙地将所有责任推到男友身上，将自己也说成了受害者。

"你和他还有来往吗？"父亲的声音有了微妙的变化。我很着急，父亲的怒火正逐渐平息。

"怎么可能还有来往！他出狱了没有我都不知道。我恨他，而且老实说，我不想再被他缠上。我刚才说因为怕你才逃走，但我更不想让他发现。"

这女人净挑好听的话讲。先把自己讲成是迫不得已，再说一大堆理由把过错全推到男友身上。显然她认为这么做才是上策。

父亲沉默了。我不知他脸上是什么表情，但他的背影看起来比刚才小了一圈。

志摩子抬头看着父亲，表情变了，恐惧之色已然敛去，渐渐恢复到游刃有余的状态。她理理裙摆，端坐原地。"不过我想这种话说再多也没用，你不可能原谅我的。你打算杀了我，对吗？所以你才带菜刀来。

用它杀了我你就会消气吗？"

父亲看向自己手边，目光应该正落在菜刀上。那把半夜里用儿子的磨刀石磨利的菜刀。

"要是那么做你就会消气的话，"志摩子挺起胸脯，做了个深呼吸，"就请你用刀杀了我吧。我无法给你任何补偿，至少可以平息你的愤怒。"

她双手交握在胸前，闭上眼睛。

父亲站在原地不动。他的决心明显动摇了。大概因为事情的发展和他脑中的剧本完全不是一个走向。或许他原本以为，要是志摩子破口大骂，会让他心中的怒火更加炽烈吧。

父亲无力地垂下左手，菜刀当的一声掉在地上。

"我并不想杀你……"父亲低声说。

"你大可以杀我。"

父亲摇摇头："我做不到。"

志摩子深吸了一口气，仿佛是为自己一生一次的好戏顺利演出松了一口气。父亲没有发现这一点。她缓缓地站起来，拂去套装上的尘土。"这次我非得躲得远远的才行。"

父亲抬起头说："躲得远远的？为什么？"

"因为，"她握紧提包，"我没脸见你。你一想到我在这里就很不愉快吧？明天起我就从你眼前消失。"话刚说完，她便穿过父亲身旁，往我这边走来。我急忙缩回脑袋。

"等等，"父亲叫住她，"我一直在找你。我有话想问你。我想知道你心里真正的想法。"

"事到如今，你不是全知道了吗？你还想知道什么？"

很明显，两人的处境此时已经完全对调。我眼前浮现出志摩子那张骄傲自满的脸。

下一秒钟，我听到一句令人无法置信的话。

"志摩子，我们重新开始吧。求你了，我们重新开始。"

我小心翼翼地偷看。这次看到的是志摩子的背影。父亲在她面前，双膝触地。

"什么重新开始？不可能。我可是害你不浅的女人，不是吗？"

"不，仔细一想，我没道理恨你。不管怎样，我只想跟你在一起。好吗？志摩子，求求你。"

"可是……"

"算我求你。"

我看到父亲双手撑地、低头哀求的样子，脑中一片混乱。原本想要杀掉那女人的父亲，竟然向她俯首乞求。

我离开了。父亲的形象在我心中彻底幻灭。不，或许应该说我对父亲薄弱的杀意感到失望。父亲终究是杀不了人的。

我搭出租车回家。两个小时后，父亲才回来。当时我躺在被窝里，还没睡着。

父亲喝起了啤酒，还不时哼着歌。

迎来那个荒唐的结果之后十多天，暑假结束了。这个夏天没发生过一件好事。我被江尻阳子甩了，还见识到了父亲愚蠢的一面。好久不见的同学看到我晒得比任何人都黑，都吓了一跳，但这一身古铜色不过代表了一段痛苦的回忆。

父亲又变得经常外出了，但一看他的表情就知道他外出的目的和之前完全不同。父亲总是高高兴兴的，注意服装仪容，再也没带那把菜刀出过门。

父亲被志摩子彻底掌握，成了她所在酒店的常客。我根据父亲带回的火柴盒明白了这一点。我与其说感到生气，毋宁说更觉得可悲。

父亲一心以为已和志摩子重修旧好，整天眉开眼笑，假日里好像也会和她见面。我想起几年前和他们一起去银座的情景。有过那么惨痛的经历，父亲却完全没有得到教训。

这种状况持续了约两个月之后，某个星期六，我独自吃方便面当午餐。我打开早报，一边侧眼看社会版新闻，一边将面条送入口中。我很喜欢看社会新闻，特别是杀人案件，再短的报道都会仔细阅读。

那天的社会版没有杀人案件，却刊登了一则学生在学校跳楼自杀的消息。起初我只是侧眼浏览，随即停止了吃面，将报纸拿在手上。食欲瞬间消失无踪。

那所学校是江尻阳子念的商业高专，跳楼自杀的正是阳子。

事情似乎发生在放学后。傍晚六点半的社团活动之前，一切都还很平静。晚上快七点时，几乎所有学生都回家了，校园里没剩下几个人，而这几个人正好目睹了事情的经过——有人从对面校舍的窗户跳下来。

那是一栋四层建筑，阳子从四楼的窗户往下跳，摔在水泥地上。

头盖骨破裂，脸部遭到强烈撞击，根本无法辨识相貌。但从死者身上的学生证得知，她是一年级的江尻阳子。在调查教室之后，并没有发现类似遗书的物品。

那篇报道我反复看了好几次，怎么也无法相信。我无法想象，那个深深吸引我的开朗的阳子，竟然会烦恼到自杀。

我陷入无尽的悲伤之中。虽然失恋很痛苦，和阳子共同度过的时光依旧是我珍视的宝物。无论是在上课时还是独处时，我总是不厌其烦地在脑中反复回想关于她的一切。她的笑容填满了我的心。

仓持也让我耿耿于怀，但我尽量避免想起他，因为他的出现会成为快乐回忆中唯一的污点。

阳子死后两个星期，有一通电话打到我家。父亲不在家，我接起电话。

"嗯，请问是田岛家吗？"是一位年长的女子。

"是的，但我父亲现在不在家。"

"不，我要找的不是你父亲，而是一位叫田岛和幸的人，请问他在吗？"

"我就是。"

女人"噢"了一声。"我姓江尻，是江尻阳子的母亲。"

"啊……"事情太突然，我说不出话来。

"请问，你知道阳子的事吗？"

"嗯，我知道。我们一起打过工。"

"不，我要说的不是这个……"她欲言又止，大概是难以启齿吧。我明白了她想说什么。

"如果您要说的是自杀，我知道。我在报纸上看到了。"

"噢，果然。"她只说了这么一句，便又沉默了。她好像在犹豫。我不知道她会说出什么，感到很不安。

"嗯，我想和你谈谈有关阳子的事，可以吗？"她语调生硬。我意识到她经过一番考虑才打来电话。

"可以是可以，什么事呢？"

"这个……我想当面和你谈。我有很多事情想问你。"

"哦……"我实在感到忧心，但还是回答，"好吧。"

她问了我家的住址。"不知道等会儿是否方便登门拜访？"

那时是晚上六点多，我回答："可以。"

挂上电话后过了约四十分钟，她出现了。鹅蛋脸和大眼睛与阳子一样，只是她的眼角有点下垂。

父亲还没回家。若这个时间他没回家，就一定会在外面吃过饭才回来。不用说，和他一起吃饭的是志摩子。

管理员室里放着简陋的沙发。我请阳子的母亲坐下，自己坐在管理员的椅子上。

"我听阳子提过你，说打工期间常受你照顾。"

"哪里，是我受到阳子的照顾才对。"

"其实我今天来，是有件事情想请你如实相告。"阳子的母亲低着头说，"你和阳子是不是在谈恋爱？"

"您是说……我们是不是男女朋友吗？"

"嗯，是啊。"她翻着眼珠看着我。

我马上摇头。"完全不是那么回事。我们只是很要好。"

"真的？"

"真的。"我斩钉截铁地说。

阳子的母亲盯着我，仿佛极力想看穿眼前这个年轻人是不是在骗人。她紧闭的嘴唇和锐利的目光道出了这一切。"今年夏天，那孩子确实在谈恋爱。她念的是女校，所以我想，要是她有恋爱对象的话，一定是在打工的地方认识的。"

"不是我。"

"是吗？"

"是的。"

"就算你们没有意识到彼此是男女朋友，该怎么说呢？嗯，你们有没有发生什么逾矩的事情？毕竟就各种层面来看，人到了夏天都会变得比较开放，不是吗？所以……"她说到这里，不知为什么忽然闭上了嘴，像是后悔自己说得太多了。

在她说这些之前，我本打算说出仓持的名字，但听完她的话，我打消了这个念头。

因为我察觉到了阳子自杀的原因。这位母亲想查出女儿自杀的详细原因。

"我什么都不知道。我和阳子只有在店里的时候会说话，也没有一起去喝过茶。"

阳子的母亲盯着我，问道："我可以相信你吧？"我默默点头。

第二天，我去见了仓持修。傍晚时我打电话给他，要他到附近的公园。我坐在长椅上等他。

"夏天之后就没见过了，你好吗？"不久，他出现了，脸上挂着堪称爽朗的笑容，在我身旁坐下，"你说的急事是什么？"

"你知道阳子自杀了吧？"我开门见山。

他一脸诧异地皱起眉头。"阳子？那是谁啊？"

我不禁瞪大了眼。

"江尻阳子啊，和我一起在游泳馆打工的女孩。"

"噢。"仓持张大嘴巴，点点头，"听你这么一说，是有这么个女孩子。她自杀了吗？什么时候的事？"

"大概两个星期前。"

"是吗，我完全不知道。我不怎么看报纸。"

我知道他在装傻。若他当真现在才知道，应该会更惊讶。毕竟，他们曾是恋人。

"你和阳子自从那天之后就没见过面吗？"

"哪天？"

"我们三个人不是去了一家咖啡店吗？就是那天啊。"

"噢，那次啊。嗯，我从那之后就没见过她了。"

看到仓持那副信口开河的嘴脸，我真想一拳揍下去。我没那么做，因为还有其他事想问。

"阳子好像怀孕了。"我把心一横，说道。我盯着仓持的脸，不想看漏任何一丝细微的变化。

霎时，仓持脸上闪过狼狈的神色。

"是吗，这样啊。然后呢？"

"详细情形我不知道，但她可能正是因为这件事才自杀的。不知孩子的父亲是谁。"

"那可真是不得了啊。"他看着我，"田岛，这件事你听谁说的？"

"和阳子念同一所商业高专的朋友。这件事好像在学校里成了一条大八卦。"

"成了八卦呀……"仓持盯着空中。他明显动摇了。

阳子怀孕这件事，不过是我从她母亲的话中推测出来的。看到仓持那副模样，我知道猜中了，而且我敢肯定他就是孩子的父亲。

"田岛，不好意思，我还有点事。如果你没别的事，我可以回去了吗？"他站起身。

我想了一下，答道："嗯，好。"

仓持快步离开了公园。他发现我已知道一切，故而逃走。

看着他的背影，我心想：还好刚才没揍他。我必须给他更大的惩罚。

我不会像父亲那样丢人现眼，也不会熄灭怒火。我暗暗发誓，总有一天我会完成杀人计划。

12

父亲执迷不悟地迷恋志摩子，几乎每晚都外出，回来的时候不是深夜就是凌晨，若第二天放假，有时候甚至要到中午。

白天，他都在里屋睡觉，管理员的工作几乎不管。管理员室徒有虚名，经常空无一人。没办法，我放学回家之后只好坐在管理员室里，房客们则仿佛等待已久，走马灯一般前来抱怨。

"走廊上的灯什么时候才换啊？黑漆漆的，很危险。"

"我不是说过雨水会从楼上的阳台漏下来吗？都已经两个星期了，你还在拖拖拉拉什么！"

"我说过了，我家窗户下面有一只死猫，你不快点帮我处理掉，我很头疼的。要是腐烂发臭怎么办？"

这些事我并非没有转达给父亲。我一一写在管理日志或黑板上，甚至直接告诉父亲，但父亲整日醉醺醺的，从没见他留意过日志和黑板。

好像还是有房客直接向他抱怨。一天晚上，我们正吃晚餐，父亲忽然低声说了句："没想到公寓管理员要做的事情那么多，真辛苦。"

"那是当然喽。公寓管理员就是要把公寓打理得舒舒服服，让所有人都住得舒适自在才行啊。"我心想，事到如今你还在说什么鬼话？

父亲沉吟了一下，说："说不定我自己当管理员是个错误，看来还是该请人。"

我吓了一跳。难道我们不就是没钱请人才自己当管理员的吗？再说，不当管理员，我们连住的地方都没有了。

父亲完全没心思工作，成天净想着和女人鬼混。他从前不是这么窝囊的。我打从心里憎恨那个叫志摩子的女人。是她，让令我尊敬的父亲堕落成这副德行。

"我说爸，你差不多也该适可而止了吧。"我直截了当地说。

正在扒饭的父亲抬起头看向我，眼神像在说"你这兔崽子说什么呢"。

"我觉得有喜欢的女人不是坏事。可也用不着每天出门吧？"

被我点破女人的事，父亲到底觉得颜面无光，试图以愤怒的表情蒙混过去。

"你在说什么蠢话？哪有这回事？你这小鬼，少在那里大放厥词。我出门是为了工作应酬。大人的事情，小孩子别管。"

"那你都和谁见面？是怎样的工作应酬？"

"那些事，跟你说你也不懂。"

"爸爸偷懒，扔下管理员的工作不做，到头来伤脑筋的还不是我？求你了，把事情好好处理一下！"

"啰唆！"父亲砰地拍了一下桌面，"还在靠我吃饭就给我闭嘴！暑假打了点工就得意起来？工作可没那么轻松！"

我不禁直视父亲的脸。没想到一个完全丧失工作意愿的人竟然说得出这番话。我与其说觉得生气，不如说觉得可笑。如果这是玩笑话，未免也太有喜剧效果了。然而，父亲的表情是认真的。

"是她，对吧？以前一起去银座的人。"

父亲瞪大了眼睛。他大概没想到儿子居然会发现他和志摩子旧情复燃。

我看着父亲的眼睛，继续说下去。"都是她害我们落到现在这般田地，不是吗？"

"责任不在她。"

"所以你就原谅她了？"

"问题不在这儿。"

"你想见她是人性使然。可你也不用每天跑去他们店里喝酒吧？你们像一般情侣一样，星期天约约会不就好了吗？"

"我都说了不是那样的。大人有大人的世界。"父亲拿起报纸，走进管理员室。

我的指责绝对站得住脚。若真是两情相悦，就没有必要特地跑到店里去，假日有的是见面时间。我想父亲心里一定也这么想，因为这样不但省钱，还可以两人独处。

他大概害怕被志摩子轻视，不想让她看到自己落泊的一面。

在那之后，父亲还是继续光顾志摩子上班的酒店。我看过酒店寄来的账单，上面写着我无法想象的金额。原来父亲一直付给酒店那么多钱。

现在回想起来，父亲当时的心境，应该就像是在地狱上空走钢索吧。我家的经济已经陷入窘境，存款也见底了，不知父亲看这骤减的数字时是什么心情。莫非他已经下定决心视而不见了？

然而，再怎么视若无睹，也不可能逃避现实。不久，家财散尽。我在某一天傍晚知道了这件事。

那一天，父亲很稀奇地待在管理员室里。我一边看电视，一边吃泡面。我听见父亲在和别人说话。我侧耳倾听。对方是一个房客，一个有两个小孩的家庭主妇，丈夫在民营铁路公司上班。我将门微微拉开偷看。我看见坐在管理员椅子上的父亲的背影，看不见那个主妇的脸。

"是，房租我确实收下了。这是收据。"父亲说。

"那么，管理员先生，那边的玻璃请你尽快修理。"

"好的好的。我下礼拜就修。"父亲只有那张嘴讨人喜欢。敷衍是他唯一学到的东西。

接着我看到了难以置信的画面——父亲将那名主妇交的房租放进了

钱包。按照之前的做法，本应将房租收进里面的保险箱，等所有房客交齐后再一并存入银行。

我悄悄地阖上门，生怕再看下去还会看到更加丑陋的景象。然而天不从人愿，我又听到了拨电话的声音。

"喂，是我啊。你在做什么？噢，这样啊。不，没什么事啦。我只是在想好久没吃大餐了，去店里之前，要不要去吃……我想想，螃蟹怎么样？也差不多是时令了。"

听着父亲的声音，我感觉自己正往一个黑暗的深渊跌落。我祈祷父亲不要傻到这种地步。

但我的祈祷没有如愿。父亲出门之后，我走进管理员室，先看了房租账本，上面记录半数以上的房客都已付了房租。接着，我打开保险箱，里面只剩下一点零钱，连一张"圣德太子"也没有。

我在打开的保险箱前瘫成"大"字，完全没有力气站起来，就那么躺了很久。

明明没有积蓄却将刚收进来的房租挥霍殆尽，日子当然过不下去。而且，盖这栋公寓的贷款也没还完。

如此拮据之下，父亲仍未恢复理智，依然不断光顾志摩子所在的酒店，似乎还不时送她昂贵的衣服和首饰。

说不定父亲完全自暴自弃了。他大概已经做好了破产的准备，纵使倾家荡产也要将钱财拱手献给好不容易回到身边的女人。我只能如此解读父亲。对于右手残废、失去社会地位、财产散尽、众叛亲离的父亲而言，只能执著于志摩子年轻的肉体了。

然而，经济窘境却残酷地横亘在现实生活中。盗用房租应该是父亲最后的手段了。

不知从何时起，父亲夜里外出的次数少多了。要是他终于肯放弃志摩子，我也就无话可说了，可惜事情根本不是如此，他只不过是因为财库见底，无法再常常出门挥霍罢了。证据在于父亲一到深夜就会打电话："喂，是我。你刚回到家吗？怎么可能？我三十分钟前也打过电话给你……为什么那么晚才回来？酒店应该早就打烊了吧？那就没办法了，不要弄太晚哦！"

我不知偷听过多少次父亲这样嘀嘀咕咕地打电话。父亲无法再去店里消费，便非常在意志摩子做了什么。每天晚上一到志摩子差不多回家的时间，他就会拨电话。父亲低沉的嗓音，在黑暗中震动着屋里的空气，令人毛骨悚然。

建校纪念日那天，全校放假，我上午一直待在家里。中午过后，我出门去买文具，回家的路上看到了父亲。从父亲前往的方向判断，他可能要去车站。

我忽然有一种不祥的预感。父亲戴着深色的太阳镜，微躬着背，可以感觉出他想避开旁人的目光。我马上尾随父亲身后，心想，这是第几次跟踪父亲了？

见父亲买了电车票，我心中的疑惑变为确信。近来，父亲搭电车出门的次数少之又少。

我向站务员出示月票之后，通过检票口，站在月台上稍远的地方监视父亲。父亲似乎完全没有察觉到我。他单手提着一个著名蛋糕店的盒子。不久，电车进站。父亲上了车，我也跟着上车。

父亲在第三站下车。没想到会这么近，我不禁想：这么近的地方，骑自行车都能到。

那一带是住宅区，没什么商店，要持续跟踪并不容易。如果父亲回过头来，恐怕就会发现我。然而，父亲的心似乎全被要见的人占据了。他来到一栋全新的白色高档公寓前，非常自然地走了进去。我找了一个能够看见公寓外面走廊的地方，等待父亲出现。他出现在二楼的走廊上，在第二扇门前停下脚步，掏出钥匙开门。我意识到这是他的另一个窝。

过了大约三十分钟，仍不见父亲出来，我决定进入公寓一探究竟。

我来到父亲走进的那扇门前，侧耳倾听屋内的动静。可惜这里不像我家那栋简陋的公寓，什么也听不见。我束手无策地盯着那扇门，上面没有挂姓名牌。

过了一阵子，屋里传来声音，我急忙逃离，躲在走廊转角观察。不久，大门打开，父亲走了出来，志摩子跟在后面。她身穿毛衣和荷叶裙，头发自然地扎在脑后。

"那么，我明天再来。"父亲说。

"等你。"志摩子说。

她目送父亲往楼梯走去。

我等志摩子进屋之后才迈开脚步。然而，就在我通过她门前时，大门竟然毫无征兆地打开了。她走了出来，险些撞上我。我赶紧停下脚步，和一脸错愕的她四目相对。

我最后一次和她见面是在几年前。我想她不可能记得我，于是若无其事地从她面前经过。我往前走了没几米，她忽然叫住我。"等一下。"

我只好稍微回头。志摩子朝我走来。

"你，是田岛先生的……"

我很意外，她竟然记得我。既然如此，我也就不能再装傻，只好微微点头。

"果然没错。一阵子不见，你长大了。对了，你怎么会在这里？"

原因我当然不能说，只好沉默。

"你跟踪你父亲到了这里？"

我还是只能默不作声，但这和默认没两样。"哦。"志摩子会意地说。她双手环胸，端详着我，"你找我有什么事吗？"

我本想答没事，但脑中忽然浮现出新的想法。

"我有事想求你。"我一改沉默的态度。

"求我？"她点点头，稍微想了一下说，"那进来吧。"

她打开门。

一进门是玄关，里面有一间饭厅，隔壁是和室，和室里有小茶几、电视机和衣柜，每一件都是全新的。我的目光落在角落里的纸箱上，饭厅的角落也堆了许多纸箱。

　　"我刚搬过来，东西还没整理。"

　　"你搬过来？"

　　"是啊。"志摩子让我在椅子上坐下。我默默坐下。

　　"你要求我什么事？"她开始烧水，并从餐桌上拿过茶杯和茶壶。其中一个茶杯应该是父亲用的。我想象着他们两人面对面坐在这里的情景。

　　我做了一个深呼吸。看到我紧张的样子，她扑哧一笑。大概高中生紧张的模样很滑稽吧。

　　我鼓起勇气说："我希望你和我父亲分手。"

　　志摩子脸上的笑容瞬间消失，但嘴角马上放松了。"为什么？"

　　"因为，你并不爱我爸爸。既然如此，你又为什么……"

　　"为什么要这样和他交往吗？"

　　我看着她，抬起下巴。

　　志摩子长长地呼了一口气。"我不讨厌你父亲。他对我很好，我很感谢他。这样不行吗？"

　　"你们不会结婚吧？"

　　"结婚？他从未对我提过这件事，所以我也没想过。"

　　我心想，怎么可能？父亲分明想把志摩子变成自己独占的女人。

　　"我们的关系不是你想的那样。"她解释道，"结婚不能代表一切。成人世界有些事情是很复杂的。"她那副样子像是在说"到了那天你就会知道了"。

　　"可是，我家被你害惨了。"

　　"怎么？"

　　"我家完全没钱了。我爸最近都没去喝酒，对吧？他没钱去。"

她冷哼一声。"怎么可能？你家有那么大一栋高档公寓，房租收都收不完。你爸没来店里，是因为忙吧？"

"那不是什么高档公寓，而是一栋破公寓。我们不但欠了一屁股债，而且我爸已经将这个月收到的房租花光了。"

"不会吧？"

"是真的。所以，请你别再让我爸花钱了。"

"这……"

蒸气从茶壶嘴冒出，发出咻咻的声音。志摩子关掉煤气炉，却没打算泡茶。

"你这么说，我很伤脑筋。是田岛先生自己要来找我的。这套房子也是他租给我的。"

我哑口无言。其实看到父亲掏钥匙的时候，我就意识到了这点。

这时，放在纸箱上的电话响起。志摩子向我说声抱歉，接起话筒。

"喂……噢……那个，我现在刚好有朋友来家里。所以……嗯，好的。"她很快挂掉电话，看着我说："是店里的人。嗯……刚才说到哪儿？"

"你可以和我爸分手吗？"

她偏着头沉默良久才开口。"我会考虑。"

"我爸一定是脑袋有问题。"

志摩子认真地盯着我，然后说："也许吧。"

我回到家时，父亲正躺在电视机前面喝啤酒。我走进隔壁房间，坐在书桌前假装做功课，心里充满了对他的愤怒。他让我们过得如此寒酸，却让那个女人极尽奢华。除了给她租下高档公寓，父亲一定还给她买了家具和电器。

这时，我心中第一次对父亲萌生杀意。我不是真的要弑父，但确实幻想过多次。每当看到父亲像北海狮一样邋遢地醉倒的睡相，就想掐住他的脖子。

我也想过杀志摩子。杀她的幻想倒有几分认真。志摩子脸上的轻蔑神色，让我多次幻想用力掐紧她那细长脖子的情景。我有足够的杀人动机，不会受到罪恶感的苛责，说起来，这应该算是正当的杀人行为。

然而，我总是无法付诸行动。尽管杀掉志摩子的幻想令我兴奋，但一想到事后会遭警方逮捕，那念头就会打住。

在一个寒冷的傍晚，来了三个地狱使者。

三人皆西装革履，约莫三四十岁，其中一个戴着金边眼镜，提着黑色公文包，另外两人则像手下一样站在他身旁。

金边眼镜问我："你爸在吗？"当时我刚好在管理员室里。我告诉他，父亲在里屋。三人连声招呼也没打就去了里屋。

我听见父亲惊慌失措的声音。有人擅闯家门，理应生气，父亲却似乎很害怕。三人进屋后，用力甩上门。我几乎听不见他们的对话。只有一句父亲的话从门缝中泄出。"我会想办法。"声音很小，而且在颤抖。

不久，那三人打开门走了出来，瞧也没瞧我一眼。金边眼镜走出管理员室时回头说了一句："那么，就下个月了。"

父亲在里屋低垂着头。

"什么下个月？"三人离开后，我问父亲。

"没什么。"

"怎么会没什么……"

"啰唆！"父亲忽然躺倒在地，"这事与小孩子无关。"

看着父亲的背影，我确定即将发生不祥之事。

从那天起，父亲益发憔悴。我后来回想，或许父亲在更早之前就已憔悴不堪了。他很清楚，索命的地狱使者会到家里来。

父亲日渐消瘦，气色很差，脸上总是浮着一层油光，眼窝凹陷，皮肤毫无弹性，脸颊的肉丑陋下垂，眼睛充血，大概是因为睡不好吧。

但即使如此，他依旧不时外出。他一定是去志摩子那里。我想，他大难临头，仍想沉溺在短暂的快乐之中。

两个星期后，晚饭吃到一半时，父亲忽然说："和幸，你觉得住在松户的姑姑怎样？"

"住在松户的姑姑？"我没见过姑姑几面，"什么怎样？"

"你不讨厌她吧？"

"不会呀，不讨厌也不喜欢……"

"是吗？"原本在吃速食乌冬面的父亲放下筷子，"你暂时到松户的姑姑那边去。我会先跟她打声招呼。"

"去她那边是什么意思？"

"嗯。我说和幸啊，我们很快就不能住在这里了。"

我想，该来的总算来了。筷子从我手上滑落。"怎么回事？"

"嗯，这里啊，我卖给别人了。"

"卖给别人……可是，为什么？"我感觉热血上涌。

"说来话长，以后我会告诉你。反正就这么决定了。"

"你这么做，以后怎么办？爸，你会做其他工作吗？"

"嗯，会。"父亲避开我的视线，微弱地回答。

"做什么？"

"这我还没决定。"

"可是——"

"没问题的。我很快就会去接你。在那之前，你就待在松户，知道了吗？我会拜托你姑姑让你去念高中的。"

"不。我才不住在那种陌生的地方。你为什么要卖掉公寓？你别卖啊。"

"我已经决定了。你又不是小孩子了，给我忍耐一点！"

"我不！打死我都不要！"我站起来。

"和幸！"

"什么嘛！一会儿说与小孩子无关，一会儿又说你又不是小孩子了、给我忍耐一点，你太自私了吧！"我踢倒餐桌。桌上的大碗翻倒，白色的面条和汤汁全洒了出来，里头却没有像样的料。

我穿上鞋，冲出家门。我没有听见父亲出声阻止。

我不记得在夜里的街头徘徊了多久，只记得在公园、车站和商业街之间不停乱走。

回家后，不见父亲的影子。弄倒的餐桌整理过了，弄脏的地方也打扫干净了。我想喝水，便去了厨房。

我打开流理台下面的门，原本应该插在门上的菜刀不见了。

我霎时全身发烫，意识到父亲去了哪里。我再次穿上鞋子，骑上放在公寓前的自行车。

我在志摩子住的高档公寓前扔下车，冲上楼梯，来到门前，转动把手。

门没上锁。我冲进屋。里面一片漆黑。我摸索着打开了墙上的电灯开关，灯却没亮。

我打开门，就着屋外照进来的光线，看见了一双似曾相识的旧皮鞋。那是父亲的。除此之外，看不见其他鞋子。一关上门，屋里再度笼罩在黑暗之中。

我摸黑往里头挪了一步踏进饭厅，觉得这里和先前来的时候不太一样。我伫立原地，等待眼睛习惯黑暗。

过了一会儿，屋内的景象朦胧地浮现眼前。我觉得有些不对劲，这里的样子完全变了。屋内空无一物。餐桌、我坐过的椅子、纸箱全不见了。

我往隔壁房间看去，不禁吓了一跳。那里空空荡荡，只有一个黑色的人影在房间正中央。那是父亲。他背对着我，盘坐在地上。

我顿时明白了。志摩子逃走了。她一定是从父亲的憔悴模样猜到此人已身无分文。没钱也就罢了，说不定会还赖到自己身边来，那可就麻烦了。她一定是这样想的，所以在昨天晚上或今天早上消失了。当然，从父亲那里骗来的东西她也一并带走了。

我的脚边扔着一把菜刀。是父亲带来的吧。说不定父亲是想杀死志摩子，然后自杀。我捡起那把菜刀，再度看着父亲的背影。

那是一个何其悲惨的背影，那是一个何其愚蠢的人！

我心底涌上来的不是憎恨，反倒更接近厌恶。厌恶自己是这种蠢人的儿子，所以要受到这样的煎熬。那个背影令人如此不快。

我握紧菜刀，走近父亲。

"你想捅我吧？"父亲忽然说。声音宛如发自古老的井底。

我浑身僵硬。

"想捅就捅吧。"父亲说，然后缓缓转过身来面向我。他端坐着，低下头来。"抱歉，有我这种不成材的父亲。"

他那个姿势让我在一瞬间感到极度厌恶。我把菜刀高高举至肩膀，作势猛砍下去。

这时，父亲抬起头来。"还是，我们一起死吧？"

我看见他泪流满面，却在笑着。失魂落魄地笑着。

一股寒气从心中吹过，同时带走了某种东西。一种称之为一时冲动的东西。我失去了挥刀砍下的勇气。

"怎么了？"父亲问。

我无力回答，垂下右手，菜刀从手中滑落。

我随即掉头往玄关走去。穿上鞋走出大门，没有回头。

13

那天晚上父亲没回家，我一点也不意外，甚至隐约感觉到，我将永远不再见到他。

我的预感没有错。第二天、第三天，父亲都没回来。

又过了几天，来了几个父亲那边的亲戚，其中包括松户的姑姑。他们喋喋不休地说着："真麻烦呀，伤脑筋呀。"没有人正眼看我。他们只问了我一次："知不知道你父亲去了哪里？"我回答："不知道。"

那天，三个地狱使者也来了。他们和亲戚们没有发生争吵，只是低调地办了一些事务性的手续。三个使者面无表情，亲戚们沮丧地听他们说明事情原委。

几天后，住在三鹰的亲戚来接我。我带着必要的行李离开了公寓。那位亲戚经营园林业，家里有一个空房间。

我在那位亲戚家上了学，但生活并没有因此获得保障。我在他家待了三个月左右，接着寄宿到别的亲戚家，过了两三个月，又被踢到另一个亲戚家。

就这样，当我升上工业高专三年级，才搬到父亲说的已经打过招呼的松户姑姑家。她女儿已经出嫁，因此允许我住进她原来的房间，但严禁我动那房间里的物品，只可以使用书桌和书柜。紧闭的壁橱门上贴了几张纸，还捺上了封印。衣柜则上了锁。

房间里有一台小型音响，使用时须经她家人同意，但我还是经常擅自使用。我会戴上耳机，收听广播里的流行歌曲和外国音乐。听音乐的时光，是我那段颠沛流离的日子里唯可平静的片刻。其实，我更想听唱片，但唱片应该都在壁橱里。

书柜里排列着小说、上学时用的参考书和少女漫画。其中还夹着几本女性杂志，其内容让从没看过这种书刊的我大吃一惊，里面有许多关于性爱的大胆表现。我这才知道，原来女人对性爱也有兴趣。好一段时间，阅读那些杂志成了我的秘密乐趣。

我每天疲于应付她家的人。但事后回想起来，其实那家人很好。他们和我没什么血缘，却供我吃住，让我上学。虽然他们常常让我觉得自己很碍事，却从不曾将厌恶写在脸上，或用难听的话挖苦我。后来我想，其实在壁橱上贴封条或把衣柜锁上也是理所当然。她女儿虽然嫁出去了，但同意把房间借给我也很难得。

她女儿常回娘家，看到我时，还会笑着对我说："房间你可以随意使用。"

有一天，我发现衣柜和墙壁间的缝隙塞有东西。我用三十厘米长的尺子钩了出来，发现是一个小纸袋，里面装着六个未使用的安全套。

我当然知道有这种东西，但亲眼看到还是头一遭。我不清楚房间的主人为什么会有这种东西，又为什么会塞在那种地方。但这却让我想到房间主人做爱的情景。那幻想让我异常兴奋。我生平第一次戴上安全套自慰。不用说，我幻想侵犯的对象自然是房间的主人。罪恶感和破戒的快感交融成一股刺激，让我达至无上的高潮。射精之后，我虚脱地思索着该将用过的安全套扔到哪里。

父亲依旧下落不明。我不知道亲戚是否在积极寻找，至少松户家的人应该不想保持现状。只不过，他们似乎在思考别的解决方法。姑姑曾经这样问过我："我说阿和，你会不会想同妈妈一起住呢？"

她大概认为，与其寻找父亲，还是把我交给母亲比较省事。

老实说，我并不想和母亲同住。我对她的母爱持怀疑态度，更对她的不负责任感到生气，却只是回答："我不知道。"

"还是和亲生母亲一起住比较好吧？"姑姑追问。

我偏着头，回答："我不知道。"这是我最大的让步了。姑姑不满地点头。

后来，把我交给母亲的计划好像失败了。她们不可能找不到母亲的住处，说不定是母亲拒绝了。我很早以前就目睹了她和别的男人建立的和乐家庭。从那以后，松户的姑姑便不再问我与母亲同住的事。

升上三年级，自然得考虑未来的出路了，但这完全轮不到我操心。在我几乎毫不知情的情况下，学校就已经帮我安排了一家造船厂的工作。名为造船厂，实际上却不制造船只，而是一家制造重型机械的公司。

毕业典礼后，我很快搬进了位于府中的单身宿舍。那是一个步行到公车站都要花费近二十分钟的偏僻地方。工厂就在公车站附近。

宿舍又老又旧，窄长的房间只有八叠大，像个鸽子笼，而且房间由两人共用。和我同住的是一个名叫小杉、看起来像当过混混的男人。他好像对什么都有意见，搬进宿舍起就抱怨连连，不光对狭窄的居住空间有意见，还抱怨工作服的款式太俗气，又说戴上工作帽会弄乱发型，连护目镜他都能念叨，说看起来愚蠢至极。除此之外，伙食难吃和浴室水流太小，也在他抱怨范围之内。令他格外不满的是，舍监会擅自进入住宿员工的房间。小杉第一次发现这件事时，还挥着雨伞跑去找舍监理论。我和好几个人都听见了他的咆哮。幸好他没有笨到用雨伞打舍监的脑袋。

小杉从不看布告栏，因此完全不知道舍监通知住宿员工的各种事项。多亏有我，他才没有出洋相或挨骂，因此尽管他开口闭口都是不满，却不曾对我发过一句牢骚。我还帮他写过新员工必须写的日志。我想，他本性应该不坏。只是他明知头发会被帽子弄乱，仍一大早起来用吹风机吹上老半天，将头发立成鸡冠形状，实在令我受不了。

不管怎样，单身宿舍是我期盼已久的"自己的城堡"。

我在马达生产线上，分配到的工作是先将瑕疵品拆解，然后检查、包装。每一道程序都极耗体力，每轮一次晚班，我的体重就下降两公斤。

我所在的工作组自组长以下有十三个作业员。没有和我同期的人，他们的资历都比我老。有一个大我三岁、姓藤田的人总要找我的碴。

藤田的做法很阴险。比方说，他负责的是我上一个制程，便会大量囤积产品，再使之一口气流到我手上。还不熟悉新工作的我，必然一阵手忙脚乱。如果只是这样也就罢了，偏偏他还不时故意将瑕疵品混在产品中，盼我慌乱中找不出来。我的确好几次没找出瑕疵品，每次都被组长狠狠责骂。我很想告发藤田，可惜没有证据，只好乖乖挨骂。

我熟悉了工作之后，藤田又耍出了另一个令人咋舌的蛮横花招。他趁我不注意，将瑕疵品混进平板架上已检查完毕的产品中。幸亏当时我刚好察觉到，如果就那么包装出货，一定会被客户投诉，引发一场大骚动。

我不太清楚藤田为什么讨厌我。他似乎并没有捉弄所有新员工。有闲言碎语说他就是看不惯我的长相，说不定就是两人不投缘吧。

可如果只是因为不投缘就捉弄我，我不接受。有一天，我忍无可忍，停下手边的工作，走到藤田面前。藤田透过护目镜恶狠狠地瞪着我，仿佛在说："你要干吗？"

"你刚才把瑕疵品混进平板架上检查完毕的产品中，对吧？"

"我才没做那种事呢。"藤田扭过脸，继续手上的工作。

"你为什么要这样？被骂的可是我！"

"我说了，我不知道。你想吵架吗？"

"想吵架的人是你吧？"

藤田没有回答。他无视我的存在，继续组装产品。

"反正，会做出那种事的……"话刚说到一半，警铃便在我背后响起。回头一看，我负责的地方积了一堆产品。我慌忙赶回，却已太迟了，传送带已经停了下来。

"田岛！"组长尖锐的叫声传来，"你发什么呆，好好干！"

"对不起。"我道歉时，瞥见藤田面露嘲笑的侧脸。我心头火起，顺手便将用来检查产品的工具朝他扔去，击中了他的右肩。

"你搞什么鬼！"

"还不是你干的好事。"

"你想把过错推到别人身上吗？你是不是脑袋有问题？"

我拿起一旁的扳手，又朝他扔去。

"混账！"听到这句话的同时，我被人从身后架住。是组长。"田岛，你在做什么?！"

"都是那浑蛋害的！"我伸出穿着安全鞋的脚去踢藤田，但踢不到。

藤田一面讪笑，一面后退。"我好怕哟。这家伙不知道哪根筋不对。"

"藤田，你做了什么？"组长问。

藤田使劲摆手。"我不知道呀。这家伙忽然跑来找我的碴。"

"我没有找碴。"

"闭嘴！你们两个一起给我过来！"

组长将我拖到工厂角落。我说明事情原委，但他并不相信。他又问了藤田，藤田自然不可能承认，但没有被怀疑。

从那天起，我遭到众人孤立。我被调下生产线，主要的工作变成了材料调度和将已装箱的产品搬到出货区。我被视为团队合作的害群之马。休息时间大家吵吵闹闹地玩纸牌，而我只是一个人看书。

就在我开始为工厂生活感到忧郁时，同宿舍的小杉开始偷偷带女孩子回来了。有一天，我结束晚班回到宿舍睡觉，小杉带着女孩子走进了房间。我们都吓了一跳。他那天休息，似乎忘了我上晚班。

"她叫奈绪子。"小杉红着脸为我介绍。那是一个短发、娇小的女孩子。她畏缩地低头向我行了个礼。

据小杉说，他不是第一次带她进宿舍了。

"带女人进来的又不是只有我。"说完，小杉贼贼地笑了，"我看过好几个人带女人进来。但我不会去告密啦，大家彼此彼此嘛。你也这么认为吧？"

小杉在暗示我别张扬这件事。我并没有打算打小报告。

奈绪子住在同一家公司的女子宿舍。她和我们同期，在别的厂房工作，好像是通过联谊认识小杉的。闲聊之下，我意外地发现，奈绪子竟然和江尻阳子来自同一所商业高专。我小心翼翼地问她认不认识阳子。没想到奈绪子眨眨大眼睛，说她们是同班同学，关系还不错。

"同班同学……换句话说，是一年级的时候，对吧？"

"嗯，毕竟……"

"我知道。"我点头制止她继续说下去。阳子只念到商业高专一年级的秋天。

小杉想知道事情原委，我便将阳子自杀的事情说了一遍。小杉一脸黯然地低声说："真是难为她了。"

"你知道她自杀的原因吗？"我问奈绪子。

她低头有些犹豫地说："有很多谣传……"

我察觉她知道原因。"我听说她怀孕了。"我试着套她的话。

"嗯，我想这件事应该没错。因为阳子的母亲在找让她怀孕的男人。"

我的推测果然没错。

"等一下，她是因为怀孕才自杀的？"小杉插嘴道，"会发生这种事吗？我念高中时，有个女生大着肚子，也没见她特别烦恼啊。毕业时她还挺着大肚子，抬头挺胸和大家站在一块儿呢。"

"每个人的想法不同吧。再说，我想那个女生应该也不是一点烦恼都没有。"

"是吗？"

"挺着大肚子出席毕业典礼，她是打算把孩子生下来吧？"奈绪子说，"如果是这样，虽然会有点不好意思，但毕竟是有了喜欢的人的孩子，高兴应该会大于羞愧。但要是不能把孩子生下来，就另当别论了。"

"毕竟她才商业高专一年级，不能把孩子生下来。"我说。

"那拿掉不就得了。"

"你别说得那么简单，拿掉孩子和割盲肠可是两回事。"

"割盲肠更严重吧？我认识的一个女人，高中时就堕了两次胎。她还若无其事地说：'堕胎哪用得着住院。'"

"她只是看起来若无其事吧。"

"也许吧，但我不认为她会想自杀。"

"所以每个人的处理方式不同嘛。"

我们正争执不下，奈绪子说："不对。关键是男朋友的态度。女孩子要是觉得男朋友是在为自己着想，即使难过，应该也能够忍受堕胎。阳子的情况大概不是那样。"

"什么意思？"我看着奈绪子的脸。

她先是低下头，然后抬起头说："阳子自杀之前，举止有些奇怪。"

"什么举止？"

"她速度很快地沿着学校的楼梯爬上爬下，一次又一次，反反复复。好多女生都看到过，我也看到过一次。"

"她在做什么？"小杉问。

奈绪子摇摇头。"当时我不知道。除此之外，还发生过一件奇怪的事。我一个朋友看到阳子放学后边哭边打公用电话。"

"她和谁通话？"我心里有底，但还是姑且一问。

"我不知道。不过，我那个朋友听到了阳子说的一些话。"

"她说了什么？"我的心跳莫名地开始加速。

"内容不是很清楚，反正阳子好像边哭边说她想停止了。"

"想停止了？停止什么？"

"她好像没说，只是哭着一直说：'我想停止了。我不想再做这种事了。'但看起来她后来又被对方说服了。"

"到底怎么回事？"小杉抱着胳膊，陷入沉思。

我隐约窥见了事情的真相，却不想进一步推测心中那个逐渐成形的影像。那实在太悲惨，令人难过。我默不作声，只是盯着旧榻榻米的缝隙，看了很久。

"我觉得这样好过分。"奈绪子忽然说了一句。

从这句话中，我知道她也懂得阳子泪水的涵义。

"过分什么？"迟钝的小杉还没明白。

"电话里那个男的啊。"我说，"他大概就是让阳子怀孕的人。"

"她哭着说她不想怀孕吗？"

"不是那样啦。都已经怀孕了，再说不想又能怎样？"

"那是怎样嘛？"

我看着奈绪子，和她目光相遇。她似乎不想开口。

"那个男的想让阳子流产。"不得已我只好说了。

"是这样吗？"小杉一脸错愕，看看我又看看奈绪子。

奈绪子微微点头，说："大概是吧。"

"你没听说过吗？孕妇不能剧烈运动，快速上下楼梯更是不行。"

"这我倒是知道。"小杉用手顺了顺发胶定型的头发，"干吗要让她做那种事？带她去医院不就得了？"

"去医院要花钱啊。"

"那倒是。"

"阳子家是单亲家庭，她不想为母亲添麻烦吧。再说，她大概也不想告诉母亲自己怀孕的事。"

"男方出钱不就得了？谁叫他让人家怀孕。"

"那家伙大概没钱。"

或者不想为那样的事出钱。我忽然想起仓持修下五子棋时的背影。

"真过分。所以就让她上下楼梯，强迫她流产吗？难怪她会哭，说想要停止，这也是理所当然的。"小杉义愤填膺起来。

"她为什么会对他言听计从呢？"我低声说。

"是不得不那么做吧。我想阳子也很清楚不能把孩子生下来。如果有钱，倒不用想太多，直接去医院拿掉孩子。如果她是那种比较会玩的女孩，说不定就能想到找朋友筹钱去堕胎了。"听起来她好像有朋友这么做。"而且……"奈绪子继续说道，"我猜她大概还喜欢那个男的，才会照他说的去做。她喜欢他，害怕要是违背他的话，会被他讨厌。"

"她喜欢那种恶劣的男人？"

"嗯。"奈绪子点头。

小杉摇头低喃："真是搞不懂女人啊。"

虽刚上完晚班，那天我还是无法入眠。纵然躺在床上盖好棉被，悲愤之情却不时涌上来，让我辗转反侧。

和阳子在游泳馆里嬉戏的时光，是我无可取代的珍贵回忆，仓持夺走了它，还用卑劣的手段害死了她。没错！那简直与杀人无异。

我脑海中浮现出阳子在无人的校园里默默上下楼梯的身影。她气喘吁吁、汗流浃背，咬牙执行心爱男人的命令。再没有比残害怀孕的身体更痛苦的事了，更何况是心爱的男人命令自己那么做，想必更加悲哀。即使如此，她还是不肯停止。因为她相信，唯有顺利流产，才能挽回男人的爱。或者，她只是因为太过绝望而机械地移动脚步？

然而，她已经撑到了临界点，一旦越过那条线，就会崩溃。她停止了上下楼梯，走进教室。或许从教室的窗户看出去，那风景非常吸引她，也或许是她认为，跳下去就能消弭痛苦，拔除烦忧。

阳子并非基于一个悲壮的决心，而是在一种做梦的氛围中跳下楼的。至少，我希望这么想，否则我实在无法接受这个事实。

此时此刻，我心中再度燃起对仓持修的憎恶。原本因为自身命运的剧变，我已将那份恨意长久封存在记忆深处，此刻却鲜活地复苏了。

不能让那种人活下去——那种激动不同于之前萌生的杀人念头。不是为自己，而是为了阳子。我要杀了他。

14

当然，我并不想马上去杀掉仓持。我心中燃起熊熊怒火，从小到大对杀人的憧憬急剧膨胀，弄得胸口胀痛，但要动手杀人还少了什么。我想，那可以是对仓持更深一层的憎恶，说不定多点冲动或自我陶醉就已足够。只不过这些都是当时我欠缺的。

尚未习惯工厂的生活，我要花费极大的心力才能平安度过一整天。光阴飞逝，转眼到了年底，我依旧待在工厂里，做着生产线以外的工作。总有一天要杀掉仓持的念头，不知不觉已消失无踪。

但重要的是，这个念头只是暂时消失，并没有不见。我意识到这一点，是在某个地方看到某样东西的时候。

那是机械制作工厂的仓库。所谓机械制作工厂，是指制作或调整生产线上所用机械的工厂。当时，组长让我去拿某种树脂粉末。

那里有保管人员，只要出示取货单，他就会将需要的物品拿到窗口。有时候若东西太重，或他暂时没空，便会叫来人自己去拿。我去的时候，保管员看起来并不忙，但他看完货单后却点着头对我说："去拿吧。你知道地方吧？"

我说知道，他便低下头继续整理一些文件。大概是因为我常常进出，他对我比较放心。

我从固定的架子上取出定量的树脂粉末，放在推车上准备离开。然而就在那时，我发现一旁药品柜的门没关，里面有许多咖啡色和白色的瓶子。我蹲下来，饶有兴味地看看有哪些药品。

瓶上标签写着药品名称和化学式，我都不熟悉。不知是不是因为用得很少，瓶身大都蒙了一层灰。

当我打开另一扇柜门时，心里不禁咯噔一下。柜子的最下层，有一个咖啡色的大瓶子，上面的标签印着 KCN（氰化钾），即山奈钾。我早就知道这是毒药之王，一直渴望见见。而现在，梦寐以求的毒药就在眼前。

机械制作工厂也从事金属加工，有时会用氰化钾冶金或镀金，但使用的几率应该不高，那种技术已经过时。

宝物就在眼前，我顿时动弹不得。过了许久，我才意识到自己将抵挡不了眼前的诱惑。良心发出警告，要我速速离去。

然而，警告越来越弱，继而消失。我找来一个塑料袋，将树脂粉末装好，再将氰化钾的瓶子从柜子里拿出来，小心翼翼地打开盖子。里面装的白色结晶略有结块，瓶中还有一支细长的药匙。

我知道氰化钾属于强碱，接触皮肤就可能引起发炎，所以我小心地不碰到手，挖了三匙左右装进塑料袋，再将袋中空气完全挤出，用橡皮筋扎紧。

我将塑料袋放进兜里，若无其事地离开。经过保管员面前时，我还故作平静地和他打了声招呼。他兀自低头应了我一声。他大概怎么也想不到一个新手居然会带走恶魔毒药。

我将氰化钾藏在宿舍桌子的抽屉里。我很担心小杉会擅自触碰，但和他同住一阵子之后，我发现这个好相处的小混混不是那种会随便开别人抽屉的人。

氰化钾使得沉睡在我心中的杀意再度苏醒。总有一天我要用上一用。吃下它的人会怎么样？会怎么死去？会像小说中的情节一样，吐血而死吗？杏仁味究竟是怎样的气味？

就像手枪在握的人一样，我陷入了一种自以为变强了的错觉——要是哪个讨厌的家伙敢惹我，就让他吃下这个毒死他。

我想起了中学时代，拿到升汞的我曾警告欺负自己的同学，我可以用升汞毒死任何人，从而得以逃脱校园暴力。我认为，在成人世界，这种做法依然有效。藤田就是个好目标。他还在使用阴险手段捉弄我。如果我告诉他自己手上握有秘密武器，不知他会露出什么表情。

但我马上又打消了这个想法。绝不能让任何人知道我有氰化钾。当然，还有一个原因——仓持。

"唉，有没有办法能更快存到钱啊。像现在这样，连结婚戒指也买不起。"

休息时间，藤田一面跟死党玩牌，一面抱怨。我冷冷地望着他：要不是我计划杀仓持，你早成了我的小白鼠！

他正在计划结婚，对象是隔壁工作组的一个女人。没想到那样卑劣的男人也找得到女人。但大家都知道，那个女人一觉得工作太累就以生理期为借口溜号。或许他们是物以类聚吧。

就这样到了年底。我没有别的地方好去，只好独自留在单身宿舍里过年。小杉回家后，房间显得宽敞许多，住起来很舒服。

假期结束后过了两三天，松户的姑姑家寄来了一个大信封，里面多是贺年卡，也夹杂着好几封从之前公寓转寄来的卡片，几乎都来自工业高专的同学。

拿起其中一张时我忽然浑身发热。寄件人是仓持修。在新年快乐与舞龙舞狮的插画中间写着：

> 你现在在做什么？念大学还是工作？我有占便宜的好事要告诉你，见个面吧。请和我联络。不和我见面的话，你会后悔哦。就这样啦。

他的地址变成了练马。贺年卡上还写着电话号码，看来想见面不是场面话。

我想，这大概是天赐良机。既然他说想见我，我就完全不用担心他起疑心了。某个星期六，我打了个电话给他。他在家里，好像一听声音就知道是我。"你总算打给我了。我等你很久了。"我不知这话是真是假，他用兴奋的语调说："你过得好吗？"

"还好啦，普普通通。"

我提到近况，仓持便用一种不知是钦佩还是揶揄的口气说："你在稳定的公司里，做着稳定的工作啊。"

"你呢？在做什么工作？"我尽可能态度亲密地问。

"嗯，我正要和你说这个。我在贺年卡上也写了，有能占便宜的好事要告诉你。要不要见个面？见面之后再慢慢聊。"

"什么事？"

"这当然要留到见面之后再说呀。明天怎么样？我有空。刚好咱哥儿俩去喝点啤酒。"

"嗯，我也有空。"

"好，就这么决定了。我们就约在……"

仓持约在池袋车站前的一家咖啡店。

当天，我很犹豫要不要带氰化钾赴约。我想尽可能逐步实施杀人计划。若因一时冲动犯罪，定会马上落网。

最后，我还是将塑料袋放进兜里，离开了宿舍。毕竟很难说今后同他还会不会再有不被怀疑的接触机会。我想起无法下手杀死志摩子的父亲的背影。命运女神可不会天天降临。

我穿着廉价毛衣和粗呢短大衣，以一身平常的外出装扮前往约定地点。那家咖啡店即使在白天也很昏暗，空位也很多。只要没有过于醒目的动作，其他客人和店员应该不会留意到我的长相。

仓持坐在角落里，一个双人座位。他比约定时间早到几分钟，让我很意外。想必是他相当看重的事情。

"好久不见。你是不是瘦了？"仓持看到我说。

"因为在公司里被人当狗使唤啊。仓持你现在在做什么？昨天电话里，你好像说没上大学。"

"我在做销售，就是推销员。"

"卖什么？"

"很多啊。嗯，工作的事待会儿再说。"

仓持的头发规规矩矩地分着缝儿，有梳子梳整过的痕迹。我想，他做推销员，应该很注重仪容。他的外套看起来很有质感，显得也更加老成。在旁人看来，大概不会以为我们俩同龄。

我们聊了些无关痛痒的事，喝完咖啡就离开了。他邀我去啤酒屋，我没有理由拒绝。我们以炸鸡块和毛豆这类寻常吃食佐酒，干了好几大杯。他一直套问我的工作情形，提到自己时却又含糊带过。我感觉到他有企图。

"听起来，你的工作挺耗体力的。薪水和工作量好像不成比例吧。"仓持直言不讳地说。

"我没那么想过。反正能领到钱，我就心存感谢了。再说，只要能待下去就不用担心住的问题。"

"住还不简单。我是说，那种生活你过得快乐吗？全身油腻腻、脏兮兮的，一辈子却只是公司的一颗小螺丝钉，你不觉得无趣吗？在那种地方工作，就算再拼命，赚的钱也有限。人生取决于你赚钱的多寡。这样下去，你就只能找个普通女人结婚，买间鸽子笼一样的房子，一辈子被贷款追着跑。"

"那也无妨。我觉得能结婚成家，就很幸福了。"

"别说得好像你大彻大悟了的样子。有没有想过未来等着你的是什么？生两个不太聪明的小孩，过着令人厌烦的家庭生活。这种日子可是要过几十年的哦。不，是到死为止。你还不到二十岁，就打算选择这样的人生吗？"

我定定地看着仓持热切演说的嘴角。"有很多人连这种生活都过不上。光是念完工业高专就费了我好大力气，今后我想过风平浪静的生活。不像连续剧那样精彩也无所谓。"

听我这么一说，他摇摇头。"瞧你，说得那么没志气。我们还年轻，一点干劲都没有可怎么办啊？我说，田岛，想想你当初把仅有的零用钱投注在五子棋上的样子！那时的你上哪儿去啦？"

我惊讶地看着仓持的脸。让我将零用钱悉数投注于五子棋的人是他，他和那个赌棋人还是一伙的。这件事我自然没忘，而他竟然还敢厚颜无耻地在我面前提起，我真怀疑他是不是神经有问题。然而他无视我的惊讶，继续说道："我是为你好才这么说的。像那种工作你最好早点辞掉。在这个世界上，再怎么辛苦耕耘也不会出人头地，只有能想到好方法的人才能赚大钱。"

听到这里，我总算知道他想说什么了。"你刚才说你在做推销，对吧？那就是'好方法'吗？"

他贼贼地笑起来。"是啊。听我把话说完，包你吓一跳。你一定想不到有这样的好方法。而且，你绝对会加入我的行列。"

"很难说。"

他凑近我说："怎么样？等会儿要不要来我家？我和你好好谈谈这件事。从这里搭电车十多分钟就到我家，不会耽误你太久。"

总算进入正题了。我对他要谈的事多少有点兴趣，也想看看他住在什么样的地方，因为这会成为今后拟订杀人计划的重要参考依据。"好啊。"我回答。

仓持拿起账单向收银台走去，我连忙追上，掏出钱包，但他轻轻挥手制止了我。"不用了，我请。是我约你的。"

"可是，不好意思。"

"不用客气，不用客气。"他将一张万元钞递给收银员，凑到我耳边说，"要是听我的话，将来你一定会觉得这只是点小意思。"

我侧头看他，他愉快地向我眨眼。

仓持住在一栋距练马车站只有几分钟脚程的两层公寓，好像刚盖好不久，外墙的白色油漆光鲜亮丽。

"进来吧。"仓持要我进屋。我走进去，一个巨大的衣柜引人注目。衣柜旁是床和书柜，眼前的厨房里有餐桌、冰箱、电饭锅和迷你烤箱，同我住的宿舍简直有天壤之别，这里是一个称得上家的空间。

"天啊，一应俱全。"

"凑合啦。不过大部分家具都是二手的。前辈便宜卖给我的。"

"前辈？"

"职场的前辈。嗯，我来泡咖啡吧。"

"不，不用了。倒是你说的事情是什么？"

仓持喜上眉梢，很高兴我主动发问。他大概觉得，发财的话题让我上钩了。

我们隔着餐桌相对而坐。他将一个大信封放在桌上，从里面拿出几张文件。信封上印着"穗积国际"。

"那是什么？"

"我工作的公司。我想让你也加入。"

他在我面前摊开介绍手册，上头展示着红宝石、蓝宝石等色泽鲜艳的宝石。或许是因为拍照时特别强调光泽，让人觉得就算光看照片也很耀眼。

"你在卖宝石吗？"我不禁睁大了眼睛。

"基本上可以这么讲。这家公司卖的是宝石。"仓持的说法听起来很奇怪，"但公司的目的不是赚钱，而是打造一个相互扶持的组织。"

"相互扶持？"

"互助的精神。就是通过买卖宝石让大家过上轻松日子。"

"完全不懂。"我百思不解。

仓持要我等一下，然后起身拉开里屋的柜子抽屉。我环顾室内，虽然家电、家具一应俱全，却都有点旧，好像的确是二手货。而且看来仓持不常打扫，表面上收得整齐，角落里却积着灰尘。

"你一个人住吗？"

"嗯。虽然有很多不方便，但很自在。宿舍很难保有个人隐私，对吧？"

"还好啦……平时有人来吗？像是你女朋友。"

仓持耸肩笑道："我没有女朋友。玩玩的女人倒是有，但我不会带到这里来。因为事后很麻烦。"

这句话让我想起阳子，心里骤然生起一团熊熊怒火。原来阳子于他，也是一个"玩玩的女人"，所以他无法接受她怀孕，更对她的自杀感到棘手，于是选择装傻到底。我想，现在杀了他也无妨。反正没人看见我进入这间房子。

我后悔没让他泡咖啡。

仓持完全不知道我在想什么，拿着一个珠宝盒模样的小箱子回来。

"打开看看。"他将小箱子放在我面前。

里面放着几颗货真价实的宝石，但都不太大。

"惊艳吧？"仓持盯着我的脸说。

"是啊。"我应道。从前母亲有一个珠宝盒，里面的宝石更美更大。

"这些至少值一百万。"

"哦。"一百万是多少，我一时反应不过来。

"你要不要花六十万买下它们？"

"你说什么？"我看着仓持。他一脸正经。"你开玩笑吧？"

"如果你没钱，可以分期付款。我会和上头商量，帮你把利息压到最低。"

"别闹了！"

"我是说真的。你现在可能会觉得这是无稽之谈，不过听我把话说完，

146

可以再重新考虑。"

"不管你怎么说都一样。我买宝石做什么？"

"你可以转手卖掉。"

"什么？"

"转手卖掉。就像我刚说的，这是一堆价值一百万的商品。你一百万卖掉它，马上净赚四十万。"

听到这个数字，我有些心动，但随即恢复了理智。"要怎么卖？我又不认识会买宝石的人。"

"你不是有亲戚吗？要是你告诉他们这些宝石只卖一百万，他们一定会高兴地买下来。"

我摇摇头。"我已经不靠亲戚了。再说，我已经一阵子没见到他们了，今后也不打算见面。"

"是吗，那就没办法了。"仓持叹了口气，"既然如此，四十万如何？"

"啊？"

"我问你如果四十万，买不买？"

"为什么要忽然降二十万？一开始卖四十万不就好了？你想从我这里赚一笔吗？"

仓持对我摊开双手，试图安抚。"动怒之前你先听我说。四十万卖给你是有条件的，那就是你必须先成为穗积国际的会员。"

"你说什么？"

"成为会员之后，就可以用优惠价格购买。但想成为会员必须完成一定的业绩。不过也没什么大不了。这是个很有前途的工作。我当初是想便宜买到宝石，才成为会员的，但这个做起来比你那工作有意义，而且赚钱。还有人辞掉一流企业的工作来卖宝石呢。那个人的年收入超过一千万呢！"

话题忽然变得更加夸张，我全神戒备。"这是怎么一回事？业绩是什么？"

"会员的业绩很简单。首先支付两万元入会费，再卖出一组宝石就行了。公司会从那个会员带来的客人身上拿回没有从会员身上获得的利益，谁也不吃亏，对吧？"

"嗯。"听起来这件事情本身倒是合情合理，"可是，为什么会员能赚到钱？"

"有佣金呀。卖出一组宝石，公司就会支付五万元佣金给会员。"

"卖掉几十万的宝石，才给五万佣金啊？"

"你把话听完嘛。卖掉一组就算完成了会员业绩，但又没说不可以多卖。卖得越多，滚进你口袋的佣金就越多。"

"这我知道。问题是六十万的宝石有可能那么轻松就卖掉吗？如果真有可能，你还不早早把手上的宝石卖出去。"

"重点就在这里。我刚才说业绩是卖掉一组宝石，可没说要以六十万卖掉。"仓持竖起食指，轻轻一笑。

"不是六十万……"

"也可以卖四十万啊。换句话说，就是让那位客人成为会员。"

"噢，"我像是忽然开了眼界，"原来如此。"

"这种情况下，公司照样支付佣金。只不过一开始是两万。我说一开始是有原因的，接下来才是有趣的部分。"仓持上半身趴在桌上，开始向我说明。"你拉进来的会员如果再招到新会员，他的佣金也会有一定比例的数额流进你的口袋。也就是说，当你的下线会员、下下线会员和下下下线会员不断增加时，佣金就会以十万元为单位，汇进你的账户。这么一想，你不觉得与其单卖宝石，不如增加会员更有利吗？"

仓持讲得舌灿莲花，一堆数字钻进我的脑袋。那气势让我稍微愣了一下。

"一开始需要四十二万啊……"

"而且那四十万也不只是付出去，还会以宝石的形式留在你手上。实际投资不过两万。怎么样？这个金额应该连上班族也凑得出来吧？"

我抱着胳膊，暗自沉吟。我来这里是为了拟订杀掉仓持的计划，怎么完全被他的话拖着走了。

　　"要不要试试看？我已经赚了两百万喽！"

　　"两百万……"

　　"我预计还会有很多很多钱进来。"仓持小声地说，"先下手为强。最好多多发展下线会员和下下线会员。如果你要做，我明天一早就帮你申请。星期一人会很多，但我会试试看。"

　　言下之意好像是没时间考虑了。

　　"这样啊。"我考虑半天之后回答，"如果可以按月分期付款，倒是可以试试。"

　　"你要做吗？"

　　"可以做做看。"

　　仓持站起来，忽然哈哈大笑。他指着瞠目结舌的我，捧着肚子说："田岛和幸先生，你振作一点好不好？怎么可以上这种当呢？"说完，他仍笑个不停。

15

仓持说："这是一种老鼠会啊！你动动脑筋嘛。要是按下线会员、下下线会员、下下下线会员这样增加，依照数学原理，很快就会超过日本人口。实际上，有钱人比想象中少，这种生意很快就会做不下去。既收不回投入的资本，也招不到新会员，到头来，就只剩下一屁股债。"

"这我知道，但如果及早加入是不是就会赚钱呢？"

"当然会赚。至少一开始就加入的人会大捞一笔，但如果不是初始会员，要回本就很难了。"

"你的意思是，现在才加入已经太迟了？"

仓持笑笑点头。"那是当然的喽。这种东西第一批会员们赚一笔之后就玩完了。半途加入的人不过是大肥羊。"

"可他们手上还有宝石吧？卖掉宝石就能收回本钱，不是吗？"

"卖给谁？"仓持的眼神带着笑意。

"卖给谁都行吧？如果珠宝商不买，最坏的情形，还可以卖给当铺。"

"卖给当铺的话，"仓持抱着胳膊，微微偏着头，"五万……不，能拿回三万就要偷笑了。"

"咦？可是，你不是说那些珠宝值一百万……"

"那是个人价值观的问题。当铺老板可不会认为那些珠宝值一百万。

没有哪个笨蛋会把钱砸在这种粗制滥造的人造石上。"

"啊？那是人造的吗？"我再度看着宝石。

"而且还不是一般的劣质品。虽不至于是玻璃，但连普通装饰品也谈不上。不过，外行人大概看不出其中优劣吧。大家都不懂装懂，看了标价，就开始大吹大擂。"

"那你这不是诈骗吗？"

"我没说过这是天然石。就算说了，买家也没有证据。"

我瞪着仓持。"这种做法真下流。"

他不为所动。"赚钱嘛，就是合法地从别人那里获取钱财。只要合法，没有什么下流不下流的。"他收好装宝石的小箱子。

"你为什么要告诉我内情？难道你不是打算骗我，才把我叫到这里来的吗？"

仓持看着我，意外地耸耸肩，睁大了眼睛。"我骗你？为什么要骗你？我要是有意骗你，就不会告诉你这些事情了。刚才你有意要买的时候，就若无其事地让你在合同上签字了。"

"我一直以为你要我入会。"

"田岛啊，我们是朋友，不是吗？而且还是从小一起玩的交情，是吧？我怎么可能骗你嘛。就算你是开玩笑的，我也觉得很受伤。"

仓持一脸认真。我看着他，心想：不知道是谁设计让这个朋友收到诅咒明信片的？"你不是说有好方法吗？"我对他说，"而且说我听完一定会想加入。现在又告诉我老鼠会的内情，你到底想做什么？"

"我要说的重点在后头。要不要喝点什么？不喝咖啡的话，啤酒怎么样？"

"来一罐吧。"

仓持从冰箱里拿出两罐啤酒，放了一罐在我面前。我一边打开拉环，一边想：这下要掺进氰化钾可就难了。

"我刚才说过了，这种老鼠会的生意，只有一开始就加入的人才赚得到钱，后加入的只会赔钱。"仓持喝了一口啤酒，开始说道。

"这我知道啊。"

"我接下来要讲的才是重点。"他单肘撑在桌上，趋身向前对我说，"总而言之，这种生意的目的不是卖东西，而是想办法招揽会员。这么一来，就出现了另一种生意。"

"另一种生意？"

"我们自己不成为会员，而是帮忙让别人入会。只要有人入会，组织就能赚钱，所以只要我们让别人入会，就理所当然能获得报酬，对吧？"

我看着仓持，他回望我，频频点头。"这就是你的工作吗？"

"目前是吧。"仓持意味深长地说，接着喝了一口啤酒。

"你说有占便宜的好事要告诉我……"

"就是这件事。听起来不赖吧？我们和那些入会的笨蛋不一样，绝不会损失金钱，而且没有业绩要求，需要的只是演技。"

"演技？"

"待会儿你就明白了。"

仓持向我说明报酬。若换算成时薪，我现在的工作的确不能与之相提并论。我很惊讶，真的那么赚钱吗？

"老实说，最近入会的人减少了。组织想举办大型的宣传活动，可是人手不足，所以上头的人问我身边有没有值得信任的人，我第一个就想到了你。其实，我今天约你出来已经跟上头报告过了。"

"报告？你说了我的名字吗？"

仓持摇摇头。"名字倒没说，只说是我从小玩到大的朋友。我刚才说了那么多，你应该知道，这份工作必须保密，并不是随便找个人就能做。怎么样？你想继续做现在的工作也没关系，权当打工试试吧？"

我啜了一口啤酒，叹道："没兴趣。反正说穿了，就是要同你们合伙骗人，对吧？"

"我不是说过了吗？赚钱就是从别人那里获取钱财。要是你想不通这点，一辈子都会吃亏。"

"不。"我拿着啤酒罐，摇摇头，"我不干。哪有那么便宜的事。"

"希望你相信我。"仓持没有死缠烂打。

我喝完啤酒，便站起身来。既然无法实行杀人计划，也就没必要和他待太久。我发现自己心中的杀人欲念正在消退。不知为什么，只要一和仓持长谈，我的想法就会被他拖着走。

"我有件事想问你。"去玄关穿鞋之前，我对他说。

"什么事？瞧你一本正经的样子。"

"你记得一个叫江尻阳子的女孩吗？"

我以为他一定又会装傻，但还是忍不住问了。然而，他的反应却出乎我的意料。他先是出神地微微张开嘴巴，然后皱起眉头说："记得呀。游泳馆的那个女孩，对吧？"

"我之前跟你说过她死了，对吧？"

"嗯，你说过。几年前的事了啊？"他搔着鼻翼。

"她在我们念高一的时候去世。我应该也告诉过你她是自杀的吧？"

"嗯……"仓持难得地露出老实的表情，让我不知所措。我原本很笃定,他会假装连她死了都忘得一干二净。他伸手按摩后颈，开口道："田岛啊，我知道你对那个女孩有意思。我第一次在游泳馆见到你们时就看出来了。"

突如其来的一番话让我慌了阵脚。"我想说的不是这个。"

"你听我说，你喜欢她，才会对她的死耿耿于怀，对吧？可是，我劝你早点忘了她。那种女人……"

"那种女人？"我感觉嘴角在抽搐，"那种女人是什么意思？"

仓持抬手理了理一丝不乱的头发，露出一脸尴尬。"田岛啊，你怀疑我同她的事，对吧？你觉得自己喜欢的女孩子被我抢走了。"

我一言不发，呼吸急促，瞪着他。老实说，我很慌乱。没想到他会这样说。

"我招了。我，和她上过床。瞒着你是我不对。"说完，他微微低下头。我茫然地看着他头上的发旋。

"你果然是阳子的……"

"等等。话是这么说没错，但你要是以为害她怀孕的是我，那误会就大了。"

"还不是你害的吗？你都说和她上床了，还想逃避责任吗？"我扯开嗓子大吼，向他逼近一步。

仓持两手向前平推，展开手掌试图制止我。"我知道你喜欢她，本不想提这件事，但不想让你误会，只好说了。"

"你在说什么？给我说清楚！"

"那我说喽。是她约我的。"

"啊……"

"你介绍她同我认识后，她马上就打电话给我，约我出去玩。对你，我很内疚，但还是厚颜无耻地赴约了。这件事我道歉。不过，她是个天大的假淑女。"

"这话怎么说？"负面情绪开始在我心中发酵，我感到微微的胸闷。

"第一次约会那天，她就问我：'你有没有做过爱？'她一脸清纯，吓了我一大跳。我老实回答说没有。你猜她又说了什么？她说，想做就做吧。"

"你说谎……"我低吟。只要一闭上眼，我脑中便会浮现出阳子的笑容。她那甜美的笑和仓持的叙述完全是矛盾的。

"我骗你干吗？一开始我也以为她在开玩笑，所以我也开玩笑说，那我就不客气了。结果她居然问我：'你身上有多少钱？'"

"钱？"阳子怎么可能向仓持要钱。

"那是我第一次约会，我很紧张，身上带了五千多元。听我一说，她居然说：'五千元就好，要在哪里做？'"

"你骗人！"我激动地摇头，大声喊道，"这一定是骗人的！你胡说八道！”

"我没有胡说八道。她这么一问，我才意识到她不是开玩笑。当时我心脏扑通直跳，居然觉得害怕，真是太弱了。她倒一副家常便饭的样子，说打野炮也行。"

"野炮？"

"就是在户外办事啦。结果，我们走到附近的河边，找了个没人的地方……"仓持说到后来开始闪烁其词。

我再度摇头。"我不相信。"但很明显，我的声音已变得虚弱无力。

"这是事实。她当然不是第一次，都习以为常了，相形之下我可窘坏了。完事之后，她迅速穿上内裤，对我说：'五千元拿来。'完全不享受余韵，真有点扫兴。"

"她那么做……不是跟妓女没两样吗？"

"岂止没两样，根本就是不折不扣的妓女。你不是说她家没钱吗？所以才会在游泳馆打工。我想也许打工的钱还是不够用，她才会做出那种事来。"

我心中如遭烈火焚烧，思绪紊乱。我几乎能听见自己的脉搏，心中不断在呐喊："不可能！她不可能做出那种事！"

"话先说在前头，我可是用了安全套的，而且那也不是我准备的，是她带来的。显然她一开始就打算那么做。只要找到有钱的对象，她就会主动接近，出卖肉体。我想，和她做过的搞不好有十几二十个人。我仅此一次，那些人当中说不定有她的常客呢。"

不可能。我心中的呐喊声渐渐减弱。我对江尻阳子并不十分了解，或许该说是一无所知。

"我原本以为你和她也有一腿。"听到仓持这么说，我抬起头。他的嘴角浮现一抹诡异的笑容。"我还在想，这下跟你可成了'兄弟'，但你却没有上过她。这样说来，她还真小气。看在同事的分上，至少也该免费让你玩一次嘛。反正都已经被一堆男人上过了，又不会少块肉。"

我一拳挥过去，脑中一片混乱，充塞着愤怒、悲伤和惊愕。他闪身避开，反手扣抓我的手腕，一拳将我击倒在冰冷的地板上。我抬头瞪着他，却没有力气站起来。

仓持重重地喘着气，坐到椅子上。"我想你一定会大受打击，才一直沉默至今。可现在看来还是必须化解这个误会。"

"我听她商业高专的同学说过她的事，她同学可没告诉我她在卖春，说是让她怀孕的男人逼她把小孩弄掉，她才自杀的。"

"那是谣传吧？再说，她也不会在自己的学校卖春。"

我咬着嘴唇。他说得很有道理，但我无法接受。"你有证据吗？你能证明她做过那种事吗？"

"没有，但我就是证人。"

"她怎么可能……"

"人不可貌相。这是一个相互欺骗的世界。"仓持在我面前蹲下，单膝着地，一只手放在我肩上，"下星期六跟我出去走走。我让你见识见识这是一个什么样的世界。"

第二周的星期六，仓持将我带到一栋新大楼中的一个房间。房间约莫一间小学教室大，里面放了三十多张铁椅。我们到的时候，已经有超过三分之二的椅子坐了人。我和仓持坐在第三排右边的位子。我穿便服，他穿西装。

"按刚才说的做就行。你不说话也没关系。"仓持悄悄在我耳边说。

一个穿灰色西装的年轻男子站在角落，环顾整个会场。"非常感谢大家今天莅临穗积国际的说明会。接下来就开始今天的会议。首先，请保住浩太朗董事长向各位致辞。董事长，请。"

一个男人随即出现在讲台上。他中等身材，戴着黑框眼镜，看起来像是知识分子。虽然挂着董事长的头衔，年龄却只在四十岁上下。

保住开始致辞，语调铿锵有力，不时加重语气进行强调。演讲的内容大抵是这个世界充满机会，时下的商品买卖系统费时费力又荒诞不经，自己要想赚钱就得先让别人赚钱，唯有这种相互扶持的精神才能拯救明天的日本，等等。他滔滔不绝，并且适时穿插些俏皮话，是个能说善道的演讲者。

他演讲时背后已架好一块黑板。他拿起粉笔，在黑板上写下"消费者＝销售者"，然后画了好几个圆圈将它圈起来。

"各位都懂这句话的意思吧？人想买东西时，最相信谁的话呢？他们不会相信店员的话。因为店员只顾把东西卖出去，才不管客人买了之后会怎样，他们最相信的是买过那个产品的人说的话。各位也是如此，对吧？因此，如果买了该产品的人向你推销，就有说服力了吧？当然，不排除有人自己吃了亏也要拖别人下水，但这种人迟早会被列入拒绝往来户，所以这种行为没有意义。"

他的语气保持着适度的轻松，这似乎也是一种演讲技巧。我感觉到会场上的人正逐渐被他说的话所吸引。

保住话锋一转，开始讲宝石的事。他得意扬扬地说，他们组织开发出了一种特殊的销售渠道，不但能将成本降到最低，还能进口高级宝石。

"不过，问题就在这儿。"他提高声调说，"若是到达各位手上之前还得经过好几个关卡，进货价格再低也没意义了。再说，开家大店铺也太花钱了，于是这就是我们的想法。"他用粉笔在写着"消费者＝销售者"的地方敲了好几下。

接着他开始说明这套销售体系，那和仓持对我说的相差无几，只有语调不一样。我明知这是个陷阱，听着听着，还是受到保住巧妙的说话技巧所营造氛围的影响，陷入一种错觉，觉得按他的话去做或许真会赚钱。连知悉内情的我都会那么想，别人会上当自是理所当然。

保住演讲完，司仪又站了起来。

"那么接下来，我想请在上一次说明会中入会，且已做出实际成绩的会员为我们报告。渡边和夫先生，请。"

坐在我身旁的仓持随即站了起来，走到台前，动作僵硬地行礼。当然，那是在表演。

"我是渡边和夫。嗯……这次组织指名要我上台，真让我受宠若惊。"

说完开场白，仓持开始讲述"成功经验"，说他加入穗积国际之后，到今天为止赚了多少钱。这些当然都是虚构的。他的说话技巧不如保住，演技却很好，表现得像一个陡然而富、一夜新贵的平凡青年。我这才理解，原来他说的演技就是这么回事。所有人都被他煽动得兴奋不已。

仓持讲完后，在众人的掌声中回到座位上。他表情依旧木讷，但我从他眼中看到了骄傲，仿佛在说："帅吧？"我眨眨眼，通过眼神告诉他："干得好！"

这就是仓持的工作。一个述说"成功经验"的演员。来这里之前我问过他："为什么要这么做？"他的回答简单明了："因为实际上根本没有那样的成功人士。要是大谈成功经验的都是高层，人们会起疑吧？这个时候就轮到我们出场了。"

另一个演员讲完"成功经验"后，司仪又站起来了。

"那么，说明会就到这里结束。接下来各个小组会有一个负责人，请各位移驾至隔壁的房间。"

隔壁的房间里，放着好几张圆桌。客人们依照会员指示陆续就座。每四个人一张桌子。

我刚坐下来就吃了一惊。我对面竟然坐着藤田。他看到是我，也是一阵惊讶，接着便一脸不悦地皱起眉头。

我想起之前听他说过："有没有办法能更快存到钱啊。"他准备结婚，应该很需要钱。

一个女会员来到我们这一桌，向大家打招呼。她给我们看各种手册，滔滔不绝地说保住董事长是一位多么伟大的人物，穗积国际的销售体系有多么优秀。

"听到这里，各位有没有什么问题？"

听到她这么问，一个女人怯懦地开口了："你们会不会教我们如何将买下的宝石转卖他人的方法？"

"我们会介绍店家给没有销售渠道的客人，将宝石放在店里寄卖，卖掉之后，再将钱交到各位手上。"

"如果是饰品还好，光是一颗宝石卖得掉吗？"

"有些店会帮忙加工成饰品，各位也可以亲自设计，再放在店里寄卖。虽然要花加工费，但相对可以卖到更好的价钱，所以有许多人选择这种做法。"

"可以自己设计啊，真棒。"发问的女人眼睛里闪烁着光芒。

我舔舔嘴唇，轮到我发问了。"招入的会员多多益善吧？"

"那是当然。招入的会员越多，佣金的数额就会越大。"

"这样我的上线会员也会有好处吧？总觉得不太公平。说不定我的业绩比上线会员还好，赚的钱还得被他抽成。"

"组织的本意是相互扶持，业绩好的人要填补业绩差的人未足额的业绩，但是业绩优良的人一直当下线会员也很可怜，因此我们有一种晋级制度，只要招到一定人数的下线会员，就可以晋级。"女会员应答如流。这只是按照剧本演戏，回答得那么顺也是理所当然。

事实上，在我之前发问的女人也是安排好的。换句话说，这张桌子的五个人当中，有三个是穗积国际这边的人。三个人串通起来，让另外两个客人掉入陷阱。

女会员从容回答我们提出的各种疑问。忽然被带到这种地方，人很难冷静分析，因此若能对各种疑问给予合理的答复，就能逐渐获得对方的信赖。

我看见藤田和另一个客人点头的次数增加了。

"如何？要不要和我们一起工作呢？"女会员对串通好的女人说。

那人重重地点头。"好的，请务必让我加入。"

"非常感谢您的加入。那么请到那张桌子填写这份文件。"女会员的目光接着转向藤田。这下可是真正的工作了。"您考虑得如何？"

"我……该怎么办好呢……"藤田搔头。

我知道，他无法理性思考。他之所以犹豫，除了没有勇气拿出四十万巨款买宝石，也因为直觉在作祟。

他往我这边看了一眼，想知道我会怎么做。

我今天的工作本来只有刚才的那个提问，接下来默不作声即可。然而，我却开口了："要入会的话，还是趁早比较有利吧？"

我冷不丁提出未事先说过的问题，女会员顿时显得惊慌失措。"是……的，是那样。"

"要是等到下次的说明会才加入，就可能成为今天入会会员的下线，对吗？"

"嗯，是的。"

"那么，我要加入。加入得越晚，可能成为会员的人就越少。"我接过文件，朝办理手续的桌子走去。仓持在那里等我。

"怎么？即兴演出吗？"他一脸意外。

"是啊。"我回头望向那张桌子。

藤田正一面听女会员的说明，一面接过入会文件。

16

新年过后没多久，一天吃完午餐，我刚走到更衣室，便听见一阵说话声。好像就在我的衣柜后方。有两个人在讲话，其中一个是藤田。

"总之，你来听演讲就是了，我不会害你。你一定会感谢我的。"

"可是，公司禁止我们打工……"

另一个声音我也认得。他在隔壁的工厂工作，应该和藤田同期。

"你不说公司就不会知道。再说又不会花多少时间，只要放假的时候做就好了，放心吧。要来听一次说明会啊。"

我很清楚他们在说卖宝石的事。藤田似乎没有察觉到这是一个陷阱，还在拼命招募会员。他想尽早拿回四十万元再大捞一笔。

对方含糊其辞地说会考虑，便离开了。

我打开衣柜的门。不知藤田是不是听到了我开门的声音，从衣柜最靠边的那端探出头来窥看。一看是我，他便松了一口气，嘴巴扭成一种令人厌恶的形状。"搞什么，是你啊。"他脸上甚至浮现出笑容，"你在偷听？"

"是你自己讲给人听的。"我不看他，答道，"招募会员吗？你还真积极。"

"我话可说在前头，"藤田从后面抓住我的肩膀，"你不准对工厂里的人下手！这里的人都是我的客户。听到没有？"

藤田认定我已经是那个骗人生意的会员了。

"我并不打算在工厂招人入会。"

"好，那就好。不过，就算你这种小兵想找人入会，也不会有人听的。"

我很想对他说，被那个小兵演的戏骗得团团转的人不知道是谁呢。

"在公司里招人入会不好吧。要是公司知道，可能不是挨顿骂就能了事的。"

藤田冷哼一声。"公司怎么会知道？我的死党中可没有那种会跑去打小报告的卑鄙小人。公司要是知道，一定就是你说的！"话一说完，藤田便揪住我的工作服领口，狠狠地瞪着我。我任他抓着，也狠狠地瞪着他。

不久，他放开了我。"不过，你不可能会说吧？毕竟我们是一伙的。"

"你成功招人入会了吗？"

"是啊。我招了几十个人入会，马上就能晋升了。这么一来，你就成了我的下线。真爽呀！"藤田用手背碰了碰我的胸口，便双手插进裤袋里，向通道走去。我望着他的背影，想起了仓持说过的话。他在那场说明会结束后，告诉了我一些事情。

"老实说，高层准备卷款潜逃了。他们在寻觅时机，拍拍屁股走人，因为警方已经快盯上了。接下来就算有会员找再多的新人入会，他们也不会付佣金，而会将卖宝石的钱和入会费全部据为己有，然后逃跑。"仓持补上一句，"要是警方出面，他们大概会被起诉违犯《出资法》吧。"

"他们逃得出警方的手心吗？"

"逃不出也无妨，只要有时间把钱藏起来就好了。就算真的被逮捕，董事长以外的高层只要装作什么都不知道就行了。就连董事长也可以说自己没有想骗会员。"

"这样就没事了吗？"

"嗯，这样就没事了。等风头过去之后，他们会再想一个骗人生意，引一大群笨蛋上当。"仓持抽动鼻子，得意地说。

我不太清楚藤田对多少人提过那件事。只不过他口中的死党似乎并不如他说的那么值得信任。奇怪的宝石买卖谣言，比我想象得还早传开。同寝室的小杉告诉我时，我才知道这件事。

"总之就是很可疑。只要成为会员，就可以以很低的价钱买到宝石，要是介绍会员加入，还可以拿到佣金。有可能那么容易吗？"他用指尖拂着他引以为傲的飞机头。

"我总觉得好像有陷阱。"我明知有诈，还是装傻回应。

"对啊。乍一听，好像能赚钱，但这个世界上哪有那么好的事情。"

"有人找你入会吗？"

"不，那倒没有。这话是从一些前辈那里听来的。好像公司里有人到处宣传这个赚钱方法。不知道是谁，要是公司知道的话就糟了。"

"是啊。"我出声附和，同时感到危机。谣言传成这样，早晚会传进上头的耳朵里。公司要是知道谣言是藤田传出来的，必然会找他本人确认。如果藤田矢口否认也就算了，要是他坦白承认，事情会变得如何呢？他被炒鱿鱼不关我的事，但一定会说出我的名字。

这时，宿舍内广播小杉的名字，像有电话找他。他高兴地站起来，喃喃道："是奈绪子打来的吧。"电话设在走廊入口处。他走出房间去接电话。

过了一会儿，他回到房间，一看到我就问："喂，田岛。下星期六你有没有空？"

"没事啊。"

"那同我们一起出去吧。奈绪子会带朋友来，我想办个联谊，大家一起去喝一杯吧。"

我第一次听到"联谊"这个词。

"你们去就好了啊。"

"为什么？很好玩的。"

"我不习惯那种场合。不知道该说什么好。"

他顿时大笑道："你还真清纯。你这样永远交不到女朋友哦。所以我才说帮你介绍。放心，如果你不知道该说什么，就别开口静静听着好了。渐渐就会习惯了。"

"嗯……可是，还是算了吧。"

"看你吧，不勉强。但如果你不去的话，找谁好呢？奈绪子的同学都同她年纪相仿，我们这边最好也找同龄人。"

"同学？商业高专的？"

"对啊。哦，你好像开始感兴趣了。"

"没有，不是你想的那样。"我低下头，想了一下之后抬起头。他仍然看着我。"如果是奈绪子的同学，去去倒也无妨……"

"是啊，不去你会后悔。接下来就剩决定要找谁了。"小杉倏地站起来，走出房间。他似乎还打算找别的同事一起参加。

星期六下雨。我们和那群女孩子在新宿的一家咖啡店会合。那是一场四对四的联谊，男女隔着一张长桌，互相自我介绍。我们这边都是住在公司宿舍的同事，对面的女生则身份各异。

目前在家帮忙的香苗长相普通，却是四人中妆化得最浓的。她说她和奈绪子高一同班。换句话说，她和阳子也是同班同学。

我想弄清阳子自杀的真相，才决定参加联谊。

离开咖啡店后，我们来到了一家距离大约几分钟路程的西式居酒屋。店内相当宽敞，还有几拨和我们一样的年轻人。我们找了一张方桌，男女比邻而坐。我本来想坐到香苗旁边，她左右两边的位子却被其他两个男同事抢走了。其中一人明显对她有意。

我只好先和别的女孩子聊天，再伺机找香苗说话。我不时与她视线相交，原以为只是巧合，但当我起身去厕所时才知道不是那么回事。我上完厕所，刚要走回座位，香苗迎面走来。昏暗的灯光下，她微笑着，我也以笑容回应。

"你叫和幸吧？"

她叫出我的名字，吓了我一跳。在咖啡店里自我介绍时我只说过一次。"你记得真清楚。"

"嗯，不知不觉就记住了。"香苗别有含意地眨眨眼，"今天玩得尽兴吗？"

"还可以。"

"是吗？看你好像闷闷不乐的样子。"

"是吗？大概……吧。"

她一看我偏头思考的样子，扑哧笑了起来。"对了，联谊结束之后你要做什么？"

"不知道，做什么好呢？行程都是小杉安排的，我只是陪他来而已。"

"那你想做什么呢？"她有点不耐烦地问。

"我都可以……"我搔搔后颈说。

"那要不要去哪里？我想和你多聊聊。"

事后回想起来，她倒是挺积极。然而，从未和女孩子正式交往过的我，只是愣头愣脑地想：女孩子都是这样的吧？

能与香苗独处正如我愿，我马上答应了。

不久，联谊结束。离开居酒屋后，所有人步行至车站。香苗第一个脱队，好像只有她要搭地铁。她离开时用眼神暗示我。

我犹豫着不知该以什么借口脱队。然而，我的担心是多余的，当其他人提议我们这帮男人再接着玩时，我说要先回宿舍，便和他们道别了。

我到达约定的咖啡店时，香苗早已在里头的座位等候。看到她在喝啤酒，我吓了一跳。"你还在喝啊？"

"还没喝够嘛。"

我想我要是喝咖啡有点说不过去，于是也点了一杯啤酒。

香苗问了许多我的事。工作方面我还答得上来，问到我的兴趣或假日怎么过，我便穷于应答了。我第一次发现自己没有任何称得上兴趣的东西，感到很不好意思。

"你和奈绪子是高一的同班同学吧？记得一个叫江尻阳子的女孩吗？"

香苗瞪大了眼睛。"你认识阳子？"

"我和她一起打过工。"

"是哦。"她的眼神稍稍变了，也许在怀疑我和阳子的关系。

"她因为怀孕而自杀了，对吧？"

"谣言是那么传的。"

"你知道让她怀孕的男人是谁吗？"

"不知道。大家信口胡诌，但都无凭无据。"

"你和她熟吗？"

"还好，普通吧。她第二学期念到一半就去世了，所以也熟不到哪儿去。对了，你怎么净问阳子的事？"

"因为她母亲曾经怀疑我是小孩的父亲。"

"是吗？"香苗定定地看着我，似乎颇感兴趣。

"她是怎样的一个女孩？"

"什么怎样？"

"就是，她是不是那种随便和男孩子交往的人？交往……嗯……该怎么说呢……"

"你要问她是不是随便和人上床吗？"香苗的表情缓和下来。她似乎不讨厌这个话题。

"嗯，是啊。"我回答。

"这个嘛。她看起来是乖乖的，但说不定私底下完全不是那么回事。"

"这话怎么说？"

"毕竟，女孩子不能光看外表。有的女孩子看起来爱玩，个性却一丝不苟；有的看起来乖乖的，却到处乱搞胡作非为。"

香苗这番话是不是在说自己呢？她明显属于"看起来爱玩"的那一类。

"听说她自杀之前，在学校的楼梯爬上爬下，对吧？还用公用电话和谁通话，边说边哭……"

香苗叹了一口气。"你还知道这些事啊。也对，你从奈绪子那里听来的吧。"

"那不是恶意中伤吧？"

"应该不是。我听到那些谣言后心想，原来阳子也有不为人知的一面啊。所以我刚才会说：'有的女孩子看起来乖乖的，却到处乱搞。'"

"这话什么意思？"

"利用爬楼梯让小孩流产，这个方法当时一度成为大家讨论的话题。就像是一种流行风潮。"

"流行？不会吧。"

大概是我的表情太过惊讶，香苗觉得有趣，笑了出来。我瞥见了她白色的牙齿。

"说流行好像不太恰当。该怎么说呢，大家只是口耳相传这种方法可以流产。但真要那么做，事情恐怕就不寻常了。"

"怎么说？"

"也就是说，她怀的不是男朋友的孩子，而是和不喜欢的男人发生关系之后的，所以才会用那种残忍的手段流产。如果是男朋友的，应该做不到用那种残忍的方法强迫自己流产吧？"

我恍然大悟，觉得她所言有理。"你的意思是说，江尻阳子怀的不是她男朋友的孩子喽？"

"我是这么认为。如果是男朋友的，应该会去医院拿掉吧？钱应该不是问题。"

我不愿相信香苗的说法，但仓持修的话却有了几分可信度。我喝下啤酒，酒已经不凉了。

"可不可以不要再提阳子的事了？我不太想谈那些。"

"再问一个问题就好。女孩子经常用那种方法流产吗？"

她耸耸肩，摇摇头。"真实情况我不知道。除了阳子，我也不知道还有谁这样做过。而且，阳子在流产之前就死了。但我后来听说，不是那么简单就流得掉的。"

或许这是在性开放的女孩间流传的耳语吧。

"要不要去哪儿走走？我知道一家半夜也营业的店。"

"接下来吗？"

"反正还早，不是吗？"

我看了一眼手表，最后一班电车快收车了。但如果我这么说，恐怕会被瞧不起。听了香苗这番话，我才知道自己至今生活在一个多么单纯的世界里。"那走吧。"我回答。

人生有许多纪念日。首先是生日，然后大概是第一天上学的日子。当然，这因人而异，说不定有人清楚记得学会骑自行车的日子，也有人将第一次考一百分那一天当成满分纪念日。

然而，有一个日子是大多数人共通的纪念日——第一次发生性关系的日子。即便不记得确切的日期，应该也很少有人会将当时的情景遗忘殆尽。

认识香苗的那一天，对我而言就是那样的日子。到她说的那家店之后，我和她喝了一堆酒，都是我没喝过的，每一种都很好喝。我只知道是鸡尾酒，详细的名称一点儿也不记得了。我连自己喝了几杯都不确定。我只记得，原本长得不怎么漂亮的香苗，看起来可爱多了。

一走出店，我就吻了她。我们站在路边，完全不在意有没有人看见。

不知是谁提议，还是水到渠成，三十分钟后，我们进了宾馆。我感觉自己飘在空中，和香苗拥抱纠缠。我的头昏昏的，心中却异常冷静，清楚地知道自己接下来终于要做爱了。

我的第一次还算顺利。大概是因为她很习惯了。

第二天中午过后，我回到宿舍。宿醉使我头痛，却有种莫名的愉悦。我觉得自己翻越了人生的一道高墙。过了一段时间我才发现其实根本不存在什么墙，单单只是凡事必有第一次。

小杉不在房里。我躺在床上，一次又一次地回想那初次的体验。明明刚和香苗分开，却又想马上见到她。一想到她柔软的身体，我立刻勃起了。

我以为交到女朋友了。当然，那只是错觉。就连心里那种喜欢她的感觉，也只不过是一时冲昏了头。然而，当时的我还没有成熟到可以意识到这一点。毕竟，第一次的性爱实在太迷人了。

17

香苗的全名叫津村香苗。听说她父亲是一个普通上班族。她没升学也没工作，是因为有别的梦想。

"我想演戏，所以进了某家剧团，但团长很不负责，完全没有想获得大众认可的意思，好像只要自得其乐就行了。我想，在这种地方再待下去是没有前途的，很快就辞职了。"

香苗告诉我，她正在考虑未来的路该怎么走。她没有舍弃当演员的梦想，但又觉得说不定有其他合适的工作，打算好好思考一阵子。

自从有了第一次性经验，我和香苗每周都见面，看看电影，打打保龄球，像一般情侣那样约会。如果轮到上晚班，我要到星期天早上才能回宿舍，但通常我只睡两三个钟头就外出赴约。只能说爱情让我冲昏了头。

同寝室的小杉不可能察觉不到我的变化。有一天晚上，他对正在看电视的我说："田岛啊，你在和那个女孩子交往吗？"

"哪个女孩子？"

"你用不着跟我装傻。联谊时的那个啊。她叫香苗吗？"

"嗯……"我不知该怎么回答，结巴起来。

"你们在交往吧？"

"嗯，算是吧。"我笑逐颜开。原以为会被他揶揄一番，但他从不嘲笑我。其实我很想尝尝害羞的滋味。

小杉没有调侃我，却用一种不像他的严肃口吻对我说："呃……奈绪子告诉我，你最好放弃那个女孩子。"

我看着他。他避开我的目光。

"你这话什么意思？"我问他。

"我也不太清楚实际情况，不过奈绪子说，她很会敲诈，你最好防着她……"

"很会敲诈？敲诈什么？"

小杉拨弄着飞机头前面的部分。"那个女孩子只是抱着玩玩的心态和男人交往，目的是要对方请她吃好吃的。说得偏激一点，只要对方不是太讨厌的男人，谁都无所谓。总而言之，她是一个游戏人间的家伙。"

"这些是奈绪子说的吗？"我瞪着小杉。

"你别怪她。奈绪子认识香苗很久了，很清楚她的为人，才特地告诉我。"

"就算她只想跟我玩玩，也得不到什么好处，不是吗？"

"她是在打发时间啊。她好像很喜欢找清纯男孩，让对方迷上自己。"

我气得咬紧了牙根。如果我的个性再粗暴一点，大概已经把小杉打翻在地了。"她不是那么坏的人。"我只说了这么一句，就离开了。小杉也没有再说什么。

后来有一天，仓持打电话到宿舍来说有重要的事，问我能不能出去一下。当时已过九点。我有点犹豫，但他说有话一定要对我说，还补了这么一句："要是你不听，会发生无可挽回的事。"语气相当认真。

我和他约在车站前的咖啡店见面。我骑着自行车出门。

"倒了。"我一坐下，仓持就说道。

"倒了？什么倒了？"

仓持凑近我，小声地说："那还用说，穗积国际呀。"

我啊了一声，浑身僵硬。

"所有高层人员今天都消失得无影无踪，只是办公室还在。明天会去上班的只有毫不知情的临时员工。媒体应该会发现这件事，到时候会引起一场小骚动。但他们挖不出任何新闻。穗积国际的做法就是钻法律漏洞，弄到最后不过是倒了一家中小企业罢了。"仓持将咖啡杯端到嘴边，幸灾乐祸地说。

"受害者怎么办？"

他仿佛就在等我问这句话似的，贼贼一笑。"受害者？哪儿有受害者？"

"会员啊。在说明会上入会的那些人。"

"那些会员是自己要加入穗积国际的，他们也是组织的一部分，怎么会是受害人呢？"

"可他们不是付了钱吗？四十万啊！"

"那是买宝石的钱。那些宝石的确是劣质品，但买卖契约成立啊。如果你要将他们买了不值钱的东西说成受害，那他们将同样的东西硬卖给别人又怎么说？那可是一种加害行为哦。"

我看着他贼笑的脸，心想：原来如此。受害者同时也是加害者。"但还是会有人声称自己受害，出来闹事。"我脑中第一个浮现的是藤田。

"所以我才叫你出来。"仓持正色道。他压低声音，接着说："我们既不是受害者，也不是加害者。但有些人可不这么认为。要是被他们找到，就麻烦了。"

"你该不会是要叫我逃走吧？"这怎么可能！

仓持摇摇头。"没有必要逃。我们只有一条路可走。"他竖起食指。

和仓持见面几天后，媒体报道穗积国际倒闭。仓持说媒体挖不出新闻，但报纸和电视还是用了"受害"这个词。警方展开搜查，却找不到相关人员的落脚处，留在办公室里的员工毫不知情。这些都和仓持说的一样。

又过了几天，工厂里开始传出奇怪的谣言。好像出了几个穗积事件的受害者，但他们不可能主动露面，应该是有曾被招募入会的人告发。

藤田没有再来上班。他没有告诉组长缺勤的理由，后来由我替他的班。

"二科有一个叫泽村的，对吧？听说他被警察逮捕了。"休息时间一个玩牌的组员说。

"为什么？"另一个人问。

"详情我不知道，好像是在酒店里闹事。听说那家伙也是那个宝石买卖老鼠会的成员。"

"最近炒得很凶的那件事啊？哎呀，那家伙也是受害者吗？"

"听说那家伙借酒装疯，痛扁了拉他进老鼠会的人。在那之前他们应该是边喝酒边商量今后要怎么办吧。"

"是吗，因为这种事被捕真无趣啊。"

"喝酒闹事被捕还算好的了。他们加入了那个老鼠会，要是公司知道了，可不会轻易放过。"

"那倒是。"

我听着他们的对话，心跳加速。被那个泽村痛殴的人是谁呢？难道是藤田？

两三天后，人事部有人来找我。在工厂一角的一间办公室里，我和两个陌生人相对而坐。其中一个瘦小男子约有三十岁，脸上始终挂着令人作呕的笑容。另一个比他年轻，几乎面无表情。

瘦小男子开口就说："放轻松一点。我们接获有关你的消息，想同你确认一下。"瘦小男子保持着笑容，"你知道一家叫穗积国际的公司吗？"

我全神戒备，心想：该来的总算来了。"通过会员推销宝石的公司，对吗？"

"你很清楚嘛。"

"我看过报纸，而且工厂里也流传着一些八卦。"

"工厂里？怎样的八卦？"

"听说厂里有人受骗。"

"哦。"瘦小男子微微点头，十指在桌上交握，然后将下巴放在上面，"我们接获的消息称，你也是那里的会员。"

"我？不，我不是。"我摇头，"是谁说的？"

瘦小男子没有回答，盯着我，仿佛想看穿我说的话是真是假。"可是，有人在那家公司的说明会上看到过你。"

毫无疑问，消息来自藤田。看来他已经接受过人事部的调查了，那么，继续说谎并非上策。

"是藤田先生说的吧？"

"藤田？哪里的？"瘦小男子眉毛抬也不抬，对我装傻。

"我们部门的。他今天休假。你们是不是从他那里听来的？"

"为什么你会那么想？"

"老实说，我去过说明会。倒不是因为我感兴趣，而是有人死缠着要我入会，我嫌拒绝麻烦才去的。那时，我碰到过藤田先生。当然只是巧合。"

我不需要否认出席过说明会这件事，重点是不要说出劝诱我的人是谁——这是仓持给我的建议。

"那时你不是入会了吗？"

"不，我没有。他们要我入会，我拒绝之后就回家了。"

两人互看一眼。"真的吗？就算你隐瞒，总有一天我们还是会查清楚的。"瘦小男子说。

"我没有说谎。你们查就是了。"

瘦小男子看着我的眼睛。他大概以为看我的眼睛就能知道我有没有说谎。我也望着他的眼睛，并忍住不眨眼。

"据藤田说，你确实办理了入会手续。"瘦小男子终于说出了藤田的名字。

"可能看起来是那样，但我只是在和带我去说明会的人交谈。他一直怂恿我入会，我断然拒绝了。因为我根本拿不出四十万这么大一笔钱。"

"听说可以贷款。"

"我不想借钱。再说，我觉得这件事很可疑。"

瘦小男子微微点头，嘴角仍带着笑意，却露出一副在思考什么的表情。他大概正在犹豫，不知道该相信藤田还是我。

过了一个星期左右，有人告诉我藤田辞职了。听说是他自动辞职的，但事实如何不得而知。他参加老鼠会，还拉了几名员工加入是众所周知的事实，而我们公司禁止兼职，光是这点就足以构成处分依据。就他牵连更多员工受害这一点来看，人事部也不会放过他。

另外，听说他原本决定的婚事也取消了。藤田想多存点钱结婚而加入那种不正当组织，却搅黄了婚事，只能说非常讽刺。

好一阵子，工厂里流传着关于他的谣言。有人一听到新的消息，就在休息时间说给大家听。有人说他成了领日薪的临时工，有人说他全心投入老鼠会，都是些没什么可信度的传言。

然而，这一连串事情并没有结束。

约莫过了一个月，连日天气暖和，工厂里早早就拟订了赏花计划。我已渐渐习惯这份工作，和大家有说有笑。藤田的事几乎不再有人提起。

那天，我加了两个小时班，换好衣服离开公司时，已经差不多八点半了。我跨上自行车，朝宿舍骑去。宿舍的餐厅开到十点。

途中我去超市买了饼干和罐装啤酒，放在车筐里，一路骑回宿舍。晚餐后在房里慢慢喝啤酒是种莫大的享受。

自行车棚在宿舍后面。那里灯光昏暗，旁边是垃圾场，飘着一股怪味。我总是屏住呼吸将自行车放好。

正当我深吸一口气，准备停放自行车时，垃圾场阴暗的角落里忽然出现一个黑色人影。与其说他是跳出来的，倒更像是弯着身子滑出来的。

我伫立原地，对那个人影叫了声"喂"。

我霎时全身僵硬。远处的灯光隐约照出那人的脸。是藤田，他穿着黑色短夹克，脸上满是胡楂。

"你竟敢设陷阱害我！"藤田大吼。

我懵住了。我想不通藤田为什么忽然现身，又为什么出现在面前。

藤田向我逼近。我本能地往后退。"设陷阱……你在说什么？"我总算说出一句话来。

昏暗的灯光下，只见藤田一脸狰狞。"别装蒜了！明明是你设下陷阱，让我上了那个骗人生意的当。"

我总算明白过来。他已经知道我在说明会上演戏的事了。但他怎么会知道呢？他听谁说的？满腹疑问让我霎时陷入一片混乱。

"我没有。"我勉强挤出这句话，心想：怎么不快来人啊！

"你别装傻了，我都知道了。你知道你把我害得多惨吗？我被迫辞职，婚事也吹了，还被那些我发展的下线会员责骂，钱也一去不回。你怎么赔我？你说啊！"

"我不是告诉过你别在公司里找人入会……"

"少废话！"藤田咆哮着，"我听人事部的人说了。你这个不要脸的家伙，居然说自己没有入会，他们便放你一马，没有处分你。我被炒鱿鱼，你却接任我的工作，对吧？妈的，怎么能让你占尽便宜！"

他好像拿出了什么。是刀子，我不禁颤抖起来。

"啊，住手！"我发出惊叫，放开自行车。只听一声巨响，自行车翻倒在地，车筐里的罐装啤酒和饼干四处散落。

藤田一脚踩下，饼干随着碎裂声散落一地。

我心想不逃不行，却只是看着他，双脚无法动弹。他的眼球因憎恶而胀得浑圆，脸色铁青，嘴角扭曲，脖子到太阳穴一带青筋凸起。他身后的影子衬得他的表情益发诡谲恐怖；他纷乱的呼吸让我陷入一种错觉，仿佛他嘴里吐出臭气，全往我脸上扑来。

他狰狞而扭曲的嘴角发出一种不知是语言还是呻吟的声音，一边咕哝，一边向我走来。刀的寒光映入我眼帘。这时我的脚总算可以动了。我开始向后跑。

但是，有东西绊住了我。等我发觉是倒在地上的自行车把手时，已太迟了。我向前扑倒，膝盖和下巴猛地撞向地面。

我慌忙起身，藤田就在此时向我扑来。与其说我闪避他，其实是身体失去平衡，向一旁跌去。霎时，我左肩作痛。扭头一看，藤田的刀已深深刺入。

"啊……"我大叫。原本来不及意识的疼痛忽然变成剧痛，宛如烈火燃烧般迅速扩散。数秒后，身体左半边疼痛不堪。

藤田拔出刀子，好像打算再刺我一刀。我已有赴死之心。说也奇怪，比起死亡，反倒是令人痛不欲生的想象更加恐怖。

然而，藤田没有再袭击我。他忽然转身跑开，消失在自行车棚的黑暗深处。

我感觉有人冲了过来。只有感觉，听不到声音，仿佛听觉已然麻痹。

我倒在地上，有一张脸盯着我，不知在叫喊些什么。

"……作！"我忽然又听得见了，"你还好吗？"

我点头。左半边身体又热又麻。

周围好像不止一个人。有人扶起我的头。眼前是小杉的脸。

"田岛，振作！"我听见他的叫喊。我想点头，但脖子不能动。

这时，某处传来汽车紧急刹车的声音。

经医生诊断，我的伤势要一个月才能痊愈。还好手臂没有残废，我总算安心了。如果那时不是几个发觉情况不对的同事及时赶来，我一定会被刺死。

据说藤田行凶之后翻过宿舍的围墙逃走，横穿六线国道时被一辆大卡车当场碾死。于是，我只好躺在医院的病床上向刑警述说整件事情的经过。

我开头就说："真是莫名其妙。不知道为什么，藤田先生好像认定我加入了穗积国际。他似乎对只有自己遭到处分、我却没有受到任何责备感到非常不满。"

"所以他为了泄愤，拿刀刺你？"一个年长的刑警问我。

"我是这么认为。我能想到的只有这个原因。"

大概是因为嫌疑人已死，我感觉刑警没有一丝干劲。他听完我对案情的陈述，就立刻回去了。我不太清楚警方之后怎么处理。

伤口的疼痛日渐减缓，有些东西却无法随时间淡去。

那时藤田绝对是怀着置我于死地的决心而来的。他浑身充斥着一股杀人的气势。

即使伤痛不再，那令我动弹不得的杀意和令人厌恶的记忆，也将永远不会消失。

18

原本伤势痊愈需要一个月，然而我只在医院里待了一个星期。出院后我休息了两天，第二周的星期一就上班了。

我回到工厂，大家的态度很冷淡。所有同事都避免和我有眼神交流，即使我主动加入谈话，他们也会借故各自走开。虽然我早预料到了这种情形，实际看到大家的态度时，还是很受挫。

他们一定很介意我招来藤田的恨意这件事。他们一定觉得我很可怕，是个双面人。可以感觉到，他们不想和我扯上关系，宁可避开我，明哲保身。我回去做原本调度资材的工作。

午休前三十分钟左右，组长来找我。他像是被大雨淋成落汤鸡似的一脸灰败，要我跟他过去一下。

他将我带到离生产线稍远的一处休息区。那里立着一块黑板，刚好挡住来自通道的视线。身穿白色制服的科长坐在那里抽着香烟。我和他几乎不曾交谈过。

组长要我和科长面对面坐下，自己则坐在一旁。

"你是田岛吗？"科长的目光透过眼镜扫向我的姓名牌，"发生了这么多事情，真是难为你了。身上的伤都好了吗？"

"嗯，差不多好了。"我支吾着点头，不知他要说什么，心里很不安。

"那件事发生之后，警察也来找我问了一大堆事情，真是累死我了。噢，警察也去找过组长吧？"

忽然被科长点到，组长一语不发地点头。

"给你们添麻烦了，真对不起。"我连声道歉。

"嗯，那没什么。问题是今后你打算怎么办？"

我不明白他在说什么，看着他。

"毕竟，加害者是藤田，而遇刺的人是你。同一个部门里发生这样的事情，总是个问题。生产线上最重要的是团队合作，对吧？要是小组内出现纠纷，组员就无法集中精神工作。"

我已经很清楚科长想说什么了。"我会被调到其他部门吗？"

科长没有点头。他用手指抵住眼镜中央的横梁，调整位置。"嗯，这也是一个方法。"他嘴里像是含着个卤蛋，咕哝道，"但是这件事已经传遍了工厂，我们可能很难继续用你。"

听到这里，我终于明白了他们真正的意思，睁大了眼睛。"你们要我辞职吗？"

"不不，"科长挥挥手，"我们不是要你辞职。只是，你再待下去也会很辛苦，再说你还年轻，还能从头开始……这一切都是为了你好。"

我心想，这跟要我辞职有什么两样？但没说出口。

我看着组长。他脱下工作帽，抚摸着帽檐。深蓝色的帽檐表示职位是组长。我并非不能理解他们。虽说藤田已经辞职，但同一个部门的员工卷入杀人未遂案件，直属上司自然会被追究管理责任。设法处置田岛和幸很可能是公司的指示，而不是他们的本意。然而，我实在无法点头同意。我举目无亲，要是被赶出单身宿舍，就连住的地方都没有了。再说，找工作谈何容易。我唯有留在现在的工厂才有活路。

"我不能辞职。"我直言道，"科长说的我懂，但我要是辞职了，都不知道接下来要靠什么生存。而且重点是，我在这起事件中是受害者，我一点错也没有……"

这番话虽不得体，至少强调了错不在我。科长露出不悦的表情，但没有反驳。"我知道了。那么，今后的事我再好好想想。"他站起身，对组长使了个眼色。组长重新戴上工作帽。

我不认为事情会就这么算了。我很在意科长打算怎么重新思考。看着组长一声不吭走在前面的背影，我陷入一种错觉，仿佛脚底虚浮，摇摇晃晃起来。

那之后过了很久，什么事都没发生。工厂里依旧没人和我搭话，但也没人捉弄我。即使如此，我每天还是过得很不安。

另外，香苗的事也一直是我的一块心病。

我住院期间，她从未来探望过。小杉和奈绪子来看我时，奈绪子说通知了香苗，所以她应该知道我受伤。我给她打过一次电话，是她母亲接的。她母亲只是淡淡地说她不在家。我请姉母亲告诉她我来过电话，是否确实转达就不得而知了。出院之后，香苗也没和我联络，我这才慌了。一天夜里，我拜托小杉，能不能请奈绪子帮我问问香苗怎么了。

"她没跟你联络吗？"小杉问。

"对啊。"我回答，尴尬极了。

"请奈绪子问问是无妨，可是……"

"可是什么？"

"不……没什么。有消息了我会告诉你的。"

"谢谢你。"我说。

不久，组长又在工作时找我。这次他叫我去办公室。我有种不祥的预感。

走进办公室，我的预感应验了。之前见过的那两个人事部的人就坐在桌子一侧等我。瘦小男子见我来了，轻轻抬起手。"伤都好了吗？"他问道。

"嗯。"

"那就好。"他简单寒暄后，随即看向手边的资料夹，"废话不多说，我想大概整理一下这起事件的始末，所以想问你一些事情。"

"嗯……"

"总之，我最不清楚的是，"瘦小男子看完资料夹，抬起头看我，"动机。藤田为什么想杀你？"

"这个我已经对警方说过了。"

"嗯。你是说，不知道为什么，藤田认定你也参加了那个买卖宝石的老鼠会，对你没有受到处分感到不满，是吗？"

"是的。"

"那么，藤田为什么会那么笃定呢？"

"这我之前也说过了，我去说明会是事实，藤田在那里遇到我，就认定我也——"

"认定你也入会了，是吗？"瘦小男子打断我的话，"可是，就算误会了，会到想杀你的地步吗？"

"这种事你问我也没用。"我低下头，却依然感觉到瘦小男子的视线。

"其实，之前和你谈过之后，我们又和藤田见了一次面。"他稍微加重语气，我这才抬起头。他脸上已不见平常的笑容。"他一口咬定，你不可能没加入穗积国际。"

"他骗人。我没有加入。"

"可是，他说他亲眼看到你加入，所以才想加入的。他看起来不像在骗人。"

瘦小男子身边的人不知是否当时也在场，微微地点了点头。

"藤田先生讨厌我，他怎么可能因为我而入会？"

"但他说，他不想让你一个人独得好处，所以就加入了。"

"他骗人。"我摇头，"我没有加入。"

瘦小男子往后靠向椅背，抱着胳膊，用一种观察的眼神盯着我。"我们确实没有证据能证明你是会员，所以才认为你的话比藤田的值得相信。但却发生了他攻击你的事，而且在那之后，我们接获了一个奇怪的消息。"

我的心怦怦乱跳，有种不祥的感觉，而且不是出于单纯的直觉。我很在意藤田当时说的话——"明明是你设下陷阱，让我上了那个骗人生意的当。"

藤田怎么会知道呢？我躺在医院病床上时，这个问题也一直在脑海中挥之不去。

"那个消息大致是说你虽不是穗积的会员，却受雇于穗积，在那里打工。"瘦小男子说。

我绝不能问他们怎么会知道。"是谁？是谁乱说的？"

"是谁说的应该并不重要吧？我们只是想要你知道，我们没有笨到不经大脑就相信这种莫名其妙的消息。我们接获任何消息，都会先调查以了解内情。就像我们没有直接相信藤田的话一样。"

"那……你们了解内情了？"

"噢？"瘦小男子的表情终于缓和，趋身向前问我，"你很关心吗？"

"那当……"

"这不是很奇怪吗？你刚才不是说那是胡说八道吗？既然如此，不理会不就得了。"

看我说不出话来，瘦小男子嘴角浮起狡狯的笑容。"穗积要求的打工内容，那消息还'乱说'得蛮像回事，极具可信度，而且很有意思。一句话，所谓打工就是负责诓人。公司派这些人出席说明会，然后趁势推犹豫不决的人一把。也就是说，表面上装作入会，但实际上并非如此。因为诓人的家伙本身很清楚穗积的真面目，只是帮忙招人入会。仔细一想，这种做法比自己成为会员、找死党入会还要恶劣。因为，他们是在帮人作恶。"瘦小男子眼珠子上翻，看着我，"怎么样？不觉得这情形跟你很像吗？藤田说他确实看到你入会了，你却说没有，而你实际上也没有入会。因此，如果假设你在打那种工，一切就都说得过去了。"

我腋下冷汗直流，口干舌燥，脑中不断思索：是谁散布了这种消息？

"我没有做那种事。"

"那么，你是说这个消息有误？"

"是的。"我回答。我告诉自己，不能移开视线。

"那么，若是出现证据或证人，你怎么办？到时你可是会因为欺骗公司而被处以更重的责罚，这样也没关系吗？"

我从眼珠子上翻的瘦小男人脸上感受到一种无法言喻的恶意。我觉得自己正被逼进一条死胡同。但已无法回头。

"没关系。"我回答。

"很好。"瘦小男子点头，"别忘记你说过的话。"

从座位上起身的他，脸上充满胜券在握的自信。

那个周末我决定和仓持修见面，我主动找他出来。我们在之前去过的那家咖啡店碰面。仓持穿着深蓝色夹克，一丝不苟地打着领带，倒有几分像一流企业的业务员。

我告诉他人事部质问我的事。仓持边喝咖啡边听我说，等我说完，他长叹一声："总之，要是公司方面找到证据证明你曾打工、招人入会，就要炒你鱿鱼吗？"

"我想他们是这个意思。自从发生杀人未遂事件以来，公司就视我为眼中钉，千方百计想开除我。"

"那也难怪，站在公司的角度，当然不希望带来那种麻烦事的人留下来。"仓持换一条腿跷起，"那么，你找我出来有什么事？"

"我不知道公司为什么会知道打工的事。从他们的口气听来，好像握有什么证据。这件事情有可能吗？"

"我们的事应该没有在穗积留下记录，而且一般会员应该不知道我们这种人的存在。"仓持耸耸肩，"不知道。反正再想也没有用。"

"没有用？"

"不是吗？如果公司方面握有什么证据，事到如今才着急也无济于事。"

我握紧拳头捶向桌面。旁边的女客惊讶地往我们这边瞧。

"我可是在你的怂恿下才一头栽进去的。"

"是又怎么样？你要叫我负责吗？看你好像忘了，让我提醒你一下，当时你的工作只是在说明会上适时发问，你却想让那个姓藤田的人上当而假装入会。如果要追根究底，事情的原委就是如此，这一切都是你自作自受。"

我无话可说。他说得没错。如果当时我没那么做，藤田说不定就不会入会。不，就算他入会，大概也不会特别怀疑我。

"我说啊，"仓持压低声音，"你心里真的没底吗？"

"什么底？"

"打工那件事，你有没有对谁说啊？"

我本来要说"那还用说，当然没有啊"，但却犹豫了一下才回答："没有。"

仓持没有看漏我脸上的细微变化。他抬眼盯着我。"真的？"

"嗯。"

"你说谎。"仓持贼贼地笑，拿出香烟，抽出一根，轻轻地敲着烟盒，"你对谁说了吧？你脸上明明就写着：'我说了。'"

"我信得过那个人。"

仓持顿时苦笑着扭过脸去，微微摇头。"几个人？"

"一个而已。"

"女人吗？"仓持竖起小指①。看我没回答，他便当我默认了，"你最好找她确认一下吧。"

"她为什么要将这种事告诉我的公司呢？那么做对她又没好处。"

"她对别人讲，别人又对别人讲。讲着讲着，就传进你们公司的人耳朵里。事情就是这样。"

---

①在日本，小指意味着女朋友。

"不可能。"

"所以我才要你去确认呀。你们下次什么时候见面？"

"还没决定。"

"那么，"仓持指着咖啡店角落里的公用电话，"等会儿就去见她。马上问本人最清楚。"

"我用什么理由找她出来？"

仓持笑得全身抖动。"找女朋友出来还需要什么理由？"

"她最近常不在家。"

"那又怎样？未必今天也不在家吧？"

我无言以对，慢吞吞地站起身来。我已经二十多天没和香苗联络了。就算没发生这样的事，我也该打个电话给她了。另一方面，我却想，千万别再被她母亲冷言相待。

犹豫半天，我还是打了电话。接电话的还是她母亲，说香苗出去了。

"你到底是联络不上她，还是不想联络她？"我说明情况后，仓持说，"直接去见她不就得了。"

"话是这么说，可是要怎么做……"

"你知道她家吧？说不定她现在真的出去了，但总会回家啊。"

"你要我埋伏在她家前面吗？"

"你自己看着办，"仓持将咖啡的钱放在桌上，"要是我，就会采取行动。胡思乱想什么也解决不了。先走喽。"他说完便走了。

大约一个小时之后，我躲在电话亭后面盯着一户人家——香苗的家。我曾几次送她回这栋带小型庭院的日式住宅。

这是我第几次像这样埋伏等人了呢？很久很久以前，我在仓持卖豆腐的老家旁边埋伏过。几年之后，我跟踪过迷上陪酒女的父亲，而父亲当时也在等待从店里出来的陪酒女。

我不太清楚自己在那里待了多久，大概有两个小时。或许是因为每当有人出现，我就很紧张，所以感觉时间格外漫长。

晚上十点，一部车停在了屋子前。我清楚地看见了坐在副驾驶座上的香苗。再看开车的男人时，我屏住了气，那是参加联谊的成员之一。当然，他也住工厂的宿舍，姓芝山。

两人的身影在车里交叠在一起，接着副驾驶座一侧的门打开，香苗走了下来。她穿着一件成熟的连身套装，和我约会时好像不曾穿过。

香苗站在家门前，目送汽车离去。车开远后，她转身走进家门。我在她背后喊："香苗！"

她回过头来，表情僵硬，露出畏怯和狼狈的神色。

"这是怎么回事？"我对低下头的她说，"你为什么会和那家伙见面？"

"和谁见面是我的自由吧？"

"那我怎么办？打电话给你都不接。"

香苗开始闹脾气，不吭声。我再次呼喊她的名字："香苗！"

"声音别那么大，家里会听到。"

"那你倒是说句话啊。"

"那我就坦白说，我已经决定不再见你了。"

"为什么？"

香苗叹了口气，将刘海拨上去。"对不起，我喜欢上别人了。我总不能脚踏两条船吧？所以……"

"你……"

"毕竟，人的感情是会变的。难道一旦开始交往就绝对不准变心，非得一辈子在一起才行吗？"

"我没那么说，只是……"

"再说，"她抬头看我，"和幸，你得辞掉工作了，不是吗？"

我嘴巴张开，全身僵硬，下意识地不断眨眼。"你说什么？"

"芝山先生都说了。他说，打那种危险的工，若是公司知道了，一定二话不说就开除。"

"你跟芝山说我打工的事了？"

她的表情像是在说"完蛋了"，咬着嘴唇。我抓住她的手臂。"是不是？"

"好痛，放开我。"

"回答我！你是不是告诉芝山了？"

"痛死了。来人，救命啊！"她的声音传得老远。

玄关的灯亮了，门内出现人影。我放开香苗的手。她捂着我刚才抓住的地方，冲向玄关。"快点，快开门！"

我跑开了，只听背后有人发出怒吼。

回到宿舍后，我一声不吭地待在房间里。我本想去找芝山，又觉得那只会让自己更难堪。不久，小杉回来了。我不动声色地向他打听芝山的事。

"我不太清楚那个人。他好像比我们大三岁吧。那天联谊，他是临时去救急的。"

"他在哪个部门？"

"不知道。你干吗问他的事？"

"没什么。"我含糊地回答。

大我们三岁，也就是说芝山和藤田同期。他当然认识藤田。很可能是他从香苗那里听说我的事后，告诉藤田的。藤田死后，将这个消息告诉人事部的一定也是芝山。

我跌坐在椅子上，全身虚脱。

19

　　人事部建议我主动辞职，这样公司还会发点离职金给我。

　　"你还年轻，得为将来打算。被开除和主动辞职可是两回事哦！将来假如你到别的公司上班，对方一定会向公司打听你的事，到时候你不想被说得很难听吧？我们公司不会讲辞职员工的坏话。"人事部的瘦小男子不时皱起鼻子，轻描淡写地说。

　　这次面谈一开始，他就给我看一份文件，上面记录着讯问某位证人的调查结果，内容是有关田岛和幸从事泯灭良心的副业。对方的名字保密，我猜一定是芝山。

　　我想就算此刻依然矢口否认，人事部大概也不会停止调查。最后他们一定会找香苗问话。事到如今，我不能指望香苗会为我说谎。

　　"就由你主动辞职吧？"瘦小男子一脸急迫，巴不得我立即答应，低头盯着我。

　　"好吧。"我点头。我对所有事情都失去了耐心。

　　当天，我告诉小杉我要离职了。自从刺伤事件发生以来，关于我的谣言就传得满天飞，他没有太惊讶，但还是一脸沉痛。我希望他知道真相，于是将我和穗积的关系、香苗泄露消息等事原原本本地对他说了。他听我说完后，拼命揪着他引以为傲的飞机头。

"都是那次联谊不好，对吧？要是我没介绍香苗给你认识，你就不用辞职了吧？"

"你不必自责。错在我自己要去做那份可恶的差事。再说，你也警告过我，最好别和香苗交往。"

"那女人果然是个骗子。"

"她给我上了一课，以后我会小心女人。"

小杉无力地点头，低声说："女人真可怕呀。"听他这么说，我打心底觉得自己窝囊。我竟和父亲犯了同样的错误。

我得赶紧找到落脚处，因为公司规定员工自离职日起一周内必须搬出宿舍。

我无处可去，也不想住亲戚家。再说，自工作以来，我就和所有亲戚断绝了来往。

等到宿舍里的同事都去上班了，我便在房里翻阅就业杂志。我不在乎薪水高低，只需要提供住宿的公司。然而，不管我怎么降低条件，实在很难找到一家公司肯中途雇用一个既没有一技之长也没有任何证书的人。如果还要求提供住宿，那更是少之又少。

我一直找不到合适的安身之处，时间却在无情地流逝。就在我开始感到焦躁不安时，一个危险人物打来了电话。不用说，那个人就是仓持修。他问我要不要见面。"我想听听之后的事，也有话要对你说。"

我应该严词拒绝，告诉他我们没有必要再见面。我应该认定，就是这个人将我逼上了今天的绝境。但我还是答应了。老实说，我想和人说说话。只要能将心里的话说出来，对方是谁都无妨。我非常寂寞。发现这个事实让我不知所措，陷入了更深的自我厌恶。接近约定时间，我出门前往车站前的咖啡店。

"之后怎么样了？"仓持斜坐在椅子上，一看到我就问。

我咬着下唇，低下头，然后抬起头来盯着他，叹了一口气："我辞掉工作了。"

"果然，"仓持一副不出所料的表情，"女人出卖了你，对吧？"我没有回答。仓持冷笑了一声。"那接下来你打算怎么办？你会被赶出宿舍吧？"

"嗯，我会想办法。"

"有地方住吗？"

"我正在找。"

"你能在宿舍待到什么时候？"

"还有三天吧。"

听了我的回答，仓持满意地点头，脸上露出别有含意的笑容。然后，他趋身向前，对我说："老实说，我最近搬到了一个挺宽敞的地方，还是在练马。要不你住到我那儿去，为了下一份工作静下心来准备吧？"

我看着他奸诈的笑容，缓缓地摇头。"我不会再答应你的邀请了。"

"这是什么话？"仓持苦笑，"你恨我找你去穗积打工吗？本来我以为这事没有必要再说了，但是我骗过你吗？打工性质和穗积的内情我事前都告诉你了。你是知情的，而你答应了。你的公司会知道这件事与我无关。我实在不想这么说，但你被刺伤、被公司开除，可都是你自己捅出的娄子！"仓持像进口大片里的明星一样，挥舞着双手说。

我无法反驳。他说得没错，但我不想承认。

"好啦，如果你不喜欢，我也不会勉强你。但你要是真没地方去，记得和我联络。但愿你能在三天内找到地方。"

我茫然地点头。"你找我就为了这件事吗？"

"不，还有更重要的事。但今天还是算了。时机不对。"他拿起账单，往收银台走去。

我认为这个时候没理由住进仓持的房子，而且迄今为止只要和他扯上关系就绝对没好事。

就这样，挨到了最后一天。那个快走投无路的晚上，小杉对着在收拾行李的我说："找到落脚的地方之后，告诉我一声。"

"嗯，一定。"我看着一脸认真的小杉答道。一种怅然若失的心情向我袭来。我想今后大概再也见不到他了。之前就是如此。初中的同班同学木原，以及那些对我敞开心扉的人，到最后一定是以别离收场。

"相处短暂，但能和你同住一个房间真好。"

"是吗？"我看着他。

"一开始我还以为你是个超级无趣的家伙。可你不但教了我许多事情，还做出了令人惊讶的决定，该怎么说呢……嗯，你真是出人意料。"

"就是因为这样才不得不辞去工作呀。但这也是无可奈何的事。"

小杉愁眉苦脸地低下了头。"田岛你是个可以信任的男人。我啊，很少相信人。但你不一样，我不认为你会对我说谎。"

"是吗？其实我有时候也很乱来的。"

"只要住在一起就会明白。人就算在外面装出好人样，一回到家就会露出真面目。我可是一直在观察你哦，大概知道你的个性。"

"或许吧。"听他这么一说，我才发现原来自己也对小杉敞开了心扉。一开始我还认为他是个言行不良的混混，和他长期生活下来，才渐渐发现他有着和外表截然不同的性格。那一瞬间，我恍然大悟，要解开对仓持修的各种疑问，和他住在一起是条捷径。想要看穿他是满口谎言还是真心诚意，说不定这是最好的方法。这个想法攫住了我的心。原本我深信和仓持住在一起绝无好处，现在想来却没那么糟。

那天深夜我仍然犹豫不决。毕竟要住进仓持家，心里多少还是会抗拒，但我要看看他的真面目。

"你用这间房。不好意思，有点窄。"仓持指着一间三叠的和室。他的住处是一套两室一厅，和之前的一样一进门就是厨房，不同的是里头有两个房间。说是两间，其实不过是用拉门隔成的六叠和三叠大的和室罢了。据他说，这套房子比他之前住的地方离车站远，房租相对也比较便宜。

"你不用客气，随意使用吧。冰箱里的东西你也可以吃，没什么好东西就是了。"仓持笑着，竖起食指继续说，"我们要尊重彼此的隐私哦！我可不想弄得彼此不愉快。"

"我也有这个意思。"我说。

"好了，吃晚饭吧？你有什么不爱吃的吗？"

"不，那倒没有。"

"那太好了。要是还得为吃的事情费神，那可够让人烦的。"

"你也不挑食吗？"

"几乎不挑。不过只有一种东西我不想吃。"

"什么？"

"豆腐和豆腐渣。"说完，他撇了撇嘴角，"我从小就吃那种东西，大概把这辈子的分量都吃完了吧。"

我想起他家的豆腐，点了点头。

那天的晚餐是仓持做的炒青菜和酱汤。虽然不是什么精烹细烩，我还是很佩服他的利落。看来他至今都是自己做饭。

"老是吃外卖或熟食，营养会不均衡，花费也高。"吃完饭，他抽着烟说。

会做饭、讨厌豆腐和豆腐渣、喜欢抽七星牌香烟——这些事我之前都不知道。

"你现在在做什么工作？"我问。

"脚踏实地的工作。总之，就是推销员。"

"又是推销员？这次是卖什么？"

"金子，黄金。"

"金子？之前是宝石，这次是金子啊？"

"别用那种怀疑的眼神看我嘛。我都说是脚踏实地的工作了。"

"该不会又是老鼠会，卖假东西吧？"

仓持耸肩苦笑。"这次不是骗人生意，我们得挨家挨户登门推销。

不会说'只要招募会员，就有佣金可领'那种好听话。"

"那是怎样的公司？"

我一问，仓持就到房里拿来一张名片，上面写着"东西商事"。仓持隶属业务一科。

"这家公司我听过，是东西电机的相关企业，对吧？"

"变成相关企业了吗？印象中好像是有这层关系。"

"东西商事啊……这家公司应该没问题。"我看着名片，喃喃地说。东西电机是全国排名前五的家电厂商。"你居然进得了这样的公司。"

"朋友介绍的。但我不是正式员工。推销员几乎都是临时员工，一旦业绩不佳，马上就会被炒鱿鱼。"

"看来很辛苦。"

"公司有业绩指标，要完成是很辛苦，但只要习惯了就会觉得很有意义。公司会依业绩发给临时奖金。虽说一旦业绩不佳，马上就会被炒鱿鱼，但其实人手不足，上头经常问认不认识有干劲的年轻人。"

听到这里，我沉默了。我知道他想说什么。这让我想起他找我去穗积打工的事。

"前一阵子，我不是提过有事要和你说吗？"仓持说，"其实就是这件事。要是你还没找到工作，我可以介绍你进去。"

"要我当黄金推销员？"

"不是老鼠会哦！"仓持贼贼地笑。

我考虑了一下，之后摇头。"谢谢你的好意，但我拒绝。接下来我打算从事脚踏实地的工作。"

"我不是说这是一份脚踏实地的工作了吗？不过，我不会勉强你。"他收起名片。

就像仓持说的，这是一份脚踏实地的工作。他每天七点起床，七点半穿上朴素的西装出门上班，回到家最早也是晚上八点左右。回家之后按摩脚部是他每天必做的事，说是四处登门拜访，走得脚都酸了。

那段时间我也在找工作。我想进一家正常的公司上班，却怎么也找不到，只好靠打工度日。一开始是搬运冷冻食品，然后是到印刷厂排版，再后来是大楼清洁工。拿着拖把拖地时，看着同龄人精神抖擞、昂首阔步，到底有种屈辱之感。我常常想，不能一直这样下去。这样的焦躁不安挥之不去。

家务由我和仓持分担。我只付给他三分之一的房租，家务事各自承担一半。他对此没有怨言。我的厨艺不如他，他似乎也不太在意。我总想着其中可能有陷阱，但也渐渐习惯了这种生活。平心而论，和他住在一起对我而言，是个明显有利的选择。

我不太清楚仓持的具体收入，但应该比同龄的上班族丰厚。他好像经常领到奖金，销售业绩应该很出色。重点在于，我很难看清此人的真实性格，或者该说我连他是否有另一面也弄不清楚。他对我很好，对任何人也都会表现出适度的关心。和他在一起久了，我越发觉得对他有所误解。我甚至开始觉得，他言行之中不带任何虚伪和企图。

一天晚上吃饭时，他再度提起他的工作。"你这样一直扫地也不是办法吧？也许你觉得现在还年轻没关系，但要是不趁现在累积实务经验，未来的出路会越来越窄。我不会害你的，要不要到我们公司面试看看？你没问题，一定会顺利录取。我会帮你美言几句。"

要是以前的我，听到他这么说，一定立刻拒绝。然而，此时我却无法拒绝。事实上我参加了几家公司的年中招聘面试，却都没被录取。我感到走投无路、焦躁不安，对仓持的戒备也松懈了。"但我不会做推销员。"

"不做做看怎么知道？先试试，觉得不行再辞职好了。"

我紧闭双唇，只是沉默，于是仓持说："我明天和上头的人说说，他们应该随时都能安排面试。"

"我真的可以吗？"

"可以啊，包在我身上！"仓持拍拍胸脯。

三天后，面试在位于池袋的公司举行。仓持将西装和白衬衫借给我，还带我去理发店，叫理发师帮我理了个初入社会的人应征工作需要的发型。

我顶着那和五官格格不入的发型，穿着不合身的西装，与仓持一同前往东西商事总部。面试我的是一个姓山下的人，三十岁上下，五官鲜明，一头卷发往后梳着。

山下根本没仔细看我的简历，劈头就问："你想要钱吗？"他看我不知所措、穷于应答，又不耐烦地问了一次："怎样？不想要钱吗？"

"当然想。"

"那该怎么办呢？"

我无法马上回答。山下双手环胸，盯着我。"既然来了我们公司，如果想要钱，你要做的就只有一件事，那就是卖黄金。黄金卖出去，公司赚了钱，才能付你薪水。你能做的只有卖黄金。我希望你尽可能多卖一些。要做到这点，就要提高效率，避免所有不必要的浪费。浪费有很多种。要是浪费了体力、时间，生意就不用做了。另外，还要注意一点，就是不要作无谓的思考。你该思考的只有如何将黄金卖出去这一件事，除此之外的思考都是无谓的浪费。知道了吗？"

"分析和思考销售对象也是无谓的浪费吗？"

山下顿时用力摇头。"如果是为了卖黄金，你爱怎么想就怎么想，但不用去思考不买黄金的人。那种人跟我们公司没有关系。千万别忘了这点，知道吗？"

我不禁瞟了仓持一眼。他微微点头，于是我回答："我知道了。"

"OK，录取。那么快点去拜访客户！"

山下从位子上站起来，吓了我一跳。"马上就去拜访客户吗？"

"当然啊。你有什么意见吗？我刚才不是说过，我们公司不许无谓的浪费。"

山下离开后，我看着仓持。他大概是看到我一脸错愕的神情，咻哧地笑了起来。"我那时也和你一样。不管怎样，顺利录取真是太好了。我们这就出去推销吧，伙计。"

"伙计？"

"嗯。从今天起，你就是我的搭档。"仓持拍了拍公事包。

我一头雾水地离开公司，搭上西武线，在保谷车站下车。

"我们要去的是一个叫川本的老婆婆家，她孤家寡人一个。你在旁边听着就行了。老婆婆大概会提很多问题，你可以适当应答。不过我希望你注意一件事，在老婆婆面前，绝对不要提工作的事。"

"工作的事……"

"像是要她买黄金之类的。我们绝不主动提这件事。"

"可那样就不是推销了，不是吗？"

"放心吧。对付那个老婆婆，就要用这种方法。"仓持一副成竹在胸的模样，嘴角的线条稍微缓和了下来。

川本房江的家是一户小型独栋日式建筑。仓持通过对讲机报上姓名，马上就听见有人回应："请等一下。"不久，门打开来，探出一张老妇人的脸。她一头银发，烫得非常漂亮。"你很烦啊，不管你来几次都没用。"老妇人说。她话虽说得拒人于千里之外，表情却很和蔼。

"我只是来向您打个招呼。我有了一个新伙伴。"

她一脸惊讶地看着我。

"我姓田岛。"说完，我低头行礼。

"他刚进公司，还没有名片。名片做好后，我们会再登门拜访。"

"你这么说，就是想找理由跑来嘛。你一定以为总有一天能同我做成生意，对吧？"川本房江瞪着仓持。

"这个，我已经放弃了。"他挥挥手，"造访府上纯粹是工作之余趁便。今天我们去拜访一位住在大泉学园的客人，回来的路上顺便绕到这里。"

"不好意思。我没办法把你当成客人，招待你进来坐。我想之前也说过，我儿子成天在我耳边念叨，不准买那种东西。"

"是的，我知道。您不用勉强。"仓持打开公事包，拿出一个小纸袋。那是途中在池袋百货公司买的。"这是一点小意思。"

老妇人的表情倏地亮了起来。"噢，这是桃山堂的最中①吧？这怎么好意思。"

"请收下。这是我拿自己的零用钱买的。"仓持一只手捂着嘴巴，仿佛在讲悄悄话。

和她闲聊一阵之后，我们告辞离去，始终没提黄金的事。

"那样好吗？"我问。

"放心。对那个老婆婆就是要用这招。你如果到这一带来，也去看看她，跟她聊个五六分钟就行了。"

"可是，她不会买我们的黄金吧？这岂不是山下先生说的浪费吗？"

仓持忽然停下脚步，用胳膊肘顶了顶我的侧腹。"没事。"他贼贼一笑，"这个做法是山下先生教我的。"

一瞬间，我脑中闪过一种不好的预感。我怀疑自己又踏入了另一个陷阱。

---

① 一种日式甜点，有两片糯米做的饼皮，中间夹馅料。

20

第二天一上班，公司便叫我和仓持到会议室去。那里有好几组和我们一样双人搭档的同事。我问仓持这是要干吗，他脸上浮现出别具深意的笑容，低声说："课程呀。"

"课程？"

"教授新人推销的诀窍。不用紧张，我刚进来时也上过这种课程，你马上就会习惯了。"

我心想：如果是为新人开设的课程，为什么仓持也在这里呢？正想着，山下走了进来。"全员到齐了吧？那么，我们开始说话技巧的培训。请各组成员面对面坐好。"

我和仓持依言而行。

"接下来，请各位新同事将前辈当成客人进行推销。前辈记得修正新同事的不妥之处，请认真练习，开玩笑或讲废话将被扣薪。那么，开始。"

山下一下完指示，就有几个人开始对话，好像已经受过几次培训了。我这种第一次参加的人，完全不得要领，手足无措。

"怎么了？快说句话呀。"仓持小声催促我，"不然可是会挨骂的哟。"

"该说什么啊？"

"我是客人啊。先从打招呼开始吧。"

就在其他人唧唧喳喳讨论时，山下向我和仓持吼道："你们两个，还在拖拖拉拉什么?！快点开始练习！"

"快点！"仓持招手催我。

我干咳一声，然后开口："您好。"

"你是谁? 要是推销商品，恕我拒绝。"仓持用一种习以为常的语气说。

"我是东西商事的员工。不知道您对买卖黄金有没有兴趣……"

我话刚说到一半，仓持摇摇头。"没有人会回答有兴趣的。再说，一开始你没必要自报家门。先要这么说：我不是来推销的，只是想请教您一下年金的事情。你说说看。"

我鹦鹉学舌似的说了一遍。

"年金怎么了? "仓持又扮起了客人。

看我支支吾吾，他稍稍向前趋身对我说："接下来的台词有点长，'您可知道预算委员会修订了法律，从明年起年金可能缩水吗? '记住了没? "

"你说什么? 再说一次。"

仓持又说了一次。我还是记不住，他反复说了几次，我才终于能够流利地说出来。

"OK！继续。对方一定会说不知道，而你要这么回答：当存款金额超过一定额度，年金给付额最高会减少一半。不知道您是否方便让我看看您的存款资料? 如果有存折就再好不过了。好，你说说看。"

"那是真的吗? "我一面注意山下，一面发问。

"什么? "

"当存款金额超过一定额度，年金会减半? "

"我不知道。"大概害怕被山下骂，仓持的嘴巴几乎没有张开，"那不重要。你什么都不用想，照本宣科就行了。"

我心里在想，那样真的好吗? 但还是照仓持说的做。课程继续。

"我很清楚你要说什么，可我得跟儿子商量商量才行。"仓持说。

"我知道这说法有点危言耸听，不过孩子多半会觊觎父母的财产。我们见过很多案例，往往父母靠买卖黄金增加了存款，孩子却开始打小算盘，最后弄得家庭不睦。我想，一开始最好对孩子保密。"我回应道。

"可这又不是一笔小数目，我看还是找人讨论一下再……"

"找其他人商量更危险哟！这的确是一笔大数目，不过您想想，这又不是买了什么东西，只是换个地方存钱而已。如果您只是将存在邮局的钱改存到信用社，应该不会找人讨论吧？您要是那么做，等于告诉别人您手上有大笔金钱，反而更危险。"

"可是，我很少换地方存钱。"

"那是因为利率都差不多，对吧？银行和我们公司的利率可是差了三倍呀。银行的年利率顶多百分之五，我们公司却高达百分之十五。再说，您要是将钱存到我们公司，市政府就不会知道您有多少财产了。难道您觉得从明年开始年金减半也无所谓？"

事后回想，这一切都是胡说八道。但几次练习下来，这些话竟然也能不经大脑脱口而出。不仅如此，我在不断试图说服对方的情境下竟然慢慢产生一种错觉，以为自己说的是真的。让我们陷入这种错觉就是这种课程的目的。课程每天早上进行，持续了三天。

其实根本没有任何一条法律规定，存款金额超过一定额度时，年金就要减半。这一招巧妙利用了老人的弱点。老人疏于了解这方面的信息，又很在意年金。而一开始不提东西商事，是为了借年金的话题让老人产生我们是市政府的或其他相关人员的错觉。

然而，最可疑之处，莫过于和对方签下购买黄金的合同之后，却不交付实物。相反地，公司只交给客户一纸保证支付利息的文件。正因为如此，才需要我们说"这又不是买了什么东西，只是换个地方存钱而已"。

我觉得可疑，却没有完全意识到它的恶劣。我天真地以为，纵使这样做生意有点强硬，但只要老人们能够拿到比银行还高的利率，终究是有利的。

进公司一个星期左右，我和仓持被山下叫到面前。他抬起下巴，眼珠子上翻，看着我们。

"怎么回事？这个星期你们一份合同也没签到。只有你们两个挂零。"

"对不起，我们已经万事俱备，只欠东风了。"仓持辩解道。

山下不耐烦地摇摇头。"这种话我不想听。在奥运会赛场上，光是摩拳擦掌没有人会开心吧？没有赢得胜利，就没有掌声。你们输了，还不觉得可耻吗？"

"对不起。"仓持低下头。一旁的我也学他低下头。

"仓持，"山下看着我，"是他拖累了你吗？自从和他搭档，你的情况就很糟。"

"不，没有那回事。我认为田岛很努力。"仓持马上否认，"是我自己不够成熟。"

仓持在袒护我，这让我觉得羞耻，全身发热。我想反驳，却找不到任何词句。说不定真的是我拖累了他。

山下靠着椅背，交替看着我们。"没办法，暂时先做拜访兜售吧。这么一来，他应该会慢慢习惯推销。"

"我知道了。"

"拜访兜售？"

"你教他。"山下说，"三角签应该很适合。"

"三角签？好，我试试看。"

我一头雾水，和仓持一起离开。

"三角签是什么？"我边走边问。

"别问那么多，你看了就知道。"

我们走到共用的办公桌前。推销员没有个人专属的办公桌。

仓持不知从哪里拿来了彩纸、胶棒、印泥和印章。我拿起印章盖在废纸上，印出了"中奖"的字样。

"这是什么？"

"抽签的材料啊。要这么做。"

仓持在彩色纸背面盖上"中奖"，然后将有字的部分朝内，对折成一个三角形，再用胶棒牢牢地黏住边缘。

"完成一个。"说完，他微微一笑。

"三角签？"

"要做一百个左右。我负责盖章折纸，你负责涂糨糊。"

我完全不知道做这个有什么用，但看来只好先做再说。做这个很简单，只要将仓持递过来的纸涂上糨糊，无须任何思考，默默动手就行。我觉得这并不是推销员的工作，但决定先将这样的疑问赶出脑海。

当我做好三十个左右，新的疑问又浮现脑中。"我说，'中奖'的签会不会太多了？"

仓持听到这一出乎意料的问题，先是张嘴哑然，然后表情渐渐转为笑容。"放心啦。"

"为什么？你打算将中奖几率做成百分之几？"

"百分之百。"

"啊？"

"百分之百。全部都是中奖签。这是理所当然的啊。不中奖的签，做了也没用。"

"那干吗还要抽签？"

"你别管那么多，乖乖照我的话做就好。马上就会知道了。"仓持继续操作。

我看着默默干活的他，有一种似曾相识的感觉，却又想不起来什么时候见到过相同的情景。

做了一堆"中奖"三角签，仓持拿来一个装文件用的大信封，将签放入。"好了，我们走吧。"

"去哪儿？"

"推销啊，还用说。走，出发了。"

东西商事总部在五楼。一进电梯，仓持按下了 B1。我从未去过地下一层。

"地下一层有什么？"

"停车场。"仓持向我晃了晃手上的车钥匙，"今天我们以车代步，开车兜风摆阔。只不过两个男人气氛热不起来。"

"你开车？"

"别担心，我的驾照可不是考来好看的。你别看我这样，我开车很谨慎。"他说，他一满十八岁就考了驾照。

那是一辆白色的轻型轿车。上车前，仓持给了我一份文件，上头列着三十几个人的姓名、地址、电话号码及年龄，还记载了其中一些人的存款金额、家庭成员、兴趣爱好等资料。名单上的人有两个共同点：一是住在池袋附近，二是年龄都在六十五岁以上。

"首先我们去名单上第二户，宫内家。我记得地址应该是在江古田。"仓持边开车边说。

宫内公惠那一栏，资料如下："丈夫去年因癌症去世，目前独居。原本预定和长子夫妇同住，但因长子派驻海外工作，归期未定而作罢。存款约八百万元，仰赖年金度日。"

"这些资料是怎么搜集到的？"我问。

"基本上就是不断打电话。如果接电话的是老人，适当应对便能深入交谈。据负责打电话的人说，许多老人话都很多，要延续话题并不费力气。聊天过程中，他们会不着痕迹地询问老人的家人、存款等情况，而大部分老人都会毫不起疑地说出来。"

"如果接电话的是年轻人呢？"

"那就二话不说，鸣金收兵。忘了告诉你，他们都是在白天打电话。白天有年轻人接电话的人家，就不是我们公司的客户。"

"总而言之，"我瞥了一眼名单，"就是看准了老人独自在家这一点对吗？这份文件就是为此而搜集的。"

仓持直视前方开着车，没有回答，也没有笑容。

"因为老人好骗吗？"

"骗？谁骗谁？"仓持依旧看着前方，"卖黄金是骗人吗？"

"那对象为什么净是老人？"

仓持沉默了好一会儿，然后靠左停下车，松开安全带，对我说："我说田岛，你忘记面试的内容了吗？我们要思考的只有如何卖黄金这件事。以老人为对象，是因为这样比较容易卖掉。如果客人有容易推销与不容易推销之分，当然是挑容易推销的啊。"

"老人容易推销，是因为他们判断力差啊。"

"是吧。我们抓住这个弱点下手有错吗？就算我们不这么做，也会有别的人趁机敲他们一笔。这些人可能是没做什么事却索取高额报酬的帮佣，可能是极尽奢华的养老院的经营者，也可能是强行推销一些莫名其妙的保健品的人。可以确定，缺乏判断力的老人总有一天会把钱拱手送人。既然他们一定会送人，送给我们不是很好吗？这有什么不对？"

"与其说是送给我们的，我倒觉得是我们强抢的。"

仓持笑得肩膀微颤。"别把话说得那么难听嘛。爷爷奶奶们可是付钱买黄金哦。不但买到了黄金，还可以拿利息，有什么好不满的？再说……"他目不转睛地盯着我，"瞧你把我们讲得像是在夺人钱财似的，问题是你迄今为止成功地抢到一块钱了吗？想抱怨，等你签到合同之后再说！"

被他这么一抢白，我毫无回嘴的余地。仓持大概说完了，又驾车前进。

"刚才山下先生说，你在和我搭档之前好像成绩不俗？"

"是不差。"

"和我在一起不好下手吗？"

"不，只是有点客气吧。"

"客气？对谁客气？"

"倒也不是对谁客气。而是之前和我搭档的家伙很干练，受到他的影响，我也变得干练起来。而现在我常常觉得自己太温和了。"

我慢慢明白了他在说什么。"在我面前，你没办法狠下心来把事做绝？"

"不知道。"

"别在意我，你尽管放手去做吧。我不想成为你的累赘。"

"我没那么想啦。"

我想，这或许是个机会。如果顺利，就能看到仓持的本性。

宫内公惠家距离江古田车站步行只要几分钟，是一栋古老的木建筑。她承租这栋房子已经超过四十年，除非搬去跟儿子一起住，否则今年七十三岁的她应该不会离开这里了。

那栋房子没有大门，打开玄关的门就是大路。仓持按下门铃。不久，一个身穿花纹罩衫的瘦弱老婆婆走了出来。"您是哪位？"

"我们来是想请教您有关年金的事情。您是宫内公惠女士吗？"仓持开始施展课堂上的说话技巧。

他的技巧完美无瑕，但宫内公惠却不像外表看来那么没有戒心。不管仓持怎么劝说，她就是没有签约的意思。她大概是因为手上有八百万的存款，所以有恃无恐，就算存款不会因利息而增加，也绝对要避免减少一分一毫。

我想，这下又签不到合同了，眼前浮现出山下的脸。

"我明白了。那么，我可以留下手册给您参考吗？"

"那倒无妨。"

"非常抱歉，占用您这么多时间。噢，对了，"仓持从我手中接过装有三角签的信封，递到老婆婆面前，"方便的话，能否请您抽一个签呢？我们正在举办促销活动，如果抽到中奖签，会有精美礼品送给您。"

听说有礼品，宫内公惠的表情缓和了下来。"我没向你们买黄金，抽签好意思吗？"

"不要客气。目前是促销活动期间嘛。"

她抽出了一张中奖率百分之百的三角签，小心翼翼地打开，看到"中奖"二字，顿时惊喜万分。"哎呀，中奖了！"

仓持做了一个往后仰的夸张动作。"哇，您手气真好！今天第一次出现'中奖'的签，对吧？"他征求我的同意。

我脸上露出不置可否的笑容，点头附和。他确实没有说谎。

"我能获得什么奖品呢？"

"公司也没告诉我们。宫内女士，您能不能拨出三十分钟，让我们带您到兑奖处领奖？"

"不是在这里领奖吗？"

"我们没有随身携带奖品。我们开车带您去，一下子就好了。"

宫内公惠露出犹豫的神情。"可是，我穿成这样……"

"您不用担心，领完奖品马上就可以回家。啊，对了，您能不能准备好印章？领奖收据需要盖章。"

"简易印章可以吗？"

"可以，当然可以。那么，我去把车开过来。"仓持对我使了一个眼色。我从他眼神中读出这样的意思：别让到手的肥羊跑了！

当车子在大门前停好，宫内公惠到底不好拒绝，只得脱下罩衫走出来，手中拿着印章盒。我请她坐在后座，自己坐副驾驶座。车门一关，仓持立即驱车前进。

到了东西商事的大楼，仓持马上下车打开后车门。宫内公惠抬头仰望大楼，一脸困惑。"奖品要在这么高档的地方领取吗？你刚才说兑奖处，我还以为是家小店呢。"

仓持笑而不答，拉着她走进大楼，我则跟在后面。

搭上电梯，到了五楼的东西商事。前台的女职员看到两人，立即起身招呼："欢迎光临。"

"这位女士中奖了。"仓持说。

女职员心领神会地点点头，走进里面的房间，旋即回来，对仓持说："请到三号会客室。"

"三号吗？"仓持推着宫内公惠，带她到会客室。那是一个只放了小茶几和廉价沙发的狭窄房间。东西商事里约有十间这样的会客室。

老婆婆脸上笼罩着一层不安的阴影。"排场还挺大的。礼物呢？"

"负责人马上就来，请您在这里稍候。"仓持的语调变得冰冷。我们留下孤立无援的老婆婆，离开会客室。

我正想问仓持要怎么处置她，山下朝我们走来。他身后还跟着三名下属。

"看来你们兜到一个人了。她叫宫内公惠，对吧？"山下看着一份档案说。

"是的。我们用三角签引她上钩的。"

"我知道了。"山下挥挥手，意思是那不重要。他打开会客室的门，其他三个人也跟了进去。

仓持看着我说："好，走吧。"

"去哪儿？"

"那还用说？去抓下一个客人啊。"说完他便往前走。

看着仓持快步前进的背影，我忽然明白为什么刚才会有似曾相识的感觉。他做三角签时的侧脸和当时在赌五子棋的屋子里做骗人的魔术道具时一模一样。

"接下来去名单上第五个人的家。那人叫什么名字？"仓持边系安全带边问我。

"上村繁子，六十八岁，住在东久留米市。"

我很在意宫内公惠的事。她到底会怎样呢？山下他们不可能给她奖品然后直接放她回家。恐怕要硬逼她签约吧。我眼前浮现出她被一群凶神恶煞的男人包围，浑身发抖地在文件上盖章的情景。我感到自责。

"兜售原来是这么回事啊？"

"还有很多方法。我不知道三角签是谁想出来的点子，这好歹是个没经验的推销员也做得来的便宜法门。"

我默不作声，透过挡风玻璃一直看着前方，忽然觉得与仓持呼吸着同样的空气很不愉快。我心想，这个家伙果然不是好人。要不是有一颗冷酷无比的心，谁会忍心欺骗手无缚鸡之力的老婆婆，更不用说还将她交给山下了。

上村繁子住在一栋旧公寓的一楼。按下缺角的门铃却没人应。仓持敲了敲大门，结果还是一样。"不在家吗？真倒霉。"他咂舌。

我心想，上村繁子真走运。

就在这时，隔壁的门开了，走出一位老爷爷。他须发稀疏，年纪在七十岁上下，好像正要去澡堂，手上拿着脸盆和毛巾，蓝色的薄夹克上还套了一件米白色毛衣。

后来我听仓持说，他一眼就看出那是一个独居老人。公寓再旧，也不可能没有浴室。有浴室还去澡堂，是因为一个人要烧水、洗澡、打扫实在麻烦。老人手里有足够的钱，才能毫不吝惜地光顾花费不菲的澡堂。

要是当时上村繁子在家，或者老爷爷没有拿着脸盆走出来，大概故事的发展就会大不相同了。这段故事里，自然少不了我和仓持。

老人瞥了我们一眼，便径自走开。仓持从背后叫他："请问一下。"

老人停下脚步，回头问："你叫我？"

"是的，我想请教您年金的事。"

"什么事？"老人微微睁大眼睛，眼角满是皱纹。

"您是否知道年金自明年起可能会减少？"

"咦？真的吗？那可就糟了。"

"存款超过一定金额，就会被这条法规约束。冒昧一问，您现在的存款大概有多少呢？"

"这个嘛，有多少呢？不看存折我也不知道。"

"请您查一下吧，我等您。"

"哦，那我去查一下好了。"老人开了门，仓持迅速跟在老人身后进了屋。他对我招手，不得已我只好跟了进去。

十几分钟后，这个名叫牧场喜久夫的老人将手伸进了装有三角签的信封。这位老爷爷拥有共计近一千万的存款，虽然还不至于毫无防备地接受陌生人的推销购买黄金，却也是个对可能获得精美礼品这种鬼话深信不疑的好好先生。一看到"中奖"二字，他就像个孩子似的欢天喜地。"我活了这么大把年纪，抽签从没中过奖。天真要下红雨了。"

于是当仓持提到要去兑奖处时，老人也没有怀疑。看来中奖令他相当高兴。

老人拿着印章和我们一起走出屋子时，一个女孩迎面问道："咦？牧场爷爷，您要去哪儿？"

那个女孩看起来年约二十，有一对水汪汪的大眼睛。五官端正秀丽，皮肤白皙。她身穿运动衫和牛仔裤，拿着一个塑料保鲜盒。

"噢，由希。爷爷抽签中奖了，现在要去领奖品。"老人眯着眼睛回答。

"是吗，抽签中奖，真是太好了。"女孩用一种略带戒备的眼神看着我们说，"这是烤鸡肉串。"

"烤鸡肉串啊？这个好。我回来时去找你拿。"

"嗯，好。慢走，要小心哦。"

在由希的目送之下，我们向车子走去。

"她住在附近，一直对我很好，经常拿吃的来给我。"

"真是个美女。"仓持说。

"嗯，女大十八变。"仿佛被夸的是他自家人似的，老人笑了。

上车之前，我回过头去，她还在看我们。

"要小心哦"这句话仍在耳边回荡，挥之不去。

21

　　我想，要尽快辞掉这份工作，却又拖拖拉拉地过了一天又一天。老实说，我的确舍不得按时发薪的生活。我应该早点作决定的。

　　东西商事的做法疑点很多。卖出黄金却不交付实物，只塞给客人一张类似收据的纸，会被认作欺诈也在情理之中。然而，受害者一般不会立刻到处声张，因为前一两次的利息确实会汇进受害者的账户，个性温和的老人们看到那些数字，也就放心了。

　　我几乎都和仓持一起行动，只有一次他感冒请假了，和别的推销员搭档。那人姓石原，总是板着脸。他一看到我就说："你就是田岛啊？嗯，果真和仓持说的一模一样。"

　　我偏头表示不解。石原嘴角稍稍上扬，笑道："他说你有一种让老人安心的特质。就算没什么可取之处，这种特质就是你最厉害的武器。你今天就待在我身边，不管我说什么，你只管点头称是，知道了吗？"

　　我不知道自己在他们眼中是那样一个人。那听起来并不像赞美。我怀着复杂的心情同石原走出公司。

　　我们的目的地是一个独居老婆婆的家，她耳朵很背。当然，石原很清楚这一点。

　　"买、黄金、比较好！"石原在老婆婆耳边大吼，"要是、有很多存款、就领不到、年金了。"

然而，老婆婆陷入了沉思，似乎并不打算买黄金。

石原再度大吼："你有、存折、和寿险保单吧？有的话、请你、拿到、这里来！我帮你看。"

老婆婆或许是对自己听得见感到高兴，又或许是平时没有人说话，她竟然按照石原所说将存折和保单拿了出来。

"印章呢？"石原问。这句话的音量比刚才小了些。

"啊？"老婆婆反问。石原用手比划着印章的形状，又问了一次："印章呢？"声音依旧不大。老婆婆焦急地将耳朵凑近。

"印章！"石原这下总算提高了音量。老婆婆会意地点头，走进屋子里。

这是一种巧妙的索取方式。要是石原一开始就要求老婆婆将存折和印章一起拿出来，她一定会起疑。然而，石原请她分别拿出来，而且故意拖延时间让她几次三番才听明白是印章，防止老婆婆思考。

在她回来之前，石原翻看了存折和保单。"存款没多少。没必要冒险。"他喃喃自语。

老婆婆一拿着印章出现，石原立即将存折还给她，然后从她手中接过印章，确认盖在保单上的是同一印鉴。老婆婆大概不知道他在做什么。

石原将保单和印章交给我。"你回公司将这个交给黑泽小姐，然后照她的话做。"石原飞快地低语。老婆婆大概听不见。

"咦？带这个回公司吗？"

"对，动作快！她会起疑的。离开的时候别忘了对老婆婆微笑！"

我不明就里地按石原的吩咐做。老婆婆神色慌张，不知对石原说了什么。我听见他安慰她说："没事的。"于是我离开了。

黑泽小姐也是推销员，但我很少看她跑业务。大多数时间，她都对着共用的办公桌吞云吐雾，五十几岁的她看起来是女推销员的头头。

我回到公司，她果然正抽着烟，在看女性周刊。我将保单和印章交给她，同时转达了石原的话。她始终一副高高在上的神情，听我说完后，看着保单低声说："七十岁啊？嗯，应该有办法。"

接着，她嘴里开始反复背诵保单上的地址、姓名、出生年月日等个人资料，同时从椅子上起身，往厕所走去。

几分钟后，我看到回来的她，大吃一惊。她卸了妆，头发蓬松凌乱，完全感觉不出之前的精明干练，好像忽然老了十几岁，举手投足也有了微妙的变化，而且还穿上了一件不知从哪儿弄来的朴素毛衣。

"好，走吧。"她的声音也变了。

"去哪里？"

"当然是保险公司啊。快点，别拖拖拉拉的。"

路上，黑泽小姐要我扮演她的亲戚。她一样叫我"静静坐着就好"。

在保险公司一楼的柜台，黑泽小姐出示保单和印章，说要解约。柜台小姐笑容可掬，好像在问："是不是发生了什么事，非解约不可呢？"

黑泽小姐驼着背，开口说道："因为啊，我最近需要一笔钱，可是又还不至于解除其他金额更高的保单，所以不好意思，对不起啦。"

我吓了一跳。不管是慢吞吞的语调还是有气无力的声音，完全就是七十岁老婆婆的说话方式。柜台小姐毫不起疑地说："那就没办法了。"开始进行解约手续。首先要在解约书上填写地址、姓名、出生年月日等。黑泽小姐对填写的空栏装出迟疑的模样，流畅地运笔填好了个人资料。当她填写汇款账户时，还边看一张便笺边填上某家公司的账户，说："这是我儿子的公司。"

手续不到三十分钟就完成了。一出保险公司，黑泽小姐递给我一张文件，是购买黄金的收据。

"你拿着这个，回到石原先生那里去，告诉他剩下的手续我会处理。"黑泽小姐已经恢复了中年女子的声音。

我照她的吩咐回到石原那里，他还坐在老婆婆家的大门边。老婆婆不安地坐着。不过，石原面前放着一个茶杯，我想老婆婆应该没有吵闹。

当然，这一定是因为石原那张嘴的安抚。

"辛苦啦！"石原满意地从我手中接过收据。

"那个……保险呢？"老婆婆问。

"对不起啦。"石原在她耳边说，"他误以为你要买金子，把保险解约了。不过，你瞧，他带来了购买黄金的收据，这样就没关系了吧？这比保险还有利呢。"

"真的没问题吗？"

"没问题，没问题，请放心。"石原站起身来，对我使了个眼色，要我准备离开。

老婆婆还在嚷着什么，但石原无动于衷，离开了她家。他又变得面无表情。

回家后，我对仓持提起这件事。稍微退烧的他听完后，贼贼地笑了。"那是石原先生惯用的伎俩。许多老人都有耳背的毛病，就算做法强硬些，只要说自己误会了他们的意思就没事了。"

"可是，我不知道公司还有替身。"

"黑泽大姐是公司专门雇来当替身的。她的变身术很厉害吧？她以前老是将自己扮过八十五岁老太婆的事拿出来炫耀。"

"与其说这是欺诈，倒不如说是小偷的行为。"

"我们又没有偷东西，而是在卖金子，所以应该不算小偷吧？不过，如果你要说这是强行推销，我也无话可说。我也没办法那么硬干。"

仓持裹在棉被里动了动脖子。我在心里怒吼："你还不是一丘之貉！"

仓持的确不会使用蛮横的手段，但从另一个角度来说他的手段更加卑劣。最明显的例子就是川本房江。

川本房江是仓持带我见的第一个客人。他一直叮嘱我绝对不能提工作的事，至于理由，他只字未提。

在那之后，我们也经常造访她家。仓持每次去都会准备小礼物，大多是日式糕点，偶尔也带蛋糕或水果。我们总是一起吃他带去的东西，一起闲话家常。一聊下来我才知道，原来她有个和我们同龄的孙子。她孙子在初中三年级的夏天，和坏朋友无照骑车撞上电线杆去世了。她责怪媳妇放任儿子的不当行为，没有尽到为人母的责任，后来才知道孙子之所以讨厌待在家里是因为她们婆媳不睦。在那之前，房江一直和长子夫妇住在一起。

知道真相的长子决定与母亲分居。他还没有乐观到期待妻子和母亲的关系会因儿子的死而有所改善。因为这件事，川本房江和长子一家几乎不再来往。她的自尊心似乎不允许她主动去探望长子一家，更妨碍了与原本就不甚往来的邻居之间的互动。

很明显，她每天过着孤单无趣的生活。每次我和仓持到她家去，她总是半开玩笑地说："我不会买黄金哟！"拒绝之后，再用一种像是在哼着歌的愉快表情招呼我们入内。她打心底里期待我们造访。

不用说，这一切都在仓持的算计中。真要问到他，他一定会说："我只是按山下先生教的做而已。"换句话说，这也是东西商事传授的技巧之一。

进入梅雨季后，总是下着绵绵细雨。那天仓持没有买小礼物，对我说了一些莫名其妙的话。"今天和平时不一样，今天你绝对不能笑！另外，你也别吃她拿出来的点心或饮料。知道了吗？"

"你想做什么？"

"你在一旁听了就知道，你只要配合我的话就行了。听到了没？"

我点头。不知为何我似乎知道他想做什么。我有种不舒服的感觉。一直以来，我都盼着到川本房江家做客，但今后将有所不同。

川本房江从对讲机听到是仓持，像个小姑娘一样欢天喜地跑出来，但一看到我们的模样，脸色马上暗了下来。

"怎么了？"她问仓持。

"嗯，老实说，今天来是有点事想对您说。"仓持抓抓后颈。

"是吗……别站在那里，先进来再说。你们都淋湿了。两个人怎么都不打伞呢？"

"不好意思，我们急着过来。"仓持说谎。车里明明放了两把伞，是他要我别撑伞的。

她想将我们让到客厅里去，但仓持并不打算脱鞋。他站在脱鞋处说："在这里就好。"

"为什么？至少把外套弄干呀。"

"不了，弄不弄干没关系。"

"到底怎么了？田岛也一脸忧郁的样子。"

我可不是在演戏。一想到仓持待会儿要做的事，我真的很忧虑。

"川本女士，我必须跟您说件不太愉快的事。"仓持开口说道。

"不太愉快的事……"

"今天是我和田岛最后一次来找您了。"

川本房江一头雾水，咦了一声。她手足无措地将目光转向我。"真的吗？"

我不愿作任何回答，看着仓持。他斜眼要我按计划行事。"是真的。"我只好这样说。

"为什么？"她将视线拉回仓持身上，"发生了什么事？调动？"

"不，不是那样，"仓持抿了抿嘴唇，"上头的人指责我们在上班时间定期出入非客户的家……"

"咦，可是……"川本房江不知所措，呼吸变得急促，"基本上，你们不也算是来要我签约的吗？"

"话是没错，该怎么说呢？其实是公司派人对我们进行了突击检查。"

"突击检查？"

"就是说，公司派人偷偷监视了我们，看我们有没有认真工作。结果公司发现我们经常出入您家，却没签到合同，觉得很可疑……"仓持边说边低头，一副非常难以启齿的样子。我真佩服他的演技。

我从未听说公司有突击检查。对于没有签到合同的员工，公司会以不支薪作为处罚，因此没必要突击检查。

然而，川本房江对仓持的说辞毫不起疑。"原来是这样啊……"她双眉下垂，低下头，"毕竟，我一份合同也没让你们签成。既然你们都这么说了……"

"不，没有关系。那笔存款对川本女士您很重要，没有必要用在您不认同的地方。反正，我们又不会被炒鱿鱼。只不过从今以后不能像之前一样拜访您了。"

"可是，公司也不可能一天到晚派人监视你们吧？"

"没错，但我们已经不能自由行动了。公司要将我和田岛拆开，各自和别人搭档。我们必须遵照对方的指示，负责的地区也会改变。"

"那放假的时候呢？"

"这个嘛，我想放假的时候应该可以，只是我和田岛都会忙得不可开交……"

"那么忙啊？"她皱起眉头。

"因为我们两个都还是新人。"仓持苦笑，抓了抓头。

川本房江陷入沉思。我感觉到她的心在动摇。

"所以，今天可能是我们最后一次来找您了。虽然相处短暂，不过受到您很多照顾。"仓持开朗地说，成功地营造出故作欢笑的气氛，连挤出来的笑容都很高明。"那么，我们走吧。"他对我说。

"嗯。"我点头。

"等一下。"川本房江说。那一瞬间，仓持的眼睛闪了一下，但六十七岁的川本没有发现，继续说道："只要我签约就行了吧？我买黄金就可以了吧？"

"不，那怎么行。"仓持挥挥手。

"为什么？"

"因为，您之前不是一直说不会买这种东西吗？"

"此一时彼一时。既然知道公司会那样责怪你们，我也不能坐视不理。

若是我签约了，那个处分是不是就会撤销？"

"这个嘛，大概吧……"

"你们等一下。"

看着川本房江消失在屋里，仓持微微向我点了点头。我叹了口气，表示心中的不快。他不知误解成了什么意思，低声对我说："就差一点点，加油！"

川本房江回来了，拿着一个小包。"要签多少钱的合同？五十万？还是一百万？"

"川本女士，真的不用您费心。田岛你也说句话啊！"仓持忽然转向我，吓了我一跳。

"请您不要勉强。最好……不要签什么合同。"

"是啊。您不是说令郎千交代万交代，要您别乱买东西吗？"

"我手上也有点钱能够自由支配。来，你们老实说，要签多少钱的合同才行？"

我们的劝阻反而坚定了她的意念。这件事也在仓持的计算之中。然而，他却一脸为难地双手搔头，然后深深地呼出一口气。"那么，我就老实说了。公司的确说过，如果今天跟川本女士签到合同，这次的事就当没发生过。只是，这种情形下的最低签约金额非常高，我曾经抗议，可是公司完全置若罔闻。"

川本房江也不安起来。"非常高是多少？一百万不够吗？"

仓持苦恼至极地垂下肩膀，看着地板低声说："公司说……至少三百万。"

"三百万……"

"对不起，本不该讲这种没有意义的话。我们老早就决定不和川本女士谈生意了。所以这件事就当我没提。"

"等一下。签三百万的合同就行了吗？"她打开手上的包，拿出存折，确认里面的金额之后说，"这里刚好有三百万的定期存款。只要解除定存，就没问题了。"

"可是，怎么可以动用那么重要的钱……"

川本房江摇头。"你们不也说过，如果要储蓄，买黄金比把钱放在银行更有保障吗？没错吧？"

"是。"

"那就没什么大问题了吧？现在想来，要是早点同你们签约就好了，就不会发生这种事了。真是对不起。"

"哪里，川本女士不用向我们道歉。"

"总而言之，我就同你们签三百万的合同。这样就没问题了吧？"

仓持盯着存折，重重地叹了一口气，露出犹豫不决的样子，然后微微低头看着她。"真的可以吗？"

"可以啦。我不都那么说了吗？"

"如果您愿意同我们签约，最好是今天就签。"

"今天吗？好啊。我该怎么做？"

"首先到银行解除定存，再将钱汇到这个账户，明天我会带正式的合同过来。因为公司必须确认汇入款……"

"知道了。那么，等一下我就去银行。"她站起来。仓持一脸深不可测的表情，我仿佛从他的肚子里听见了"大功告成"的欢呼。

能够助两个年轻人一臂之力，让川本房江感到喜不自禁。似乎人上了年纪，就会因不再被人需要而感到落寞。在那之后，川本房江又被仓持的哀兵计策骗了两次，被讹走了更多的钱。

东西商事内部称这种推销手法为"请婆入瓮"，是参考女推销员对老男人施展的"请爷入瓮"而来。两者都是看准老年人的孤独感下套，这种做法甚至比使用暴力抢夺存折更加阴狠。

但我没资格指责仓持等人。我明知其恶行劣举，在场时却不发一语，只是静静地看着老人被骗，一点一滴存起来的棺材本被抢走。而我就是共犯。我在责难仓持的同时，也憎恨自己的软弱。我苦恼不已，为什么自己会变得如此丑陋？

那时，我常常听着在拉门另一边睡觉的仓持的呼吸，默默地问自己："现在正是杀他的大好时机，不是吗？"我已经看透他的本性。现在要杀他轻而易举。我只要悄悄打开拉门，在他的脖子上用力一掐就行了。我也可以捂住他的口鼻，不消几分钟，他大概就会停止呼吸。

然而这些念头总是仅止于想象。心中尚未涌现足以令我付诸行动的杀人意念。我从小就对杀人感兴趣，也有杀掉仓持的理由，但对他的憎恨为什么还不至于让我想杀掉他呢？

当我思考这些事的时候，总会想起藤田。究竟有多少恨在他心中翻腾，让他下定决心来杀我，并且采取行动呢？要引燃杀意的导火线，还需要什么？我很想知道。

一天傍晚，我们用类似骗婚的手法，获得了一份新合同，回到公司时，看到前台有一位小姐正在和山下争执些什么。过了一会儿，她似乎放弃了，来到走廊上。

当我们和她擦肩而过时，她出声说："啊，你们是……"

我这才看了她一眼。我见过她，但想不起来她是谁。她眉目清秀，某一刹那我还以为是影视明星。

"啊，你是……"仓持比我先反应过来，"东久留米的……那个，牧场老爷爷的邻居，对吧？"

经他这么一说，我也想起来了。她就是那个拿烤鸡肉串给牧场老爷爷的女孩。

她微微颔首，但表情严肃。

"哎呀，我一时没认出你。你的打扮和当时差别挺大的。"

我和仓持想的一样。当时她好像穿着运动衫和牛仔裤，素面朝天。而现在站在我们面前的女子穿着成熟的连身套装，摇身一变成了个大美女。

她似乎没有听到仓持说的话。"这到底是怎么一回事？"她用尖锐的口吻质问我们，"为什么不还钱？太莫名其妙了吧？"

"等一下。你没头没脑地这么说，我们根本不知道你在说什么。"仓持往公司方向瞥了一眼，"不管怎样，我们先到楼下吧。在这里没法好好讲话。"

我们下到一层，走出大楼。仓持带我们来到一家不用担心会遇到公司员工的咖啡店。

"你们不还那笔钱，我们很头疼的。那可是牧场老爷爷仅存的积蓄。"她并不打算端起咖啡。她不要饮料，是仓持随便帮她点的。

"他是不是急需用钱？"仓持问。

"那倒不是。老爷爷现在没有工作，那笔钱是他存起来以备不时之需的，却被拿去买什么黄金……"她狠狠地瞪着我们，"你们太过分了吧？说什么抽签中奖，居然把他带到公司说不签约就不放人。这不是恐吓吗？"

"你这么说，我们也没办法。我们只是奉命行事的小推销员，有人抽签中奖，带他到公司来也是……"

"说到抽签，"她翻起眼珠盯着仓持，"信封里根本没有'铭谢惠顾'的签对吧？全都是中奖签对吧？"

我大吃一惊，仓持却很镇定。"没那回事。里面应该有'铭谢惠顾'的签，至少公司是这样对我们说的，对吧？"说完，他看着我，征求我的同意。

我只好点头，心想，又要和他联手骗人了。

"老爷爷好像是听朋友说的，很多人被迫买了东西商事的黄金，都吃了苦头，付出去的钱要不回来。于是老爷爷马上打电话到公司，要求解约，可是对方说了一堆，就是不肯答应。老爷爷越来越担心，终于在上个礼拜一病不起。"

"所以你来替他要钱？"我试探性地问。

"我来是想请你们公司还钱。可你们公司果然不肯还钱，说什么这是违约、必须同当事人谈。我说老爷爷不能行动，由我代替他来，你们公司完全不理会。"

我眼前浮现出山下冷漠的表情和语调。

"我说，这不是莫名其妙吗？为什么不还钱？要是不还钱，就把老爷爷买的黄金交出来！"

她说得一点也没错。我看着仓持，心想，不知他打算怎么辩解。不久，他开口说："老实说，我最近也觉得有点奇怪。"

听到他用严肃的语调说出这句话，我不禁睁大了双眼。

22

我本以为自己已经习惯了仓持的三寸不烂之舌，当时还是震撼不已。他怎么说得出那种话？他怎么能撒谎撒得若无其事？我真想剖开他的大脑，看看里面装的是什么。

对他来说，应付前来抱怨的客人不过是小菜一碟。他只要假装我们毫不知情，就能规避责任，但他却没那么做。

"之前发生过一件小事，公司的处理方式让我觉得很可疑。"仓持一脸认真，娓娓道来，"哪怕看一眼也好，我也想亲眼看看金块是什么样子，是不是像我们在电影电视中看到的那样。"

代替牧场老爷爷前来的女孩兴致盎然，盯着仓持。在迅速掌握对方关注点方面，仓持无疑是个天才。

"于是我问了很多人，究竟黄金保管在哪里。"

"结果呢？"

仓持摇摇头，像个演员，装模作样地摊开双手。"没有人给我明确的答案，反而把我臭骂了一顿，说一个推销员没必要知道。"

这我倒是头一回听到。我从未想过什么黄金的保管场地。

她皱起眉头。"那不是很诡异吗？既然是卖黄金，应该会放在某个地方吧？牧场老爷爷买的金子也应该存放在某个地方，对吧？"

"应该是吧。"仓持偏着头,"总而言之,我也觉得可疑,会试着调查。但我必须小心行事,以免被公司发现,所以可能会花上一点时间。"

"麻烦你了。照现在的情形来看,老爷爷觉也睡不安稳啊。"

"我会尽快。一有什么发现,我就和你联络。"仓持取出记事本,"对了,我还没请教尊姓芳名。"

她这才发现还没作自我介绍,露出忽然想起的表情。"对不起,我姓上原。"

"上原小姐。那个,这样写对吗?"仓持在记事本上写下"上原"。

"对。"

"能不能顺便告诉我你的名字和电话号码?"

在仓持的诱导之下,她说自己叫上原由希子,也留下了电话号码。我想起之前牧场老爷爷叫她由希。

"可以解约吗?"

"我觉得如果不能解约就奇怪了。毕竟,我们都对客户说随时可以解约……是吧?"仓持征求我的同意。我点头回应,他遣词用字不知什么时候已变得谦和有礼。

与上原由希子道别后,我和仓持回公司。等电梯时我问他:"你怎么说得出那种话?"

"哪种话?"他抬头看着电梯的楼层显示灯。

"你觉得公司很可疑啊。之前你从没说过,不是吗?"

"说了也没用啊。我们只能做好自己的工作。"

电梯到了一楼,所幸乘客只有我们俩。

"难道你明知公司有问题还去拉客人吗?而且还用那种肮脏的手段。"我不在乎他会不会动怒,然而他只是微笑着按下五层的按钮。

"赚钱的手段不分干净或肮脏。你回想一下一开始山下先生对你说的,不要浪费多余的力气去思考,你该思考的只有如何将黄金卖出去这一件事……你忘记了吗?"

"那为什么你今天要对她说那种话呢？你是真心想调查吗？还是说说场面话蒙混过关？"

"你干吗那么气愤啊？"仓持一脸愕然，"哈哈，你爱上她了。也难怪，美女嘛。"

"你才是吧？说些不负责任的话，想让她喜欢上你。"

仓持笑着微微耸肩。

一回到公司，他要我"在这里等"，就不知道跑哪儿去了。我按他说的在共用的办公桌前等他。我没看见其他推销员，毕竟跑外勤的员工就算待在公司里也没事可做，唯一的例外就是负责伪装的黑泽小姐。

不久仓持回来了。"跟我来，给你看样好东西。"

"什么东西？"

"来了你就知道了。"他贼贼地笑。

我们再度搭上电梯，他按下六层的按钮。我从没去过六楼。"六层也属于东西商事，你不知道吧？"

我点头。大楼一层有一块楼层说明面板，六层那一栏一片空白。

走出电梯，空荡荡的走廊上有一个隔间，隔间有一扇小铁门，门上的锁看起来很牢靠，锁上还装了电子键盘。

"看起来戒备挺森严的嘛。"我说出心中的想法。

"你那么认为？"

"不对吗？"

"不，你是正确的。这把锁就是为了让人产生这种感觉才装的。"

仓持拿着一大串钥匙，好像是他刚才拿来的。他将其中一把钥匙插进锁孔，又在键盘上敲了好几个数字，嘀的一声之后，咔嚓一下，感觉好像什么东西打开了。

仓持握住门把，用力转动，大门发出细微的声响，打开了。"进来吧。"

"可以吗？"

"嗯。"

穿过稍嫌狭窄的入口，室内幽暗，散发着柔和的红色光线。定睛一看，前方有铁栅栏般的东西，上面也有门。"这里是做什么用的？"我问。

"保管室。"仓持回答，"客人有千百种，有的人不用强硬推销，觉得买点黄金也无妨。不过，那样的人会对公司很感兴趣，有的甚至想看看公司如何保管黄金。这种情况下如果不让他们看，好不容易上钩的大鱼可就要跑了。遇到这种情形，我们就会带他们到这里来。带客人来参观的时候，公司都会派警卫站在刚才的大门旁。"说完，仓持唏唏地笑起来。"当然，那些警卫是叫打工的学生假扮的。"

"黄金就保管在这里头吗？"我指着铁栅栏。里面有一条长长的走廊，走廊两侧各有一扇门。

"先生，"仓持忽然提高音量，"您购买的黄金都保管在前面的保险库里，由警卫二十四小时看守，而且如您所见，这条通道上设有两道门。刚才的大门如果没有输入密码，是绝对打不开的，铁栅栏的出入口也设有特殊的门锁。除此之外，从您所在的位置到里头的保险库，有监视器全程监视。铁栅栏里面还有红外线监控设备，只要有人靠近，警报装置马上就会启动。我可以充满自信地告诉您，我们公司的安全措施万无一失。"仓持手舞足蹈地说完一大串，对我露出一口白牙。"负责带客人参观的是个身穿导览制服的女孩，一般叫女导览员。听说她是来公司勤工俭学的。"

我环顾四周，才发现墙角装有监视器，但功能如何却无从确认。"光是这么说，客人能接受吗？"

"这个嘛，一般客人都不会吧。"仓持走近铁栅栏，取出那串钥匙，将另一把钥匙插进锁孔，咔嚓咔嚓一阵声响之后，锁开了。

"这把锁怎么个特殊法？"

"天知道。公司什么也没告诉我。进来吧。"他打开门。

正要进去时，我想起了他刚才说的话，将脚缩了回来。"红外线监控设备呢？要是我们一脚踩进去，就会触发警报装置吧？"

仓持挺直背脊，又开始用那种导览员语调说话。"刚才我已经和警卫室联络过，监控设备已经关掉了。因此就算您进入，警报器也不会响起，敬请放心。"

我感觉自己在被他当猴子耍，但还是一脚踏了进去，确实什么也没发生。我仔细盯着墙壁，哪儿有什么红外线监视设备啊？简直是莫名其妙！

"平时，"仓持开口，"各位脚边会布满红外线。一旦红外线碰到障碍物，就会视为有可疑分子入侵，启动警报装置。"

"什么警报装置？"

"首先，警报器会响起，刚才经过的门都会自动关闭，楼梯的栅栏会落下，电梯也将停止使用。换句话说，入侵者会被关在这里。当然警卫就会火速赶来，同时，安保系统还会与当地警察联络。"

"别再用那种怪腔怪调说话了！"

"您还有问题吗？"

"监控设备和警报装置我知道了，重点是黄金在哪里？不，在那之前我想问你……"我盯着仓持说，"为什么只有你知道这些事情？还是只有我一个人不知道？"

仓持微微皱眉，抓抓头，露出不知该怎么解释的表情。"不是只有你不知道，是只有部分推销员知道。毕竟，要是不知道这里，一旦客人要求看保管室可就伤脑筋了。目前为止我和你负责的客人中没有人提出这种要求，所以我也没机会告诉你。事情就是这样。"

"听起来像是不能主动告诉别人。"

仓持一脸认真地盯着我，然后点头。"是啊。公司希望尽可能不要告诉别人。这也是理所当然的。要是推销员辞职了，还将保险库的情况到处说，那就危险了。"

"公司方面只会告诉值得信任的推销员吗？"

"也许你这个说法是正确的。"

"也就是说，公司信任你。"

"应该是吧。"仓持又从口袋里掏出那串钥匙，"你不是想看黄金吗？"

"你……你对上原由希子撒谎？你不是说不知道黄金放在什么地方吗？为什么你不告诉她？"

"要是我告诉她，我猜她一定会想看吧？"

"那是自然。"

"我不喜欢那样。"

我还没来得及问原因，仓持已将钥匙插进门锁。那扇门看起来也是金属制的。一打开门，他就回头对我说："来，你尽管看吧。这就是你想看的东西。"

我往里一瞧，不禁倒吸一口气。里头虽然昏暗，但在微弱光线的照射下，仍可见堆积如山的金块和金条，默默呈现在一片漆黑中。仔细一看，面前隔着一面玻璃幕墙，金子看得到却摸不着。成堆的金子旁，有一个银色保险库。

"您的金子就保管在里头的保险库。您面前展示的，只是敝公司拥有的一部分金子。"仓持在我身后说。

"真壮观。原来真的有金子啊。"

我曾怀疑公司根本没有金子，看到眼前的景象，不禁大感意外。

"来，里面请。请再靠近一点看。这些都是如假包换的金子。"

"我不是叫你别再用那种怪腔怪调说话了吗？"

我凑近玻璃帷幕，光线十分微弱，金子却发出令人炫目的光芒，让我频频眨眼，赞叹连连。

然而，我赞叹之余，却又觉得有点不对劲。那种感觉越来越强烈，我开始觉得事有蹊跷。那种疑虑令我无法释怀。

不久，我明确了疑点所在。我回头看着仓持。"为什么我们两个人能够进这里来？我不认为公司那么信任你。"

仓持移开目光，没有回答。

"譬如说，"我继续说，"我们现在可以打碎这面玻璃，带走里面的金子。当然，我们可能马上就被逮捕。但让我们两人单独进来，公司也未免太不小心了吧？居然连警报装置都关掉了。"

"没有必要打碎玻璃。"他亮出那串钥匙，"这里也有钥匙。"

我微微后仰。"还有那串钥匙，未免太容易到手了吧？难道不应该需要经过更繁复的手续吗？"

"这串钥匙是我擅自从山下先生的办公桌上拿来的。"

"山下先生负责保管钥匙？就算是这样，管理程序也未免太松散了吧？"

"没关系啦。"

"为什么？"

仓持抖了抖钥匙串，发出叮叮当当的声音，靠近玻璃幕墙。他用一把钥匙的前端轻轻地敲打玻璃表面。"我们采用的是厚达两厘米的防弹玻璃，是 FBI 的专用产品。即使手枪在近达一米处开火，也不会出现一丝裂痕……"说到这里，仓持冷哼了一声，"什么厚达两厘米的防弹玻璃。如果真是这样，哪儿会发出这么廉价的声音？"说完，他又敲了几下。

"不是吗？"

"当然不是啊。"他慢慢转向我，"我说田岛，我可没说谎。我之所以模仿导览员，只是想告诉你公司是怎样对客人解释的，但我可没说这些内容都是真的。"

"全部都是……假的吗？"

"假的，全都是骗人的。那几扇门，只要是有点本事的小偷，不到一分钟就打得开。这里不但没有红外线监控设备，也没有警报装置，就连警卫室也不存在。说到这面玻璃，也不过是普通玻璃，就像你说的，随便就能打碎。"

"公司就这样保管黄金吗？至少，这些都是黄金吧？"我指着玻璃幕墙里面。

仓持盯着金块和金条，抱着胳膊。"是啊。要是把这里面的黄金全部收集起来，说不定只有小指指尖这么大一块。"

我一时没弄明白，但盯着那些黄金，顿时明白了。"假货吗？"我低声说。

"恐怕是吧。用硬纸壳或塑料片做出金条、金块的模样，再贴上金箔……大概就是那种玩意儿。真正的金块怎么可能放在这种地方？那不过是说服参观者的寒酸道具罢了。用来骗三岁小孩，不，骗老头老太婆的。这些人本来就老花眼，公司还不忘把灯光调暗呢。"

"这么说来，保险库里也是空的？"

"我甚至怀疑那是不是真的保险库呢。说不定只是在三合板上贴了铝片还是什么的，然后加加工让它看起来像保险库而已。走廊上那堵煞有介事的墙和这个房间，如果要拆除，搞不好几个小时就能完工。这样设计是为了以防万一，可以消灭证据。"

"大家知道这件事吗？"

"天知道，我从来没有对任何人提起过这件事。我现在说的，也不是别人告诉我的，都是我自己推断出来的。"

"没有人告诉你，你却看穿了这骗人的把戏？"

他苦笑。"不能看穿的人脑袋才有问题吧？只要稍微留心观察，这里根本就是破绽百出。最好的例子就是这堆黄金。田岛，你还记得黄金的比重吗？"

"比重……是多少呢？"工业高专毕业之后，我就没使用过"比重"这两个字，忽然间想不起来是什么意思。

"大约是二十。也就是说，相同体积的黄金是水的二十倍重，十厘米见方的金块就有二十公斤。这么一来，光是展示在这里的金子就有一吨。假如这只是一部分，再加上保险库里的金子，究竟有几十吨呢？还得加上保险库的重量。你觉得这栋大楼足以负荷这样的重量吗？这只是一栋普通的商业大楼，就算地板会塌陷、梁柱会弯曲也不足为奇。"

我这才发觉果然没错。然而，我却反驳他，以掩饰自己的无知。"既然要放保险库，公司自然做了耐重设计吧。"

"你认为楼下是什么？我们的办公室啊！一根梁柱不多、空荡荡的办公室啊！如果想改造结构承受这些重量，一般来说下面的楼层就不能用了。而且，公司根本没有那样的施工记录。"

我沉默了。仓持的说法一点也不错。

"你倒不用因为没看穿这点而感到沮丧，反正这些设计就是做来骗人的，你被骗也在情理之中。只要看过几次，就一定能发现其中的矛盾之处，所以你迟早也会发现的。"

我没有说话。他试图安慰我，反而更伤我的自尊。"你什么时候知道这些是骗人的？"

"什么时候呢？"仓持偏着头，"我曾经和资深员工带客人来过这里几次。大概是去年秋天吧。在那之后，我就觉得这里有问题。"

"你知道这是骗人的，却还照卖黄金？"说完，我摇摇头，"不，你卖的不是黄金，是'黄金收据'。而且还把我拉进来跟你一起骗人。"我的呼吸变得急促。

仓持背靠着墙往下滑，最后一屁股坐在地上，两腿向前伸。"我可没打算骗人！"

"你这哪里不是在骗人？明明就在卖不存在的东西。"

"我只能断定一件事，就是这个保险库里没有放真正的黄金。说不定公司将黄金藏到了别的地方。没有人说东西商事手上没有黄金。我是觉得很奇怪，但没有任何证据。因此，我能做的就是遵照上头的命令，做好我的工作。这哪里是骗人呢？"

"如果你觉得奇怪，查清楚不就好了？就像你看穿这个保险库是骗人的时候一样。"

"我为什么要那么做？我不过是个推销员，又不是警察。不知道的事情就继续不知道，这有什么错吗？"

"可是会有越来越多的受害者，不是吗？我们在制造受害者啊！"

"为什么你一口咬定他们是受害者？他们不过是和公司缔结了买卖黄金的合同罢了。"

"可是，受害者手上却没有黄金。即使他们想解约，也要不回钱，这还不是受害者吗？"

"这我不知道。那是公司和客人之间的事。"

"我们也是公司的一分子，不是吗？"

仓持却摇摇头。"公司雇用我们是事实，我们却不是公司的一分子。公司没告诉我它没有黄金。如果公司里真的没有黄金，那么受害者就不只是客人，连兜售不存在的东西的我们也是受害者。就算打官司，我们也不会被追究责任。毕竟，我们都不知情。"

"我们要为合同负责吧？"

"为什么？合同上盖的只有东西商事和客人的印章。你在上头盖自己的章了吗？没有吧？我们是与合同无关的第三者。这件事情你为什么不明白呢？"

"我们明明隐约察觉到那些老人至关重要的存款会化为乌有，还是用强硬的手法让他们签约了，不是吗？你竟然还想摆出第三者的姿态！"

"谁说我察觉到那样的事了？从刚才到现在，我已经说了好几次，我只确定一件事，那就是这个保险库里没有金子，其他的我一概不知情。我只是在不知情的情况下，按照公司教我们的范本，向老年人推销商品。你说我们用强硬的手法，但我什么时候干过那种事？石原先生好像对一个耳背的老婆婆用过类似小偷的手法，可我从来没做过那种事。你忘记川本老婆婆的事了吗？当时，我可没说任何一句要她买黄金的话，是她主动说要买的。"

"是你设下陷阱，让她不得不买的，不是吗？"

"你是问我有没有用强硬的手法？我将川本老婆婆逼到绝境了吗？"

"那么，三角签你怎么说？你不是让他们抽必定会中奖的签，然后将他们骗到公司吗？"

"那是推销方法啊。公司命令我不管三七二十一先把他们带到公司再说，我只是听命行事而已。我话可说在前头，我们利用三角签带到公司的客人，他们签的合同都不算我们的业绩，全部算是山下先生签到的。"

这我倒是第一次听说，但那已无关紧要。

"不管你怎么抵赖，骗人总是事实吧？你不可能没有察觉到这是家怪公司。"说到这里，我忽然发现内心空虚无比，低下头说："不过，我也有罪。一开始什么都不知道，但中途我发现了真相，却无法下定决心辞职。毕竟，自己最重要。"

"任谁都是自己最重要。"

他这么一说，我心中又生起一股怒火。我抬头瞪着他。他有些震慑于我的气势，缩起了下巴，从地上站起来，拍了拍屁股。"我刚才也说了，就算事情演变成诉讼案，我们也不会被追究责任。因为，我们不过是公司的一颗小螺丝钉。只不过我们可能会遭人怨恨，你看到上原由希子小姐的眼神了没？她一开始简直视我们为仇敌。"

"她会恨我们也是理所当然的。"

"我倒不那么认为。算了，继续刚才的话题，"仓持背对骗人的道具站着，"最近越来越多的客人在抱怨公司。上原小姐也可以说是其中之一。听说还有人打算请律师把钱要回去，但上头似乎瞒着我们。"

"这种骗人的生意怎么可能持久！"

"没错。看来骗人之说不是空穴来风。东西商事就像一艘快要沉没的船，如果说我们是船底的老鼠，现在能做的就只有一件事。"仓持压低音量继续说，"差不多该弃船逃难了。"

23

所有内部员工都很清楚，东西商事危在旦夕。仓持所说的老鼠，即一般的临时员工察觉到即将沉船后纷纷辞职。许多人因违约而没有领到最后一份薪水，但事态紧迫，就算不要薪水，他们也要逃离这个烂摊子。

知道保险库里的金子是假货的当天，我也决定辞职，并在三天后递出辞呈。山下一脸不悦，但没有挽留。

此外，我作了另一个决定——从仓持家里搬出来。当我将这个决定告诉他时，他不能接受地摇头。"有必要吗？没有法律规定你辞掉工作就不能待在这里啊！"

"我不喜欢那样。我不想欠你人情了。再这样下去，我会变得越来越糟糕。"

"什么变糟糕？"

"人性啊！"我看着仓持，"要是没来这种地方就好了。"

"你这么说太过分了吧。"仓持没有动怒，反而面露苦笑，"要知道我也被骗了。"

"那又怎样？"

"唉，算了。如果你执意要搬，我不会阻拦。不过，田岛啊，你至少要记住这件事！"仓持的眼神变得认真，"或许做这份工作不是出于自愿，但你能够活到今天，都是拜那家你嫌恶的公司所赐。再说，你现在手上多少有点存款，也都是因为从事了那份可恶的工作。除此之外，还有谁帮助过你？无论你怎么辩驳，你身上也沾染了那家公司的毒素。不过你不用以之为耻，社会就是个大染缸。"

"我可不那么认为。"我摇头，"我应该可以光明正大地活下去，不被人在背后指指点点。"

"谁在我们背后指指点点？我们只是为了生活，做了该做的事。"

"别再说了。"我开始动手收拾行李，"我这就搬出去。"

仓持不再说什么，只是无可奈何地摊开双手，继续看电视上的综艺节目。

搬出仓持的公寓后，为了找一个落脚处，我费了不少力气。毕竟，没有人想把房子租给一个无业游民。

我在一家大型家具行的外包货运公司找到了工作，主要的工作内容是从仓库运出家具送到指定地点，再依照客户指示摆好。这是一份煞费体力的工作，但我知足了，至少不用欺骗任何人。

新的住处是一栋旧公寓，位于江户川区，搭公交车就能到公司。其实，那根本称不上公寓，不过是将一间平房隔成许多三叠大小的房间，厕所厨房共用。厕所里没有抽水马桶，厨房里也只有一个装了水龙头的流理台。当然，这里没有浴室。出入这里的多是领日薪的工人，再就是外国人。

我花了好大的力气才适应这份工作，大概三个月之后，才有了空闲时间，手头也比较宽裕了。我想起川本房江，大概也是心情放松了的缘故。

那天，我和司机一同前往保谷运送一套新婚家具：三个衣柜、客厅酒柜、书柜、餐桌组等。货这么多，却只有我和司机两人搬运。

当我们将全部货物搬进刚落成的高档公寓时，天色已暗了下来。可以收工回公司了。

但我没有上车。我告诉司机要顺道去一个地方。

"会情人吗？"司机发动引擎，竖起小指。

"不是啦。"

"是吗？你今天一听要来保谷，就显得很兴奋。"

"这里住了一个从前照顾过我的人。"

"哦。好吧，姑且就当那么回事好了。我会帮你打卡。"

"不好意思，麻烦你了。"

车一走，我环顾四周，估摸着方向走起路来。不久，出现了熟悉的街景。

当推销员那段时间，每次要去拜访客户我都觉得很郁闷，脑袋里净在想：这次要玩哪种骗人的花样呢？这次要扮演哪种骗人的角色？

只有来到这条街时，我不会感到不快。只有去川本房江家，我们才会到这条街上来。我们不用对她做什么，只是拜访她，只是喝茶聊天，她也很高兴。

然而，这唯一的喘息机会也被破坏了。仓持用最残忍的手段对她设下了完美的陷阱。

我不知道仓持最后从她身上骗走了多少钱。我害怕知道详情。

川本房江的家和之前来的时候一样，静谧低调。唯一不同的是，她家门前停了一辆自行车。我不记得她骑过自行车，觉得不太对劲。

我调整呼吸，按下对讲机的按钮。我不知川本房江是否察觉到了东西商事的劣迹，但还是想当面向她道歉。如果她还没有察觉到，我打算建议她立即诉诸法律。

对讲机里传来一个男人的声音："哪位？"

我没想到会是一个男人应门，犹豫了一会儿，心想要是再不出声，对方会起疑，于是慌忙说："敝姓田岛，请问川本房江女士在家吗？"

"请问有什么事吗？"男人的声音很沉稳。

"那个……我以前受过川本女士的照顾。"

对方默不作声，大概在想我是谁。"请等一下。"话音刚落，耳边传来对讲机挂断的声音。不一会儿，玄关的大门开了，走出一个中年男子，头发全往后梳，夹杂着白色发丝，让我想起川本房江那头美丽的银发。"有什么事吗？"他又问。

我向他点头致意。他一定是川本房江的儿子。"敝姓田岛，受过川本女士很多照顾。今天刚好来这附近，想过来和她打声招呼……"

"这样啊……"他一脸困惑地望向我的胸口，"噢，你是家具行的？"

我这才想起身上还穿着印有家具行标志的夹克，来时忘了脱。"嗯，是的，那个……我到家具行工作之前，川本女士和我聊了很多……"

我不想提起东西商事。眼前的男人有种精明干练的上班族特质，想必经济状况不差。此时就算我再怎么解释自己找川本房江兜售黄金没有恶意，他终究也难以理解。

"你和家母是怎么认识的呢？"他语带警惕。

"这个嘛，嗯……"我抓抓头，无法立即编出一套说辞。要是仓持，一定有办法蒙混过去，可惜我没有那种能力。不知道是不是因为想到了仓持，我下意识地脱口而出："是通过朋友介绍……"

"朋友？介绍？"他皱起眉头。他理应感到惊讶。谁会相信一个二十岁上下的男子通过朋友介绍认识老婆婆这种鬼话。

"不，嗯，我不知道朋友怎么认识川本女士的，"我继续抓头，"他说有个老婆婆对他很好，会陪他商量事情。我说我也想见见，朋友就将她介绍给我了……"我语无伦次，说得支离破碎。我向后退了一步。"啊……如果她不在家，那我改天再来。"我转身准备逃走。

"啊，等一下。"他叫住我。我大可不理他，快步离开。但我停下了脚步，回过头。他贴近我身边说："家母不在了。我的意思是……"他轻闭双眼，摇摇头，"她不是不在家，而是不在这个世上了。"

"什么？"我的心猛跳了一下，咽下一口口水，感觉有一大块东西通过喉咙，接着一股苦涩滋味在嘴里散开。"她去世了吗？"

"上个月。"他点头，眼睛好像蒙上了一层雾光。

"啊，那样的话，那个……"我说不出"请节哀顺变"。

"既然你特地来了，能不能为她上炷香？我想家母会很高兴的。"

"可是……"

"可以吧？"他给人一种不容抗辩的压迫感。我不由得点头。

我跟在他身后走进玄关，在熟悉的地方脱掉运动鞋。那里却没有任何一双女式的鞋子，只有男式的皮鞋和凉鞋。

走进屋里，我才想到自己忘了问一件重要的事。"她是因病去世的吗？"我对着川本房江儿子的背影发问。

"不，不是。"他背对着我答道。

"那么是意外？"

"也不是。"他往前走，似乎没有要马上回答我的意思。

他带我到一间以拉门隔开的约六叠大的和室。我知道，拉门另一边是客厅，我曾有几次与川本房江在那里喝茶、吃点心。和室里放着一座小佛坛，上面有一个相框。

"请坐。"他示意我在坐垫上坐下。我正襟危坐。他盘腿而坐，叹了一口气。"这房子是我父母盖的，大概有四十年了吧。虽然翻修过，依然是一栋旧的日式建筑。"

我不明白他为什么要提起这件事，凝视着他。

"有鸭居①的房子现在不多见了吧？"他抬头看着拉门上方，我也跟着抬头。

"家母，就是在那里上吊自尽的。"他语气平淡，仿佛是在闲聊。然而，这句话却像把锐利的刀，刺穿我毫无防备的胸膛。我全身僵硬，无法出声。

"不晓得你知不知道，我家和家母几乎没有来往，只偶尔通通电话。可是上个月的某一天，我回到家，太太说傍晚时母亲来过电话。我问她母亲有什么事，她说不太清楚。就内人所说，家母一开口先问晚饭要煮什么菜，内人答还没决定，家母说我爱吃筑前煮，弄那个好了。大概就

---

① 日式建筑门框上方的横木。

238

是这样。"

我想起她们婆媳关系不睦，因而分居一事。

"我有些担心，于是打了电话。当时已经九点多了，却没人接听。我本以为家母在泡澡，所以后来又打了一次，仍旧没人接。那么晚了，她不可能外出，虽说她年事已高，但那个时间睡觉依然嫌早。何况家母枕边就有一部电话，不可能没听到铃声，于是之后我每隔三十分钟打一次电话，一直没人接。我本想第二天再打一次电话，如果还是没人接就过来看看，但还是担心得不得了，就顾不得半夜，开车飞奔过来了。"

我想象当时呈现在他眼前的情景，全身汗毛直竖。

"吓死我了。"他静静地说，"说来丢人，我竟然失声尖叫。都五十岁的人了，居然会如此失态。老实说，我当时真的很害怕，过了好一阵子，我才因为母亲的死而感到悲伤。在那之前，我就只是害怕，而对自己害怕母亲的尸体感到羞耻，则是在过了更长一段时间之后。"

"她用什么……"我总算出声，下意识地说。

"什么？"

"嗯……她是用什么上……"

"噢。"他会过意来，"她用的是暗红色的和服腰带。"

"是吗？"

"怎么了？"

"没什么。"我摇摇头。连我自己也不知道为什么要问。

"接下来就辛苦了。警察做笔录，各种各样杂事一大堆。家母死于自杀应该没什么疑虑。警方问我对于家母自杀的动机有没有底，我回答大概是因为寂寞吧。自从和我们分居，家母就是孤身一人。她没有留下类似遗书的东西。警察做完笔录后也能接受这个说法。反正对警方而言，如果没有他杀的嫌疑就没有调查的必要，也想早早结案。"

我低声说："请节哀。"声音极小，不知他有没有听见。

"不过，"他继续说，"在准备守灵和葬礼时我听说了很多奇怪的事。

邻居说，家里不时有年轻男子出入。我不认为家母会带年轻的情夫入室，但据说对方像是上班族，这一点令我觉得蹊跷，而且好像是两个人一起来，有人说听见他们在玄关聊得很愉快，所以应该是相当熟识的人。"

我全身发热。明明正值凉爽的季节，我却开始冒汗。

"还有一件事也很奇怪，家母的存款取出了很多，分多次取走了几百万元，连定期存款也解约了。"

我低着头听他说。如果他认为我是陌生人，大概不会说这些。不，大概打从一开始就不会开口让我进来上香。我想逃离这里，却像被人施了法似的，牢牢粘在坐垫上。

"根据存款记录，我发现钱都汇进了一家叫东西商事的公司。老实说，当我听到这个名字，真怀疑自己有没有听错。因为我知道那家公司，只是做梦也没想到，自己的母亲竟然会和它扯上关系。不过，这总算让我明白了家母自杀的理由。从银行领出来的大笔现金大概也是进了东西商事的口袋。那些钱可以说是她的全部财产，当她发现钱都被人骗走了，大概也失去了活下去的勇气吧。"

听完他的话，罪恶感再度排山倒海向我袭来。当时，川本房江说那些钱只是她一部分的存款，一定是为了让我们安心而撒的谎。

"我马上联络东西商事，却像是鸡同鸭讲，或许该说是他们根本不打算处理。我想，既然电话里讲不通，干脆上门讨公道。可是，如果想要回钱，就必须有购买黄金的收据。我找遍家母全身上下、整个家里，都找不到类似收据的东西。这到底是怎么回事呢？"

没有收据——这是为什么呢？仓持确实交给她了呀。

"我认为，可能是家母把收据处理掉了。"

我抬起头，对上他的眼神。"川本女士自己吗？"

"对。"

"为什么？"

"我不知道。事到如今，虽然真相不明，但能够想到的原因只有两个。

一是单纯不想让外人知道她上当受骗。家母很爱面子，说不定无法忍受死后被人嘲笑，才将收据处理掉的。"

我觉得有这种可能。

"另一个原因就是，"他舔舔嘴唇，"她可能想包庇对方。"

"包庇？"

"包庇推销东西给她的人。那人能够获得家母的信任，大概很会讨她的欢心。家母知道自己受骗了，还是无法憎恨他。不但不恨，她还处理掉了所有证据，以免给他添麻烦，或让他受苦。唯有存折上的记录她无力更改。"

我心想，不可能吧。这世上会有人想包庇欺骗自己的人吗？但另一方面，我却觉得说不定真是如此。我眼前浮现出川本房江在和仓持聊天时那张幸福洋溢的脸。有时，她也会笑容满面地看着我。

"不过，我不会放弃。"他用尖厉的嗓音低声说，"我不知道家母多么重视那个推销员，对我而言，他就是折磨家母的恶魔。我不能对这件事置之不理。他也许有苦衷，但不可能不知道内情，所以他和东西商事同罪。我想告诉他，最好有心理准备，总有一天我会找他报仇。"

这句话是冲着我说的。他看穿了我就是推销员之一，同时要我将这番话带给另一个推销员。

他说完叹了口气，浅浅地笑了。"我一时情绪激动，好像说得太多了。不过，对你说这些也没用，毕竟你是家具行的人。你什么时候进现在这家公司的？"

"三个月前。"

"是吗？"他仿佛一切了然似的点头，"没想到你还会来这里。"

"因为工作的关系，到附近来送货。"

"哦。你既然来了，就为家母上炷香吧。"他伸出手示意佛坛的方向。

我低头凑近神龛，合掌祝祷，感觉有东西压着胸口。上香之后，我合掌看着相框里的遗照。那是一张令人怀念的脸。川本房江那头美丽的银发一丝不乱。忽然间，我感到一阵猛烈的晕眩，身体极度不适，即使坐着也很难受，于是逃也似的离开神龛。

"你怎么了？"川本房江的儿子问我。我无法回答，向他点头致意后慌忙走向玄关，鞋还没来得及穿好就走出了大门。

出了大门没走几步，我感到一阵阵恶心。我立刻蹲下，呕吐物不断从嘴里涌出。好不容易吐完，我无法马上站起，颓然跌坐在地喘息。

我的脑中忽然浮现出令人厌恶的记忆——祖母的葬礼上，我望着躺在棺材里的祖母，花香令我作呕，并且吐了出来。这种感觉和当时完全一样。

几天之后，我去了东久留米。我想去见一个人。他就是牧场老爷爷。我非常担心，不知他后来怎么样。

我担心的人不只是他。我在东西商事工作时间虽短，却骗了不少老人。我没有恶意，一切都是仓持害的。但这种借口应该说不过去。毕竟，我虽然对交易的流程感到怀疑，却没有辞掉工作。

在众多可怜的老人中，牧场老爷爷令我印象特别深刻，因为他是最倒霉的一个。原本他并没有被东西商事盯上，只不过是隔壁的老婆婆不在家，仓持才心血来潮地向他搭话。要是没遇上我们，他应该可以继续过着悠闲自得的生活。

另外，我还要坦白一件事——我惦念着上原由希子。我们只见过两次面，她的身影却在我脑中徘徊不去。每当我想起她坚决的表情，心中就会涌起一股热流。

牧场老爷爷住的公寓我只去过一次，却记得路，顺利到达了。一楼的正中央，有一间屋子的大门前挂着"上村"的门牌。我们本来要向住在这间屋子的老婆婆推销黄金的。想必直到现在她也没发觉，自己交了天大的好运，幸免于难。

她家隔壁就是牧场老爷爷家。我做了个深呼吸，按下门铃。

屋里似乎有动静，门开了，探出了一张头发稀疏、布满皱纹、干瘪瘦削的脸。

"你是哪位？"老爷爷不记得我了。

我低头鞠躬，说明我从前是东西商事的员工。老爷爷好像想起来了，张嘴啊了一声。

"因为公司的事给您添了很多麻烦，真的非常抱歉。"

"你为了说这个特地跑来？"

"我想向您说声抱歉。"

"噢……"老爷爷一脸困惑。

我拿出带来的纸袋。"这是我的一点心意。"我在百货公司买了日式糕点。

老爷爷看着纸袋和我，摸摸下巴。"进来再说吧。"

"方便吗？"

"总不能让你就这样回去吧？难道你要去别的地方？"

"不……那么，我就打扰了。"

屋子很狭窄，只有一间六叠大的和室和厨房。大概是因为地上铺着睡铺，感觉比之前来的时候更窄了。老爷爷将睡铺弄到一旁，腾出能够让两人坐下的空间。"你现在还在那家公司？"

"不，我三个月前离职了。"

"是吗，逃出来啦？"老爷爷说。我摸不透那句话的含意，默不作声。他继续说道："那件事该怎么说呢……真是把我给害惨了。"

"真的很抱歉。"我再次低头致歉。

"算了，你向我道歉也没用。那个时候你也不太清楚公司的卑劣手段吧？"

我没有抬头。

"你就这么到处拜访受害者啊？"

"倒也不是所有受害者。"

"哦，辛苦你了。"

"那个，您身体好些了吗？听上原小姐说过，您身体抱恙。"

"嗯，就是昏昏沉沉，最近好多了。"

"那就好。"

"你现在在做什么工作？"

"在搬家具的货运公司。"

"靠体力的工作啊？嗯，那就好，那样最好。"老爷爷频频点头，抓抓脖子。他手背上有老人斑。

"那么，那个，顺利解约了吗？"我问了一直担心的事。

"噢，那个啊。嗯，现在吵得不可开交呢。"

"这么说，您找过律师了？"

"没有，没那么夸张。"不知为什么，老爷爷变得支支吾吾。我正想询问详情，传来了敲门的声音。"来了。"老爷爷应道。

大门打开，我看见了穿着白色毛衣的上原由希子。

24

　　由希子看到我，仿佛电视画面忽然静止，脸上的笑容僵住了。我向她点头致意，她不由得低下头。

　　"他怎么在这儿？"由希子困惑地望向牧场老爷爷。

　　"他说是来道歉的，"老爷爷说，"为了东西商事的事情。"

　　"噢。"她点头，再度将视线投到我身上。她似乎不知该说什么，沉默不语。老爷爷告诉她我目前的工作，她边听边点头，仿佛那些事情无关紧要。

　　"我刚才听牧场老爷爷说，解约手续好像还没办好？"我试探着问。她轻轻点头。于是我又问："按情形来看，好像不允许你们请律师，这样没关系吗？要是有什么我能做的，我会帮忙。"

　　由希子先是低下头，又抬起头说："不过，田岛先生你也一筹莫展吧？何况你现在已经辞掉工作了。"

　　"话是没错……"她的话一针见血，实际上，我的确束手无策，但不能那么说，只好说："我想我应该能在某些方面帮你们一把的，像是请以前的朋友打探现在的情形。"

　　她摇摇头。"请不要说那种便宜话。耍嘴皮子谁都会。"

　　"不，我没有那个意……"

"放心。凭我们自己也会想办法帮助老爷爷的。你的好意我们心领了。谢谢你。"她低头行礼。

她摆出一副拒人于千里之外的姿态。我无话可说，也失去了继续待下去的理由，只好起身告辞。"那么，我该走了。"

他们没有留我。

我穿上鞋子。直到我出了玄关，由希子都站在大门边，就像是在送瘟神。虽然这也可以理解，但一想到自己被人如此嫌恶，不禁悲从中来。

"或许你不相信，但我是真心想帮你们。如果有什么事情我可以帮得上忙的，希望你能跟我联络。"我递出名片，上头印的是上司的名字。"你打到这家公司，就会有人把电话转给我。就算我不在，只要你留言，我就会回你电话。"

她默默收下名片。我知道她丝毫无意和我联络，收下只是为了避免我纠缠不休。

我走了没几步，背后就传来砰的关门声。

在那之后，我过了一段平静的日子。由希子没有和我联络。这事本在意料之中，却让我感到非常沮丧。不论是在工作，还是在屋里小酌时，我都会想起她，心情很难受。没想到自己那么在乎她。

警方总算对东西商事展开了调查，因为有民众举报某推销员以强硬手段推销产品。那名男子似乎自称是区政府的，使其放松戒备，随后强行夺走存折、健保证、印章等物品。他之所以被举报，是因为他带着存折到银行解约时，经办的银行职员觉得他形迹可疑，于是向存折主人确认。那名嫌疑人以诈骗罪被起诉，但警方似乎断定该公司涉案重大。

听到这则新闻时，我全身汗毛直竖。被捕的推销员所做的事，简直与我和仓持诈骗老人的手法如出一辙。当初若稍有差池，被捕的就是我们。

我想，东西商事大概会被查封吧，如此一来，牧场老爷爷说不定还能要回点钱。我打算等事情告一段落再去看看他。

然而现实却不如预期般美好。

调查东西商事的报道刊出后约十天，一个假日，难得我躺在床上想要睡到下午，耳边传来了一阵猛烈的敲门声，有人叫道："田岛先生！田岛先生！"是一个陌生男子的声音。大概是快递吧，我想。开门一看，外头站着两个男人，一脸煞气，都是三十五六岁光景。

"您是田岛和幸先生？"其中一个长着国字脸的人看着穿 T 恤的我说。

我回答："我就是。"几乎与此同时，那人从外套口袋里拿出警察手册①。手册表面因沾满污垢而发出油光。

"可不可以请你跟我们去一趟警察署？有点事情想请教。"

事出突然，我大吃一惊。"怎么回事？"

"你去了就知道，不会花你太多时间。"

"请等一下。至少让我知道是关于什么……"

两名警察互看一眼。国字脸笑道："想请教你一些有关东西商事的事情。"

"东西……噢。"

"你已经明白了吧。"刑警看着我的衣着，"你换衣服吧，我们在这里等。"

"可是我……我几个月前就辞职了。事到如今，我也没有什么好说的，应该帮不上忙。"

"帮不帮得上忙由我们判断。"另一名警察说，"你最好快点去换衣服。"

他们的用词与其说是在对证人说话，倒不如说是在对嫌疑人说话。我没有抗议的余地，开始慢慢更衣。两个警察在我的房间里东瞅瞅西看看。

---

①日本的警察手册类似警察的身份证明文件，内容长达数页，像是一本小册子。

他们将我带到池袋警察署。我隔着一张小桌子与他们两人对坐。国字脸先将一份文件递给我。"你见过这个吗？"

何止见过，那份文件我根本不想再看第二次。"这是东西商事购买黄金的收据，对吧？"我说。

"没错。你知道正式名称叫什么吗？"

"应该是纯金家庭证券。"

"正确。"他满意地点头，"你什么时候进公司的？我指的不是现在的公司，而是东西商事。"

"去年的……"

此后，针对我待在东西商事期间发生的事情，他们提出了巨细靡遗的问题。他们特别仔细地讯问了推销手法。我想起了之前被捕的推销员，因此极力含糊其辞。

"我知道你不想说出实情，但为了你好，最好老实交待。"不久，警察焦躁地说，"有一种罪叫伪证罪。"

看到我僵硬的表情，他抿嘴笑道："你不用担心，我们一点也不想逮捕你们这种小角色。那样的话，警察再多也不够用。我们的目标是公司。不，应该说是在背后操纵公司的黑手。所以啊，你有什么话都老实说不要紧，我们不会害你。"

我一边听，一边想，要是这些警察变成推销员，一定很厉害。

他们似乎并不打算真的以诈骗之类的罪名逮捕我，于是我开始仔仔细细地供述当推销员时所用的强硬推销手段。他们一面听一面发出"噢"、"真过分啊"等感叹。不过，他们没有显得很惊讶，大概已经从其他推销员那里听过了。

不久，东西商事宣告破产。电视、报纸连日详细报道了这起案件。据说受害者约有四万人，受骗金额高达一千五百亿元。这个天文数字连我这个曾是内部员工的人都感到惊讶。这起案件的一大特征在于，大部分受害者都是依靠年金度日的老人。

我还知道了另外一件事——东西商事上头还有一个集团，旗下有好几家从事诈骗生意的公司。

东西商事的高层早就销声匿迹了。公司的保险库里别说纯金了，连客人寄存的现金也不见一毛，想必高层在破产之前就已卷款潜逃。事到如今，就算受害者齐心协力，想提起诉讼要回财产，又能拿回多少呢？我很怀疑。

一天，我送一套新婚家具到千叶。疲惫不堪地回到家时，那个国字脸警察又在屋前等我。他看我一脸疲惫，对我说："你辛苦了。"

"又有什么事？该说的我不是已经都说了吗？"

"但这个案子还没结。"

"我没什么好说了。"我从口袋里拿出钥匙，他却在我将其插进锁孔之前抢先一步握住大门把手，大门倏地打开了。

我应该没忘记锁门，不禁心头一惊，连忙进屋查看。明显有人进过屋。虽不至于被翻得乱七八糟，但四处都有被碰过的痕迹。

"白天我们搜过你家。"他说，"我们有搜查证，请房东帮忙开的门。"

"你们为什么……"

"我会慢慢说明。总之，你先跟我来吧。"他指着停在路边的轿车。

抵达池袋警察署后，我们又和之前一样，隔着小桌对坐。

"你知道公司倒了吧？有没有人和你联络？"

"没，一个也没有。"

"在公司时的搭档呢？你现在应该还会和谁联络吧？"

"不，我现在完全没有和之前公司的人联络。"脑中浮现出仓持的脸，但我试着不去想。自从搬出他的公寓，我就没跟他通过电话。

警察用指尖轻轻地敲着桌面。"我们最近才知道，你的辞呈好像没有被受理。"

"啊？"

"换句话说，当公司破产的时候，你还隶属于公司。"

"不可能！我确实把辞呈交给一个姓山下的人了。"

"山下……业务部长？"

我点头。听他一说，我才想起山下的头衔。

"不过，事实就是如此。所以说，公司一直以来都在支付薪水给你，至少账面上是如此。"

"我没有拿过那种钱。你们可以调查。"我从椅子上起身强调。他笑着安抚我。"这我们知道，所以我才说是账面上嘛。再说，还有其他和你一样的幽灵员工。高层恐怕是用了你的名字来分公司的钱，因为他们知道公司迟早会破产。"

"真卑鄙……"我低声咒骂。

"我们还有一件事情要向你确认。"他竖起食指，"据你说，签约程序是这样的。先让客户将钱汇进公司账户，公司确认到账后，再将购买纯金的收据——应该叫家庭证券，以邮寄的方式或由推销员直接送到签约者手上。另一个方法则是推销员从签约者那里收到现金后，将钱带回公司，再请公司发放证券，直接交给签约者。对吗？"

"对，就是那样。"

"问题是第二种签约程序。"刑警说，"推销员只要想办法弄到家庭证券，就可以将现金据为己有。"

"啊？"我一开始感到困惑，但随即理解了他的意思，"没错，但客人只要打电话到公司确认，推销员的诡计马上就会被拆穿。"

"一般是这样。不过，在你辞职之后，那家公司内部的管理怎么也称不上正常状态了。证券的发放或管理本该严格执行，实际上却可任意伪造，简直到了无法无天的地步。简单来说，只要稍微知道公司内情的人都能轻易伪造，至于为什么要这么做，应该不用我说了吧？东西商事的高层很清楚，那种证券不久就只是废纸一张。他们以纯金证券作掩护，但从一开始就没有纯金这种东西，所以不管谁用那种废纸胡作非为，对高层而言都无关紧要。"

"实际上有人那么做……有人把钱据为己有吗？"

"好像有。准确地说，有迹象显示有人那么做。"刑警将一份复印的文件放在桌上。那是我看过无数次的表格。"你知道这是什么吧？"

"现金收据。"

"没错。当签约者支付了现金，在收到证券之前，推销员会将这张纸交给签约者，作为支付凭据。你有没有发觉什么？"

我凝视着那张纸，随即瞪大了眼，啊了一声。"上头盖着我的印章……"

"没错。上头的印章写着'田岛'的字样，对吧？根据我们调查，东西商事里只有一个姓田岛的员工。"

"可这不是我的印章。我不记得我盖过章。再说，我平常负责的都是辅助性业务，这种责任重大的工作公司从未交给过我。"

"除了印章，你还有没有察觉到什么？"

还有什么？我再次将目光投注到文件上。这次我花了一点时间才看到边缘处有几个小字。"日期是……我离职之后一个月。"

"对吧？也就是说，有人利用你的名义推销，并且完成了现金交易。那个人先将盖有田岛印章的现金收据交给客人，过了几天又将私自伪造的证券带给客人。"

"可是那样的话，"我盯着文件直瞧，"应该就会在交给客人证券时把现金收据要回来，留下收据反而奇怪。做那种事的人，应该会马上把收据处理掉。"

"可是他不能那么做。因为他还得瞒过公司。你或许不知道，东西商事为了管理证券的发放，会将现金收据、证券收据或挂号的收据建档。那个人必须偷偷将收据混入档案。"

"那么，这是从那些档案中……"

"我很想说完全正确，但差了一点。"他搔搔鼻翼，"事实上，好像真有那种档案，但在调查的时候已经不见了。大概是公司高层不想让警方知道受害者的身份，所以处理掉了吧。这张是在尚未归档的文件中偶然发现的。"

我将文件拿在手上。金额是二十万，不多，应该是以现金支付的。"没有写客人的名字啊。"

"嗯，姓名栏是空白的。"

"为什么那个推销员没有写客人的名字呢？"

"说不定是碰巧，但也可能是故意。因为一旦知道了客人是谁，就能锁定将钱据为己有的推销员。"

我点头。只要让客人看所有推销员的照片，抓到他也不难。利用离职员工的名字来骗人，这招真高明。他应该是看准了东西商事即将倒闭，高层的人会处理掉交易证据吧。此时，我忽然想到一件事，抬起头来。"那个推销员盗用我的名字将钱据为己有，仅只一次吗？"

国字脸双唇紧闭，偏着头一副若有所思的样子。"应该不止，因为使用这种手段可以轻易得逞。只可惜我们没有证据。"

我咬住嘴唇。自己虽然没有损失，但名字被人用来做这种下三烂的事，还是令我觉得窝火。在我辞职之后，仍有自称"田岛"的推销员一次又一次地欺骗老人。

"我们搜查你家，是想看看你的印章。如果你握有和这张收据上相同的印章，就代表是你将钱据为己有。"

"我没有。"我瞪着他。

"我知道，只是慎重起见罢了。另外我们也顺便调查了你的存款。就结论而言，你没有可疑之处。不过恕我失礼，你似乎过着相当节俭的生活哩。"

关你屁事！我将目光从他身上移开。

"所以，"他趋身向前，"讲到这里，你心里有没有底？知不知道是哪个无赖盗用你的名字，从东西商事这家骗人公司揩油？"

我脑中马上浮现出一个人的名字。不，应该说是在听警察分析的过程中渐渐浮现的。

我调整呼吸，装出在思考的样子。该怎么回答呢？

不久，我便找到了一个合情合理的答案。我看着他的眼睛说："既然是那种公司的推销员，应该都是能够面不改色骗人的。与其说我心里有底，不如说每个人都有可能。全体员工都很可疑。"

他显得有些失望。

我经常想，如果当时说出仓持修的名字，事情会如何发展呢？他是否会被警方逮捕，而我的人生是否会从此不同？不，我想应该不会。我不认为仓持会爽快地认罪。警方手上的证据几乎为零。即使握有什么证据，法院应该也不会以重大罪名起诉他。

我没说出他的名字，倒不是因为考虑到了这些，而是想发现他更坏的部分，并铭记在心，将来一定会派上用场。我决定亲手结果他，不希望警方介入。

几天后，我去了仓持的公寓，希望确认他是否盗用我的名字进行推销。

然而，仓持已经搬家了。一问邻居才知道，他一个月前已不住在那里。邻居似乎也不知道他的下落。我顺道去了一趟负责公寓管理的物业公司。一脸横肉的店长不耐烦地翻阅文件，告诉我仓持的联络地址是老家的地址。

"老家？是那家豆腐店吗？"

"我不知道，他只留下了这个地址。"

一看地址栏，写的果然是旧豆腐店的地址。我决定打电话到仓持的老家询问。接电话的是他母亲。我说，我是仓持的初中同学。"最近要做同学通讯录，请您告诉我仓持现在的住址。"

仓持的母亲对我的话不疑有他，却困惑地说："他的住址啊，我也不清楚。"

"啊？怎么说？"

"他最近一次和家里联络是去年这个时候，之后就音讯全无。他那时住在练马，但现在那里电话也打不通……"他母亲反问我，"倒是你知不知道我儿子的近况？"我答不上两句话，只好挂了。

我到曾与他一起去过的澡堂、餐厅、咖啡店转了转，每个地方给的回答都是一样："他最近都没来。"

我也去过东西商事附近。然而，那也只是白费工夫。仓持根本不可能大摇大摆地出现在那里。

随着时间的流逝，我逐渐淡忘了他。毕竟为了温饱度日，根本无暇找人。

若就此忘记他，就再好不过了。事实上，那几年我的确过着安稳而愉快的生活。

然而，牵系着我和他的黑色命运之线却没有断。

25

那天，我负责的第三组客人是一个中年男人和一个二十五六岁的女子。男人四十来岁、大腹便便、头发稀疏，但看上去似乎经济状况还不错。女子穿着随便，但身上的饰品都是价值不菲的名牌货，脸上的妆应该比平时淡，却还是比一般女性浓。我马上察觉他们是陪酒女与客人的关系。

"请问要找什么？"我递上名片，询问男人，装作对两人关系不感兴趣。

"我们想看看沙发、茶几，还有床。"

"好的。"

"还有梳妆台。"女子向身边的男人说。

男子一副好色的嘴脸。"噢，对，也让我们看看梳妆台。"

"好的。那么，这边请。"我带领二人往前走。

女子一定是刚得到新房子，想要家具，才缠着这个中年男人。两人一定没有结婚。男人有家小，只是想包养情妇，共筑爱巢。

既然如此，就没必要客气了。我就一一推荐昂贵的高档货吧。男人在情人面前一定想摆阔，而女人也想看看这个男人肯在自己身上花多少钱。

如果顾客是一般新婚夫妇，我会先带他们到国产商品展区，但这两

255

个人可以跳过这一步。我直接带他们到德国进口的沙发区，刚好那里还有某厂商即将改款商品的库存，上头指示要尽早推销出去，可这款商品比其他商品贵很多，一般客人怎么也不肯买。我正伤脑筋，肥羊上门，我窃喜不已。

我到这家家具销售公司工作已经两年了。一开始是临时员工，一年前转正，不久就要成为卖场销售员。这家店的一大特征是，所有客人都会有一名销售员随侍在侧，主要目的说好听点是提升服务品质，但其实是要防止只看不买的客人在店内到处乱逛。

第一次上门的客人要先在前台登记成为会员，之后，公司会指派销售员跟随服务。客人下次来的时候，可以指名上次负责接待的销售员，也可以要求换人。获得多数客人指名的，便是优秀员工。我在新人中算是风评良好的。

"同样是皮沙发，也分很多种。让我告诉您简易的鉴定法。"我拿出小型放大镜，凑近沙发表面，"请看。看得见毛孔吧？这是动物的皮，自然和人一样也有毛孔。如果皮革品质低劣，毛孔就会被压坏。"

女子仔细盯着放大镜，发出佩服的赞叹。中年男人也一脸满意。

我成功推销出了那组德国进口沙发，接着又顺利让他们买下了一张大理石茶几，然后前往美国进口的家具区。他们决定买下流线型的床架之后，我又卖出了寝具区最高档的双人床垫。只可惜没有找到女子中意的梳妆台。

"那一对还会再来哟。"我回到办公室后向同事们报告，"他们好像买了一套二手房，房里原本有灯饰，情妇好像不喜欢。她说今天买的客厅家具组是时尚简约的款式，和现在那盏乱七八糟的灯不协调。人就是这样，一旦有了高档家具，就会想要一整套。他们大概最近还会再来。"

"你真是抓到了好客人。"同事羡慕地说。

"那也得他们下次还指名我才行呀。"我点起一根烟，深深地吸了一口。

几年下来，我换了好几份工作，这一份似乎最适合。我喜欢家具，也觉得为别人参谋装潢很有意思。如果客人想以低预算获得美丽舒适的生活环境，我不会只想做生意，而会把他们看成自己的亲友去考虑。重点是，客人想要的是什么。

我打从心里想，要是能一直从事这份工作就好了。

抽完一根烟后，前台有电话进来，希望我为一位第一次到店的客人服务。还有几个销售员待命，只不过我刚好接起电话。我将第二根香烟放回烟盒，拿着外套站了起来。

我一面整理好歪了的领带，一面往接待大厅走去。"客人呢？"我问前台小姐。

"那一位。"她指着入口。一个长发女子正盯着那里展示的古董家具。她穿着质地轻薄的蓝色连身套装。

我从前台小姐手中接过资料，走向客人。资料是客人登记成会员时填写的表格，包括姓名、地址、电话号码。如果是平时，我应该会先确认姓名再去招呼客人，唯有那一天，我没有仔细看就走过去了。

"让您久等了。"我对着女客人的背影说，然后低头看向资料上的姓名栏。

我不太清楚她回过头来快一些还是我确认姓名快一些，也许几乎是同时。不论如何，我如遭雷击般全身僵硬。

站在那里的是上原由希子。她变得比几年前更成熟，更有女人味了，但确实是她。

她好像没有立刻认出我，但看到眼前的男人表情僵硬，不可能不感到惊讶。她微微皱起眉头。我向她走近一步，打算递出名片，指尖却颤抖得无法拿稳。

"呃，我们以前是不是在哪里……"她先开口。看来她记得我。

我总算拿出了名片，抖着手指递上前去。"好久不见。当时承蒙关照。"我的声音也在颤抖。

她看着名片，目光有些游移，似乎在回溯记忆。不久，她的目光聚焦在我脸上。"啊！你是当时的那位田岛先生……"

"别来无恙。"我低头行礼。

"吓了我一跳。你在这里工作吗？"

"嗯，之前换过很多工作。"

"这样啊。"

"当时真给你添麻烦了。"

"啊，那件事就别……"她垂下目光。

我不知道这是否称得上偶然。我从事的工作每天都要接待许多客人，或许到目前为止没遇过熟人本身就是一个奇迹。"上原小姐……"我看着手边的资料说，"我没有仔细看资料就向你搭话，真是太粗心大意了。我马上找其他人来为你服务。很抱歉，让你觉得不愉快。"

我再度低头致歉。就在我转过身去，准备离开时，她说："我无所谓。"

我停下即将踏出的脚步，回过头去与她四目相对。

"以前的事，"她微笑着对我说，"已经没什么好在意的了。"

"可是，由我介绍不会给你带来不愉快吗？"

"我说了不会在意嘛。是不是我会妨碍田岛先生呢？"

"不，没那回事。"我抓抓头。不好做事是事实，但我并非不想为她介绍。"由我来介绍，真的可以吗？"

"麻烦你了。"她的笑容和当时一模一样。她说想看窗帘，似乎不是今天要买，只是想先看看。

我问她："是不是想改变屋里的窗帘样式呢？"

"嗯，差不多算是。"她微偏着头。

店里有专门负责窗帘的女店员，我将她介绍给由希子。

由希子似乎还没有确定想将室内营造成何种感觉。听完几个方案，她说还要再考虑一下。"款式太多了，真让人无从决定。"离开窗帘区后，她说。

"不用急。你随时可以找我商量。"

"谢谢你。"

"不用道谢,这是我的工作。"

由希子听了笑着点头。她说还想看点家具,于是我带她参观整家店。

"由希子小姐,你现在从事……"我边走边问。

"算是会计工作吧。田岛先生,你至今做过哪些工作呢?"

"我刚才说过我做过很多种。曾在这家公司外包的货运公司工作,通过那里的关系才成为这家公司的临时员工。"

"你很拼命嘛。"

"还好啦。"被她一夸,我心花怒放。

我带她到展示桐木衣柜等和室家具的楼层。我这样做除了因为那里几乎没有客人,还有一个理由。"这里是我最喜欢的地方。"站在那层楼的入口,我做了一个深呼吸。带有木头香味的空气进入肺腔。

由希子抬头看我,眼神仿佛在问:"为什么?"

"每当来到这里,我就会想起从小长大的家。那是一栋老房子,厨房还没有地板呢。那时家里有几件桐木家具。说起来你或许不相信,我家还请了佣人。"

由希子睁大了眼。"你是有钱人家的孩子啊。"

"这个嘛。我父亲是牙医,我想,钱多少是有一点。但那是小时候的事了。后来家庭四分五裂,我也一下子栽进了贫穷的生活。"

"苦了你了。"

"可是,我不该做那种事的。"

"哪种事?"

"东西商事。"

"噢。"她扭过脸,似乎不想回忆起那件事。

"那位老爷爷……牧场爷爷对吗?他怎么样了?"

"那件事你可以放心。钱顺利回到他手上了。"

"要回来了吗？全额？"

她轻轻地点头。"牧场爷爷真是太幸运了。有人好像还在打官司呢。他是因为有人帮忙才要了回来。"

能从那家公司把钱要回来的确是一件令人惊讶的事。"究竟是怎么……"我问到一半，将话咽了回去。没帮上什么忙的我，没有资格过问。

"牧场爷爷现在也很精神。脚和腰有点不理想，但他经常到公园里散步。"

"是吗，那真是太好了。"我心中夹杂着释然和内疚。

带她在店里参观了一个多小时，我们回到接待大厅。她歉然道："真不好意思，什么都没买。"我摇摇头，说："又不是每个来参观的客人都会买东西。再说，今天我也很开心。"

"那就好。"

"窗帘的事你可以随时找我商量。如果事前打电话，我会把时间空下来不安排工作。"

"嗯，谢谢你。"

我满心欢喜地目送玻璃门外由希子离去的背影。

此后我接连几天沉浸在幸福的喜悦中。待在公司的时候也静不下来，电话一响，我就抢着接起，在为其他客人服务时也心神不宁——她会不会这个时候打电话来？

由希子登记为会员时曾留下资料，我由此得知她的联络方式。好几次我想主动打电话给她，借口信手可得，如只要说新的窗帘布到货了就行。然而，我没有勇气拿起话筒。我不希望她认为，不过是稍微熟稔起来，我就以为她已经完全忘记过去的事了。

我郁郁寡欢地过了几天，期待已久的电话终于打来了。当时，我刚送走一组客人，回到办公室。一位前辈手里拿着话筒，告诉我一位上原小姐来电。

我一把抢过话筒，说："喂，我是田岛。"呼吸也急促起来。

"喂，我是上原。上次谢谢你。"

"哪里，不用客气。"我一面注意那位前辈的眼神，一面回应。办公室禁止过分亲昵的说话方式。

"明天我想过去打扰，不知道方不方便？"

"没问题。请问几点左右呢？"我压抑着雀跃的心情回答。

第二天是星期六。她说傍晚六点左右会过来。我告诉她，恭候光临。我差点哼出歌来，但马上忍住了。

第二天一早我就有些亢奋，不但很在意发型，还留意了胡子有没有刮干净。幸好是穿制服，不用为衣着烦恼。

星期六客人很多，经常人手不足，这时就会请客人自行参观。我得不断应付客人，还是常常心不在焉，老是看手表，期待六点来临。

我在接待大厅送走了一个不怎么想买却不断要我介绍的客人。就在这个时候，由希子走进店来。她身穿灰色套装，看到我后微微一笑。

"你来得正好，前一位客人刚走。"

"你那么忙，没关系吧？"

"当然。再说，由希子小姐也是我们店里的贵客。"

她说谢谢。

"那么，直接到窗帘区可以吗？"

她点点头。接下来将是我的幸福时光。

"老实说，我很担心。以为你不会再来了。"

"为什么？"

"因为以前发生了那么多事情。"

"陈年旧事就别再提了吧，都过去了。"她用告诫的口吻说。

"也是。"我说。

我们一到窗帘区，便看到女店员不知所措地杵在那里。她看向我们，用眼神向我求援。

"出什么事了吗？"

"噢，田岛，刚才来了一个怪客人。"

"怎么个怪法？"

"他说要看窗帘布，我请他自便。结果，他竟然把吊在半空中的展示品一一扯了下来，连蕾丝窗帘布也……"

"搞什么鬼！要不要叫警卫来？"

"可是，要是他说只是比较款式的话，我们也没辙啊。"

"但他把展品一一扯下来，不是给其他客人造成不便吗？"

"就是啊。所以我正在伤脑筋呢。"

"那个人在哪里？"

"在里面，桌子那边。"

我点点头，将外套的纽扣扣好。"由希子小姐，请你在这里稍候。我想很快就能解决。"我说完就往前走去。

我走过两侧挂满窗帘布的通道，看到了同事说的那个男人。他面对着桌子，将十几种展品搭在椅子上。"先生，不好意思，由于别的客人也要挑选，能不能麻烦您一次只抽下两三块布？"我对着这个穿象牙色外套的男人说。

他没有反应，依旧背对着我，不时变换窗帘布的摆放位置，或拿起来迎着光查看。

"先生……"

"别那么小气嘛。"他仍背对着我，"我只是看看而已。"

"可是，这样会给其他客人造成不……"我话刚说到一半，男人迅速转过身。看到他的脸，我瞠目结舌，大脑瞬间变得一片空白。

"我家有很多扇窗，所以需要很多窗帘，不知选哪个好。"从前让我烦恼的那张脸，现在就在眼前。那张脸贼贼一笑。"好久不见啦！"

我当时像是少根筋，竟然回了他一句："嗨！"大概是还没恢复正常的思考能力吧。看到我恍惚的样子，仓持修笑得更开怀了。

"怎么了？瞧你一脸惊异。我在这里有那么奇怪吗？"他舔舔嘴唇，

"不过，的确吓了你一跳吧。"

"你怎么会在这里？"

"天知道，这是为什么呢？"他像个丑角似的摊开双手。

我忽觉背后有人，回头一看，由希子正从窗帘布间走出来。那一瞬间，我感到胸口抽痛。我来不及细想，不祥的预感却如针一般扎痛我的心。

"对不起。"由希子一脸尴尬，"他要我瞒着你，所以我才一个人走进店里。我本要他别做那种孩子气的事，但他不听。"

"这是我导的一幕短剧。毕竟，我们五六年不见了。直接出现你在面前，说句'你好'，未免太没劲了吧？"仓持开玩笑地说。

"这是怎么回事？"我分别看看两人的脸，"你们在捉弄我吗？"

"你生什么气嘛。"仓持苦笑道，自然而然地站到由希子身旁，"由希子不是来过吗？她告诉我遇见你的事情。于是我说改天要一起去。"

我看着由希子，脸色应该很难看。"你怎么都没提过仓持？"我已经顾不上客气了。

"嗯，不知不觉就错失了提起他的机会。"她吐了吐舌头，这让我更加生气。

"你很厉害嘛，在一流的家具行工作。由希子告诉我的时候我也很为你高兴。我一直在担心你。"仓持环顾店内说。他用的是佩服的语气，我却听出了话中隐藏的蔑视。

"你们俩……呃，在那之后一直有来往吗？"

"你是指在东西商事那件事之后吗？嗯，对啊。那件事把我们都害惨了。"他的语气仿佛自己是个受害者。恐怕他在由希子面前一直都扮成受害者。

"上原小姐，"我问由希子，"帮助牧场老爷爷的人该不会就是……"

"就是他呀。"她爽快地说。

我惊讶地看着仓持。他害羞地搔着鼻翼。"小事一桩啦。我是内部人员，所以有很多机会。"

"可是，东西商事应该一毛钱也不剩了，不是吗？"

"没错，但我有很多方法让他们交出钱来。算了，那不重要。对了，你带我们参观吧。你不是带由希子参观过吗？我们一边看家具一边聊聊彼此的近况吧。"

"不好意思，我不能那么做，我正在工作。"

"谁说不要你工作来着？我们是客人！带客人看家具是你的工作吧？介绍些你认为值得的家具给我们！"不知何时，仓持的手已经搭在了由希子肩上。我眼角的余光扫到这一幕，决心问一个问题。

"你们在交往吗？"丢脸的是，说这句话时我竟然破音了。

"算是吧。"仓持轻描淡写地说，"我们明年春天结婚，要为新家买些家具。"

26

　　仓持说："还是美国进口的家具好,什么都做得特别大。最好有够十个人坐的餐桌。我说田岛,有没有那种可以呼朋引伴到家里来开派对的桌子?"

　　"容纳八人左右,而且不显拥挤的餐桌倒是有几款。"我带两人去了进口家具区。仓持一眼就看上了那里展示的一个餐具橱。

　　"这个好!有了这么大的餐具橱,就能放下我们那个水晶盘了。"仓持看着由希子说,"这么一来,你收集的餐具也放得下。"

　　那个餐具橱旁边放了一张材质、色泽相同的餐桌。我作了推荐。"现在是六人座,如果加上桌板,就可以坐下八个人了。"

　　"挺不错。"仓持摩挲着桌面,交替看着桌子和餐具橱。或许他正在想象它们摆在新家里的模样。

　　不久,别的家具吸引了他的目光。他离开餐桌,大摇大摆地向前走。他要去的地方令我的心情变得更加沉重。

　　"喂,由希子,这个怎么样?"仓持向未婚妻招手。他看中了一张相同品牌的床架。是双人床,尺寸相当大。

　　"很棒啊……"

　　"这张床很适合我们的房间吧?我说过讨厌两个人睡在一张狭窄不

堪的床上。而且它同壁纸的颜色很搭配哦。再说……"仓持压低音量，在由希子耳边悄悄说了句什么。我不清楚具体内容，但看他那恶心的表情，就知道个大概了。由希子露出又羞涩又窘迫的表情，睨了他一眼啐道："死相！"我不禁低下头。

他们已经有了肉体关系。这是顺理成章的事，但我还是不愿正视摆在眼前的事实，不免益发郁闷。

"喂，田岛。就先买这个。"仓持指着床架说，"你该不会要说现在没货吧？"

"我去查查看，应该有。前一阵子厂商的货船才来过。"

"是吗。另外，这个也不错。"他的视线移向了床架旁边的大型收纳箱。

除了床架，仓持还买了餐桌、餐具橱、大型收纳箱，以及放在床边的小桌，总金额将近三百万元。我将两人带到签约者专用的会客大厅，送上柳橙汁，然后做了几张账单。

"田岛，这都算是你的业绩吧？"仓持问我。

"是啊。"我回答。

"那就好。反正跟谁买都是买，我倒愿意帮你冲业绩。老实说，卖给我房子的地产商介绍了一家便宜的家具店给我，可是由希子告诉我你在这里之后，我就决定来这里买。"

"谢谢你。"

"就一句谢谢？我以为你会更感动呢。"

"小修！"由希子用臂肘撞了撞仓持腋下。比起仓持的话，她的动作更令我沮丧。

"我很感谢呀，"我强颜欢笑道，"也很感动。不过怎么说呢，事情太突然，我还有点没反应过来。我们这么久不见，你又要和她结婚……"

"然后又跟你买了一堆家具，是吗？"仓持愉快地笑了，"下次再好好聊吧。我想同你说说我的工作。你好像经历了不少事情，我也是一路坎坷，起起落落，真的是吃尽苦头呢。"

"你现在做什么工作？"

"简单说就是股票。"

"股票？"完全出乎意料的两个字。我对此一无所知。

"就是股份有限公司的股票啊。有买有卖，有赚有赔。"

"你在卖股票吗？"

仓持扑哧一声笑了出来。"我怎么可能卖股票嘛。下次再跟你细说啦，是一份有趣的工作。"他贼贼地笑着。

"哦……总之，你事业有成，还买了公寓。"

"是套二手房，不过在东京都内。"仓持微微挺起胸膛，"等我搬完家，安顿好之后，再同你联络。改天来玩，到时候，今天买的家具应该都各就各位了。"

"我真羡慕你。"

"只要努力，你也可以。所以，我才说改天好好聊聊嘛。"仓持这句话让我有种不安的感觉。大概我喜怒皆形于色，他皱眉说："别用那种怀疑的眼神看我嘛。你放心，这次不会要你陪我骗人了……对吧？"

他向由希子征求同意，由希子一脸微笑。"这次应该值得信任。"

我在大门目送两人离去，回到办公室后心情依然郁闷，丝毫没有完成大笔业绩的喜悦，反倒满心屈辱。仓持不但抢走了由希子，还要我帮他们挑选婚房的家具——用来吃由希子手艺的餐桌、用来拥抱由希子肉体的床铺。

我那天的销售成绩受到了上司的褒奖，但我几乎没听。

从天堂跌落地狱就是这么回事。自从和由希子重逢，我每天都快乐得不得了；遇见仓持以后，我什么事都懒得做。无法专心工作，我的业绩一落千丈。

"你到底是怎么了，身体不舒服吗？"一天，我正在办公室发呆，上司问道。

"不，没什么。"

"是吗？可是你最近不太对劲。比如昨天，听说你放掉了一个终于要掏腰包的客人，是吗？"

"嗯……"

一定是同事打的小报告。一对想买日式衣橱的中年夫妇来店里，问了我很多问题，后来我懒得回答，不小心说了一句"不用急着买"之类的话。

"你这样会给店里带来麻烦。如果你身体不舒服，就给我放假去。否则，就给我振作一点！"

"是，真的很抱歉。"

上司好像还想说什么，正好电话响起。他拿起话筒应了几句，抬头看我。"客人打来的，指名要找你。加油！"

"是。"我低头行礼，离开了办公室。

我无精打采地走向柜台，考虑着休假的事，但一看到客人的名字，脑中顿时一片空白。是上原由希子。

我来到接待大厅，由希子正独自等待。但我的心仍悬在半空，怀疑仓持又会忽然冒出来。

她应该没有察觉到我的担心，看着我微微一笑。"你好。"

"仓持呢？你们一起来的吧？"我环顾四周。

她的微笑变成苦笑。"上次真是对不起。他有时候就是那么孩子气。"

"那么，你一个人？"

"一个人。"她点头，"我想再看看窗帘。"

"明白了。我带你去。"

我的心情真是五味杂陈。仓持抢走了她，我很受打击；但能这样见面又让我欣喜。我明知她是为新婚生活来选窗帘，却努力不去想这件事。

仓持没有躲在窗帘区。我再度找来女同事，要她帮由希子挑选。同事询问由希子房间的风格和窗户的大小。我在一旁听着，大致掌握了仓持那间公寓的格局：两室两厅，面积不小。他们前几天买的餐桌组和餐具橱的确很适合这样的公寓。我心中的嫉妒之火虽不致熊熊燃烧，但也没有熄灭，并不断冒着黑烟。

由希子决定了窗帘的样式之后，我们和先前一样在会客大厅面对面坐下。

"知道你要和仓持结婚，总觉得怪怪的。"

"你可能会这么想。毕竟好几年不见了。"

"你们在一起很久了吗？"

"是啊……"她微微偏着头，"四年左右了吧。不过，如果只是见个面吃饭聊天，应该是在更久之前。"

"你们是因为牧场爷爷才走到一起的吧？"

"嗯，可以这么说。为了那件事，我们经常碰面。"

我想起自己辞掉东西商事的工作之后去拜访牧场爷爷的情景。当时，老人和由希子都拒我于千里之外，仓持却抓住了他们的心。"听说受害者并没有打赢官司？"

"嗯。打官司也不知道什么时候才能拿回钱，而且他说就算钱拿得回来，也只有一点点。"

"那他怎么做到的？"

"详细情形我不知道，他好像趁自己还待在东西商事的时候，办好了牧场爷爷的解约手续，强迫会计到银行取出了合同上的金额。当时公司已经没剩下什么钱了，他说他和其他想帮受害者解约的员工竞争得很激烈，说是先下手为强。"

他骗人！公司当时岂止没什么钱，根本就是一毛不剩。重点是，合同本身就很乱，根本不存在解约不解约之说。

"到底要回了多少钱？"我问。她伸出三根手指。"三百万。爷爷只损失了手续费。"

我越想越不对。东西商事不可能将那么大一笔钱交给仓持这种基层员工，钱全被高层带走了。"事情有可能那么简单吗？"

"似乎并不简单。我刚才也说过了，他们销售员最后就像是在抢钱，但他下定决心不论如何都要把牧场爷爷的钱要回来，所以拼了命跟公司谈判。"

"是吗……"

这些话完全不足以取信，由希子却深信不疑。她一定是因此才对仓持心存感谢，并最终被他打动。

她走后，我回到办公室抽烟，想到的都是令人不快的事情。

几年前，警察来访，提到有人盗用我的名字推销，将客人支付的金钱据为己有。我猜那个人就是仓持，但没有去想他为什么要这么做，钱又用到了哪里。

我想，我找到了答案。他为了还牧场爷爷的钱，找了别人做替死鬼。联系到之后的事情，就不难理解为什么他只给牧场爷爷特别待遇。他不是要老人感谢他，真正的目的是博得由希子的好感。

那三百万是从哪儿来的呢？

想到这里，我不禁脊背发寒。我想起了上吊自杀的川本房江。她损失了好几百万，其中有一部分是从银行直接提取的现金。难道仓持将从她身上骗来的钱给了牧场爷爷？

他是做得出那种事的。他就是靠那种骗人的手段走到了今天。

川本房江儿子的声音在耳边响起。一种充满怨恨的声音。我真想让仓持听听。

过了大约一个星期，仓持独自来到店里。听说客人是他，我本想找人代替，但店里规定如果客人指名，除非忙得抽不开身，否则必须亲自接待。

"窗帘送到了。"他一看到我就说，"很漂亮。听说那款布是你推荐的，由希子要我向你问好。"

"你喜欢就好。"

"家具说好了下个月送来，应该不会变更吧？"

"不会。你是来确认这件事的？"

"不，我想来看看书桌和书柜。我有不少工作会在家里做。"

"你说股票吗？那跟证券公司有什么不同呢？"

"有点不同。应该说完全不同才对。"说完，他盯着我，"你研究过股票吗？"

"谈不上研究。只是站在书店里看过那方面的书。"

"这样啊。"他点头，一脸正中下怀的表情，对我而言这不是好预兆。书桌和书柜在同一区。我快步带他过去，希望尽早结束这件令人郁闷的工作。但他似乎并不急。他在听我推荐的同时，好像还在盘算别的事。

"股票，就像是一种国家认可的赌博，"他摸着书桌边缘说，"而且赌注很大。不过就算赌输了，下的注也不会全部不见。有时候，只要熬过去了，还是有翻盘的机会，赚到钱了，就把股票卖掉。只要反复这个过程就不会赔钱。这就是玩股票的游戏规则。"

"可我听说也有很多人赔钱，不是吗？"

"那是因为他们把手上仅有的钱都拿去赌。他们败在没有本事熬过股票被套牢的那段时间。另外，玩股票必须重视资讯。要想快速致富，就得靠资讯。"

"你该不会是要叫我买股票吧？"

仓持睁大了眼睛。"是又如何？"

"别开玩笑了。"我挥挥手，"我手上没有闲钱。我挣的钱只够温饱。如果你来是为了卖股票给我，不好意思，你可以回去了。"

我说到一半仓持就开始摇头，到了最后更挥起手来。"你放心，我完全没有那个意思。我之前也说过，我不卖股票。只不过，如果你有兴趣，我手上刚好有一条内幕消息，告诉你倒是无妨。今明两天之内买的话，赚钱几率很高。"

"既然如此，你自己买不就得了？"

"我当然会尽量买。我只是看在朋友的情分上想分你一杯羹而已。我估计至少可以赚个一两百万，不过我不贪心，打算到时一口气卖掉。"

我看着将大笔金钱视若等闲的仓持，心想，这人干的就是这种工作吗？买卖股票就能过上奢侈的生活？炒股票有他说的那么容易？

仓持忽然笑了起来，拍拍我的肩。"骗你的啦！哪有那么多赚钱的内幕消息。再说，我本来就不买股票。"

"那你为什么要撒谎？"

"我想让你明白我的工作内容。"他从外套口袋里拿出名片，上头印着投资俱乐部股票部门主任的头衔。

"投资俱乐部？"

"投资顾问公司。有很多人想买股票赚钱，又不知道该买哪一只。这时就需要我们这种公司帮忙了。我们为这些人提供资讯，领取报酬。"

"提供资讯……"

"你好像在怀疑那种东西也能做生意吧。但就是有人需要。你刚才也对我说的假资讯动心了，对吧？"

"我才没有动心呢。"我气冲冲地说，"我只是在想，这世上可能有那么好赚钱的事吗？我压根儿就没打算买股票。"

"可是，你应该会感兴趣。这就是玩股票的第一步。想炒股的人都渴望资讯，任何资讯都能卖钱。我们公司的成功就证明了这一点。"

从仓持买的东西来看，他的确成功了。但我还是在想，为什么这个人总是投身于这种没头没脑的行业呢？"你为什么进那家公司？"

"社长挖我过去的。听到我们社长的年龄你一定会吓一跳。他还不到三十岁。公司成立时，他才二十八岁，和一个朋友白手起家，现在拥有一百多个员工。很厉害吧？"

"你什么时候进那家公司的？"

"正好两年前。"

"两年？当时公司不是刚成立吗？"

"没错。当年公司只有两个人时，社长手下唯一的员工就是我。"仓持用拇指指着自己，笑了。

当我们在会客大厅办理书桌和书柜的买卖手续时，他又像以前一样问我："我说田岛，你现在的薪水有多少？你满意吗？"

"我挺满意的。"

他嗤之以鼻。"那是因为你无欲无求，可是这么一来你就很难成功。要不要抽空到我们公司看看啊？我向你讲明工作内容。放心！你一下子就能学会。"

我停下写账单的手，抬头瞪着他。"你是在拉我进你们公司吗？"

"不行吗？"

"你应该没有忘记东西商事的事吧？我被你拉去做那种骗人的生意。我说什么也不干那种事了！"

仓持非但没有动怒，反倒吃惊地摊开双手。"你的意思是，我现在的工作是在骗人？东西商事那件事我觉得很抱歉，可我也是受害者。再说，当时和现在完全是两码事。当时，我根本不认识公司高层，可现在我认识。我就是高层。"

所以才不值得信任——我勉强咽下这句话。"总之，我没兴趣进你们公司。我对现在的工作很满意。"

"是吗？既然如此，我也不勉强你。真可惜，你好不容易有机会出人头地。"

我迅速做好账单，请仓持确认签名。他一脸不耐烦，签了名。

"你记得川本女士吗？"我将账单放入信封，问道。

仓持皱眉。"那是谁？"

"川本房江女士。你忘记了吗？一个住在保谷的独居老婆婆。你用'请婆入瓮'的手法骗了她的钱。"

"请婆入瓮"这四个字让仓持的脸色暗了下来。他大概不愿想起。"那个老婆婆怎么了？”

“她死了。自杀，是上吊。”

我原以为他至少会流露些许难过，没想到他的表情并无多大变化。“这样啊，然后呢？”

“你一点感觉都没有吗？”

“我觉得她很可怜啊。我觉得东西商事所有的受害者都很可怜。但我又能做什么？顶多就是把钱还给几个人。”

“几个人？你只把钱还给了牧场爷爷吧？而且还是为了博得由希子小姐的好感，不是吗？”

仓持笑了起来。他搔搔头，低声说：“真服了你了。说起来，你好像也很喜欢她嘛。你在吃醋吗？”

我紧握签字笔，有股想用笔戳他眼珠的冲动。“你知道东西商事是一家骗人公司之后，还几次三番从川本女士那里骗钱，对吧？不只是川本女士，你还骗了好几个其他受害者。你盗用我的名义将那些钱据为己有，再还给牧场老先生，我说错了吗？”

仓持的表情终于变得凝重。他用锐利的眼神盯着我。“你有什么证据吗？”

“我没有证据，不过这种事稍微动点脑筋就知道了。”

“有些事可以凭空乱说，有的可不行！”他站起来，“原本我要取消所有家具的订单，不过看在朋友的分上，我原谅你。”

“有人因你而死！你骗走的钱相当于她的第二生命！”

仓持停下脚步，回过头来，摇摇食指。“你说的并不全对。骗人钱财的不只是我，你也有份。我们曾经是搭档，不是吗？”

我霎时哑口无言。接着他说：“我的婚礼你要来哟！你是我从小学就认识的朋友。”

我看着他大步离去的身影，心想：我要杀了你！

27

　　没想到过了没多久，喜帖真的寄到家里来了。会场设在东京都的一家一流饭店，婚礼将在饭店的小教堂举行。喜帖上写明不但邀请我参加婚礼，还要我上台致辞。仓持似乎坚信我一定会出席，让我再度怀疑这人是不是神经有问题。

　　我并不打算出席。然而几天后，由希子来了。

　　"他说光寄喜帖未免失礼，所以要我来确认田岛先生是否参加。"她真诚地说。看着她的笑容，我感觉又被仓持将了一军。他看穿了我对他的反感，于是先发制人。"你会来参加我们的婚礼吧？"她走在家具卖场里，看着我。

　　"嗯，应该……吧。"不出仓持所料，被她这么一问，我的确说不出不打算出席。今天姑且答应她，改天再推脱。

　　"太好了。"她不知道我内心的盘算，高兴地说，"还有，我们想请你上台致辞。"

　　"这就饶了我吧。我不是那块料。"

　　"可是，他说无论如何都要请你上台致辞。"

　　"我不懂，为什么非我不可？"

　　"因为你跟他是老交情了，不是吗？他说你是他从小学认识至今的朋友。"

"朋友啊……"我带她到意大利家具区。上午店里的客人不多，进口商品区更是门可罗雀，正适合我们好好交谈。

"我好羡慕你们哦。我身边倒不是没有小学或初中的朋友，可到现在还是至交的却一个也没有。而且你们还在同一家公司工作过，真棒。"

听到由希子天真的话语，我与其说是焦躁不安，倒不如说满腹疑惑。我们的关系哪里称得上至交？仓持不可能打从心里那么想，只是在她面前信口说说。

"他真的很信任你。"她继续自己的论调，"他说他只能相信你，因为是你，你们才能交往至今。他说只有在你面前才能说出真心话，袒露自己。"

"是吗？"

"是啊。所以，"她继续说，"请你一定要上台为我们致辞。他说婚宴随我高兴爱怎么弄就怎么弄，唯有这一点他要坚持。"

我回答："我再考虑。"

她回去之后，我揣摩仓持真正的意图。他为什么要我致辞呢？我不认为他真心希望得到我的祝福，是在捉弄我吧。他知道我喜欢由希子，为了让我知道这是一份无望的感情，才故意刺激我。或者是我提到川本房江和牧场爷爷的事，谴责了他一顿，他为此想要报复。

那天夜里我气愤难平，难以入睡。我躺在被窝里苦闷不已，心想有没有办法给仓持一击。为什么我要因为这个人受如此煎熬？为什么他死缠着我不放？每当我有了栖身之所——即使只是暂时的休憩之所，他就会出现，然后生生将我从舒适的壳里拖出，再推入地狱深渊。他就是为此而出现的。

挨到黎明时分，我总算小睡了片刻。我心中已作了决定——我要参加婚礼，出席婚宴。我要牢牢记住仓持幸福洋溢的身影，和由希子身穿新娘礼服的美丽模样。届时，我心中的屈辱和嫉妒一定会攀升到至今未曾企及的顶峰。说不定这就能让我超越那向往已久的临界点，由憎恨转变为杀意的临界点。或许，我可以真正得到渴求已久的杀人念头。

仓持修和上原由希子的婚礼在三月的第二个星期日举行，一个天气清冷、我心情极佳的午后。

仓持身穿银色西装，由希子一袭纯白新娘礼服，两人宛如舞台上的超级巨星，光彩照人，脸上洋溢着幸福。我为这两个人挤出虚伪的笑容，高唱赞歌。我心中自有盘算。既然仓持那么说，我就扮演他的挚友。反正仓持四处宣传，我是他从小学认识至今的唯一的挚友，所以只要能够从头到尾顺利骗过他身边所有的人，今后就算他发生什么事，也不会有人怀疑我。

婚宴规模盛大，聚集了约两百名宾客。客人我几乎都不认识，大部分都是他现在工作相关的朋友，学生时代的朋友竟然只有我。他会请我代表朋友致辞，也合情合理。

我不禁回顾过去，仓持身边有称得上朋友的人吗？他总是一个人，独自密谋着什么。而他密谋的对象，总是我。

事到如今，我才发现自己真是可笑透顶，完全没有发现他的本性。稀里糊涂和他交往的难道不是只有我这个傻瓜吗？其他人不是老早就察觉到他的本性，和他保持距离了吗？

我似乎明白为什么他一直对我纠缠不清了。对他而言，最好欺负的人就是我。我是一只上等的肥羊。

仓持的家人缩在最里面的一桌，在众多衣着光鲜的客人当中，他们那一桌最不起眼。每每有客人前去打招呼，两位老人就赶忙鞠躬还礼。我好久没见到他们了，这是我第一次在豆腐店以外的地方看到他们。

仓持雇来的司仪点到我，我站到麦克风前。我从小学时代的生活点滴中选出温暖人心的片断，稍微加油添醋作成文章。话一出口，场内立即响起了轻轻的笑声。坐在主桌的仓持似乎对我的致辞很满意，由希子看起来也一脸幸福。最后我献上祝福："祝你们白头偕老，永浴爱河！"

"谢谢你。你讲得真好。"离开时，仓持站在金屏风前握着我的手说，一旁的由希子也面带微笑。

我本来想戗他几句，但只是点了个头，就离开了。不能节外生枝。无论在谁眼里，我都必须是仓持的挚友。

仓持一脸胜利者的神情。就算他赢得了人生这场竞赛，也是践踏着别人的身体得来的。他缠着我，只是因为我好利用。

每当看到他的脸，我心中的憎恨就接近临界点。我有一股冲动，要将他迄今为止做过的坏事全部抖出来，尤其是在司仪将麦克风递给我的那一刻。但我忍了下来。

总有一天我会杀掉仓持，这项乐趣就留待以后享受——唯有这个念头支撑着我。

和仓持重逢之前的那几年，我对杀人的兴趣肯定淡薄了。努力活下去占据了我的所有精力，而且，我历经的几个难关也不是杀了谁就能解决的。

然而，当知道仓持要和由希子结婚时，我脑中再度涌起了杀人的念头。年少时，那只是个单纯的兴趣，我只是想知道杀人是怎么回事、杀人时的心情如何，以及人被逼到什么地步时会决心杀人。此时萌生的疑问却和当年略有出入。一言以蔽之，即人不管在什么情况下，都无法杀人吗？

我曾经几度想杀仓持，每次都被种种困扰阻碍，无法完成目标。这到底是好是坏？若我在某个时候杀了他，大概就不会像现在这么痛苦了吧？

人不能杀人——应该只是个原则吧？有时候，人还是得杀人，比如战争，杀人是国家下达的命令；又比如出于正当防卫而杀人。但是谁都无法判定何谓正当，它的界限何在？如果杀人只是因为预料到不杀某人未来会有危险，又算什么呢？

我应该早点杀掉仓持。这个念头从此时此刻起占据了我的大脑。我责备自己下不了手，并时时告诫自己，有机会非杀了他不可。

表面上，我和仓持比以前走得更近了。他想必是想炫耀自己的成功和幸福吧，经常邀我去他家。近二十叠的起居室里摆着我推荐的餐具橱和餐桌组，他则坐在皮沙发上，一边擦拭高尔夫球具，一边告诉我工作的事。当然，净是炫耀工作进展得多么顺利云云。

我并不喜欢去他家。我不想看到由希子穿着可爱的围裙，忙着为他打理家务的身影。我的目的只有一个，就是寻找杀掉他的机会。这将是我第一次也是最后一次杀人，是我人生中最大的一场赌博，因此要花费相当的力气和时间做好准备。我不着急。反正不用担心对方会消失不见，也没有时间压力。

那天，我下班之后前往仓持位于南青山的公寓。邀我去的不是仓持，而是由希子。白天她打电话到店里说，今天晚上如果有空，请务必到她家一趟。问她为什么，她只是轻描淡写地说："你来了就知道。"

我到了公寓，身穿围裙的由希子已经等候多时。她擅长意大利菜，厨房传出阵阵香味。

"你再等一下，人马上就来了。"她看着手表说。

"谁要来？"

"秘密。"她脸上浮现一抹含义深远的笑，消失在厨房。

我不明就里，打开电视，但凝视由希子背影的时间比看荧幕的还长。望着她修长的双腿和婀娜的腰肢，我心中再度燃起对仓持的妒意。"仓持今天会晚点回来吗？"我对着她的背影说。

"嗯，可能会晚一点。我刚才打电话给他，他叫我们别管他，尽管先开始。"

"哦。"

尽管先开始——开始什么呢？

就在这时，玄关的门铃响起。由希子的表情忽然明朗起来，拿起对讲机的话筒。"好，我马上开门。"话一说完，她踩着轻快的脚步朝玄关走去。

门一打开，耳边传来一个陌生女人的声音。"不好意思，迟到了。"

"欢迎欢迎。路上塞车吗？"

"是啊。内堀大道上车完全动弹不得。真是的，皇居为什么要建在那种地方呢？还盖那么大。"

这女人嗓门真大。她换上由希子递上的拖鞋，走路的声音也很大。她随由希子走进客厅。这女人五官分明，眼睛大，嘴巴大，轮廓也很深，肤色比由希子深许多。我坐在沙发上，抬头看她们。

"来，我为你们介绍。这位是和小修一块儿长大的田岛和幸先生。我跟你提过，你知道吧？"由希子连珠炮般说完，看着我，"田岛先生，她是我的高中同学，叫关口美晴。"

"咦？为什么我就连敬称都省了？"

"啊，对不起，这位是关口美晴小姐。"

"我是关口。"女人低头行礼。

"我是田岛。"我也应了一句。

对我而言，这一刻可以说是因缘际会。

关口美晴是一个很健谈的女人。听说她曾在寿险公司工作，我心想，难怪。她目前供职于百货公司的外销部。

"你还记得教世界史的山田吗？他很讨厌吧？一打铃就上课，然后就开始对还没坐好的同学唠唠叨叨。一般老师都是打铃之后才从办公室出来的，对吧？但他在打铃之前就在教室旁边等了。他在家一定饱受老婆的折磨，才会找学生出气……"美晴像打机关枪一样噼里啪啦讲个不停，由希子则被她逗得哈哈大笑。我很少看到由希子那样，有点不知所措。

两人兴高采烈地聊了许久往事，由希子才将话题转到我身上。关口美晴一听我工作的家具公司名称，两眼便闪出光芒。"我一直想去那家店看看。改天可以去玩吗？"美晴像少女般将双手环抱在胸前。

"可以啊。随时欢迎。"我附和着递上名片。

"我想要一个古董梳妆台，大概很贵吧。"

"有很多种。贵一点的要一百万以上……"

"我可以只看不买吗？"

"当然可以。"

"那改天我一定去。哇，真令人期待。"

这时，仓持回来了。他穿着乳白色双排扣西装，招呼道："大家都在啊。"目光扫过众人，停在我身上。

仓持换好衣服，我们便开始吃晚餐。由希子做的果然是意大利菜，前菜是海鲜冷盘，然后是汤、意大利青酱面，主菜是焗挪威小龙虾。仓持开了一瓶白酒和一瓶红酒。

我隐约察觉到这场聚会的目的。仓持夫妇似乎想撮合我与关口美晴。

我不清楚关口美晴是个怎样的女人。她五官端正，但离容貌出众还有一段距离，而且她似乎想用化妆掩盖不健康的脸色。我倒不是对她有什么坏印象，只是觉得仓持介绍的女人颇堪怀疑。再说，我现在和仓持保持来往，只是在等待杀他的机会。

吃完晚餐，喝完咖啡，我从椅子上起身。"那么，我差不多该回去了。"

关口美晴也看了一眼手表，站起来。"已经这么晚了，我也该走了。"

仓持夫妇没有留我们，仓持到门口送客时在我耳边说："她家在木场，你送她回去吧。"他将一张万元大钞塞到我手里，似乎是暗示我搭出租车。

我已搬到西葛西，若是搭出租车，确实会经过木场，但这个时间还有电车，如果我独行，就不会搭出租车。

"钱不用了。"我推回去。"可是……"仓持话说到一半，我点头对他说："知道了，我会送她回去。"

我告诉关口美晴要送她回家，本以为她会拒绝，没想到她欣然接受。她和刚才一样，双手环抱在胸前。"呃……这样好吗？"

我拦下一辆出租车，告诉司机去处。美晴在车上对我问东问西：你有什么兴趣？放假时都做什么？最近有没有去哪里旅行？都在哪种店里买衣服？一番对话过后，我才发现这些问题看似没有条理，其实她是在不着痕迹地打探我的生活水平。没想到这个女人还挺高明的，或者换个说法，她挺工于心计。不过，她并没有给我留下不好的印象。

她在木场的公寓比我租的房子还新，看起来也很上档次。我问她房间格局如何，她说是一室一厅。我想这房子应该是租的，至于房租，我到底问不出口。

第二天，由希子打电话给我，问我对关口美晴的印象如何。我劈头就抱怨："没有这样做事的吧。你们这么做，我很伤脑筋。我也是需要心理准备的。"

我是真的在抱怨，由希子却笑着说："还是不要有先入为主的奇怪眼光比较好吧？这样讲起话来也自然些。"

"老实说，并没有自然些。因为我立刻就看出你们的意思了。"

"是吗？那，你觉得如何？"

"什么如何……"

"她呀。"

"我不知道。我觉得她很开朗，可是事情太突然，弄得我手足无措。她应该也和我一样吧？"

"我跟你说，她好像很喜欢你。她说如果有机会还想见你，还说一定要去你们店里看看。"

对方喜欢我，感觉是不赖，但还不至于高兴得忘乎所以。"来我们店里无所谓，毕竟她是客人。可是，正正经经的聚会就免了。"

我意在挖苦，由希子却听不出弦外之音。"那么，我就先把你的意思告诉她。"

几天之后，关口美晴真的来了，由希子陪着她。我不能拒绝接待顾客，只好硬着头皮上前。

"真的很感谢你上次送我回家。"美晴一看到我马上低头行礼。她大方爽朗的模样倒令我觉得挺可爱，不禁回以笑容。

"没想到你们会这么早来。"我对着她们俩说。

"好事不宜迟嘛。"由希子竖起食指。

应美晴的要求，我先带她们去了古董家具区。美晴赞叹连连，比较了许多件家具。我一一解说，不管说什么，她都一副佩服得五体投地的样子。"田岛先生真的很了解家具啊。"

"这是我的工作呀。"我苦笑。

由希子大概不好意思只看不买，于是买了床罩和床单。尽管不多，还是得开立账单，于是我带两人到签约专用大厅，为她们送上柳橙汁。

"下次美晴一个人来如何？"由希子说。

"呃，可是，会不会打扰人家啊？我现在又没有多余的钱买高级家具。"

"没关系，只看不买也可以吧？"由希子看着我说。

"随时恭候光临。工作日，我比较有空。"

"是吗？那么，我真的会来哟。"美晴一脸快乐。

自己的一句话能让女子露出笑容，真是件令人愉悦的事。"好的，随时欢迎。"我轻声应承。

美晴起身去洗手间。由希子仿佛等这个机会很久了，压低音量说："我说得没错吧？她相当喜欢你，你应该也感觉到了吧？"

"这个嘛……"

"反正，我觉得要不要交往你可以慢慢考虑，没有必要急着下结论。"

"我现在完全没有考虑那件事。"

她别有深意地咯咯娇笑。"小修也这么说，所以他没兴趣参与这档子事。"

"什么意思？"

"我说要将她介绍给你，小修反对，还说他正打算帮你找对象。"

"仓持他……"我脑中浮现出他那张端正的脸。既然如此，那天晚上他为什么要叫我送她回家呢？

由希子从皮包里拿出一个白色信封。"如果你不介意，这个请拿去用。"

"这是什么？"我接过一看，里头装着饭店的晚餐券。

"我想，你们不妨两个人去。"

"就我和她两个人……吗？"

由希子点点头，这时美晴回来了。我将信封收进口袋。

28

　　那家饭店在东京都内也堪称高档。由希子给的晚餐券可以在饭店里所有风味的餐厅使用。我想选日式料理，因为我从来不曾好好在餐厅里用过餐，美晴却马上表示她想吃法国菜。

　　"平时根本没机会吃到正宗的法国菜嘛。"她在电话里天真地说。

　　星期五晚上我们在饭店大厅见面，走进地下楼层的一家法国餐厅。那家店要求男客穿西装打领带，我心想，幸好是在下班之后。要是在假日，我一定是一身土里土气的便服，连西装也不穿。

　　尽管有晚餐券，菜品却需要自己点。侍者毕恭毕敬地递上菜单，让我不知所措。菜单上写的是日文，我却对各式菜色、用餐顺序一无所知。身穿黑色制服的侍者无视我的不知所措，上来就问要不要点什么饮料。我知道他在问我喝什么餐前酒，却不知该点什么。

　　我正困惑不已，坐在对面的美晴说："我要香槟。"

　　我有一种得救的感觉。"我也一样。"

　　侍者点头离去。

　　"我很少来这种地方，挺紧张的。"我稍微松松领带。说什么很少来，根本就是第一次，但我还是装模作样。

　　"我也是。不过好开心。这里都是高级菜品。"

"可是，我不知道该点什么好。你可以点你爱吃的。"

"那么，要不要点这个？主厨全餐。"

我看了看菜单。原来如此，这样就不用费神了。我放了心，说："好啊。"接着我的视线往下移，不禁瞪大了眼睛。上头写的数字远远超过了晚餐券可以抵用的金额。超过的部分当然要自付。

点完餐，轮到点酒。我结结巴巴地回答侍者的问题，莫名所以地接受他的推荐。当时我并不知道酒比菜还贵，付钱时眼珠子差点掉下来。

"吃顿饭还真辛苦。"我不禁嘟囔了一句，美晴微微一笑。"点菜辛苦你了。不过能够吃到美味的法餐，真是太好了。"

"那倒是。"我心想，被她看到自己出洋相了。但她似乎不以为意。我想这是因为她的个性随意、不计较，对她产生了好感。

从没见过的菜品一一上桌，我们惊叹连连。我不知道怎么使用刀叉，喝汤时格外紧张，但还是享受到了这场约会的欢乐气氛。好不容易能够平静下来聊天的时候，已经轮到甜点上桌了。微醺的气氛让人心情挺好。

"田岛先生的梦想是什么？"她边吃冰激凌边问我。

"没有什么特别的梦想。"我偏着头说，"真要说的话，是一个家吧。"

"家？"

"我希望有一天能有自己的家。我现在租房住，希望将来能有一块地，盖一栋有院子的住宅。"

"所以是想要有自己的房子喽。"

"小时候，我家同邻居家比起来算挺大的。我父亲是医生，我家隔壁就是诊所，母亲也在诊所帮忙，女佣每天都会到家里来。"

"原来你是有钱人家的大少爷啊。"美晴睁大了双眼。

"过去的事了。我现在无父也无母，什么都没了。所以，我希望至少能找回家的感觉。"我喝了一口咖啡。

"你的心情我懂，可也不一定非得要有自己的房子吧？"

"是吗？"

"毕竟那很花钱呀。我身边的人都说，将来土地和房子会越来越贵，与其每个月支付高额贷款，过几十年苦日子，不如拿那些钱来享受人生，不是吗？年轻时不做想做的事，等房子变成自己的，都已经是老头子了，我觉得那没有意义。"

　　"这也是一种想法。"我并不认为她的想法有什么不对。这也是不想买房子的人的代表性意见。我钦佩地看着她，心想，她看起来那么乐天，没想到也想那么多。

　　离开餐厅后我们到顶楼的酒吧喝了两三杯鸡尾酒，那是我第一次去那种店。我们的家具卖场里摆了一组家庭式吧台，当时准备了几种展示用的鸡尾酒，所以我知道两三种常见的酒名。

　　稍早的时候，我完全没想过自己能有机会和一个女人独处，边看夜景边喝鸡尾酒。我只是怀着满腹对仓持的憎恨度过每一天。和美晴在一起之后，我觉得那样的自己真是可笑透顶。我发现，原来这世上还有一堆自己不知道的趣事。

　　此后，我们每个月约会几次。又过不多久，我们一放假就会见面。和美晴约会，为我带来了过去从未体验过的各种刺激感受。我们享用世界各国的菜肴，品尝从没喝过的美酒，买了只在流行杂志上看过的衣服，进了原本过门而不入的音乐厅。我眼前就像是敞开了一扇通往崭新世界的大门，那些令人目眩的体验感动了我。那些感动和我对美晴的感情混在一块儿，几个月后，我已为她深深着迷。

　　仓持几乎不曾提过我和美晴交往的事，和我联络的都是由希子。她会打电话来关心进展。"听说你们去了东京迪士尼乐园？"一天夜里，我一接起话筒，她就说。

　　"原来你已经听说啦。"

　　"她说你像个孩子似的，玩得很开心。"

　　"真不好意思。既然东京好不容易有了迪士尼乐园，便想去玩玩。"

　　"约会就约会，没有必要找借口吧？对了，你们好像进展挺顺利嘛。"

"什么？"

"别装傻了，当然是感情呀。我听美晴说，你们每个礼拜都约会。"

"嗯，就那样喽。"

"那么，怎么样？"她压低音量，"你是不是差不多该考虑具体的事情了？"

我知道她指的是什么，不禁低吟起来。

由希子哧哧地笑了。"你嗯个什么劲儿啊？"

"我还没想好。不是说她哪里不好，而是我一想到未来，总是一点真实感也没有。"

"你的心情我懂，可你也不能总这样下去吧？毕竟女人的青春有限。"

"我知道。"

"算了，这种事也轮不到我催促……啊，你等一下，他有话想跟你说。"

"他"自然是指仓持，我心中不禁冒出一股烦闷的情绪。这时，话筒里传来了熟悉的声音。"嗨，你好吗？"

"嗯。"我不冷不热地回应。

"由希子好像做了不少婆婆妈妈的事。如果你觉得烦了就跟她直说。她不知道是不是太闲了，老爱插手管别人的事。"

由希子在仓持身后说着什么，听不清楚，但仓持嘻嘻地笑。

"没那回事。"

"哦，那就好。我担心你只是抱着玩玩的心态，由希子却自己一头热。"

"我没有抱着玩玩的心态交往。"

"这样啊。"仓持的语调平静了些，"那么，你考虑将来的事了吗？"

"也不是没有考虑。"

"嗯。"仓持吸了一口气，低声说，"我觉得，没有必要那么着急。"

"这话什么意思？"

"就是结婚的事呀。你这种个性的人最好慢慢找对象。你还年轻，今后还会遇到很多人，没必要着急。"

他用"着急"这两个字,让我感到很不愉快。"我当然没有着急。可是,我这种个性的人是什么意思?"

"就是,"仓持说,"你的个性一板一眼,又没什么和女人交往的经验。你这样的人忽然被爱情冲昏头是很危险的。"

"我才没有被爱情冲昏头!"

"是吗?"

"我认为自己很冷静。正因如此,我才会对由希子小姐说,我还没有真实感。"

"我认为没有真实感和冷静是两回事。不过算了,既然你不会草率下结论,我就放心了。我之前想,最好等你年过三十、比较稳重之后再组建家庭。你现在考虑婚事还嫌太早。"

"你跟我不是同年吗?"

"可是就很多方面来说,我和你不一样。"

"你想说你善于和女人打交道吗?"我讽刺道,仓持却浑然不觉。

"嗯,可以那么说。"他竟然恬不知耻地顺着我的话说下去,"我也跟由希子说过了。美晴小姐是不错,但我想替你找个更好的女人。总之,你好好斟酌。"

我想说"用不着你多管闲事",但话还未出口,电话就换人听了。由希子向我道歉:"我自作主张帮你们牵红线,他不太高兴。不过你别放在心上,好好跟美晴相处哟。"

"我当然会。对了,这家伙真是个怪胎。"

"就是啊。"由希子在电话里笑了。

我之前一直很介意和美晴是在仓持家认识的,但现在那种感觉已经淡了。真要说起来,介绍我们认识的人是由希子,同仓持毫无关系。别说撮合了,我反而觉得他仓持并不希望我和美晴的感情有所发展。这让我感到痛快。我不知道他有什么目的,但如果他觉得一切都能如他所愿,就大错特错了。而且,被他说成一个拙于同女人打交道的人,也让我觉得很不愉快。

或许因为逞强，和仓持通完电话后，我便将和美晴的婚事视为一个现实问题，思考的次数越来越多。要是我和她能够顺利共建幸福家庭，不知道他会作何表情。光是想到这点，我就觉得很开心。

去隅田川看完焰火，我搭出租车送美晴回家，到了她家之后我也下了车。她惊讶地看着我。

"我不太会说话，"我拿出在口袋里放了一整天的东西，"希望你收下这个。"

那是一只镶着 0.4 克拉钻石的白金戒指。钻石的等级并不算高，但对于一个领固定薪水的上班族而言，已是尽其所能。

美晴睁大了眼睛。"这，该不会是……"她似在调整呼吸，"我可以认为你是在向我那个吗？"

"不是那个还能是什么？"我害羞地笑道，"你愿意收下吗？"

美晴看着戒指和我，最后低下头，嘴角露出笑意。"我希望你好好亲口对我说……"

"啊……"我浑身发热，做了一个深呼吸，舔了舔嘴唇，感到口干舌燥。"你愿意嫁给我吗？"我的声音有些沙哑，总算说出了这句话。

隔了一会儿，她才微微点头。我感到全身无力，差点当场蹲下。

"谢谢你，我，一定会，让你……"我话说到一半，美晴向我伸出手掌，要我等一下。"好像要下雨了。剩下的我想进屋再听。"

"方便吗？"

"嗯。"她往公寓走去。

那天，我第一次走进她的房间。

一个月后，我去了美晴位于板桥的老家。她的父亲以前是公务员，退休后进入一家教材编印公司工作，母亲是一个极普通的胖女人，在日式糕饼店打零工。她还有一个在建材厂上班的哥哥，据说住在札幌。看起来她来自一个非常普通的家庭。

到了她家，我才一打招呼，她父母马上低下头说："我们的女儿就拜托你照顾了。"看似放下了心中一块大石。他们大概觉得女儿差不多该出嫁了。接下来二老缄默不语，这种时候一般会聊起女儿小时候的种种话题，却没有人提起。

"不知道你父母喜不喜欢我？"回家的路上，我问美晴。

"那还用说，当然喜欢呀。"她说，"所以才会连一句话都没嫌你。"

"可是，我总觉得有点生分。"

"你太紧张啦。毕竟，这是你的第一次嘛。"

"那倒是。"我笑了。

一切都很顺利。至少，在我看来如此。

结婚前必须做的准备工作堆积如山。预订婚礼会场就是其中之一，但最重要的则莫过于决定婚后的住处。无论是我的还是她的公寓，要住两个人都太挤了。

我们前往房屋中介公司。职员问我们想找的住房格局时，她说"如果可以，最好是两室两厅"，着实吓了我一跳。我们本已商量好要两室一厅。我提出这一点，她竟然耸耸肩，吐吐舌头说："我觉得还是有独立的客厅比较方便嘛。何况人家还想摆沙发……"

"可是预算有限，再说有没有多余的钱买沙发都还不知道……"

"我爸妈大概会给我们买沙发。他们说要在你的店里买。"

"可是我们的预算……"

"仔细找找，总会有符合我们预算的房子啦……对吧？"她向那个职员抛了一个媚眼。

"我们找找看吧。"那人是个中年男子，脸上露出谄媚的笑。他介绍给我们三套房子，其中两套是两室一厅，一套是两室两厅。前两套房子符合预算，但美晴面有难色，似乎还是比较中意那套两室两厅。只是，那套房地段好，又是刚盖好的新房，房租我们完全负担不起。

从那时起，每天都在找房子，几乎每天到中介公司报到，有时候甚至觉得只看一套太少了，一天看好几套。一有不错的房子，我就拿着传单找美晴一起去看，然而她就是不肯点头，不是嫌房子太小、太旧，就是嫌离车站太远。她说得也不无道理。确实，每套房子都有不尽如人意之处，可我们预算有限，根本不可能满足所有条件。

我为了她四处奔走，疲惫不堪。忍耐到了极限，我终于对她发火了。"你别无理取闹了！也稍微替找房子的人想想！不可能事事如你所愿。难道你就不能忍耐一点吗？"

她立刻变得面无表情，像戴着能剧①面具似的睨着斜下方，从鼻子呼出一口气。我感觉好像有一层看不见的布幔在她面前落下。从交往到现在，我第一次看到她这样。

"那就算了。"她说。

"什么算了？"

"哪里都行。你决定吧。反正房租是你付。"

"你干吗自暴自弃嘛。我只不过是希望你做某种程度的妥协罢了。"

"对我而言，妥协一点、妥协两点和全部妥协是没两样的。所以，由你决定就好。我并没有自暴自弃。"

"我们商量之后再决定不就好了吗？"

"我说哪里都行呀。是你问我想住什么样的房子，我才说两室两厅的，既然你说不行，那就没办法了。那么住哪里都一样。我会跟我爸妈说不用买沙发了。"她将脸转向一旁。

我叹了一口气。"真的可以由我决定？"

"请便。"

"我知道了。"

我们不欢而散。然而，那天晚上她打了电话给我，开口就说："对不起。不经意说了任性的话，我觉得很抱歉。"

---

①日本传统曲艺形式，表演时辅以面具、服装、道具等。

"不，我才要向你道歉，对你大吼大叫。"

"房子的事就交给你了。无论是怎样的地方，我都没有怨言。"

"可是，你还是想要两室两厅的吧？"

"是没错啦，但……"

"我会再找找看。"

第二天，中介公司让我选择。一是房租适中的两室一厅，一是勉强付得起的两室两厅。

她温顺的道歉言犹在耳。我指了指两室两厅的图片。

我当时并没有察觉这是错误的第一步，不，应该说是噩梦的第一步。

第二年春天，我们在东京都内一家饭店举行了结婚典礼。我请的客人几乎都是同事，休息室里别说亲戚了，连父母都不在场。

我在新郎休息室里翻看贺电的时侯，仓持和由希子敲敲门走了进来。我和由希子经常见面，和仓持却是自他们介绍美晴给我之后就再没见过。

"没想到你也会一脸紧张啊。"仓持看着我，贼贼地笑，"总之，先恭喜你了。"

"谢谢。"我说。

"你到底还是没有听我的建议。我都说了，婚事急不得的嘛。"

"我并没有当成耳边风。"我没有说谎，但被他一说不禁要逞强到底。

"算了，结婚之后可要过得幸福哟！"

"我会的。"

"那么，待会儿见了。"仓持打开门。

"我再和他说点话就过去。"由希子说。

"好。我就在对面。"仓持独自离开了。

门关上的那一瞬间，由希子咔咔地笑了出来。"他嘴上那么说，其实心里还是祝福你的。"

"是吗？"

"那还用说。毕竟……"由希子一脸调皮地看着我，"我想那件事现在应该可以告诉你了。"

"哪件事？"

"嗯。小修要我别说。"由希子吐吐舌头，继续说，"其实，说要把美晴介绍给你的是他哟。"

"咦？"

"可是，他说由我介绍，你应该更容易接受，所以他才没太过问这件事。"

"不过，美晴是你的同班同学，没错吧？"

"基本上是。"

"基本上？"

"我和她自从毕业就再没见过，我们是在小修公司的派对上重逢的。她刚好在小修的公司上班，所以小修比我更了解她的近况。"

"可是，美晴完全没跟我提过这件事。"

"小修觉得最好不要讲。他说，就说是我的同班同学。"

我感到血液逆流，耳后隐隐刺痛。

"对不起，一直瞒着你。不过，你们进展得很顺利，这件事应该没关系吧？"由希子滑稽地双手合十，微微一笑。

"可是，为什么那家伙要说婚事急不得呢？"

"我也觉得很奇怪。他说虽然介绍你们认识，可是不希望你操之过急，随便下结论。再说，不管什么事情最好有人赞成、有人反对，所以我站在赞成的立场。"

我的心怦怦狂跳，久久不能平息。我看着她天真无邪的脸庞。

"啊，我也要去对面了。加油哟！"她挥挥手，走了出去。

我茫然伫立,这到底是怎么回事？我自以为跳开了仓持设下的陷阱，却彻底中了他的计。无以言喻的不祥预感掠过心头，我不禁大汗涔涔。

这时，敲门声再度响起。一个负责会场的女员工探进头来。

"新郎官，时间到了。"她恭敬地说。

29

新婚生活还算顺利。所谓"还算",是指没有特别的改变。我每天一下班就直接回到位于江东区南砂的两室两厅公寓,边看电视边吃她做的晚饭,然后洗澡,上床睡觉。假日大多出门购物。展开了新生活,才察觉到欠缺许多东西。

看得出来,美晴努力想让我们的新家住起来更舒服,我也尽量帮她。过着风平浪静的日子,置身如此安稳的生活,我觉得很舒适。

然而,这种日子有人觉得平静,有人则觉得无聊。美晴显然属于后者。

"你想打高尔夫?"我瞪大了眼睛。当时我们在吃晚饭。

"我身边的朋友都开始打了呀,他们也经常约我。可以吧?"

"你要去哪儿练习?"

"木场有一个大练习场,可以在那里上课。我带了介绍手册回来。"

"可是,高尔夫……"我拿着筷子,停止了动作。这种事我想都没想过。"学费不是很贵吗?"

"还好啦,又不是那种一对一教学。听说球具可以借,还有公交车能到那里。"

"可是……"

"我也想做点什么事情。"美晴一脸不悦,"我整天待在家里,没什么事可做。身边的朋友都在打高尔夫，偶尔见了面聊聊天，她们都在聊高尔夫，我根本插不上嘴。那样很无聊啊。所以，我想也去打打算了。"

"不会影响家里的经济吗？"我小声说。

"这个我来想办法。这样可以吧？"

"嗯，既然你都这么说了……"

"太好了！"美晴说。看着她高兴的模样，我心中掠过一种不好的预感。

过了一个月左右，美晴说想买高尔夫球杆。

"你当初不是说球具用借的就好吗？"

"想到租借还要付费，不如买更划算。而且，老师也说，不用适合自己的球具，很难打好球。我现在这样，根本没办法上场打球。"

"这些你不是一开始就知道吗？"

"本来我也想忍耐呀。可是，我想既然要买，不如早买，所以才会这样求你嘛。好不好啦，老公？"她双手合十，微微偏着头。

我叹了一口气。"球杆很贵吧？再说，要买的也不只有球杆，应该还得买球袋、球鞋之类的，对吧？"

"现在高尔夫球教室那边正在举办促销活动，学员可享受六折。听说还有球袋和球杆全套卖的。"

她显然陷进了高尔夫球教室的圈套。

"要花多少钱？"

"价位有高有低，我想尽量买便宜一点的。"

我又叹了一口气。最近的确掀起了一股高尔夫球热潮。类似的对话一定正在许多夫妻之间上演。

"我说，你知道我的薪水是多少吧？这里的房租也不是小数目。在这种情况下，你不觉得打高尔夫很不现实吗？"

"所以我也在想办法筹钱呀。老公，可不可以买嘛？"

"如果有余钱，买是无所谓。"

家里的钱都由她管，如果她说没问题，我也只有相信她了。

美晴买了一整套球具，不久便开始以每个月一次左右的频率去球场打球。我对高尔夫球几乎一无所知，后来听说有的人打一次球就要花上好几万，只好逼她说出实情。

"我们打的球没那么奢侈。除非高档球场，而且是星期六或星期天的场地费才会花上好几万元。我们去的都是二三流的场地，有时候是淑女日去，那一天的费用打七折。再说，我中午都只吃拉面，根本不花什么钱，你别担心啦。"

被她这么一抢白，我无话可说。当时我单纯地以为，她是有钱才去打球，要是没钱，她就不会去了吧。

然而，事情还不只是迷上高尔夫那么简单。

我几乎从未打开过卧室梳妆台旁的衣柜。有一次，美晴不在家，我临时要找参加丧礼的衣服，打开衣柜一看，里面塞满了名牌的盒子和袋子。我看看里头，装的都是皮包、钱包、首饰、衣服等物品、每一样看起来都是全新的。

当时要赶去参加守灵仪式，我找到丧服，无暇顾及其他，就匆匆出门了。回家后我马上质问美晴，她却面不改色，大概已经从衣柜里翻找的痕迹看出有人动过了。"那些啊，都是人家送的，或是在折扣商店里买的。再说，那些东西看起来很高级，其实根本不值几个钱。"

"人家送的……人家为什么要送你？"

"原因很多呀。出国旅行的礼物啦，买了之后却不喜欢啦。"

说到这里，我不由觉得事有蹊跷。"我问你，家里现在有多少存款？"

美晴望着电视，没有马上回答。我又问了一次。

"啊？你说什么？"她转过头。

"我们家的存款有多少？"

"有多少哩？"她歪着头想。

"存折拿来给我看。"

"看是可以，可是我最近没有去刷新记录，你看了也没用。"

"你取钱的时候没有单据吗？"

"呃，那种东西我一般都会丢掉。"

"那么，你下次记得看。"

"嗯，我知道了。"

我将家里的钱都交给美晴管理，连银行的提款卡也交给了她，由她提款，再给我零用钱。

过了几天，她还是没有去银行查存款金额。我一催促，她就说什么忙得没空，或是忘了。我被逼急了，直接从公司打电话去银行，报上姓名、说出账户号码，查询存款金额。听到回答时，我的心跳差点停止——竟然是负的。别说存款了，我们还负债。我问为什么会变成这样。接电话的女职员好像被我怒气冲冲的语气吓着了，连忙解释说提款卡有预借功能，最高可以借出定期存款的百分之九十。

那天一下班，我就离开公司。到家时，客厅里传来了高分贝的谈话声。我马上听出，她们是和美晴一起打高尔夫的朋友。玄关并排放着两双陌生的鞋子。她们似乎听见我回来了，谈话声戛然止息。

我走进客厅，看到除了美晴，还有两个女人。她们低头说："打扰了。"两个人都和美晴年龄相仿，一个穿着黑色的衣服，另一个则一身明亮鲜艳的色彩，两人的打扮都给人一种花俏的印象。

"那么，我们也差不多该走了。"穿着鲜艳的女人站了起来，另一个人也随之起身。

"这样啊。那么，改天见。"美晴在玄关目送两人离去。"她们是高尔夫球学校打球的朋友。"她回到客厅说。

"美晴。"

"她们改天要去夏威夷打球。很棒吧？"

"那不重要。你到那边坐一下。"我指着沙发。

"怎么了？"她狐疑地坐下来。

我站着说："我今天查过银行存款了。"

一瞬间，美晴的眼神沉了下来。看她那模样，我心里凉了一大截——果然没错！我原本还希望其中有什么误会。

"这到底是怎么回事？存款金额居然是负数。太离谱了吧？你给我解释清楚！"我一口气说道，不觉激动起来。

"对不起。"美晴坦率地道歉，双手放在膝上，低垂着头。

"我不是叫你解释清楚吗？这到底是怎么回事！"

"我取了太多，所以银行里没钱了。"

"我知道。我是在问你，事情为什么会变成这样？"

"对不起。"

"这不是道歉就能了事的吧？你为什么要瞒我到今天？"

"我说不出口。"

"你不说打算怎么办？纸包不住火，你不可能一直瞒下去。"

她没有回答，只是不断喘着粗气。

"你究竟打算怎么办？你连定期存款都花了，接下来的日子你打算怎么办？"

"我不知道。我自己也不知道该怎么办才好。"美晴双手抱头，像个小孩子撒娇似的不断扭动身体。

"你在高尔夫上花钱太多了，对吧？你说家里的经济你会想办法，就是动用定期存款，对吧？每个月都透支，于是你预借定期存款来填补，反复几次，就成了今天的局面，对吧？"

她默默地点头。

"搞什么鬼啊你！"我气得跺脚，"除了高尔夫，连那些高档皮包、衣服也都是你花钱买的吧？你对我说的那些话全都是骗人的，是不是？！"

"我没有骗人，说的都是真的。我没有买那么多东西，而且那些真的是在折扣商店里买的。这点请你相信我。"

"那些都不重要！"我踢倒沙发，"定期存款原本有两百万哦！你知道我是怀着怎样的心情存下那些钱的吗？想做的事情忍住不做，想买的东西也忍住没买才存下来的。那些钱是为了将来买房子存的。现在呢？只剩下五十万不到。你打算怎么办？说啊！你要怎么赔我？！"

她说了句什么，但声音太小，我没听到。

"你说什么？讲清楚一点！"

"……你。"

"什么？"

"我会还你。"她低着头说，"我工作赚钱还你。"

"别开玩笑了！"我捶打沙发的靠背，"你知道自己在做什么吗？你给我听好了！花钱很简单，但要攒下超过一百万的钱却很困难！那是我省吃俭用，好不容易才存下来的一笔钱，而你却……因为我好说话，把那些……"我气得说不出话来。

美晴忽然从沙发上滚到地上，双手撑地，伏在地上向我磕头赔罪。"对不起，真的对不起。一开始我并没有想到会这样，只是在大家的邀约之下……我心想，不能再这样下去了。但是，我好寂寞，怕大家再也不来约我了。我不想被当成难相处的人。"她的泪水扑簌簌地洒落在地板上。看到她那样，我原本激动的情绪快速冷却下来。

"像我们这种领固定薪水的人，打高尔夫就是个错误。"

"我再也不去打高尔夫了。"她低头继续讨饶。

"真是的……"我咂舌，坐在沙发上，用手搔头。

我感觉美晴站了起来，但没有看她。她一声不响地离开客厅，我想她刚哭过，大概是去洗脸了。

然而，过了很久她还没有回来。我开始担心，跑去看她怎么了。她不在洗脸台前。浴室的门没关，我看向里面。

美晴割了腕，倒在地上。

送到医院后，医生说美晴只是划伤了皮肤，要切断血管并没有想象中那么容易。她晕过去，似乎是因为精神上受到了打击。

美晴在医院睡了两三个小时，我便带她回家了。她一直默不作声，我也不知该如何开口。

在那之后，美晴几乎不说话，整天郁郁寡欢，大部分时间都在卧室里躺着。

我决定自己管理提款卡和存折，尽量不去想已经花掉的钱，还觉得事到如今再去责备似在反省的妻子有失男人的气度。我决定将这件事解释为她不习惯婚姻生活，累积了一些压力，才会通过打高尔夫和疯狂采购来宣泄。

然而，问题没有因此而解决。

渐渐地，家里开始脏乱起来。美晴变得不太做家事。每天我下班回到家，别说准备晚餐，美晴连菜也没买，只是将冰箱里的冷冻食品加热摆上桌，一脸嫌麻烦的样子。这样过了几天，我说了她一顿，她则以"今天累了"或"这个月没剩什么生活费了"搪塞我。而且她的语气渐渐变得不耐烦，甚至只是口头上敷衍了事。她好像时刻处在焦躁不安的状态，我对她略有微词，她就歇斯底里地大吼大叫。

"老公，我可以出去工作吗？"一天晚饭时，美晴用平常那种懒散的口吻问我，看也不看我的脸。

"去哪儿工作？"

"一个朋友在池袋开居酒屋，找我去帮忙。"

"居酒屋啊……"

"就是端端菜、洗洗盘子。"

"哦。"

"再这样下去我会发疯。"

我看着美晴。她也面对着我，目光涣散无神。"我每天都过着枯燥乏味的日子。送你去上班之后，就只能窝在屋子里看电视。我已经受够了自己一个人。最近朋友也不打电话给我了。我推掉一些约会之后，渐渐地谁也不约我了。你觉得这样的日子有意思吗？我现在一点生活的意义都找不到。"

"所以你想工作？"

"我也有权享受人生吧？可是我们家的经济状况让我什么都不能做。所以我才想，玩的钱至少要自己赚。再说，到外面工作可以认识很多朋友，也能转换心情。"她的语调没有抑扬顿挫，一开始看着我的目光也渐渐偏到别的地方去了，最后只是盯着桌子跟我说话。

这理由和打高尔夫时说的一样，问题根本没有解决。

"我说，要不要生个小孩？"我试探着问，"一旦孩子生下来，你的想法一定会有所改变。"

美晴皱起眉头。"你的意思是，我既然闲着没事做，干脆去带小孩？意思是若嫌生活中只有家事太无趣，就找点更累人的工作吗？"

"我不是那个意思。"

"不然是什么意思？我想把生命用在自己身上。要是生了小孩，岂不是什么事都不能做了吗？"

"你不也说过想要小孩吗？"

"那是将来。可这是两回事。我还没有体验到任何人生乐趣。再说，依照我们目前的经济状况，要是生了小孩，日子会很难熬的。你的薪水又不会忽然倍增，你说是吧？"

我们对于生小孩的意见一向对立。我想早点营造一个家，所以想早点要小孩，她却说现在不要。但带小孩的人是她，所以我也无法强迫。结婚前她还装出一副喜欢小孩的样子，没想到婚后竟然会有如此大的转变。

"居酒屋要晚上上班吧？家里的事怎么办？"

"我会先把你的晚餐准备好再去上班，不会给你带来麻烦。可以了吧？"

"可那样我们的生活作息就错开了，我们不就见不到面了吗？"

"我会在你睡觉之前回来。再说，还有假日呀。与其每天大眼瞪小眼，那样反而能有些新鲜感。"

我无言以对。结婚才没多久，她竟然就说出"大眼瞪小眼"，令我震惊。

"还是不行吗？"她叹道，"我从今以后都得一直过现在这种生活吗？毫无娱乐，只能像个黄脸婆关在这套房子里变老变丑吗？"

"没人那么说。"

"可你言下之意就是要我这么做，不是吗？"

"没有其他工作了吗？不是居酒屋，而是能在白天做的工作。找一下应该会有吧？"

"哪儿那么容易找！在那家店可以和朋友在一起，工作起来也比较安心。"

"我一些朋友的太太也在工作，可大多都是在超市或便利店。"

"总而言之，就是不能去居酒屋工作，是吗？你就是要我在超市或便利店做收银员就对了？"

"我没那么说。"

"那是怎样嘛？！"

我不开口，美晴歇斯底里地大叫："行还是不行？！"

我败给了她的来势汹汹，接受了她的提议。为了让她平静下来，只好答应她。看来，当时我应该还是爱她的，才会不想被她当成不通情理的丈夫。只要是她的愿望，我都尽可能满足。

然而，这是一个天大的错误。当时的我还没发现美晴这个女人的可怕。

30

　　美晴开始工作之后，整个人明显变了。她变得朝气蓬勃，表情也生动活泼起来。不但如此，她还花心思打理妆容、衣着，变美了。我想，她果然还是适合外出工作啊，这是个正确的决定。

　　一开始，她会在午夜十二点之前回家。那时我多半还没睡，习惯和她喝杯睡前酒，听她说说工作上的事情。说起工作，她看起来很开心。

　　然而，美好时光却没有持续多久，美晴渐渐晚归，从十二点前变成十二点多，然后又变成一点多。每当她回家看到我还醒着在等她，就会露出一脸意外的表情。"哎呀，你还醒着呀？你先睡吧，不用等我。"

　　这句话听起来像是在说"你先睡觉我更省事"。

　　我问她频频晚归是怎么回事，她面不改色地回答："因为人手不足，朋友拜托我晚一点再走嘛。她又没余钱再雇一个人，也很伤脑筋呀。"

　　"你以后都会这么晚回来吗？"

　　"应该只有最近吧。你也知道，这一阵子很多公司都会聚餐。"

　　"那倒是……"

　　"所以只有最近啦。你可以先睡。"

　　"是吗……"

　　她嘴上说"只有最近"，回家的时间却久久不提早。过了一点还不睡觉，对我而言是一种煎熬。我会在床上等她，但几乎等不到。她回来得晚，早起自然也就成了一种折磨。于是往往我早上开始换衣服了，她还躺在床上呼呼大睡，这样的情况越来越多。如果我勉强叫她起床，她就会露出不悦的表情。

"我好累，今天早上就饶了我吧。早餐你自己买面包吃。"她甚至会这么说，然后拉起被子蒙住头继续睡。

我很想抱怨，但没时间和她吵架。而且，我也不希望夫妻一大早就吵架，只好默默离开卧室。

早上我出门时她还在睡，晚上我下班回来时她已经不在家了。再加上我那样的工作，周末也必须上班，因此很难和她说上几句话。更何况，我休假的日子她也大多躺在床上。

一个假日的中午，我忍无可忍，终于发怒了。导火线是她起床后竟然不换睡衣，直接来到客厅打算叫外卖比萨。

"你收敛一点！连假日都要让我吃那种东西吗？"我将手上的报纸摔到桌上。

美晴目瞪口呆地看着我，然后偏头不解地说："你不喜欢吃比萨吗？"

"重点不是那个。美晴，你最近都没有准备吃的，对吧？你之前说，出门前会把晚餐准备好，但我回到家，你什么也没准备，不是吗？一开始约定好的事情，你都忘了？"

她手上拿着比萨的菜单，茫然伫立，看着地板，很久一动也不动。我瞧着这样的妻子。

良久，她将菜单放回电话柜，低声对我说："对不起。"

"就一句道歉吗？"

她摇摇头。"我现在就去买东西，冰箱里什么都没有。我会赶紧煮点吃的，你可以再忍耐一下吗？"她平淡地说。

"等一等没关系。"

"那么，我这就去换衣服。"话一说完，美晴就要回卧室。

"你等一下。"我叫住她，"你是不是该适可而止了？"

她手搭门把，转过头来对着我。"你这话什么意思？"

"我的意思是，你不如辞掉工作算了。若是你完全无法兼顾家事，去工作根本没有意义。"

美晴转身对着门，垂头丧气地低着头。"如果辞掉工作，我又要失去活着的意义了。我不想再过毫无乐趣的日子。"

"在居酒屋打工那么有趣吗？"

"待在家里的话，什么人都遇不到。"

"可是你也不能因为这样就……"

"我不都跟你道过歉了吗？我都说了，以后我会好好做家事，不是吗？"

"这是道歉就能了事的吗？我说你啊……"

"你真啰唆！"

"什么？"

她转过头来对着我。看到她一脸凶神恶煞的表情，我闭了嘴。

她那样子简直像个恶鬼。以前从没见过她那样，我顿时大吃一惊，哑口无言。然而，那种表情转瞬即逝。她又变得面无表情，低下头，双肩下垂。我听见她用力呼了一口气。"对不起。"她低头赔罪，"本来说好不会给你带来麻烦。今后我会注意。"她忽然平静下来，简直和刚才判若两人。

我不知该说什么，脑中还留着她刚才的表情，尚未恢复过来。"随你高兴！"我总算吐出一句话，转身离去。

接下来的一段日子，美晴依约做好家事，却没有持续太久。每当我回到家，不是看见餐桌上放着从便利店或超市买来的熟食，就是看见冰箱里存着速食冷冻食品。刚开始，她还会在桌上留一张道歉的字条，但久而久之字条也没了。最后，她几乎不再动手做饭。

其他家事她也明显在偷懒。房间角落积满了灰尘，显然她完全没有打扫。洗衣机全无运作的痕迹，脏衣服多得洗衣篮里已经堆不下。即使如此，我还是有衣服穿，因为她不断地买新衣服。

我忍不住说她一下，她就故伎重施，低着头老老实实向我道歉。"对不起。我也知道不做不行，但就是没有时间。"然后马上跑去打扫、清洗。

只要我开口，她就会听话照做，然而顶多维持几天。过了一个星期，整个家又回到原本的状态。这种情形反复多次之后，我也懒得说她了。而且，我也害怕若太过唠叨，又要看她勃然大怒的脸色。

我不再抱怨。换句话说，我放弃了。我已经习惯了在布满灰尘的家中边看电视边吃从便利店买来的冷盒饭，以及在妻子呼呼大睡的时候出门上班。

仔细想想，这说不定正是美晴的目的。她大概看透了我的个性，反正只要道歉，我就无话可说，而且我也不喜欢总是骂人。

若是自我分析，我想我是不希望被她讨厌，不希望失去好不容易才建立起来的家，不希望她因为受不了我的怨言而提出离婚。

大概因为我不再念叨，美晴越来越放肆，就连周末也很少在家。

我发现她的衣服和首饰变得越来越华丽，看起来并不便宜。我问她怎么回事，她面不改色地回答："前一阵子拍卖会上买的。这些都是名牌货，但价格还不到原来的一半。"

"就算半价也不便宜吧？"

"我的零用钱都买得起，不是很贵啦。"

我听在耳里，感觉她特别强调了"我的零用钱"。总而言之，她想说"既然是我自己赚钱买的，就没必要听你啰唆"。

我无法释怀。她的新衣服、皮包、首饰不断增加，衣柜塞得满满的，放不进去的就堆在地上。她说每一件都是便宜买到的，但加起来应该也超过一百万了，我不认为在居酒屋打工能够赚到那么多钱。

就在我开始怀疑美晴时，新的邂逅降临了。

寺冈理荣子身材苗条，三十岁上下。她到我们店里，指名由我服务。

"我朋友在你们店里买了一些家具，他很满意，所以我也想来看看。听他说，当时是一位姓田岛的销售员陪同的。"寺冈理荣子说明她指名找我的原因。我问她，她的朋友是何许人物，她只是含糊带过。

我猜她是在酒店里工作，她说的朋友可能是店里的常客，她担心如果说出他的名字，会辗转传进他太太耳里。

她的魅力足以让人作出如此猜测。她的容貌不是太美，全身上下却散发着一种让男人心动的妖艳。她询问家具价钱的时候会扬起下巴，眼珠向上盯着我。一看见她那微微湿润的眼眸，就好像有一股电流蹿过我全身。

寺冈理荣子要买灯具，说现在用的灯和家里的氛围不协调，想全部换掉。

我带她来到灯具楼层。天花板上吊着各式各样的灯，站在电灯底下，照得人发热。理荣子似乎很喜欢西班牙灯具，却又没到决定购买的地步。

"在这里看是很漂亮，可是不知道放在我家里怎么样。"她抬头看着雕工精细的灯具。看来她也很热，从脖子到胸口一带的皮肤微微冒汗。我移开视线。

"再说，只买这么一盏又没意义，对吧？必须考虑到和其他灯的协调。真伤脑筋呀。"

"您府上的家具是什么感觉的呢？"

"这个嘛，真要说的话，算是比较时尚吧。"

"哦。"

"可是，也不完全都是时尚的。我还有一个老式的五斗橱，有些是朋友送的，所以很难统一。"

只怕是客人送的吧，我心想。"如果您有府上的照片，我比较好推荐。"

"也对。"

"有人和您一起住吗？"

"没有。我一个人住。"

寺冈在这一层转了几圈，忽然盯着我，唇边浮现一抹深不可测的笑容，看得我心跳加速。"我想拜托田岛先生一件事。"

"什么事？"

"可不可以请你到我家看看，然后推荐适合的灯具？"

"我……吗？"

老实说，我很惊讶。倒也不是没有客人提出过这种要求。有时候会有客人要我到家里测量窗帘的尺寸，顺便看看家里的样子，讨论装潢相关事宜，但那都是相当熟识的客人，从来没有第一次上门的客人提出这种要求。

"不行吗？"她歪着头说。

"不，当然没有不行的道理。"

"那就是可以喽。"

"如果时间上能够配合的话。那么，您觉得什么时候方便？"

"我随时都行。请说你方便的时间。"

"您说随时都行，是指工作日也可以吗？"

"可以呀。只要你事先决定日期，我总有办法空出时间。"

"哦……这样啊。"我查看自己的安排，问她下个星期一如何。那天我休息。

"可以呀。"她马上回答。于是说定那天下午四点，我去造访她位于丰岛区的公寓。

她离开之后，我的心情还是莫名地亢奋。我很久不曾去女人家中了。我并没有期待什么，心情却像是面临第一次约会，只盼星期一快点到来。

那个星期一，我自己泡了咖啡，边喝边看报纸，美晴窸窸窣窣起了床走出房间，坐在我对面，点燃一根万宝路抬头吐出一口烟。自从到居酒屋上班之后，她抽烟抽得越来越明目张胆。她以前就抽烟，但在我面前总会按捺住烟瘾。

"想吃什么？"她用粗鲁的口气问我。

"啊？"

"晚饭你想吃什么？我待会儿要去买东西。"她一副不耐烦的样子。

我不希望她为了要做饭摆出那么不悦的表情。我想告诉她自己的想法，但随即打消了这个念头，今天我要去寺冈理荣子家。在那之前，我不想搞坏心情。

"今天不用准备晚餐了。"我说，"我要去客人家讨论装潢的事，在外面吃过饭才回来。"

"哦，这样啊。"美晴丝毫不感兴趣，将香烟捻熄，又回卧室了。

三点过后，我换上上班穿的衬衫，出了家门。美晴没出来送我。

寺冈理荣子的公寓说是在丰岛区，其实再走几步就到练马区了。外墙上贴着茶色瓷砖，看起来还很新。

我到了她家，只见她穿着针织衫曲线毕露，裙摆很短，而且没有穿丝袜。她身材苗条，胸部却高高隆起，当场让我眼睛不知该看哪里。

"不好意思，让你特地跑一趟。"她看着我，面露微笑，唇上涂了淡粉色的口红。

"哪里，希望帮得上忙。"

"请进。"

她家是一室一厅，饭厅里摆着玻璃桌面的餐桌和金属制的椅子，典型的时尚风格，但沙发是庄重的皮质，木茶几则像是产自美国，整体风格果然很不一致。

"房子的感觉不错。"我还是要说说场面话。

"可是，家具的感觉很凌乱吧？"

"不过，这倒也不是感觉统一就能解决的。"我坐在墨绿色的沙发上，将房间的位置图素描在带来的笔记本上。理荣子端来了红茶。

"如果想凸显家具，最好避免造型太抢眼的灯具。像这种水晶吊灯，就太过于光彩夺目了。"我指着吊在天花板上的灯说。

"这是一件纪念品。"她仰着头，低声说。

"这样啊。"

"结婚的时候，我和丈夫一起去一家二手家具行买的。"

"啊……您结婚了啊？"

"两年前离了。"理荣子微微一笑，"对不起，讲这种杀风景的事。"

"不……"我摇摇头。

"田岛先生，你结婚了吧？"

"是啊。"

"有小孩吗？"

"没有。"

"这样啊。那还在蜜月期吧？"

"没那回事。"我挥挥手，"内人也在工作，很难碰得上面。我们也很少交谈，已经是倦怠期了。像今天，我要出门的时候，她还在睡觉。"

"不会吧。"理荣子笑了。

"我常在想，单身的时候还好些呢。寺冈小姐不再结婚了吗？"

"结婚啊……"

"啊，这是个人隐私，我不该多问。"我慌忙低下头。

"没关系的。我目前暂时不考虑结婚，反正工作也很有趣。"

"您从事哪方面的工作？"

"该怎么说好呢？"她站起来，不知从哪里拿来一张名片，递到我面前，上面印着类似银座酒店的店名和她的名字。"我不会要你来光顾的。"她笑着说，"那里很贵。我真不知道去那种地方喝酒的人在想什么。"

"名人也会去吗？"

"这个嘛，非常少。"

理荣子告诉我店里发生的各种事情，那对我而言完全是另一个世界的故事。我一会儿"啊"，一会儿"哦"，嘴里发出的净是感叹词。

我们又兴高采烈地聊了些与装潢无关的话题。猛一回神，竟然已经过了三个小时。

"哎呀糟糕，已经这么晚了。"她看着手表说，"不好意思，把你留到这么晚。"

"哪里的话，是我打扰太久了。那么，我大致知道房间的情况了，我回店里会再想想哪种灯具比较适合。"

"我也可以从商品目录上选吧？"

"当然。"

"那么，"理荣子说，"可不可以请你下礼拜带着商品目录再来一趟？我想在家里讨论比较好决定。"

"那是无妨，可是……嗯……也是礼拜一吗？"

"这个嘛，礼拜一比较方便。"

我很意外，没想到能够再次和理荣子独处。从第二天起，我便开始寻找适合她家的灯具。我找来商品目录，一有空就看。有时候想象理荣子在我选的灯具下放松的身影，便会感到一种莫名的刺激。

星期一来临了。她要我傍晚六点到，我有点遗憾没有时间和她好好相处。

出来迎接我的理荣子身穿围裙。这已令我很惊讶了，她家里竟还飘着一股炖肉的香味。

"我想，既然客人特地前来，偶尔也要做点菜。"

"您客气了，我哪是什么客人……"我显得手足无措，但当然不会觉得不舒服。

"我今天休息。我们或许可以慢慢地边吃饭边讨论装潢的事，还是你老婆煮好了饭在等你？"

"没有，怎么可能。"我猛摇手，"她出门工作去了，不到三更半夜不会回来。"

"哦，那么正好。"

"真的可以吗？"

"什么？"

"就是，嗯，在这里吃饭。"

"当然。就是为了请你吃饭，不擅烹调的我才会洗手做羹汤呀。"

"啊，那么，我就不客气了。"

我已经全然不知是怎么一回事了。三十分钟后，我和理荣子相对而坐，吃着她亲手做的菜。她说不擅长，实际上厨艺相当精湛。我们还喝了高级葡萄酒。

看来理荣子对我有意，我也挺喜欢她。平时总是看到美晴邋遢的一面，我不禁将她们放在一起比较，心想：这种女人才是理想的妻子。

吃完饭后，我们继续喝酒。我有些醉了，不知不觉瘫坐在了沙发上，手臂环住一旁理荣子的肩。

"你今晚非回去不可吗？"她抬头用妖艳的眼神看着我。

我脑中混杂着犹豫、困惑和高兴。事实上，酒精让我失去了判断力。"不，没关系。"我回答。

"真好。"说完，她紧紧抱住我。我也用力搂着她……

31

在理荣子家过夜后，好几天我都像踩在云端。我的手记得她皮肤的细致触感，也时时回想起她呵气如兰的芬芳，那实在美好得太不真实了。我甚至觉得，这世上并不存在一个叫理荣子的女子，一切都是幻影。

"喂，田岛，你在发什么呆？"当我在办公室里等待客人指名时，经常有同事这么问我。大概是因为我总是一副心不在焉的样子吧。

我无法忘记那一夜。想再次同理荣子联络，电话却打不通。我衷心期待她再次到店里来，她却没有打电话来预约。

就在我朝思暮盼的某一天，回到家时，我发现玄关和平常不一样。我一时未反应过来，脱鞋时才发现，原来美晴没有出门。

邋遢的她平时很少将脱下来的鞋子摆好，一堆鞋子总是挤在一起，而她出门之后，就会空出一双鞋的空间。那天却不一样，害我费了点力气才将自己的鞋子放好。

我打开走廊上的灯，走进客厅，那里一片漆黑。我按照平常的习惯一面松开领带，一面摸索墙上的电灯开关。

打开开关，我吓了一大跳，美晴竟然趴在餐桌上。不知她是不是要出门，看起来服装仪容已整理完毕。

我想出声叫她，却先咽了一口口水。桌子上居然放着威士忌酒瓶和酒杯，瓶里的酒已喝得一滴不剩。一个溃不成形的盒子掉落在她脚边，蛋糕上的奶油从盒子的缝隙渗了出来。

"……你怎么了？"我对着美晴的背影说。

她没有反应。我以为她睡着了，但她醒着。她的背微微颤抖。

"喂！"我再次叫她，她忽然抬起头来，烫卷的长发杂乱不堪。她慢慢转过头。看到她的眼神，我吓了一跳。只见她双眼布满血丝，眼线已被泪水冲掉，直勾勾地瞪着我。

"干吗？"我声音嘶哑，清了清嗓子。"发生什么事了吗？"我总算勉强说出这么一句话。

美晴拿起桌上的威士忌酒杯，里头还有一厘米高的琥珀色液体。我以为她要将酒喝下，结果不是。她忽然将酒杯砸向我。

我闪身躲开。结实的杯子没有破裂，砸在客厅的门上，发出一声巨响。"你干什么？很危险啊。"

然而，她又伸手去抓酒瓶。我全神戒备。

美晴没有将酒瓶砸过来。她站起身，高举酒瓶，发出野兽般的号叫向我扑来。我抓住她的手臂，夺过酒瓶，扔到沙发上。她乱吼乱叫，试图挣脱，又是抓我的脸，又是捶我的胸。我忍无可忍将她踢开。她正好倒在餐桌腿边蛋糕盒掉落的位置。

"你干什么？究竟是怎么回事?！"

她还是没有回答，又抓起蛋糕盒，朝我扔过来，却没瞄准，掉到了一边，蛋糕散落一地。好像是草莓蛋糕，已成了一摊烂泥。

一颗草莓滚到我脚边。我捡起来，扔进垃圾桶。这时，美晴忽然吼道："你给我吃下去！"

"啊？"

"你给我把那种东西吃下去！你把我当傻子！"她声嘶力竭地大吼。

"喂，美晴。你在说什么？你在生什么气？我做了什么？"

"做了什么？你别装傻了！"

美晴拾起掉在一旁的蛋糕块向我砸来，正中我胸口。白色的鲜奶油黏在灰色的衬衫上。我茫然盯着那块污渍，然后火冒三丈。"你适可而止吧！忽然发火，到底是怎么回事？你这样我怎么会知道为什么？你有话就说！"

"为什么……你应该最清楚为什么！"

"你这话是什么意思？"

美晴站直身体，从餐桌上拿起什么，又往我这边扔来，却轻飘飘地掉在了地上。那是一张卷曲的小纸片。我看着她，捡起那张纸。那是一张名片。看到印在上头的字，我浑身冒出冷汗。

是理荣子的名片。

难道是美晴发现了她给我的名片？我马上意识到，不是那么回事。美晴不可能因为这种小事歇斯底里。

我感觉脚底一滑，是踩到了鲜奶油。

美晴依然瞪着我。我想，得说句话。"这……怎么了？"

"别装蒜了！你明明变了脸色。我傍晚正准备出门，那女人到家里来了。"

"怎么……"怎么可能！理荣子不可能知道我住在哪里，但我不敢断言。说不定她有办法查到。既然名片就在眼前，美晴又那么说，理荣子来过家里想必是事实。我舔了舔嘴唇。"然后呢？"

"然后什么？"

"她来过然后怎样？她怎么了？"

"我不是叫你别装蒜了吗？你如果不是白痴，应该想得到那女人到家里来做什么吧？"

我完全不知道这是怎么回事——我本来打算这么说，却说不出口。我想，那只会惹得美晴更愤怒。

"你说句话呀！"

"你要我说什么？"

"什么都好。反正你把我当傻子，说点什么理由都好。"

"我没有把你当成傻子。"

"你明明就是！"美晴吼道，"我告诉你那女人对我说了什么。她一副不要脸的样子，问我要不要离婚。"

我睁大了眼睛。"不会吧？"

"我干吗骗你？我完全搞不清她在说什么，还想这个人是不是脑筋有问题。可是，听她一路讲下去，我才知道那女人和你是什么关系。"美晴一口气说到这里，依旧瞪着我，然后咬住嘴唇，摇摇头，"我好不甘心，又难过，痛苦得不得了。可是啊……可是那女人竟然笑了。你知道她说了什么？她说：'噢，看来他还是不打算离婚啊。你先生在玩危险游戏哦。'她见我大受打击，好像很开心的样子。"

我紧咬牙关，全身汗毛直竖，不知该对她说什么，只好低下头，盯着被鲜奶油弄得黏黏的林子。

"你倒是说句话呀！"美晴再度吼道。接着，我听见什么东西当哪倒下，抬头一看，餐椅已倒在地上。

我做了个深呼吸，心依然跳得很快。

"怎么样？你答应那女的了吗？她说你要和我离婚。"

"不，我没有那么说。"

"那你说了什么？"

"我……什么都没说。"

"胡扯！"

"我没有胡扯。"

"那么，你承认和那女人偷情吗？"

我沉默了。要是承认，就一切都完了。但事情到了这个地步，我不承认也是一样。

"怎么样？"

又有什么东西飞了过来，正中我的膝盖。茶杯骨碌碌地在地上滚动。

我依然默不作声，美晴的啜泣声传来。她趴在地上，哭声渐渐变大，开始像小孩一样号啕大哭。她一边哭一边念念有词，反复咕哝："好过分，好过分。"

我走近她，提心吊胆地将手放在她肩上。

"别碰我！"美晴扭动身体，大声叫道。我只好将手缩回来。

忽然她站起来，看也不看我便小跑着离开了客厅。她也许打算离家出走，我想。但接着我听见卧室的门被用力甩上了。

过了好一会儿，她都没有从房里出来。我开始不安，跑向卧室。我想起从前她割过腕。

我将耳朵凑近卧室的门，一点动静也没有。我将门拉开一条细缝，看见她趴在床上，肩膀抽动着。耳边传来啜泣声，我静静地关上了门。

我在走廊上坐下，叹了一口气。木地板上留下了一个又一个脚印，是我沾了鲜奶油的脚留下的。我脱下袜子和外套，卷成一团，放在角落，到流理台拿来抹布擦地板，顺便也收拾了客厅。这时我才发现，沙发旁有一件被撕成碎片的围裙。一定是美晴悔恨不已的时候撕碎的。

打扫完毕，换过衣服，我又去卧室看看她。幽暗的房间里，美晴背对着我躺在床上。已经听不见啜泣声，也听不见熟睡的呼吸声。不过，毯子底下的脚窸窸窣窣地在动，证明她还活着。

我在客厅的沙发上坐下，出神地想着理荣子的事。她为什么会到这里来？只是为了打击美晴吗？我在书上看过，有的女人有这种癖好。理荣子会是那种女人吗？这样做究竟有何乐趣可言？

莫非理荣子真心希望我离婚？难道她希望我离婚，和她结婚吗？一开始，她的确表现得比我积极。可再怎么说，我们才见过三次面，发生过一次关系。而且自从发生关系之后，她就再也没跟我联络了。

我想打电话给理荣子。这个时间她应该在店里。但我没有行动。通话若被美晴听到，事情恐怕会变得更复杂。

时间一分一秒地流逝，我丝毫不觉饥饿，倒是喉咙干渴不已，喝了好几杯水。

过了十二点，我听见卧室的门打开了，有人来到了走廊上，厕所的门开了又关了。两三分钟后，美晴从厕所出来，我没有听见脚步声。她伫立在走廊上。我想，她是在犹豫要不要进客厅。我的身体涌起一股力量，将双手放在膝上握拳。

美晴进来了。但她看也不看我一眼，往厨房走去，像我刚才一样用杯子接水喝，发出"呼"的吐气声。她缓缓向我走来，像个病人，动作缓慢地坐在沙发上。她拿起放在茶几上的香烟和打火机，开始抽烟，不断吞云吐雾。她每吐出一口烟，我的胸口就缩紧一次。

第一根烟抽到快剩烟蒂的时候，她在烟灰缸里捻灭了。我想起有人说过，从一个人熄掉香烟的方式，可以知道这个人爱不爱吃醋。

"你整理的吗？"大概因为哭过，她的声音沙哑。

"啊？"

"地板。地板呀，刚才不是乱七八糟的吗？"

"噢。嗯，大致收拾了一下。"

"哦。谢啦。"她又抽出一根香烟，含在嘴里，用打火机点燃。

我十指交握，倏分倏合，手心冒汗。

"你打算怎么做？"美晴以一种完全没有声调的语气问我。

"什么怎么做？"

"我问你想怎么样？那女人不是说你要跟我离婚吗？"

"我说过了，我没有那么说。"

她吸了一口烟，或许因为眼睛浮肿，我在她脸上几乎看不出表情。即便如此，还是能看出她在怀疑我的话是否可信。

"几次？"

"啊？"

"你偷情偷过几次？"

我咽一口口水，不想回答这种具体问题。

"事情都已经败露了，也没有什么好隐瞒的了吧？你老实说！"

"只有一次。"

"是吗？"美晴从鼻子喷出烟，"只有一次，对方可能跑来说那种话吗？"

"真的。只有一次。"

我不知道她是否信了。只是见她捻熄第二根烟。那根烟还剩挺多。

"为什么？"她低声说，"你为什么要做这种事？"

"抱歉。"这句话不禁脱口而出。我微微低头。

"你觉得道歉就能了事吗？"

"当然不是……那么，我该怎么办才好？"

"我不知道。"美晴侧脸对着我，从面纸盒中抽出纸，擦拭鼻子下方。

我们沉默许久。外面有一辆救护车经过。一旦沉默，外面的声音便格外清楚。

"你们在哪里认识的？"她总算开口了。

"她来我们店里，找我讨论装潢的事，然后请我去她家里……"

"你就毫不避嫌地去她家，被她勾引了，是吗？"她说，"简直是白痴。"

"我一开始完全没那个意思。"

"是吗？然后呢？你喜欢她？"

"不，谈不上喜不喜欢……毕竟还没见过几次面。"

"可你们却上床了，不是吗？"

又是一个令人不得不闭嘴的问题。我低下头。

"接下来你要怎么做？"

"怎么做……我完全没想过这个问题。"

"哦。"美晴站起身来，离开客厅。我想这次她真的要离家出走了，但她没有。她拿着一些东西回到了客厅。"总之，你先写道歉信。"

"道歉信？"

"嗯……不是道歉信也无所谓，反正你再怎么道歉也没用。总之把你这次做的事情写在纸上。”

“怎么写？”

“把你跟谁、怎么偷情写下来就行了。只写你偷情几个字也可以。如果你不想写对方的名字，也可以不写，可是要写下日期。”

“写那种东西做什么？”

“爱做什么是我的自由吧？”

“你让我写下这种东西，是要当离婚诉讼的证据吗？”

“就算不写这种东西，我一样可以离婚。”她粗鲁地说，“我不想让这件事就这样不了了之，所以我要你写下来。”

我的目光落在纸上，拿起笔，思考该怎么写。“我不知道该怎么写才好。”

“真拿你没办法。”美晴歪着嘴说，“那你照我说的写。我，田岛和幸，已婚，却和一名来到店里、叫寺冈埋荣子的女人发生肉体关系。错全在我。我愿意做任何事，为这件事情负责。”

我按她所说动笔，满脑子只想让她的心情平静下来。

最后美晴要我用大拇指捺手印。我蘸上印泥，重重地盖在签名的地方。“这样可以了吧？”

美晴盯着写好的文字，仔细地将纸折好。“我话说在前头，我是不会离婚的。”

“我也没有打算离婚。”

“但我要你为这件事情负责。”

“我该怎么做才好？”

“我还不知道。我会慢慢想。在那之前我要你发誓，再也不会做出那种事情。”

“我发誓！”

“你真的要发誓？”

“我真的发誓。”

美晴微微点头，站起身来，看起来比刚才稍微有点精神了。我总算放下了心中一块大石，看来她的心情已经平静了些。她不打算离婚，也让我松了一口气。

第二天午休时间，我打电话给理荣子，想质问她为什么要做出那种事，然而电话还是不通。而且，电话没有跳到答录机，因而无法留言。

我也想过直接去理荣子的公寓，但一想到美晴，便打消了这个念头。如果理荣子告诉美晴我后来又去找过她，恐怕美晴势必离家出走。

过了一个多月，我终究没有和理荣子联络上。我不再打电话给她，她也音讯全无。

或许理荣子真有奇怪的癖好，她诱惑我，只为了搅乱我的家庭。又或许她是和美晴见过面后才打算不再和我交往。我不在乎是哪一个原因。我决定忘了她。

那一晚之后，美晴绝口不提我偷情的事，她和之前一样，一到傍晚就出门，直到深夜才回家。有时候，她会为我准备晚饭。一切又恢复了原样。以前，我常常想抱怨两句美晴几乎不做家事、工作到那么晚，但现在我决定保持沉默。毕竟，我没有资格再抱怨了。

没错。我已经无法责备美晴了。不久，我才知道那是多么严重的一件事。

32

感觉上，我们又过上了风平浪静的日子。夫妻之间的对话比以前少了许多，但我只得接受。毕竟，我是夫妻失和的始作俑者。

然而，走向毁灭的倒计时却早已开始。

那段时间出现了一个奇怪的迹象。美晴的随身用品变得比以前更华丽了。举凡首饰、皮包、衣服，还有化妆品，所有看得见的东西都变得更新颖更奢侈。但我没有勇气开口过问那些东西是怎么来的。我不想破坏她的心情。

存折由我保管，她不可能擅自动用存款，因此我只好睁一只眼闭一只眼，不去看她挥霍钱财。一旦在意起来，就会没完没了。

不久，我知道事情已经到了不可收拾的地步。我在自动柜员机提取现金后，看到交易凭条上显示的存款余额时，我真怀疑自己的眼睛有没有问题。我想，其中一定有什么误会。

之前美晴擅自动用了家里的钱，于是我将定期存款解约，全部转到了活期户头。在那之后，我又慢慢存钱，照理说存款余额应该有六十万左右，但那数字却少了一个零。

我慌忙跑去刷存折，一行行交易记录中竟然有两笔我完全不知情的支出，分别提走了二十多万。

这两笔钱都被转到信用卡公司，但我并没有办他们的信用卡。这是怎么回事？我打电话到其中一家信用卡公司询问。听到回答时，我差点晕倒。

对方说，有人用我的名字申请信用卡，并已于约两个月前核发，而且同时还申请了副卡。请款金额都来自副卡。

我这才明白过来。美晴擅自给我申请了信用卡，然后用副卡购物。美晴作为妻子，要拿到申请信用卡所需的资料简直是易如反掌。或许信用卡公司曾打电话到我工作的地方，询问是否有叫田岛和幸的员工，只是那件事没有传进我耳中。

信用卡公司的客服人员好像怀疑我的信用卡被人非法盗用。我马上含糊其辞地挂了电话，怕引起轩然大波。

这样就不必再打电话到另一家信用卡公司确认了。美晴的手法想必如出一辙。

事到如今，我不能再当哑巴了。我决定等美晴回来之后把话说清楚。那天晚上，她凌晨三点多才回家。看见我坐在餐桌旁等她，她一时间大感意外地睁大了眼睛，但随即就用一种爱理不理的语气说："哎哟，你还醒着呀。"

"你为什么瞒着我，擅自办了信用卡？"我压抑着激动的情绪问她。

美晴的眉毛稍稍挑了一下。但她表情的变化仅止于此，又恢复了一副兴趣寡淡的样子，到厨房接了杯水喝。

"你有没有听见我在问你？"我正想进一步发问，她重重地叹了一口气，大步走出餐厅，很快便回来，将两张信用卡放在餐桌上。正是那两家公司的信用卡，刻在卡片上的英文拼音，表示两张都是我的信用卡。

"我忘了拿给你。对不起。"她满不在乎地说。

我拿起两张信用卡，做了两次深呼吸，忍住想要怒吼的冲动。"我在问你，为什么要擅自办信用卡？"

"我只是没机会告诉你嘛。"

"这种事应该先同我商量吧？这可是用我的名义办的啊！"

"有信用卡比较方便啊，这样出门就不用带现金了。"

"问题不在这儿。"

"要是叫你去办，不知道要弄到什么时候，所以我就去办了嘛。"

"你还擅自办了一张副卡，对吗？"

"是啊。人家也想买东西嘛。"

"别开玩笑了！"我的拳头捶在餐桌上，我已经忍无可忍了，"你一个月花了五十万，到底在想什么？！这下我们家已经几乎没有存款了啊！接下来的日子，你打算怎么办？"

我想起之前我们也曾有过相同的对白。当时，美晴忽然哭了起来，向我道歉说她要工作赚钱还我。现在的她却不一样了。她先是望向身旁，耸耸肩膀，然后瞪着我。"不过就那么点钱，你干吗啊？"她小声地丢出这句话。

"你说什么？！"

"我说，不过就那么点小钱，你发什么火啊？就五十万而已，有什么大惊小怪的。你自己在外面拈花惹草，我不过是钱花得稍微凶了点，有什么大不了的。想想你自己做了什么好事！"

我一阵茫然。看来她果然还没有原谅我。她对理荣子的事一直无法释怀。"那么……这是你的报复吗？"我低声问。

"不是。"美晴摇摇头。"我只是想忘掉讨厌的事情，只是单纯的消愁解闷。我想，花点钱应该是可以原谅的。毕竟，我……"她说到这里，再次用锐利的眼神瞪着我，"我伤得很重。"

她一提理荣子的事，我就无话可说。她最近一直没有再提，我深信那件事已经过去了，没想到她还怀恨在心。我真觉得自己太天真了。

我舔了舔嘴唇。"如果你要消愁解闷，应该还有别的方法吧？而不是用这种方式……要是你说想买东西，我也会二话不说拿钱给你啊。"

"我不喜欢凡事都要得到你的许可。你以为是什么害得我受苦？还不是因为你！明明是你害的，为什么我连消愁解闷还要乞求你的许可？再说，我只能在你许可的范围内宣泄压力吗？"

"照你这样宣泄，这个家会被你毁掉。没有生活费，你打算怎么办？话说回来，你开始工作，也是因为想自由地花钱，那么你自己赚来的钱呢？"

"那一点钱，随便买个东西就没了。"她赌气地又将头转向一边。

"钱不够用，你就办信用卡吗？"美晴没有回答。不过，就算答了也一样。我叹了一口气。"你之前说要我负责。这就是你所谓的负责吗？"

她转过脸，一副无法置信的表情。"这点小事？你以为这种芝麻小事就算负责吗？因为你，我身心俱疲。我不知道该相信什么而活下去，也不知道接下来如何是好。我看你是不知道过这种日子是什么滋味吧？"

"我知道。当时我不是发过誓，再也不会做出那种事了吗？"

"你以为那样就可以一笔勾销了吗？"

"当然不是。"

"我也觉得自己行为出格。可是，有时候就是痛苦得不得了嘛。我只是想暂时忘记那件事，做些奢侈的事而已。有那么罪大恶极吗？"

我无话可说，双手握拳，盯着地板。美晴冲出客厅，接着传来卧室门关上的声音。

好一阵子，我无法动弹。她的字字句句就像一根根钉子，钉进我的胸口。我拿起一瓶威士忌和杯子，不加冰块直接喝了起来。我了无睡意。就算睡得着，我也进不了卧室。

噩梦并没有在那一夜画下休止符。美晴的挥霍也不见收敛。我原本笃定，存款余额减少，她就会停止花钱，但我猜错了。她居然又办了两张信用卡，不断购物或预借现金，利用分期付款使账面看起来不至于太夸张。然而，越来越高的月付额一眨眼就超出了我的薪水。我只好解除公司在银行办的优惠存款，来填补不足的部分，但很明显，这种做法只撑得了一时。

当然，那段时间我对美晴的行为也不是坐视不理。我拜托她，买东西至少要用现金。"这本存折和提款卡交给你保管，扣除生活费之后剩下来的钱，爱怎么花随你，别再用信用卡购物了！"

然而，她置若罔闻。"我已经知道家里没钱了，所以才会到处借钱。"

"你那么做，我们真的会倾家荡产啊！那样也无所谓吗？"

"关我屁事。我话可先说在前头，就算你停掉我的信用卡也没用。你要是那么做，我就去地下钱庄借钱。"

我完全不懂美晴在想什么。她不可能意识不到，这么做等于掐住自己的脖子，但她不打算住手。于是我怀疑，这说不定是一种殉情方式。难道她要拖着我，一起坠入地狱吗？

在公司上班时，我心里七上八下，非常担心美晴会去借高利贷。说真的，我甚至想过把她软禁在家。那段时间我做事心不在焉，工作错误百出。

"你怎么了？最近完全无法专心工作。你这样让我很头疼。"上司经常批评我。我只好不停地低头赔罪。总不能说出家里的事情。

那段日子里我的体重迅速下降，镜子里映照出一张神情憔悴、眼窝凹陷的脸。除此之外，我还很操心每个月的账款该怎么还。若放任不理，美晴恐怕会到别的地方借钱。

终于，发生了一件决定性的事情。有一天我回到家，美晴在等我。她给我一张文件，要我签名盖章。看完文件内容，我差点吓晕过去，那是一张金额为五十万的贷款申请书，对方是一家不曾听过的金融公司。

"不管我怎么算，下个月的账款都吃紧，所以我决定向这里借钱。"美晴若无其事地说，"签名吧，别忘了盖章。"

我浑身颤抖起来。除了愤怒，还有对这个女人的恐惧。这一刻，我确定自己娶了一个可怕至极的女人。

"你知道自己在做什么吗？"我的声音在颤抖。

"干吗啊，那脸怪吓人的。我当然知道啊，可是钱付不出来又有什么办法？其实我还想多借一点，可是对方听到你的薪水，说只能借这么多。薪水低的人，想借钱也没得借。"她说完冷笑了几声。

那一瞬间，我的愤怒达到了顶点。我站起来。回过神时，美晴已捂着脸倒在地上。我的手掌又痛又麻，我知道自己对妻子下手了。

美晴捂着脸颊，抬头看我，双眼发红，咬着嘴唇。

"滚出去！你这疯婆子给我滚出去！"我咆哮道。

美晴以惊人的速度站起来，离开客厅，冲进卧室。只听里面一阵噼里啪啦，不到十分钟，美晴便走出卧室。我在客厅里看见她两手提着大行李箱，走向走廊。

当我犹豫该不该阻止她的时候，玄关传来穿鞋的声音。我走向客厅入口，刚要走到走廊，就听到了开门关门的声音。

我看了一眼空无一人的玄关，走进卧室。卧室里衣柜全开着，真切地留着美晴将整排衣服取下塞进行李箱的痕迹。有一把缠着头发的梳子掉在地上。

我捡起梳子，拿在手里躺到床上。床上残留着美晴的体味，我嗅着那股气味，一种异常的空虚袭上心头。

那天夜里，美晴没有和我联络。我猜她恐怕回娘家了，所以当第二天由希子打电话到公司找我时，我吃了一惊。美晴昨晚似乎睡在仓持夫妇的房间里。

由希子说："不管怎样，我现在去你那里一趟。"

过了约三十分钟，我们在公司大厅里碰面。

"我听美晴说了事情经过，我想你大概也有苦衷。"由希子一脸严肃。

"美晴怎么说？"

由希子先是一脸难以启齿的表情，然后开口说："她说你背叛了她。她心烦意乱之下才会挥霍无度。然后你打了她，还叫她滚出去。我原以为你不会打老婆，没想到……"

我发出低吟。美晴说得不假，一点没错。然而，由希子转述的话，又让人觉得哪里不太对劲。

"怎么？美晴说的是真的吗？"由希子问。

"嗯，基本上是那么回事。"我只好这么回答。

由希子脸上明显浮现出灰心的神色。不，应该说是灰心中夹杂了失望和轻蔑。

"外遇的事，我跟她道过歉了，而且在那之后我也没有做出越轨的事。关于伤害美晴这一点，我愿意做任何事情补偿她，可是……"

"可是你出手打了她。"

"出手打她，我很抱歉。当时我也乱了方寸，但她不断地到处乱借钱……"

"你的心情我懂，但弄到今天这个局面，始作俑者还是你吧？"

"话是没错。"

"既然如此，美晴耍点小脾气也情有可原吧。"

我无法释怀。我明白由希子要说什么，但觉得目前的情况并不如她所说那么简单。

"美晴说她想离婚。"

我惊讶地睁大眼睛。"她说想和我离婚？"

"嗯。不过，我想她是因为现在情绪有点激动，才会不顾后果。"

"离婚……"我垂下头。

"喂，该不会连你也这么想吧？"

"我昨天夜里也想过，是不是只剩这条路了。"

由希子皱起眉头，摇摇头。"别那么急着下结论嘛。总之，你们应该好好谈一下。我家那口子也这么说。"

"我家那口子……是指仓持吗？"

没错。眼前这个为他人着想、近乎完美的女人已经嫁与他人。仓持就是那个幸福的丈夫。仓持设计让美晴成为我的妻子，让我为那个女人所苦。

"你们稍微冷静一段时间再谈吧。"由希子用稍带命令的语气说,"在那之前,我们会照顾美晴。"

"她不打算回娘家吗?"

"她好像不想让娘家知道。应该是不想让他们担心吧。"

"哦……"

美晴几乎从不和娘家联络。结婚典礼之后,我也没有好好同她娘家的人说过话。

"你不用担心会给我们添麻烦。毕竟,是我们介绍你和美晴认识的,我觉得这点事是我们应该做的。不管怎样,我和我家那口子都希望你们两个人过得幸福。"由希子的眼神中流露出真挚。

"我和我家那口子都……"仓持也希望我们过得幸福吗?

我在心里低喃:"这可就难说了。"

三天后,我和美晴在东京都内的一家饭店的咖啡厅里见面。我坐在角落里等候,仓持夫妇带着美晴走了进来。她穿着一件我没见过的白衬衫,像是在表示她想像白纸一样,从头来过。

仓持和由希子在稍远的一张桌子旁坐下,美晴独自走到我跟前。她在对面的位子坐下后,看也不看我。"对不起,这么忙还把你叫来。"

"你好吗?"我问。

"还好。"

之后,我们沉默了好一会儿。我偷看仓持他们。仓持背对着我,我和坐在他对面的由希子视线相遇。

"我冷静下来想了很多。"美晴总算开口,"我想,现在的生活再过下去对彼此都没有好处。而且我想,我大概一辈子都会记恨你偷情的事,你应该也不想和一个心里有疙瘩的老婆生活下去吧?"

"你的意思是不能原谅我?"

"我想,就算和你在一起,我心里的伤也无法愈合。"

"也就是说，你想离婚吗？"

"你呢？你不想离婚吗？"

"我觉得如果能够重来，我还是想重新开始。不过我们彼此都必须有所改变。"

"我大概做不到。"她接着我的话说，"我也想改变自己，而且非改不可。可是，要做到这点，就必须忘记过去所有的不愉快。我这么说很抱歉，但我光是看到你的脸，就会焦躁起来。"

我苦笑良久，脸颊有些抽搐。她这么说还真不留情面。

"如果你怎么也不肯离婚，我就只好来硬的了。"

"来硬的？"

"我有朋友在当律师。我想，我们就到他那里去谈吧。"

"你的意思是要打官司吗？"

"迫不得已的话。毕竟，我手上握有你偷情的证据。"

"证据……"我马上明白了美晴指的是什么——她先前要我写的道歉信。我真是太蠢了。这个时候我才想起自己当初慌忙签名捺指印的那份文件。

"你当时就料到事情会发展到这一步吗？"我忍不住问。

"我并没料到什么。我只是不喜欢事情结束得不清不楚。"

美晴的话不值得取信。但反过来想，就算我知道事情会发展到这一步，当时也不得不签名捺指印。

"怎么样？你还是不同意离婚吗？"美晴用责备的眼神看着我。

我忽然明白答案原来早就有了。这个场合根本不是为了让我们对话准备的，而是为了让我听她的答案。不容我反驳。仔细一想，一对分居的夫妻在饭店的咖啡厅这种公共场合谈话，也是一件很奇怪的事。本来应该是我去仓持家的。

"我知道了。"我回答，感觉自己的肩膀重重地垂下。

"你同意离婚了，是吗？"我感觉到美晴眼中闪烁着光芒。她这么想和我离婚，叫人情何以堪。

"嗯。"我点头。

"太好了。"她叹了一口气，应该是放下心来了，"还好没有生小孩，对吧？"

"是啊。"

要是有小孩，事情的走向会完全不同，而且她应该也不会如此爽快地提出离婚。我甚至怀疑，她会不会是料到有今天，才无意生小孩？

"十万就好。"美晴说。

"十万？"

"每个月的生活费呀。仅凭我现在的工作，日子根本过不下去。"

"要我付吗？"

"当然啊。害我们离婚的人没道理一点责任都不用负吧？"

"所谓的赡养费？"

"嗯，是啊。其实，我更想一次性地要一大笔啦，但知道你没钱，所以才要你至少保障我每个月的生活费。"

"十万我办不到。"

"那么，这件事我们改天再谈。"说完，美晴向由希子他们使了个眼色。

由希子先向我们走来，仓持默不作声地跟在她身后。

"我们决定要离婚了。"美晴对由希子说。

"啊？"由希子瞪大了眼睛，盯着美晴，视线随即转到我身上来，"田岛先生，这样好吗？"

"好啦。我刚才已经跟他确认过了。"美晴代替我回答。

"可是……"

"我想，我给你们添麻烦了。我今天晚上就会搬出去，你们别担心。"

"等一下，美晴。你们真的好好谈过了吗？"

"我们根本就没有对话的余地。仓持先生，事情就是这样。"美晴对仓持丢出这么一句话。仓持一脸尴尬地搔搔鼻翼。

美晴拿着手提包站起来，迅速往出口走去。由希子追了出去。

我拿起杯子喝了一口水，托着腮。明明是自己的事情，却只能目瞪口呆地看着剧情一步步发展。来这家饭店之前，我还细细思考过该怎么与美晴谈谈，但一切只是白费力气。

当我回过神来，发现仓持正坐在我对面抽烟。他一和我四目相对，便将香烟捻熄。"人生起起伏伏，这件事你别放在心上。"仓持说。

"我听由希子小姐说，美晴曾在你的公司待过，对吧？听说是你提议让她当我老婆的？"

不知仓持是不是已经做好了心理准备，他并没有露出惊讶的表情。"我只是想，也许你会喜欢她。不过我只是想想而已。"

"可是你故意假装坚决反对我们交往。"

"但你还是不顾我的反对，想和她结婚，不是吗？"

仓持说得没错。我九从反驳。

"算了，反正事情已经变成这样了，再说那些也没用。如果你有烦恼，不管什么事都可以找我商量。我会尽可能帮你。"

我摇摇头，拿着账单站了起来。"我不愿欠你人情。"我往收银台走去。至少在这个时候，我要佯装潇洒。

33

提出离婚申请之前，还有一些手续要办。首先，必须拟一份包含赡养费在内的约定文件，然后还得寻找接下来的栖息之所。我们退掉了之前的公寓，毕竟一个人住空间太大，而且房租太贵。美晴也说她不想住那里。

我找到了一套位于江户川区的公寓，号称是一室一厅，厨房却只有一座简陋的流理台。实际上，那就是一间套房，非常狭窄，放进床和小茶几之后，几乎连站的地方都没有了。我和美晴相继找到了新家，我完全不知道她找的房子格局如何、房租多少。

天公不作美，我搬家的那天正好进入梅雨季。两名搬家工人将几件简单的家具和衣物从旧家搬出，制服被雨淋得湿透。他们开来的是最小的卡车。结婚时购买的家具和电器几乎都归美晴所有，搬完家的那天晚上，我连要吃碗泡面都费了好大一番工夫。

我离婚的事在公司里引起了轰动。有人只是因为感兴趣向我问东问西，有人则特地跑来告诉我一些谣言。但我想一定有更多人基于无凭无据的想象，在背后说闲话。

我被叫到人事部。人事部长拐弯抹角地打探我离婚的原因，我坚决表示是因性格不合，但他相信到什么程度则不得而知。

行李很快整理好了,住起来稍微舒服了些。美晴原本就不太做家事,所以我也不怎么觉得生活上有什么不便。我打扫完房间,吃着自己做的饭菜时,忽然心想:我究竟为什么要结婚呢?为了明白这点,我可是付了一笔高额学费。

然而,梅雨季结束后不久,我才意识到自己太低估那笔"学费"了。几家信用卡公司纷纷打电话来通知,说存款不足,扣不到款。我一查才发现美晴对好几张信用卡使用了奖金付款①购物。听到应付金额后,我大吃一惊,那完全不是我付得起的数字。我立刻打电话给美晴,质问她是怎么回事。

"噢,那件事啊。我没跟你说过吗?"她冷淡地说。

"你没跟我说过啊。你打算怎么办?我可付不起。"

"你跟我说这个,我也很头疼啊。"她一副事不关己的口吻。

"可那是你花的钱,跟我又没有关系。"

她顿了一下,然后说:"你忘了协议书中的内容吗?"

"协议书?"

"离婚时签过。我想其中应该有一条,婚姻存续期间发生的一切债务由田岛和幸负责。"

"那指的是分期付款的信用卡费。我并不知道还有奖金付款。"

"那是你的事吧?要怪就怪你没问清楚。"

"你故意隐瞒这件事吗?"

"我并没有故意隐瞒。如果你要那么想,那随你的便。不管你怎么想,事情还是一样。"

"我不会付钱的!"

"请便。不过,不知道信用卡公司会不会接受你这种说法呢。"美晴

---

① 一般日本公司除了年终奖金外,还有年中奖金,各于冬、夏季发放,奖金付款即是这种概念的延伸,为一种信用卡分期付款的方式,于每年冬、夏支付该笔刷卡金额,至于利息是否加计与加计金额则依各家信用卡公司的规定而有所不同。

平铺直叙的语调使我的神经更加紧绷。

"你要那么做的话，我也自有打算。"

她似乎马上领会了我言下之意，便说："我话先说在前头，你要是不付赡养费，我可不会默不作声。到时候我会据理力争。"

"这话什么意思？难道你要法庭上见吗？"

"那就要看你的处理方式了。总之，我会要求协议书上的权利。"

"那种混账协议书是无效的。"

"那么，你就去法庭上说吧。不过，要是打起官司，伤脑筋的是你，到时候公司也会知道哦。"

我霎时沉默了。不知道她是不是确定自己赢了，电话中传来意味深长的笑声。"反正你八成没有跟公司说实话。你一定隐瞒了离婚是因为自己偷情这件事。要是又因为不付前妻赡养费而闹上法庭，你大概会更无地自容。"

"够了，我知道了。"我挂上电话。

我再度体会到美晴的狡猾。我不再认为她是因为压力太大才成了购物狂。当她知道我出轨时，就已经写好了这出戏码。反正要离婚，就尽情挥霍，让这个男人替自己付账再逃之夭夭——她一定是如此策划的。我只能这么想。而且，她早就料到我会全面隐瞒自己的外遇事件。

我懊悔不已，但她说得没错，为保住颜面，我不想把事情闹大。

我正不知所措时，灾难使者带着更严重的灾难找上门来。两名男子佯装成客人到店里指名要我服务，而他们其实是金融公司的催款员。那是一家我从未听过的公司，他们礼貌的态度也只是表面上装出来的，我一看就知道他们不是什么正派人士。

美晴向那家公司借了一百万，连带保证人是我。

我说："既然钱是她借的，冤有头债有主，要催债请去找她。"两个男子脸上浮现出一抹微笑，"就是因为她那里要不到钱，我们才来找你。再说，你和她离婚的时候不是约好了欠款全由你负责偿还吗？她给我们看了一份正式的文件，上头是这么写的。"

讨债的特别强调"正式的"这三个字。

不用说，美晴借的钱自然还要付利息。我顿时感到眼前一片黑暗。

"我们还会再来！"他们丢下这句话后离开了。我猜他们打算每天来"拜访"我。他们会每天上门，直到怕被公司知道内情的我拗不过他们，言听计从为止。

那天我几乎无法工作。上司骂了我一顿，我却连听的心思都没有。可怕的画面接二连三浮现于脑海，我忍不住打电话给美晴，却打不通。就算打通，事情也不会有什么好转，她只会像先前那样反驳我。

我觉得那两个人会在家门前堵我，因此实在不想回家，但总不能一整晚都徘徊街头，最后一班电车快要发车时，我总算踏上了回家的路。

一回到家我就看到一部奔驰停在路旁。我有一种不好的预感，觉得是那两个催款员的车。

就在我低头快步走进公寓时，身后传来开关车门的声音。我赶忙冲上楼梯。我住在三楼，虽然可以搭电梯，但我等不了了。

我上了三楼，在大门前拿出钥匙时，听见了电梯到达的声音，有脚步声向我靠近。我急忙打开大门，正要冲进家里，背后有人叫我。

"田岛。"

我停止了动作，回过头，看见仓持缓步朝我走来，嘴角挂着一抹微笑。"你怎么这么晚才回来？加班吗？"

"干吗？已经这么晚了。"我喘着气。

"我有点事想跟你说，所以在楼下等你。我一看到你就叫你，你好像没听到。"

"什么事？"

"就是有事要跟你说嘛。不会花你太多时间，可以打扰一下吗？"仓持双手插在裤兜里。

就是因为这个人，我才会和一个可怕女人结婚，落得如此下场。一想到这里，憎恨之情在我心中油然而生。我想至少要狠狠臭骂他一顿，发泄一下，但奇怪的是，我今晚又很希望有人在身边。一个不会向我讨钱的人。

我呼了一口气，推开大门。"屋子很小，进来吧。"

仓持点头，走进房间。"真的很小啊。"他缩着身子坐在廉价的茶几和电视机中间，说："没有好一点的房子了吗？"

"房租太贵了，这里已经是我能租到最好的房子了。"我老实回答。

"房租啊……"仓持拿出香烟，看我没有递上烟灰缸的意思，于是随手抓了一个空啤酒罐。"是不是在为钱烦恼？"

我默不作声。我想将心中的不满发泄到他身上，却又不想让他以为我在说丧气话。但实际上现在已不是逞强的时候了。

仓持吐出一口烟后说："最近由希子好像跟美晴小姐通过电话。由希子说，听到了有点令她吃惊的事。"

我抬眼看他，他也看着我，继续说："听说你连她借的钱都得还，是不是？像是信用卡的借款……"

"美晴那家伙会把这种事告诉由希子小姐吗？"

"好像是由希子在和她通话的过程中，觉得有很多地方不对劲，逼她说出来的。据美晴小姐说，那是你们离婚时约定好的，说要是不让你付那些钱，就太便宜你了。"

我转开脸去，无法回答。

"你为什么要在那种协议书上签名？你该不会没有仔细读过内容吧？"仓持提出疑问。

"我想早点解脱。再说，我没想到她的借款有那么多。"

"真的有那么多吗？"

我不想回答仓持的问题，总觉得会被他当成天字第一号大白痴。

"看样子，她的借款应该不止信用卡吧？是不是还有什么其他债务？"

"不用你管！"

"果然有吧？"仓持将没吸几口的烟捻熄，"是一家叫消费者金融的公司，还是……"一点不错，我的表情僵硬起来。他看见了我的反应。"我说得没错吧？"

"那种事不重要。"

"怎么不重要？我和由希子都觉得有责任，我们应该介绍更好的女人给你。把事情全说出来！"

他伪善的语调惹恼了我。我心想，他心里明明觉得我是傻瓜，他明明是来嘲笑我的……

"今天，那家公司的人，"我将白天催款员递给我的名片放在茶几上，"来过我们公司了。"

仓持看着名片，皱起眉头。"地下钱庄吗？"

"我打算找律师商量。真是太莫名其妙了。就算在协议书上签过名、盖过章，也不能把所有债务都扔到我头上来吧？"

"你有指定的律师吗？"

"我没有认识的律师，打算找一位。翻翻电话簿应该就找得到。"我想告诉他，这样的难关我会靠自己的力量渡过。但我也很清楚，那只是耍耍嘴皮子，只是逞强给他看。

仓持大概看透了这一点，微微摇头，点燃第二根烟。"总共大概有多少？"

"什么多少？"

"借款啊。包含地下钱庄的部分在内，你究竟得还多少钱？"

"不知道。"我将脸转向一旁。

"什么叫不知道？你说个大概的金额！"

"你问这个干吗？要帮我付吗？"

仓持一脸认真地轻轻点头。"我想，只好这样了。"

我举起手用力一挥。"别麻烦了。我不想欠你人情。"

"当然，这只是暂时帮你垫钱，将来你还要还我的。这应该好过向地下钱庄借钱吧？再说，信用卡卡费如果不快点还，就会被列入黑名单！"

不用你多事——我将到了喉咙的话吞了回去。老实说，仓持的提议可真是绝处逢生。如果对方不是仓持，我一定会客气一番，再欣然接受。

仓持看我不吭声，将手伸进外套的内袋，拿出一个信封。鼓鼓的信封看起来就像个圆筒。"总之，你今天先收下这个。里面正好两百万。"

"……这，什么？"

"催债的应该不会等你吧？你拿去应急。如果你不想欠我人情，就快点赚钱还我。总之，只是借钱的人不一样而已。我不会收你利息。"仓持站起来，"下星期再见个面吧。这笔钱你先收下。"

"等一下。你不必这么做。"

"我不是说过了觉得自己有责任吗？用不到这笔钱最好。如果你用不着，下星期再还我。这样可以了吧？"

"我没写借据。"

"如果你需要这笔钱，下星期再写收据给我吧。"仓持丢下这句话便离开了。

他走之后，我打开信封一看，里面塞满了万元纸钞。仔细一数，确实是两百张。一想到那家伙竟然可以若无其事地留下这么大一笔钱，我对没出息的自己感到气愤。

更窝囊的是，到了下星期我将无法原封不动地归还这笔钱。仓持来家里的第二天，金融公司的人就找上门来。他们虽然没有使用暴力，却不断恐吓我。"田岛先生，如果你不能马上还钱，我们可以替你想还钱的方法啊！比如说办信用卡，你先去买高价的东西，再将物品交给我们。或者是给你介绍别的金融公司和可以马上赚到钱的工作，方法很多！不过，你万一有个不测，那可就不妙了，所以不管怎样，请你先保个险吧。当然，要保寿险哦。你不用担心保险费，我们会替你付，反正不过是一年的保费，没什么大不了的。你不问为什么是一年吗？因为我们一年之后一定会叫你还钱。到时候要是你还不出钱，就不知道会怎么样了。让我们伤脑筋，你大概就不会有好日子过了。我们会让你不想活，弄到你想一死了断。话说回来，寿险在参保一年之后，就算自杀也领得到保险金。唉，我只说说而已，这跟你没有关系……"

我无法从他们的口气中判断这只是单纯的威胁，还是带有几分认真。我根本连判断的心力都没有，马上将仓持借我的钱拿出来给了他们。

美晴应该借了一百万，但他们同时从我这里拿走了高额的利息。当他们满意离去之后，我许久连站都站不起来。

既然这笔钱已经用了，我干脆将剩下的钱拿去偿还信用卡的债务，没几天就一毛不剩了。

"你不用放在心上。我借你钱，就是让你还债的。能够帮上忙就好。"一星期后，仓持来到我家，听我说明后也没有露出一丝惊讶，反而用一种称得上温和的口吻安慰我。他大概早料到我会用那笔钱。我觉得，这种悲惨的境况，自己就要不堪负荷了。

"我会尽早把钱还你。"说出这句话已经是我的极限了。我怎么也无法抬起低垂的头。

"别那么沮丧嘛。至少问题解决了，不是很好吗？要是讨债的每天上门，你工作大概也没法做了。"

"我写借据给你。"

"我很想叫你别做那种见外的事，但还是写一下好了，不然你心里大概也不会舒坦。"

仓持拿出一份文件。那是一份正式借据，只要填上金额和几个数字，再签名盖章就行了。

他在借据上写下利息和还款期限。利息非常低，还款日期距离现在也还有很长一段时间。他拿借据让我过目，说："如果没有问题的话，就签个名。"我没吭一声，就在上面签了名、盖了章。

"其他的借款怎么办？信用卡的卡债好像还不少。"

"奖金付款的那个我已经还了一部分。至于每个月的账款，我只好再想办法了。"

"你不是还要支付美晴小姐的赡养费吗？筹得到钱吗？"

我沉默了，完全不知道上哪儿筹钱。

"你目前的收入如何？方便的话，能不能让我看看薪水条？"

"那种东西怎么能说看就……"

"别说那么多嘛，让我看看，我只是确认一下。"

我已经无法违抗他的命令，将最近一个月的薪水条递给他。

"嗯，这应该是一般上班族的收入。"他看着薪水条说，"老实说，这份薪水过一般的生活应该不成问题。可是，一旦考虑到借款和赡养费，就挺吃紧的了。"

我微微点头，事到如今已经没有反驳的余地了。

"怎么样？要不要帮我工作？"仓持将薪水条放在茶几上说。

"工作？卖股票吗？"

"替客人买卖股票，或当散户的顾问。你虽然是个生手，但不用担心，我会从头教你。"

"你们公司应该不会人手不足吧？为什么找我加入？"

仓持不改盘腿的坐姿，伸直脊背，抱着胳膊。"其实，我最近决定自立门户了。到底也该自己经营一家公司了。我在兜町附近租了一间办公室。"

"自立门户？你？"

"我从目前的公司带了几个人过去，社长也同意了。毕竟，说到对目前公司的贡献，如果我居第二，没人敢居第一。我不会让人有机会说闲话的。"

我端详着他意气风发的脸庞。

"看什么？我脸上有什么东西吗？"

"没有。"我摇摇头，"我只是觉得你很了不起，居然能一个接一个地开展新的事业。我觉得很佩服。"

"你在挖苦我吗？"仓持叼着香烟说。

"不是。我由衷地佩服你。"我真的没有挖苦他。我厌恶仓持的性格，却不得不承认他很有本事利用无形的商品赚钱。"不过，你现在才刚要着手准备成立公司，对吧？我这样说可能有点欠妥，但在公司尚未打开局面的情况下，你有闲钱付我这种生手薪水吗？"

仓持猛地喷出一口烟，大概没想到我会这么说。"我说田岛，我以前拉你做过各种工作。我承认，那些生意都有问题，但我从来没有让你损失过一毛半角。不管是穗积国际，还是东西商事，你应该都赚了一些钱。你能有一些积蓄，也是因为做了那些工作，对吧？如果我没记错，我只让你损失过一次，可是那跟生意扯不上关系。"说到这里，他贼贼地笑了，"五子棋。你忘了吗？"

我有点惊讶，没想到他会主动提起那件陈年旧事。"你还记得？"

"当然记得。这世上没有人欺骗朋友心里还会好过的。"

我盯着他轻松说出"朋友"二字的嘴角。

"股票很有趣哟！只要动脑一定赚钱，赔钱的都是些不会动脑的家伙。这世上的笨人比较多，所以笨蛋手上的钱才会不断跑进聪明人的口袋。这样的话，为什么要担心会失败？放心吧，我敢保证，包你稳赚不赔。还有，我正在考虑经营副业，一个大规模的副业。"他压低声音继续说，"我想涉足不动产。"

"土地吗？"

"公寓也行。"他点头，"你也知道，地价不断上涨，今后还会继续。我想先尽可能地筹集资金，再投资不动产。这个赚钱比股票还稳。"

"宝石、黄金、股票，接下来终于轮到土地了吗？"我叹了一口气，"你这家伙，怎么总是……"我讲不下去了。

"田岛，我告诉你赚钱的真髓。举例来说，假如这里有一万元，买了一百元的泡面之后，就剩下九千九百元。这样一来，钱就会迅速被花掉。首先是尾数的九百元，接着是减少一两张千元钞。钱眨眼之间就会花光。这你懂吧？"

我点头。我真切地明白这点。

"但你可以倒过来考虑赚钱。首先，把一万元变成一万零一百元，这并不难。接着把一万零一百元变成一万零两百元，这也不难。只要反复这个简单的动作，就可以轻易地将一万元变成两万元，大部分的人都是笨蛋，只想马上让一万元倍增，所以才会失败。"

"听你这么说，世上的人好像都是笨蛋。"

"是啊。脑袋不灵的家伙真是多得令人瞠目结舌。"仓持爽朗地笑了。"你考虑一下。"说完，他就离开了。我恍惚地咀嚼他说的话。世上的人都是笨蛋——我觉得这是在说我。只不过犯了一次错，就把拼命工作存下来的钱悉数散尽，还背负一身的债务。

34

几天后，我决定造访寺冈理荣子。既然电话不通，只好直接登门。

虽已事过境迁，我还是想找她当面问清楚。为什么要做那种事？破坏别人的家庭很有趣吗？

到了丰岛区的那栋茶色瓷砖建筑，我一边思考怎么开头，一边走进电梯。我的思绪尚未理清，便已抵达她家门前。我做了一个深呼吸，按下对讲机按钮，没有人回应。就在我想着，大概不在家吧，正要放弃时，听见一个女人说了声"来了"。那声音很模糊，听不大清楚。

"不好意思，方便请教您几件事吗？"我没有报上姓名，怕理荣子知道是我，便不愿开门。我认为她不会记得我的声音，但说不定会从窥孔中看到我，于是我背对着门。

过了一会儿，我听见门锁打开的声音。同时，我转过身来。

然而，站在那里的却是和理荣子毫不相干的一个人。本打算抵住门缝的我，赶忙停止脚下的动作。

"请问，有什么事吗？"一个三十岁上下的女子看着我，一脸诧异。

"啊，请问，这里不是寺冈理荣子的家吗？"

她摇摇头。"不是啊。"

"那么，您是最近才搬过来的吗？"

"说是最近……其实也搬来一年多了。"

"一年多？"时间比我认识理荣子还要早。

"不好意思，您还有其他问题吗？看来好像弄错人家了。"

"啊，对不起……"

我不可能弄错。当时，理荣子确实带我到了这里。

门砰的一声关上。我在门前呆立良久。这时，我才注意到门旁挂了名牌，屋主姓本田，当初理荣子找我来时并没有挂出这种东西。真令人惊讶。寺冈理荣子究竟到哪里去了？不，更重要的是，她到底是何方神圣？

我知道对方会嫌烦，还是又按了一次门铃。

"有何贵干？我也很忙的。"本田小姐脸上浮现警戒的神情。

"对不起，我有几件事情非问不可。请问您认不认识一个名叫寺冈理荣子的女人。"

本田小姐马上摇头。"我不认识，也没听过这个名字。"

"那么，您曾经和谁共用过这间房子？即使对方不是常来，只是偶尔借住……"

"没有。为什么您要这么问呢？"

"因为……"我递出名片，"其实在大约半年前，我曾送家具到这户人家来，可您不是当时的那位客人，所以我觉得奇怪……是这样的，关于当时那位客人买的家具，我们有点事情想和她联络，所以……"

名片似乎多少发挥了作用，本田小姐的警戒神情淡了些。但她依然一脸惊讶地皱着眉头。"我没有订家具。我看您是不是真的搞错了？"

"可是，确实是这里。请问您搬到这里以来是不是一直居住？有没有过长期空着房子没住人？"

"这个嘛……"从本田小姐的表情来看，她好像在回想什么。

"有过吗？"

"只有半年前……我在国外待了一个月，可是那段期间我没有将房子借给任何人，而且钥匙也在我手上。请问，您还有其他问题吗？我想一定是您弄错人家了。"她打算关门。

"请等一下。我还有一个请求。能不能让我看看房子？这样就可以搞清楚是不是我弄错了。"

"恕我拒绝。我不会让来路不明的人进家门的。"她使劲拉动门把。

"那么，您家的客厅里是不是有一张伊莎艾伦的茶几呢？一张木制的大茶几。"

她的表情有了变化，困惑地看着我。"我是有一张木制茶几，但不记得是哪个品牌。"

"那么，餐桌是不是玻璃的呢？椅子是金属骨架、皮革垫的那种。"

本田小姐明显地流露出惊讶。因为我说得准确无误。

"那些……家具都是随处可见的，不是吗？"

"所以我想请您让我看看房子。只要我看过，事情就清楚了。"

她好像在犹豫，并不想让陌生男子进屋，然而自己家里却确实有眼前这个人说出的家具。是不是有谁擅自使用过我家呢——她脑中一定在想这个问题。

"那么……"她开口说，"我在这里，你进去看。不过，请别乱碰里边的东西。"

"我知道了。谢谢您。"

本田小姐任大门开着，人一动不动。我从她身旁穿过，踏进室内。一进屋，是一条短短的走廊，里面是客厅。我打开门。

墨绿色的沙发、水晶吊灯、黄色窗帘，一切都和之前一模一样。因为工作的关系，我对家具过目不忘。那张茶几正是伊莎艾伦的产品。

"怎么样？"本田小姐不安地问我。

我不能回答正是这套房子。要是我那么做，她多半会报警。把事情闹大对我绝非好事。

"我不知道该怎么说才好。"我偏着头说，"感觉好像是这里，又好像不是。毕竟过了很长一段时间。"

"请您仔细看清楚！如果事情不清不楚，我心里也会觉得不舒服。"
不知道是不是因为她的家具和我说的完全吻合，她的态度出现了微妙的
变化。

"等我回到公司，说不定会发现什么蛛丝马迹。我再跟您联络。抱歉，
可以告诉我您的联络方式吗？"

本田小姐爽快地告诉了我电话号码。

"您真的没有把钥匙借给过谁吗？"

"没有。"

"请问，您知道房东的联络方式吗？我想由公司方面询问房东。"

她一脸不悦。"如果真有必要，要问房东的人也是我。毕竟如果让
房东知道我不在的时候发生过那种事，我说不定会被赶出去。"

"如果您没把钥匙借给别人，应该不会被怪罪吧？"

"我不希望房东认为我是个麻烦人物。我是经过一番严格审查才租
到这套房子的。房东说过，如果我惹出一点小问题，就会请我搬出去。"

她不打算让步，我只好退一步。

"那么，您问过房东之后能不能告诉我结果？请打名片上的电话，
我会感激不尽。"

"我知道了。可是，我还没想好要不要问房东。"

"哦。我认为您还是跟房东联络一下比较好。"

道完谢，我离开了。接下来，她多半将会度过一段不安的日子。看
她的样子，似乎不会询问房东。

一般而言，房子出租后，房东或房屋中介公司都会保管一套备用钥
匙。我想知道那套钥匙的下落，却又不能越过本田小姐自作主张出面询
问。但仔细一想，就算房东和房屋中介公司知道寺冈理荣子的所作所为，
也不可能告诉我实情，而就算他们不知道，也不会承认房子可能被人乱
用。

寺冈理荣子究竟是何方神圣？为何要潜入别人的屋子勾引我呢？她不只是勾引我，还破坏了我的家庭。

唯一剩下的线索就是银座的酒吧，然而询问之后，我发现那家酒吧却不存在。我给一家店名相似的酒店打电话，却被告知没有一个名叫寺冈理荣子的陪酒女在那里工作，从前也不曾有过。

我总算开始思考，自己是不是中了什么圈套。寺冈理荣子从一开始就存心接近我、勾引我，破坏我的家庭，然后一走了之，消失无踪。

问题是，她目的何在？破坏我的家庭，对她有什么好处？

从那以后，我一有空就去银座或六本木的酒店街上徘徊。我确定理荣子在酒店工作。既然如此，说不定能在哪里遇见她。然而，我却没有勇气进入那些店一一询问。

如此毫无斩获地过了两个月左右，有一天仓持打电话给我，问我要不要到他公司看看。就像他之前说的，他已在大约一个月前自立门户。

我不想去，但说不出口。他借给我一大笔钱，我能够平安度日，都拜他所赐。

仓持的公司位于日本桥的小舟町，一栋七层建筑的五楼。仓持满面笑容地出来迎接满腹困惑的我。"我等你好久了。本来想早点跟你联络的，可是有很多事情要忙。"他心情很好。

办公室里摆着二十多张桌子。已过了晚上七点，还有大约十名员工留下来加班，看起来这些人都是二十出头。

"证交所收盘后，你们还要工作吗？"我问。

"证交所收盘后，我们的工作才刚开始。我们会根据今天的收盘结果拟定明天的作战策略，有时候晚一点还要跟客户联络。时间就是金钱。"

一个看似高中生的女员工为我和仓持端来咖啡。

"年轻人真多啊。"我看着她的背影说。

"大部分都是今年刚毕业的年轻人。"

我看着顺口回答的仓持。"都是没经验的人吗？"

"有两个是我从之前的公司带过来的，其他的都没经验。"

"这样啊……"

"放心啦！"仓持一手端着咖啡杯，哧哧地笑了，"这份工作生手也能做，只要教会他们专业知识和技巧就行了。"

他打开抽屉，拿出一本小册子。"你看看这个。"

册子上的标题是《创造机会月刊》，好像是上个月的过期杂志。我打开一看，里面的预测报道搭配着图表，介绍今后哪家公司的股票会上涨。

"这是我们公司发行的出版物。做得很棒吧？这可是签约时的武器哟。我们会先请对方公司订阅这本杂志。"

"哦。可是，重点在于这些预测报道是否准确，对吧？"

"那当然。所以我会命令跑外务的员工，把这个也拿给客户看。"仓持拿出一份剪报。那似乎是从工商报纸上剪下来的，一篇有关"Tronics股价蹿升"的报道。Tronics是一家半导体厂商，他们以不到过去成本的一半，开发出制造太阳能电池的技术，使股价飙升。

"你再看看我们公司的报道，"仓持翻开《创造机会月刊》，"你瞧，这边。"

看到他翻开的那一页，我不禁啊了一声。上面报道了 Tronics 申请到电池制造技术专利的消息。"太厉害了！你们怎么掌握这种信息的？"我非常惊讶。

"这是商业机密。看过这两篇报道之后，大部分客户都会想订阅一阵子看看。"仓持贼贼地笑，点燃香烟。

"嗯，大概吧。"

"我说田岛，你要不要来帮我？"仓持吐着烟圈说，"我想将这里作为基地，进而夺取天下。为了做到这点，我必须打下磐石般稳固的基础，目前这样还不算完备。如果你来了，虽然称不上完美，至少会更接近完美状态。如此一来，我就能成为一国之主了。"

"你这么说不是很奇怪吗？就算没有我，你也已经是一国之主了。你已经盖好这么壮观的一座城堡了。"

仓持依旧夹着香烟，挥了挥手。"你不懂。光有城堡这座建筑物，没有软件是不行的。有了城堡、军队、武器，你认为接下来还需要什么？"

我不知道，便摇了摇头。仓持说："优秀的家臣，或者叫智囊团。这些都齐备了，我才能成为国王。"

照仓持的说法，这处办公场所是城堡，十多名部下是军队，集资的手段则是武器。

"我是个生手，不可能成为你的智囊团。"

"没那回事，你可以的。我刚才不是说过了吗？有没有经验没关系。我会教你该怎么做。"

我苦笑。"你想要的是智囊团，对吧？就是代替你思考、补足你欠缺的部分。如果是你培育出来的人，根本不能成为你的智囊团，没有高于你的智慧。"

"你或许没有帮我赚钱的智慧。但一个经营者需要的并不只有这点，他也需要了解部下的资质，使其团结一致。不管从事何种工作，都需要懂得如何做人处事。"

"那倒是，问题是我在目前的公司也只是一个基层员工，从来没带过一个部下，更别说当经营者的左右手了。"

"不用担心，我都这么说了就错不了。我们是一起经历过大风大浪的朋友，我最了解你了。从某个层面来说，我比你还要了解你自己。"仓持充满信心地说。

"我办不到。我一点自信都没有。老实说，我连辞去现在工作的勇气也没有。"

"哈哈，难道你怀疑我的公司会倒闭吗？"

"老实说，是吧。"说完，我低下了头。"虽然我承认你有做生意的天分。"我半讽刺半认真地说。

"我知道了。那么，不如这样吧。你先挂名做我们公司的董事，我希望你出席每月一次的董事会。我会在不妨碍你工作的日子举行董事会。这样如何？"

"你为什么那么需要我挂名，非得做到这种地步不可？"

仓持皱起眉头，将椅子拉到我身旁，以手掩口，以免被部下听到。"老实跟你说，我需要大人。"

"大人？"

"就像你看到的，这些人说是部下，其实都是刚大学毕业的小鬼。反正他们只是小兵，倒也无妨。但是，一旦遇到紧要关头，还是得由大人出面。这个时候光靠我一个人，说服力是不够的。万一被客户看轻，生意就吹了。这就和做医生或律师一样，一定要获得客户的信赖，所以我需要大人。你懂了吗？"

我不是不懂仓持的言下之意。但是，自己的名字被用于这样的目的，我无法释怀。

他仿佛看透了我的心思，问我："我说，那件事你打算怎么办？虽然我是不太想提……"

"哪件事？"

"就是，"仓持几乎不动嘴唇地说，"我借你的钱呀。"

"噢……"我只好低下头，"我会设法尽早还你。"

"话是这么说，但你大概没有办法还吧？何况你还要付对方赡养费。"

"对方"指的是美晴。

"那倒是……"

"所以啊，我这么提议，也是考虑到了这一点。你成为我们公司的董事，我就能付薪水给你，你也就可以从中还我借给你的钱。"

我眼珠上翻看着他，然后又低下头。"你没有理由为我这样做。"

"事到如今，我不准你再说这种话！再说，我有理由。你只要好好以董事的身份努力为我工作，就算是帮了我大忙，而公司也会赚钱。这岂不是三赢的局面吗？"

听他这么说，我思绪有些混乱。想到自己目前的状况，我应该对他的提议心怀感激。再怎么深交的朋友，大概也不会为我做到这一步吧。然而，我憎恶他，甚至三番两次想杀他。

我抬起头，正视仓持的脸。

"怎么了？"他问我。

"你为什么要为我做这些？如果你想要一个挂名的董事，想找多少就有多少吧？应该不见得非我不可。"

仓持淡淡一笑，掏掏耳朵。"我刚才应该也说过了。我们介绍朋友给你认识，你娶了她，却给自己招来莫大的苦难。我想，我该以某种形式向你道歉。"

"就算这样……"

"当然不只是这样。"他继续说，"如果我只是因为内疚就将重要的职位交予你，公司很快就会倒。我刚才用了'家臣'二字，但明智光秀也是织田信长的家臣。明智光秀实力虽强，却不能让这种不知什么时候会割下自己头颅的人当家臣。当我要找这世上最值得信任的人时，身边似乎只有你一个。"

我大感意外，眨了好几下眼睛。仓持所说的内容，还有他讲话时的表情，竟然带着我至今未曾见过的羞涩。

"怎么样嘛，要不要帮我？我想这对你应该是个好消息。"

"是啊……"我要他让我再考虑一下，说完就离开了。然而，当时我其实已经作了决定。

第二个星期起，我以董事的身份每周去一次仓持的公司。说是董事，主要的工作其实就是金钱和人员的管理，特别是考核员工的工作表现，并将其反映在薪资上。

至于重要的买卖股票，仓持几乎都不教我。他的说法是，管钱的人不用知道那些事情。

"你上班的公司也是那样吧？身居要职的人需要知道窗帘的布料和书柜的零件吗？我们就像交响乐团的指挥，指挥没有必要弹奏乐器。"

从资金流入的情形看来，说仓持的公司大赚特赚也不为过。大把大把的钞票不断进账。大学刚毕业、脸上稚气未脱的年轻人，不断以百万、千万为单位，将钱赚进公司的口袋。一开始，我不太清楚钱是从哪儿来，不久便知道那些钱是想买股票的客户寄放在公司里的，然而不可思议的是，那些钱完全没有流动。

"如果只是依照客户指示说买就买、说卖就卖，顾问公司不就没有存在的意义了吗？所以，买卖的时机客户也委托我们来决定。钱没有流动，是因为时机未到。"仓持流畅地回答我的疑问。

"可是，你不是将那些钱拿去投资了吗？一旦时机来了，没钱不就糟了？"

"到时候再从别的地方挪钱过来不就得了。进入我们公司的钱，不管是谁的都一样。"

"可是，那样会混乱。"

"所以，"仓持拍拍我的肩膀，"为了避免混乱，才要请你当管钱的人呀。"

但实际上我已经混乱了，一周只看一次账目，根本无从掌握钱的流向。而且，虽说我是管钱的人，存折和印章却都由仓持保管。我只是名义上的管理负责人罢了。

有一天，我供职的家具公司放假，于是我决定上午去仓持的公司。到公司时，仓持还没来上班，一个他从之前公司带来的姓中上的男人，正在办公室一角的会议桌边为新员工举行研习会。其他员工大多外出。我坐在自己的位子上，像平常一样看着只有一堆数字的文件。

"总而言之，要看穿对方是个怎么样的人。这是最重要的一件事。"中上提高音量说。

我不自觉地侧耳倾听。

"事业成功的人很聪明，不会因为便宜话而上当受骗。你只要一个不小心就会让对方起疑，所以，说话要尽量保守，不要夸张。在谈话过程中，穿插一些证券公司方面发布的消息，自然可以增加说服力。当然，对方可能会露出觉得无趣的表情。因为对方认为，明明应该可以赚到更多钱。这个时候，你们要这样回答：'天底下没有不劳而获的事，就像您今天的地位，应该也不是轻易得来的吧？'这样，对方就会开始信任我们。"

我觉得他的话很可疑，从文件堆中抬起头。

中上继续说道："对于继承了土地、财产，领到退休金，或忽然发了一笔横财的人，要尽量说些扰乱他们思维的话。方式请参考刚才发下去的讲义。我说过好几次了，首先要让他加入友谊会，诀窍在于催促。不管说什么都行，反正要说些危言耸听的话让对方紧张，例如动作不快一点的话独家内幕就要跌价了，或是特惠时段就要结束了。一旦对方同意加入友谊会，我们就能收取顾问费。不过，你们听好了，一开始千万别报出底价，首先要将价格哄抬到一百万左右，如果对方犹豫，再一点一点地降价。只不过，每降一次价，都要打电话回公司装作好像在跟上司商量的样子。就算降价，也必须给对方一种'特别给你折扣'的印象。但是，绝对不能降价低于十万。连那一点小钱都要斤斤计较的人，就不要理他了。另外，我刚才也说过了，绝对不准说'拜托，请您加入'。我们要装得比他们有气势，所以说话的态度要高高在上。'我不会害你，加入吧'用这种方式说话就行了。还有，如果对方委托我们买卖股票，绝对不要忘了最最重要的一点！"

中上说到这里忽然停下来，我不禁伸长了脖子。中上将新员工扫视一遍，然后斩钉截铁地说："收下的钱绝对别还！这是铁的法则！"

35

　　仓持到公司上班后，我将他拉到外面的咖啡店。点完咖啡，我立刻表明想辞职。仓持吃了一惊。

　　"究竟发生了什么事？你在抗议我给的薪水太少吗？"他脸上露出浅笑。

　　"不是那么回事。我说过，我不会帮你做骗人的生意。"

　　"骗人的生意？我觉得你的说法有些不妥吧？"

　　"你那种拉客入会的手法还不算骗人？"

　　我大致告诉他中上在新员工研习会上说的话。听着听着，他的脸色明显暗了下来。我说完之后他还沉默了好一会儿。服务生送上咖啡，他喝了一口，还是不打算开口。

　　"你倒是说句话呀！你是社长，难道你要说那是中上擅自做主干的好事？"

　　"不，我不会那么说。"

　　"所以呢？"

　　"好啦，你听我说。"仓持在我面前摊开手掌，"我知道你心里很不舒服。除了穗积国际的事情，东西商事也让我们留下了不好的回忆。你一定不想再重蹈覆辙，对吧？我告诉你，我也一样。何况现在我自己是经营者，要是发生什么事情，被警察通缉的可是我啊。既然如此，你认为我会做出那种危险的事情吗？"

"可是，事实上，中上他……"

"他只是在教导新进员工应付客人的方法，对吧？如果只是笑脸迎人，我们这样的生意根本做不成，所以还是需要某种程度的虚张声势。见人说人话，见鬼说鬼话，这本来就是推销的基本原则。东西商事不也是极力灌输员工这个概念吗？"

"别提那家公司！那是例外。"

"其他公司也一样，大家都这么做。特别是证券顾问这一行，如果不是能说会道、精明干练的人，根本混不下去。这一行竞争很激烈，光说些漂亮话是赢不了对手的。"

"可是，中上说，收下的钱绝对别还！"我瞪着仓持，"他还说这是铁的法则。绝对不还客人寄放在我们这里的钱，不是很奇怪吗？"

仓持皱起眉头，重重地叹了一口气，又喝了一口咖啡，嘴角缓和下来。

"并不奇怪。那是铁的法则。"

"你说什么？"

"你别误会。我并不是要侵占客人的钱。我的意思是不要让客人把钱拿回去。好比说，我们让客人买 A 股，假设客人因此而赚钱，这个时候别傻到让客人卖掉 A 股，拿回全部的钱。你可以让客人卖掉 A 股，但要想办法再让客人买 B 股。也就是让钱流动起来。这样，客人和我们公司的关系就不会断了。如果不这么做，客人怎么会增加呢？这是简单的算术。你懂吧？"

我皱起眉头，看着仓持。他一脸若无其事，仿佛在说，有什么好奇怪的吗？

他说得确实有道理，但我还是无法释怀。"但是中上说话的语气不像你说的那样。"

"那家伙情绪经常过于激动，所以讲得过火了吧。我会提醒他的。

不过，他要说的就是我刚才说的那个意思。你别担心！"

"如果客人就是想要我们还钱怎么办？"

"那就还钱呀。这是理所当然的。不过，我们的工作就是想办法绝对不让客人这么要求。"仓持对我眨了眨眼，看了一眼手表，"已经这么晚了，再拖拖拉拉下去，该赚到的钱可就要飞了。"他拿起桌上的账单。

"等一下，我还有一件事情想问你。"

"还有什么事？"

"买卖股票需要执照吧？你有吗？"

霎时，我看到仓持的目光转为凶狠，但那只是一刹那。很快他脸上的表情便恢复成从容的笑。"当然喽。你别把心思放在无谓的事情上。"

"下次让我看看你的执照。"

"嗯，下次吧。"他又看了一眼手表，"糟糕。我赶着回公司，拜拜。"他三步并两步地冲向收银台。

他离开咖啡店后，我望着玻璃门，意识到不知不觉间我想辞职的事又被糊弄过去了。

我无法全盘接受仓持的说辞，然而每次和他争论总是如此。他总会看穿我接下来要说的话，事先准备好答案，让我无从反驳，到最后，我心中只剩下一阵怅然。

然而，我决心这次绝对不再让仓持蒙混过去。凭他怎么抵赖，只要稍加调查，一定马上就能知道公司是否正从事非法经营。中上那种资深骨干员工口风一定很紧，但应该能够顺利地从年轻员工那里探出些虚实。

但下定决心后没多久，我自己身边就发生了更严重的事情。

一天，当我在家具卖场工作时，一个资历比我浅的员工走近身边，在我耳边低声说："昨天，我看见了您的一个客人。"他话中带着弦外之音。

我看着他的脸说："我的客人？谁啊？"

"我不知道她叫什么名字。一个一年前独自到店里来的女客人，长得挺漂亮，但感觉有些狐媚，大家都在传她一定是个陪酒女……你不记得了吗？"

我睁大了眼睛。独自来店里的女客人并不多，还给人陪酒女的印象，那么我只能想到一个人。我开始心跳加速。

"寺冈理荣子……小姐吗？"

他偏着头。"啊，好像是这个名字。"

"她在哪里？她在哪间酒店？"

看到我噼里啪啦连珠炮似的发问，他脸上的贼笑敛去，变得有点畏缩。"在六本木。一家在六本木大道再进去一点的店。呃，我应该拿了那家店的名片。"他掏出皮夹，拿出名片，"就是这个。名片背后有地图。"

名片上写着"Curious 松村叶月"。

"这个叫叶月的就是她吗？"

"不，她当时坐在别的台，身上穿了一件大红色的超级露背装，跟去年看到她时的感觉有点不一样，但我想应该就是她。她叫……寺冈小姐吗？她第一次到店里来的时候，是我为她办理入会手续，所以记得很清楚。"

"她发现你了吗？"

"不，应该没有，而且我也没有和她打招呼。"

"是吗……这张名片可以给我吗？"

"可以啊。如果田岛先生想去那家店，我可以带你去。"他脸上带着一抹曲解的笑。他大概好奇心被激发了，也期待能免费喝酒吧。

"不，我不是那个意思。我只是有事情想和她联络……再说，那家店一定很贵吧？"

"倒还好。毕竟，我们都去得起。那并不是什么高级酒店，女孩子的素质也不太好。老实说，这个叶月长得也不怎么样。"

"哦。没关系的，反正我又不会去。"

"啊，如果你要去，记得找我。"他的话里带着半认真的语气。

那天一下班，我简单吃过晚餐便火速赶往六本木，但并不打算进店找她。如果周围都是人，没办法好好说话，而且她也未必会到我的位子上坐台，反倒有可能一看到我，就一溜烟逃掉。

我的目的在于确认那家店的位置，以及理荣子是不是真在那里。今天只要达成这两个目的就行了。我按照名片背面的地图，马上就找到了Curious。黑色的招牌上印着白色的字，好像在一栋白色大楼的三层。

问题是该怎么确认理荣子在不在。我观察大楼的入口，不断有人进进出出，其中也夹杂着陪酒女，但不知道是不是Curious的人。我想或许可以随便找个人，如果正巧是Curious的员工，就问问他有没有一个叫寺冈理荣子的女人在店里工作。但如果这件事传进她耳里，她一定会提高警觉，我只好决定待在稍远的地方监视。

我在路边站了许久，觉得一直这样也不是办法，反正距离打烊还有好长一段时间，我决定拟定计划之后再来一趟，于是准备离开那里。

这个时候，有两个人从大楼里出来，一看就知道是客人和陪酒女。一个四十五六岁的男子，身穿剪裁合体的西装，轻轻挥手离开女人，说："那么，再见，叶月。"

"晚安。下次去吃法国菜哟。"

"好啦好啦。"男人边说边离去。目送男人离去之后，被称为叶月的女人转身要走。

"啊，等等。"我对着她的背影出声叫唤。

她回过头来，脸上立即浮现出酒家女应有的笑容。"什么事？"

"今天理荣子没来上班吗？"

"理荣子？我想想……"

我从她的表情看出，店里没有人叫那个名字。仔细一想，寺冈理荣子也未必是真名。

"那可能是我弄错名字了。昨天她上班了，穿着大红色超级露背装的那位。"

叶月看着我，偏着头。她心里说不定在想，这位客人昨天来过店里吗？同时她应该也在搜索关于红色露背装女人的记忆。

"噢，你说的一定是公香小姐。她今天在上班。请进。"她笑容满面地伸手请我进电梯。

"不，我等一下还得去别的地方。晚点再来。"

"那么，你最好在十一点以前来哦。她今天上早班，十二点以前就要回去了。"

"我知道了。谢谢。"

"请问尊姓大名？"

"啊……我姓中村。不过，我想她应该不记得。"

"中村先生，是吗？我会告诉她一声。"

在叶月的目送之下，我离开了那里。腋下和背后都是汗。

她叫公香啊……

公香听到叶月转述，一定会觉得莫名其妙。但她应该想不到是我。中村这个姓氏随处可见。说不定，她现在正拼命猜想是哪位客人呢。

时间还早，我决定去咖啡店坐坐。那里虽然看不到Curious那栋大楼，却可以看到从六本木大道出来的人。我坐在靠窗的位子边喝咖啡边注视着大路。

突然间，我有一种似曾相识的感觉，好像以前发生过类似的事情。仔细一想，原来那并不是我的亲身经历。从前像这样走进咖啡店，等待陪酒女出来的是父亲。我那沉溺女色、倾家荡产的笨蛋父亲。那个将财产和辛苦拼来的牙医头衔都挥霍殆尽的父亲。

难道现在的我和当年的父亲做着同样的事情？

我摇摇头。绝对不是。当时父亲眼里完全没有家庭，只是为了得到女人而埋伏。现在的我不一样，我想知道破坏我家庭的祸首心里真正的想法，并试图抓住她。

然而，我内心深处却有一个声音在对我说："你和你父亲做的是完全相同的事。结果还不是一样吗？被女人玩弄于股掌间，落得一无所有。你和你父亲有什么不同？没什么不一样！根本就是重蹈覆辙。"

自我厌恶铺天盖地而来。我努力想将这种感觉抛诸脑后。咖啡融在嘴里分外苦涩。

我在咖啡店耗了将近两个小时才离开。快十一点了。

我再度来到能够看见 Curious 正面的地方，隐身在路边的奔驰车后面。进进出出的客人好像比刚才更多了。有许多穿着类似的陪酒女。我定睛凝视，心想绝对不能看漏了理荣子，不，是公香。

过了十一点半，接近十二点的时候，我心想，不能老是待在同一个地方，于是多次转移。当我要再度回到奔驰车后面时，大楼里出现了她的身影。

她必定是寺冈理荣子。虽然妆容和发型有所不同，但全身散发出来的气息和从前一模一样。

她往六本木大道走去。我跟在她身后，总觉得若是忽然出声叫她，会让她逃掉。但若是一声不吭地抓住她，弄得她尖叫可就糟了。

如果她搭上出租车，可就麻烦了。幸好她走进了地铁站。那一瞬间，我下定决心，要跟就跟到底！先查出你住在哪里再说。

地铁站台上人很多。我把心一横，干脆就站在她的正后方，她却没有发现我。

她在中目黑下车，我相隔几米，尾随其后。我不知道她会在哪里下车，刚才买了较贵的车票，顺利地通过了检票口。

出了车站要跟踪就不太容易了。年轻女子走夜路往往很注意身后，因此我低着头，以免被街灯照出脸部。我决定就算她跑起来，也不要慌张追上前去。反正我知道她工作的酒店，也知道她在哪个站下车。我不用着急，只要肯花时间，迟早会查出她的住处。

然而，她却不如我想象的对走夜路感到不安，几乎毫无戒备地走到一栋公寓前。那栋公寓面对着马路，有一整排窗户，我数了一下，是一栋五层建筑，但一楼好像没有住户。

她没有回头，从正门进入。不久，便消失在自动上锁的玻璃门那一头。

我站在马路对面，抬头看着楼上的窗户。灯光明灭的窗户各半。我聚精会神盯着，绝对不能看漏丝毫变化。

没过多久，四楼右边第二扇窗的灯亮了。

第二天我下班之后立即前往中目黑。时间才八点多。

我站在马路对面，抬头看着前一天确认过的窗户。房里没开灯。我开始接近公寓，尽可能不让人看见。自动上锁的玻璃门左侧，排列着各家各户的信箱。此外，还有一间管理员室，但这个时间管理员室里好像没人，窗户的窗帘是拉上的。

我确定没有人后，溜进玄关，站在一整排信箱前。依照窗户的位置，我确定寺冈理荣子家不是四〇二号房，就是四〇七号房。我看着一整排信箱，觉得四〇二号房的可能性比较高。

我从怀里取出某样东西，那是我在午休时间特地买来的。

那是一支镊子，大号的镊子。

我将镊子伸进四〇二号房的信箱口，发现有东西，便夹住小心翼翼地抽出来。最上面一封是化妆品公司的广告邮件，收件人是村冈公子。

一定是这个信箱。公子应该是念作"KIMIKO"[①]。

慎重起见，我也偷看了四〇七号房的信箱。里头的明信片抽出来一看，很明显收件人是男性，于是放了回去。

我将村冈公子的邮件揣入怀中，赶紧离开公寓，心想回家之后再好好查看。要是在这里拖拖拉拉，受到居民盘问可就麻烦了。

我回到家，连衣服都没换就马上打开偷来的邮件。一共有四封，其中两封是广告，另外两封分别是个展的邀请函和美容院的介绍信。

---

①公香的日文发音为"KIMIKA"。

我感到失望。仅凭这些东西根本无法知道她到底是谁。她好像有朋友是画家，一定也是店里的客人。再说，就算知道她常去的美容院也没用。

然而，我没有必要感到沮丧，光是知道她的真名就是一大收获，何况接下来要偷出邮件也不愁没机会。

说来奇怪，我忽然有种找到新乐子的感觉。事实上，第二天我也去了村冈公子的公寓，偷出邮件。当然，偷出邮件的同时我会顺便将前一天的邮件放回去。虽然收信时间延迟了，她大概做梦也想不到竟然会有人偷看她的邮件。

当时还没有"跟踪狂"这个说法。如果有，就是指我这种行为了。我几乎每天都去查看邮件，推测村冈公子的日常生活和交友情况。要不着痕迹地打开信封不是一件容易的事，但我总觉得，越难开的信封里的资讯越有价值，也就丝毫不觉得麻烦。当我看到她的信用卡账单时，过了好久才让剧烈的心跳平息下来。

村冈公子似乎过着相当奢侈的生活。一天到晚收到高档名牌商品目录，大概就是因为她从前买过。就独居的人而言，她的电话费算是高的。她信用卡上的扣款金额让我瞠目结舌。分期付款的金额好像也不少，这让我想起了美晴。

虽然我搜集到了这些资料，但就达成真正目的来看，根本派不上用场。她为什么要对我做出那种事？又为什么只在那段日子里住到别的公寓，谎称是自己家？

我也想过算准公子在家的时候忽然登门造访，可她未必会说真话。弄不好她说不定还会将事情闹大，找来警察。到时只要不说我偷了邮件，应该不至于被逮捕，但一定会对今后的行动造成莫大的阻碍。而且，她很可能再度逃得无影无踪。

我一定要取得铁证之后再去见她。要获得证据，我能想到的办法还是只有偷取邮件。

就在我整日偷人邮件的同时，社会上正逐渐发生严重的变化——股价开始暴跌。即使我对证券交易一无所知，也知道仓持的公司正面临危机。

　　我打电话到公司想问问情况如何，却没有找到仓持。不光是仓持，其他高层好像也不在公司。来公司勤工俭学的接线员尖着嗓子，告诉我一直有客人气冲冲地打电话来，令他很头疼。

　　我打电话到仓持家，接电话的是由希子。"您好，这里是仓持家。"她报上姓名的声音显然流露着害怕，知道是我打来的才松了一口气。

　　"仓持在家吗？"我问。

　　"这两三天都没回家。不过，他倒是会打电话回来。"

　　"他在哪里？"

　　"他也不告诉我。只说过一阵子就会回来。"

　　"还有谁打电话来吗？"

　　"很多人，甚至有人在电话里破口大骂。就算我说外子不在家，对方也不肯相信。可是，为什么他们会知道家里的电话号码呢？"

　　大概是威胁接线员说出来的，但我没说。

　　挂上电话，我不禁窃笑。仓持终于陷入困境了。迄今为止，他总是一帆风顺，春风得意，但这个世界终究由不得他横行无阻。那家伙身上的羊皮终于被掀开了，骗人的伎俩终究会被拆穿的。

　　我一点也不担心仓持，只盼他早点被揪出来，让大众严加挞伐。

　　那天，我又去了村冈公子的公寓，像往常一样偷走邮件。那已经变成了我的例行公事。

　　那天的收获是三封邮件。其中两封是广告，剩下的那一封让我心脏狂跳。那是一封私人信件，淡淡的粉红色信封上用签字笔写着"村冈公子启"。寄件人究竟是谁？从信封款式和笔迹来看应该是个女人。有一种说法，说女人之间的秘密比男女之间的还多，我雀跃不已，有一种终于钓到大鱼的感觉。

一上电车，我迫不及待地看了那封信的寄件人。霎时，我脑中一片混乱。那是一种不可能的事竟然发生了的感觉。因为，我认得那个名字。

关口美晴。

这个名字我再熟悉不过。为什么这封信上会出现前妻的名字？美晴到底有什么事找公子？不，首先，美晴怎么会知道公子的地址？

一阵恶心涌上来。我并不明白这是怎么回事，但我确信，那一定是件不祥之事。

我在下一站下车后立刻粗鲁地撕开信封。我已经没办法像往常一样好整以暇地打开信封了。

我从信封里倒出几张照片和便笺。几张公子的照片好像是在国外拍的。其中一张竟然是公子和美晴的合照，两个人对着镜头愉快地笑着。

我颤抖着手拿起信纸，上面写着："这是在西班牙拍的照片。要是能多拍点就好了。改天再去哪里走走吧。"

36

　　我知道美晴住在哪儿，但并不打算马上去兴师问罪。看着眼前无法解释的信和照片，我思考了一整晚，脑中终于浮现出一种假设。

　　我是不是中了她们的圈套？

　　她们本就认识。不知是谁提议，两人策划出一个计谋，设下了陷阱，打算狠狠地敲我这个笨蛋丈夫一笔。

　　步骤很简单。先由公子接近、勾引我，她顺利同我发生关系之后，就轮到美晴上场了。她负责扮演一个对偷腥的丈夫大动肝火的妻子，在丈夫开口提出分手之前拼命挥霍。一旦丈夫提出离婚，就开出对自己有利的条件。当时就算我想找公子也找不到，她早已躲起来了。

　　我从未想过这样的剧情。如果不是发现了这封美晴寄给公子的信，我大概永远无法相信这样的事。亲眼看见了那封信和照片，我想不到其他的解释。

　　说到美晴那个人，就算我将这些证据摆在她眼前，她也不可能坦白招认。能言善辩的她可能会声称她是在离婚后才和公子走得比较近。她想必会如此抵赖："我偶然遇到前夫的外遇对象，想骂她几句，没想到说着说着，最后居然和她很聊得来。"等到我改天再找到证据，推翻她的说法时，她又已不见踪影。

为避免这种事情发生，我必须在和美晴见面之前搜集好各项证据。

我决定去美晴的娘家走一趟。离婚之后我还没和她父母见过面，其实结婚期间我也几乎没见过他们。美晴从来不回娘家，她父母也不曾和她联络，顶多寄寄贺年卡罢了。所以，我也不知道离婚的事美晴是怎么向父母解释的。

我毫无征兆地造访她家，以免她父母通知女儿。她父母见到我自然也大吃一惊，没想到女儿的前夫竟然会登门造访。若非发生了这种事，我一辈子也不会去她家。

他们看起来很困惑，而且很头疼，但我诚恳地表示，我有事想请教。他们大概觉得对女儿的前夫表现得太过冷淡也说不过去，只好招呼我入内。美晴的母亲以前在外面打零工，这一阵子都待在家里。美晴住在札幌的哥哥也正好出差顺道回家。

我们聊着无关痛痒的近况，场面并不热络，每当话题中断，沉默几乎令人喘不过气来。他们似乎只关心我所为何来。关于离婚，我不知道美晴是怎么说的，他们并没有提起我外遇的事。

"其实，我今天来是有事想请教两位。"

听我提到重点，美晴的父母立刻挺直腰杆，神情看起来颇为严肃。

"你们认不认识一位名叫村冈公子的女子？"

"村冈……小姐。"她母亲不安地看着丈夫，而他只是摇摇头。

"你们不认识吗？"

"我们不太清楚……请问她怎么了？"

"详细情形我还不能说，不过是她导致我们离婚的，所以我想知道她和美晴之间的关系。"

夫妇俩又对看了一眼，似乎不懂我在说什么。我确定美晴还没对父母提起离婚之前的事。美晴的哥哥在一旁假装看报纸，但显然竖起了耳朵在听我们讲话。

"美晴完全没告诉我们你们为什么离婚。究竟发生了什么事？"她母亲问。

我本来想向他们和盘托出，但还是把话咽了回去，等到一切弄清楚之后再说也不迟。"说来话长。总之，就是性格不合。"

她父母不可能接受这样的解释，却没再多问。

"你们真的不认识一位名叫村冈公子的女子吗？"我又问道。

她母亲摇头。"我们不太清楚美晴的事。你应该也知道，她连这个家都不回。"

她看起来不像在说谎。从一开始，我就没指望能从他们这里打听到有用的资讯。

"那么，能不能告诉我，美晴要好朋友的联络方式呢？"

"朋友……吗？"她母亲脸上再度浮现困惑的神色。

"我想这你应该比我们还清楚才是。"一直沉默的父亲开口说，脸色明显不善。

"她几乎没告诉我结婚之前的事，所以我今天才登门拜访。"

"我们也不清楚。"她父亲说完便站起身，离开客厅。

我将视线移回她母亲身上。"我好像惹伯父生气了。"

她母亲生硬地苦笑，叫我等一下，然后站了起来。

我看着美晴的哥哥。他的目光依旧落在报纸上。

不久，她母亲回来，手里拿着一张便笺纸。"这是之前那孩子公司的电话号码。你打电话去那里问问看？"

看到上面的电话号码，我很失望。那是仓持从前供职的公司。我心想，这个号码根本不用特地请你告诉我，但又不能那么回答，只好道声谢，将便笺收下。

我出了关口家，没走几步，就听见有脚步声追上来。我回头一看，美晴的哥哥正板着脸朝我走来。我停下脚步等他。

"能不能借一步说话？"他问。

"好的。"我点头。

我们到了附近一家咖啡店。他名叫义正。我们坐下来，点完饮料，义正马上开口说："我大概知道你们离婚的原因。"他忽然这么说，令我穷于应答。他继续说："是因为钱吧？"

我瞪大了眼睛。"怎么……"

"你想问我怎么会知道吧？说起来丢人，其实对我们来说这种事情已经不是第一次了。"义正的脸皱成一团，"那家伙真是的，总是要人帮她收拾烂摊子，爸妈已经受够了。"

"以前发生过什么事吗？"

"嗯，说来话长。细说从头的话就没完没了了。我家又不是多有钱，可不知道为什么，她就是很奢侈，或者该说是喜欢讲派头，总之就是挥霍成性。她没办法忍耐，只要是想要的东西，就算借钱也要买到手。如果借的钱她还得起也就罢了，偏偏老是连累身边的人替她擦屁股。"他喝了一口服务生端上来的咖啡，继续说，"我们原本以为结婚之后要自己持家，她那种性格可能有所改善，但看来还是无可救药。"

我想起了第一次到美晴家的情形。当时，她父母几乎不提她结婚以前的事。现在想来，他们是想不到任何值得提起的往事。

"我想她大概给和幸先生你添了不少麻烦。"

我默不作声。既然他自行解释了离婚的原因，我也就没必要多嘴了。

"可是，"义正伸手拨了拨头发，"你看过我家应该知道，我家的经济状况很拮据。我的小孩也大了，手头真的很紧。"

我不明白他话里的意思，看着他。他移开视线，继续说道："所以，嗯……该怎么说呢，你和美晴的金钱纠纷，我希望你们两个人自行解决。就算你把问题带到我家来也于事无补。"

听到这里，我终于明白了。义正是害怕我和美晴之间金钱上的纠葛会殃及他们。我苦笑。"我没打算那么做。"

"那就好。"义正松了一口气。他喝了一口咖啡，好像想到什么似的抬起头来。"刚才你说的那个人……叫村冈公子，是吗？"

"是的。你有什么印象吗？"

"我不确定她是不是姓村冈，不过我印象中，美晴确实有一个叫公子的朋友。"

"她是个怎样的朋友呢？"我精神一振。

"该怎么说才好呢？"义正抱着胳膊，偏着头，"只能说是酒肉朋友吧。美晴年轻时在酒店工作，她好像是个常客。"

"美晴在酒店工作？"我又问了一次，"你是不是说反了？应该是美晴有一个叫公子的朋友在酒店工作，而美晴去那个朋友的店里吧……"

义正却摇摇头。"美晴曾经在一家营业到深夜的酒吧工作。我也去过。还在那里遇见过那个叫公子的女人。她明显就是一个……"他稍微压低了声音，"在卖的女人。从她给人的感觉就看得出来。"

我缩着下巴，咽了一口口水，心想，如果公子以前就在做这个，看在条件不错的分上很可能接下勾引朋友丈夫的活儿。"那是什么时候的事？"

"什么时候呢？好几年前了，大概七八年前。"

美晴没有告诉过我，她有一个那样的朋友。我本来就完全不知道她的交友情况。"你说，你和公子见过面，是吗？"

"嗯。"

我从外套的口袋里取出照片。就是那张随信附上的照片。"是这个女人吗？"

义正将照片拿在手上，皱起眉头看了许久，点了点头。"是。她比我之前见到时老了不少，但确实是她。"

我按捺住想大叫的冲动，接过照片。这下证据成立了。有了亲哥哥作证，美晴应该只好放弃狡辩了。

"从你刚才的话听来，好像是这个女人害你们离婚的，她究竟做了什么？我看还是跟钱脱不了关系吧？"义正问我。

"这个嘛，嗯……"我含糊带过。

"是不是美晴借钱给她，结果收不回来了？这样的事以前发生过一次。"

"你说什么就是什么。请别让我告知详细情形，恕难从命。"

"嗯，是啊。我就算问了也没用。"义正抓抓头。

我达成了此行的主要目的，已经没事要问眼前这个人了，于是伸手抓起账单。

"美晴也是个笨女人。好不容易找到一个像你这样稳重的男人却又闹得离婚。她大概是忘不了和以前交往的男人一起过的奢靡生活吧。"

我用手势打断他。"她从前和怎样的男人交往呢？"

"详细情形我也不清楚。我没见过那个人，听说是公司里的同事。"

"人寿保险公司吗？"

义正摇头。"比那更早。那家公司该怎么说呢？好像是什么股票买卖的顾问公司。"

"办公室恋情？"

"嗯，大概是吧。最后分手了。"

"分手的原因是什么？"

"不知道。"义正耸耸肩，"这我就不知道了。美晴说他们的感情由浓转淡，但我猜大概是美晴被甩了，毕竟那个男的和美晴分手之后马上就和别人结婚了。这表示他从一开始就脚踏两条船。如此一来，美晴很难再在公司待下去，所以辞掉了工作。"

一种不好的预感在我心中蔓延。"你知不知道那个男的叫什么名字呢？"

"我不知道。当时美晴只告诉我她身边有这么个男人。又见到美晴时，我问她进展如何，她就一脸不高兴地说他们的关系变淡了。"

"同一家公司……会不会连所属部门也一样呢？"

"所属部门……"义正搜索着记忆，"噢，对了。跟部门什么的没有关系。那并不是一家大公司，而且对方是老二。"

"老二？"

"公司的第二把交椅。他好像是社长成立公司时的第一个部下，想必很有权势，所以奢侈成性的美晴会看上他。但她不该用他的标准来要求你，对吧？"他一脸不可思议地看着我，"你怎么了？怎么好像不高兴的样子。啊，不是，我不是在说你没出息。我只是想说，美晴到底是哪根筋有问题。"

正如他所说，我的脸色一定变了。我不太记得义正后来又说了些什么。等我回过神来，才发现自己已经离开咖啡店，正漫无目的地走着。

第二把交椅、社长成立公司时的第一个部下……

我记得仓持说过，当年他们社长成立公司时只有两个人，唯一的员工就是他。

我脑中一片混乱，不知自己身在何方。我陆续想起与美晴初遇、交往、结婚、离婚等种种情景。这些事在我脑中纠缠，难分难解。

"怎么会这样？！"我停下脚步，忍不住脱口而出。

那个卑鄙、冷血的男人，将自己抛弃的女人塞给我，还利用由希子巧妙地引导我和美晴结婚。我想起仓持在喜宴上的表情，真想放声大叫。那男人表面上摆出一副高深莫测的神情，心里一定在嘲笑我。

我决定离婚的时候，他也在我身边。美晴离开我之后，他说："人生起起伏伏，这件事你别放在心上。"

他心里究竟在想什么，怎么能说出那种话？

强烈的愤怒涌上心头。既然交往过，仓持应该很清楚美晴是个怎样的女人。然而，那家伙竟然认为她适合我。难道他认为我和她结婚能够得到幸福吗？不可能！那个肮脏的男人，只不过想和自己抛弃的女人断得一干二净，便将她塞给别人。他只是挑中了我，来接收二手货。

猛一回神，我已经坐在出租车里了。我要司机前往仓持的住处。我还没有决定见了他之后打算怎么做，只是愤怒之下，失去了理智。

我抵达仓持位于南青山的公寓，在一楼入口处按下他家的对讲机。

然而，没有人应门。我试了好几次，结果都是一样。这时我才想起仓持躲起来了。说不定由希子也不在家。

就在我咂着舌准备离开时，发现有人站在我的正后方。那是一个身穿黑色夹克、四十开外的男人，脸色灰败，眼珠混浊。"你是仓持修的朋友吗？"他用低沉的嗓音问我。

他好像看见了我刚才按对讲机。我下意识地判断不能给出肯定回答。男人的眼神里充满了敌意和戒备。

"不是，我是家具行的员工。"我拿出名片，"最近店里进了新家具，我想通知他。请问，您也是这栋公寓的住户吗？"

男人一语不发，将名片还给我。他的表情显示他不再对我感兴趣。

我离开公寓后才发现，路上停了好几辆车，每辆车里都坐着奇怪的人。我猜他们一定是在等仓持回来。

我再度拦下出租车，转念一想，质问仓持可以留待以后，当务之急是见美晴一面。说不定义正他们已经和她联络，通知她我去过关口家了。要是美晴知道我发现了她们的计谋，很有可能藏匿起来。我可不能给她留出时间。一旦拖延，说不定她又会想出什么借口。

美晴租的公寓位于北品川。这是我第一次去。我站在公寓前面，憎恶之情再度涌上来。那是一栋豪华建筑，比我住的地方新很多，房间一定也相当宽敞。

这里的大门采用自动上锁系统，和仓持住的地方一样，设有从一楼呼叫住户的对讲机。我走近对讲机，但在按下房号之前想了一下。美晴如果知道是我，说不定不肯开门。

我整理好思绪，按下美晴家的门铃。

"哪位？"美晴爱理不理的声音从对讲机中传来。

"关口小姐，快递。"我用手帕捂住嘴，让声音听起来模糊。

"嗯。"随着一声慵懒的回应，门锁咔嚓一声开了。

我走到美晴家门前，身体贴在窥孔上，按下门铃。室内有人在走动，想必她正拿着印章，满心期待不知是谁寄来了什么东西。

她开了锁，打开大门，我立刻抓住门把，将大门用力拉开。身穿灰色运动衫的美晴惊讶地抬头看我，脸上倏地浮现出厌恶的表情。"干什么啊你！"

我没有应声，先将一只脚塞进门缝。她立刻想关门。"你干吗？别那样！"

"我有话要对你说。"

"我不想听，别开玩笑了！事到如今，我为什么还要和你说话？"她直勾勾地瞪着我，"你假装快递骗我！"

"先让我进去再说！"

"我不是说我不想听吗？你再不把脚缩回去，我要喊了！"

她脸上明显写着憎恶二字。我将那张照片亮在她面前，她皱起眉头，表情随即缓和下来。

"你知道这是什么吧？"

"为什么你手上会有这张照片？"美晴睁大眼睛问我。

"想知道就让我进去！但在那之前我要你先解释，这些照片究竟是怎么回事?！"

美晴移开视线，下巴两侧微微抽动。

"我问你，这究竟是怎么回事?！为什么你会和这个女人合照？"

她吐出一口气，松开了手。我溜进门内。

"三言两语解释不清。"她粗鲁地说。

"我也不认为你三言两语解释得清。你把事情的来龙去脉原原本本地告诉我！"

美晴叹了一口气，不耐烦地说："请进。"

屋里放着我们结婚时用的家具、电器，依旧杂乱无章。敞开的衣柜前堆着多个印有名牌标志的盒子，这也和以前一样。

"喝茶？还是咖啡？"

"饮料就免了。你倒是解释给我听！"

美晴一脸索然地坐在椅子上，重重地叹了一口气。"那张照片怎么了嘛？为什么会在你手上？"

"我刚说了，我等一下再告诉你。问问题的人是我。"

然而，美晴似乎非常在意照片在我手上这件事。她诧异地看着照片，皱起眉头。"该不会是你潜入她家偷走的吧？不，不可能。那张照片是我寄给她的。"说完，她打量了我一眼，"难道……是你从她的信箱里偷的？"

"我说过，这件事等一下我再告诉你，先请你解释这张照片。跟你合照的人是寺冈理荣子，也就是勾引我的那个理荣子。不，这不是她的本名，她叫村冈公子，对吧？你们竟然一起去旅行，这表明你们感情挺好的，不是吗？"

美晴像是戴了能剧面具，面无表情，但脸颊微微抽动。"你连旅行也知道？你果然看了那封信，对吧？"她缓缓点头，嘴角扭曲，"原来如此。你怎么办到的我不知道，但你找到了公子的住处，偷看她的邮件，是吗？"

"回答我的问题！"

"随便你怎么想，反正我已经和你离婚了，我爱和谁去旅行，是我的自由，跟你没有关系吧？"

"是那个女人勾引我，导致我们离婚的！你为什么会亲近她？"

"我不是刚说过吗？那是我的自由。"

"你嚣张什么？我话说在前头，什么和我离婚之后才同那女人亲近的狗屁理由我可不买账！我已经知道你们是老朋友。听说她是妓女，而你曾在那家酒店工作。"

她大概没有料到我会调查得这么清楚，把那张闹脾气的脸转向了一旁。她这么做的同时，心里一定在想如何渡过眼前的难关。她就是这样一个女人。

"你倒是说句话呀！"

"吵死了！"美晴用一种般若①般的表情看着我，"事到如今，你还吵什么？你和公子上床是不争的事实。是谁不敌诱惑，随随便便就上钩的？不就是你吗?！不但如此，看看你还做了什么事？阴魂不散地找到公子的住处，还偷人家的信件。你这个男人真是丢脸丢到家了。"

　　"你……"我血气上涌，脑袋发烫，"这……这不是你设下的陷阱吗？你陷害我，制造离婚的原因……"

　　"干吗？你激动个什么劲儿？你是白痴吗？如果没别的事，请你出去！"

　　"你承认了？你承认那是个陷阱了？"

　　"你少在那里自以为是。你搞外遇是不争的事实。你听好了，这既不构成民事侵害，也不涉及刑事责任。今后我一样会向你要钱。"

　　看着美晴龇牙咧嘴的模样，我失去了理智。我站起来，朝她扑了过去。

---

①能剧面具之一，为长角的女鬼，神情充满嫉妒、痛苦、愤怒。

37

那或许就是所谓的冲动，也可能是我心中蛰伏许久的杀意，从身体深处涌出的憎恶在一瞬间支配了我。新闻节目中经常形容一个人"压抑已久的情绪终于爆发"，当时的我正是如此。那一瞬间，我脑中想的只有一件事：杀死她。我完全不顾杀死她之后该怎么办。

我将美晴推倒在地，掐住她的脖子，毫不在意撞倒身边的物品发出的巨大声响。我只是死死地掐住她。

美晴死命地抵抗，想扳开我的手指却无济于事，她扭动身体，往我的肚子和鼠蹊部踢来。饶是如此，我的双手仍不肯松开。

然而她却朝我脸上抓来。她用长长的指甲戳向我的眼睛，我到底忍受不住，只好放松力道。她想趁机逃走，但若让她逃走就前功尽弃了。于是我一只手勉力抓住她的手臂，另一只手捂着被她戳中的眼睛。

"放开我！"美晴说完猛地呛了一下，在我耳边大口喘气。

我大声吼叫，却说不出任何具体的言语，心里只有一个念头——不能放过这个女人。

我再次伸出双手掐住她的脖子。她大惊失色，明白我是动真格的。

"不是我！"她叫道，"那个计谋不是我想出来的。"

我听见了这句话，但已无力思考个中含义。我只觉得她在求我饶命。

她又喊道："是山姆。山姆叫我那么做的。真的，我说的是真的！"

忽然出现陌生的名字，我的注意力总算转向她说的话。美晴死命扳开我的手，逃到了墙边，趴在地上。她看着我，双手环抱在胸前，护住脖子。

"山姆？那是谁？"

"你也认识。"

"所以我问你是谁！"

"仓持先生。仓持修。我叫他山姆。"

我想起义正说过的话，低头看着美晴。"果然没错。我听你哥说你曾与仓持交往。这件事你竟然瞒着我，还不要脸地……"我想不出接下来该说什么。

"都是他策划的。山姆想从你身上骗钱。"

"他为什么要那样做？"

"我不知道他为什么找上你。总之，他只是想赶快把烫手山芋扔给别人。"

"烫手山芋？"

"就是和我之间的关系。这件事要是曝光，会破坏他和由希子的感情。"

我走近美晴。她的脸因害怕而抽搐。难道我此时有着如此骇人的气势吗？

"我知道他将自己抛弃的女人推给我。但你呢？你明明知道他的意图还和我结婚？"

美晴将目光从我身上移开，咬住下唇。我抓住她的下巴，强行将她的脸转向我。"好好回答我！"

美晴充满敌意地看着我，然后叹了一口气。我放开她。

"结不结婚都无所谓。"她脱口而出，"我知道山姆想将我推给别人。他甚至利用了由希子。老实说，我很生气，而且无地自容。一开始我想，怎么能让他如愿？可是渐渐地我的想法变了。事情既然演变到这个地步，跟谁结婚都没区别。只是，我绝对不离开山姆。"

"原来你和我结婚，是不想切断同仓持的关系，是吗？"

她将脸转到一旁，算是承认了，吐了一口气。

我感觉仿佛有人在我流血的伤口上洒盐。也罢，反正我们的婚姻生活从一开始就是一团乱麻。

"仓持为什么要陷害我？"

美晴三缄其口。我察觉到其中另有隐情，大概是什么难以启齿的事，于是我再度抓住她的下巴。"不回答我就杀了你！"

此时，我的杀意其实已经很淡了。然而，我当真曾想杀掉她的事实，让我维持了优势。

"我找他商量过，说我想离婚……然后，他就帮我想了一个让你搞外遇的办法。我说的是真的，那是山姆的计谋。相信我。"

"为什么他要帮你想那种计谋？你们不是已经分手了吗？"

"我想，他大概是不想让我生气。怕我一生气，就会将我们之间的事告诉由希子。"

"你有什么证据可以证明他是主谋？"

"那间公寓……公子勾引你的那间公寓，就是他准备的。你应该知道，他以前的公司有不动产业务。他从公司管理的出租公寓中，物色了一套房客长期不在家的房子。光靠我和公子，应该办不到那种事吧？"

美晴说得有理。没有调查管理那套房子的不动产公司是我的严重疏失。如果我知道那是仓持曾经供职的公司，说不定就会有迥然不同的剧情发展。

"另外，从你身上讹钱的方法也是山姆想到的。他说就算向上班族要赡养费，也不会有多少钱，所以只要在离婚前尽量借钱举债，再将债款全部推给你就好。这也是他唆使的。"

不知道美晴是不是感觉到了我的愤怒矛头渐渐转向了仓持，这段话听起来像是在说仓持的坏话。

"你说的是真的？"我瞪着她。

她微微颤抖地点头。"我都说是真的嘛。要不是山姆唆使，我也做不出那么恶劣的事情。一切都是他的指示，我只是依令行事。"

很明显，美晴只是嘴上道歉。她如果真觉得对不起我，不要听从仓持不就得了？然而，我却连这么大的矛盾都没有发现。对仓持的憎恨，使我觉得其他事情都不足为道。

我站起来。美晴蜷缩着，抬头看我。她脸上还有害怕的神色。

"我死都不会再给你钱了。借款你自己还！"

"可是……"

"如果要债的再来找我，我就先杀了你，然后自杀。我已经做好了心理准备。你听懂了吗？"

她默默点头。

"你知道仓持在哪儿吗？"

"不知道。我们最近都没见面。"

这句话不像在说谎。我叹了一口气，转身朝大门走去。在开门离开之前，我又回头对她说："你逃也没用！你逃到天涯海角，我都一定把你找出来杀掉！"

美晴脸色铁青，我随即离开了她家。

如果杀意有一条界线，一旦跨越便成了杀人犯，我想我当时正游走在界线边缘。要是美晴没有提起仓持，恐怕我已经杀掉她了。我一边走一边回想，那是真正的杀意。

我对美晴的憎恨渐渐转变成置仓持于死地的杀意。我再也无法容忍这个玩弄我人生的人了。

我前往日本桥小舟町。太阳早已落下，仓持很可能已不在公司。

然而，当我走到公司附近，却看到一群陌生人正在搬纸箱。那些人都戴着臂章。一开始我以为他们与我无关，但当看到他们身边有几个仓持的部下时，我便察觉到有事发生了。

我向一个说过几次话的年轻员工走去。他看到我，显得有些惊讶。"啊，田岛先生……"

"发生了什么事？"我问。

"听说是强制搜查。那些人忽然到公司，把我们赶了出来。中上先生他们还在上面。"

"仓持呢？"

年轻人摇摇头。"他最近一直请假。"

他一定抢先一步逃掉了。此时的情形和穗积国际、东西商事一模一样，只不过主谋终于换成了仓持本人。

一个穿西装的男人朝我走来。他还没停下脚步，就拿出一本警察手册。"我是警视厅生活科的，你是'创造机会'的员工吗？"

"不，我并不是正式员工。"

"这话怎么说？"他眼中发出令人害怕的光芒。

"仓持托我帮他处理一点会计上的事……不过，公司的事情我几乎不知道。"

他似乎在推测我的话是真是假。接着，他说："可以请你跟我来一下吗？"

我无法拒绝，只好答应。何况，我也想亲眼确认，事态究竟演变到了什么地步。

他带我进入大楼。办公室里有十多个搜查人员，正将所有文件和档案夹塞进纸箱。我看见了中上他们，他们只是一脸茫然地杵在那里。

中上瞄了我一眼，没有搭话，垂下眼帘。

我在一个僻静的角落接受搜查人员询问，诸如进入公司的过程、做过哪些事情。他们遣词用字虽然客气，却暗含强硬。我没有必要说谎，于是一五一十和盘托出。但他们似乎并不完全相信我的话。

"照你这么说，你是在不知道公司实际经营内容的情况下到这里帮忙的喽？虽然你没有办理进入公司的正式手续，却享受董事级的待遇，不是吗？"

"那是仓持自己决定的。我只想赚一点零用钱……"

"可是，你的工作是负责管钱吧？"

"说是管钱，其实只是个空头衔。实际上，仓持可以自由挪用资金，我只是看看那些流进流出的金额而已。"

搜查人员似乎并不接受我的说辞，脸上连挤出的苦笑都没有，那表情像是在说：谁会相信你的鬼话。

强制搜查的目的似乎是搜集公司违反《证券交易法》的证据。我从搜查人员的话中得知，仓持从事证券买卖是没有执照的。

"你知道仓持先生没有执照吗？"

"我完全不知道。我问过他，当时他告诉我他有执照。"

"他说有，你就信了？"

"是的。"

搜查人员狐疑地偏着头。

接下来的问题则主要是关于仓持的出没地点。搜查人员表示，仓持连自己家都没回。我自然不知道他去了哪里。关于这点，搜查人员倒是信了。

他们过了晚上十点才放我回去。我拖着筋疲力尽的脚步回家。那一天发生了太多事情，我无暇整理心情，只想好好睡一觉。

然而，躺在床上，脑袋却莫名清醒。我心中充满了对仓持的愤怒、憎恨和怀疑。我想起了多年前的往事，后悔为什么没有对他痛下杀手。

就在我辗转难眠时，电话铃忽然响起，吓了我一跳。拿起话筒之前，我看了闹钟一眼，时间接近凌晨一点。

我拿起话筒，低低地说了声："喂。"

隔了一会儿，对方才出声回应。"喂，田岛吗？"

听到那声音的刹那，我原本有点恍惚的脑袋骤然清醒。"仓持……你，在哪里？”

"我在电话亭里。如果说地区，应该是在深川附近吧，门前仲町一带。"

"你在那种地方做什……"

"我只是经过。你身边有没有人？"

"就我一个人。你知道公司的事吗？"

"强制搜查对吧？我知道啊。"我从仓持的口气中听不出危机感。

"大家都在找你。"我想说我也在找你。但忍住了。

仓持低声笑了。"要是我现在出面，大概会闹得满城风雨吧。"

"别说得好像事不关己……"

"我知道。我现在不能出面，但想见你一面，有点事情想拜托你。"

"你去找警察自首如何？"

"别开玩笑了。我问你，等一下能不能见个面？我去你那边。"

"等一下？现在？"

"如果能在白天见面当然最好，可现在是非常时期。"

听到他毫不担忧的口吻，我真怀疑这家伙明不明白自己的处境。"好。那你过来吧。你知道地方吧？"

"我去过，知道在哪儿，不过我们最好换个地方，因为说不定你家也有人监视。"

"我家？谁在监视？警察吗？"

"警察说不定也在监视，可能还有其他的……好了，别说那么多，反正最好在别的地方。"

我稍微想了一下，和他约在附近一家美式餐厅。仓持确认了地方和时间便挂上了电话。

我从床上爬起来，开始慢慢地换衣服。随着思路渐渐清晰，我又想起了美晴说的话，对仓持的憎恶也逐渐加深。我不知道他找我有什么事。但从电话里听起来，他似乎对我毫无戒心。

我不经意地想：不能放过这个机会。

我走到厨房，拉开抽屉。里面放着菜刀和水果刀。水果刀套有刀鞘。我将它拿在手上，拔刀出鞘。薄薄的刀刃在日光灯的照射下发出寒光。非得有人下手不可。他害了太多人。最大的受害者就是我，所以我是下手的不二人选。

我穿上外套，将刀子藏进内袋。这个动作让我的心开始狂跳，体温逐渐升高。

离约定的钟点还有一定时间，我的心却静不下来。我做了一个深呼吸，走出了家门。

夜凉如水。怀揣着一把刀的胸口却莫名发热，我好几次隔着外套确认刀子的位置。

我走进美式餐厅，点了咖啡等待仓持。过不多久，身穿黑色皮夹克的仓持缩着头出现在我面前。他看着我，笑嘻嘻地走来。"不好意思，半夜找你出来。"他在我对面坐下，向女服务生点了一杯热可可。

"你到底住在哪儿？"

"很多地方。大部分时候住商务旅馆。"

"你打算逃到什么时候？"

"嗯，等时机成熟，我就会去找警察自首。不过，在那之前我还有事要办。"

"什么事？"

"处理钱之类的。好不容易赚到的钱要是被没收，岂不是白忙一场？"

我盯着他。他说过不会做东西商事那种骗人生意，那话果然是骗人的。这个人曾为不少骗子干活，他在走他们走过的老路。

仓持从夹克口袋里拿出两个厚厚的信封叠放在我面前，上面那个信封上用签字笔写着"由希子收"。"我说有事拜托你，指的就是这个。"

"这是什么？"

"麻烦你将其中一个交给由希子。我不在的时候，一定发生了很多让她头疼的事。你帮我告诉她，我一定会去接她，希望她先忍耐一下。"

我稍微打开信封口往里面看了一下，里头大概装了一百张万元大钞。他逃跑时还带着这么多。

"另一个你收下。最近可能各方面都会给你添麻烦，该怎么说呢，就当是我的一点心意吧。"仓持津津有味地喝着服务生端来的热可可。

我真不明白他到底在想什么。他一方面利用美晴对我设下那么冷酷的陷阱，一方面又表现得为朋友不惜两肋插刀。眼前这张脸总让我困惑，使我的杀意萎缩散去。

"我想向你确认一件事。"我说。

"买卖证券的执照？那件事骗了你是我的错。我本想迟早要告诉你的。"

"不。"我摇摇头，"是美晴的事。"

"她怎么了？"

"她是你的旧情人，对吗？"

仓持半张着嘴，表情在一瞬间凝固。然后他喝了一口热可可，将烟灰缸拉过去。"你发现啦？"他满不在乎。

"这是怎么回事？你竟然还瞒着我，让我和她结婚……"

"你觉得我在介绍她时应该说她是以前与我交往过的女人吗？那只会让你觉得不愉快吧？这个世界上，有些事情不说出来比较好。"

"你别介绍她给我认识不就好了？我知道你心里在打什么主意。你只是想把身边难缠的女人推给我，对吧？我很清楚你在想什么。"

"喂，等一下。我之所以将她介绍给你，只是单纯地认为你们会相处愉快。你和我不一样，你做人诚实，规划了一条稳固牢靠的人生大道。你们也是性格相投才结婚的呀。"

"什么稳固牢靠的人生大道！还不是被你搞砸了！"

"喂，田岛，你干吗那么生气嘛。我应该也为介绍美晴给你的事情道过歉了呀。我就是觉得对不起你，才会竭尽所能帮你，不是吗？"

"听说，设计让我陷入圈套的也是你。"

386

"啊？"仓持皱起眉头，"你说什么？"

"美晴找你商量，说想和我离婚，对吗？然后你就想出了那个圈套，利用一个叫公子的女人引诱我。听说那套公寓也是你准备的，不是吗？"

听到我的话，仓持表情扭曲，用手抵着额头，微微摇头。"这是她说的吗？"

"是的。"

"田岛，我做了一件错事。她真是一个卑劣的女人。这简直是一派胡言。"

"你说什么？"

"你听我说！我确实陪她商量过离婚的事。可我并没有提议，也没有设计让你陷入圈套。我当时是这么对她说的，只要田岛不搞外遇，你就算提出离婚也没用。美晴大概是听了我那句话，才想到要让你陷入圈套的。"

"你别乱说！明明是你准备的公寓。"

"那我承认。但我做梦也没想到她会那样使用。当时美晴只是求我替她准备一套能够自由使用一个晚上的房子。所以我把钥匙交给了她。事后我知道你是在那套房子里发生外遇的，简直吓了一大跳。但我又不能告诉你这一切，真的让我很头疼。"

"你说谎！"

"我没有说谎。相信我！难道美晴比我值得信任？把你害成今天这样的，可是那个女人！"

我盯着仓持黑色的瞳孔，他眼中有一种能够骗倒天下人的认真眼神。我不知道被这双眼睛欺骗了多少次。

"我当你是至交，你是我在这个世界上唯一信得过的人。正因如此，我才会冒险跑来见你。"仓持伸出手，握住我的手臂，他的体温从手掌传来，"相信我！这件事，我将来再好好向你解释。误会一定能冰释。"他低头看了一眼手表，皱眉道："这么晚了，我该走了。"

“等一下。”

“抱歉。你也知道，我现在正被警方追缉。我再跟你联络。”仓持一把抓起账单，起身往收银台走去。

我脑中一片混乱。我总是这样，就算质问他，也只能被他牵着鼻子走。

桌上放着他留下的信封。我拿在手里。下面那个信封好像是给我的，上面也写了字，看到字的一刹那，我全身如遭电击。

上面写着“田岛和辛先生收”。

我回过神来又确认了一次，上面正确地写着“田岛和幸先生收”。然而，当时那个“幸”字在我看来，却成了“辛”。

令人厌恶的往事又在我脑中掠过。我站起来，追在仓持身后冲出了餐厅。

他正走在停车场里。我将手伸进外套内袋，碰到了水果刀。

就在我要追上他时……

突然间，一旁蹿出一道黑影。是一名男子。他就像一头野兽，动作敏捷地向仓持扑去。仓持应声倒地，哼都没哼一声，男子已经跑掉了。

我惊慌地冲到仓持身边。大量鲜血从他的脖子上流出。

38

刹那间，我无法理解发生了什么，听到身后传来尖叫声才回过神来。我转过头，一个年轻女子惊恐地朝这边看，她身边还有一个男子。

我不太记得接下来发生了什么，只是茫然站在原地，四周围了好多人。不久，警察也赶来了。警官问了我许多问题，我却完全没有自信好好回答。对任何一个问题恐怕我都没有办法好好回答。警官把我带到警察署，关进一个叫调查室的房间。

事后我才知道，是餐厅店员报的警。那名店员告诉警官，遇刺男子和我在一起，以及我追出了餐厅，因此我才会受到审问，但我的回答颠三倒四，于是警官将其解释为冲动行刺导致心智失常，当场将我逮捕。

负责调查的刑警从一开始就认定我是凶犯，似乎以为接下来的工作只要录口供即可。这也难怪，毕竟我怀揣刀具，而且实际上也是打算刺杀仓持才冲出餐厅的。

刺杀仓持的人不是我，而是一个陌生男子。我渐渐恢复平静，告诉了刑警当时的情形。刑警一心认定凶犯会招供，对于意想不到的事态发展感到愤怒，对我吼道："事到如今，你休想抵赖！"

"我说的是真的。请你相信我。用来刺他的是别的凶器，不是我的刀，对吧？"

"你怎么敢说不是？"

"因为，我的刀没有用过。你们调查之后就清楚了。我的刀上应该一滴血迹都没有。"

"你马上就把刀子擦干净了，对吧？不用你说，我们也正在调查。你为什么要把刀带在身上？"

"这个……"我顿时语塞。

"说啊！答不出来了？还是放弃挣扎吧！"

留着中分发型的国字脸刑警恐吓了我好几个小时，想让我招供。我多次因极度疲倦和思绪混乱而感到意识不清，但还是极力否认。

地狱般的拷问终于结束了。国字脸刑警被叫了出去，另一个刑警走了进来。不知道是不是因为这个刑警戴着眼镜，看起来比刚才那个清秀得多。

"非常抱歉，占用您那么多时间。我们已经证实您是清白的了。今天的讯问就到这里，您可以回去了。"他的遣词用字也很客气。

情势忽然逆转，令我不知所措。"这是怎么回事？"

"我们花了一番工夫才得以确认。毕竟，您身上带着那种东西，那是平时不会带在身上的……"这个刑警似乎害怕我投诉他们警方殃及无辜，因此提起刀子一事，言下之意是在暗示我自己也要为这起误会负责。

我想知道的却不是这件事。"凶手抓到了吗？"

刑警摇摇头。"在逃。但有目击者指出，他看到一名男子从你们所在的停车场冲出来。那名男子在逃走途中丢弃了一把菜刀。我们检验刀上血迹之后，确认与受害者的血型一致。顺带说一句，您的水果刀上没有检验出任何血迹反应。"说完，刑警扬起嘴角笑了。

"刺杀仓持的是一个瘦小男子，但我没看清长相……"

"您说的和目击者的证词一致。目前，我们正在找符合这项特征的人。"

"大致锁定嫌疑人了吗？"

"是的，大致已经锁定。毕竟，该怎么说呢，就各方面来看，受害者是一个备受瞩目的人。"

"你的意思是说，'创造机会'的受害者报复仓持吗？"

"嗯，也有那个可能。"刑警看了一眼手表，"田岛先生，如果您还不急着走，我想再请教您两三个问题。"

"有关刀子吗？"

"嗯，是的。请您务必告诉我，您身上为什么带着那种东西？"

我叹了一口气，思考该怎么回答。但没过多久我便收摄心神。"我想……杀他。"

不知是不是因为我说得太直接，刑警脸上的惊讶表情维持了好几秒。"这又是为什么呢？"

"一言难尽。总之，我们之间有许多过节……他骗了我好多次，这次的'创造机会'也是。所以当他找我出来的时候，我就准备好了刀子。"

"可是，别人却抢先一步，是吗？"

"是的。"我抬起头来看着刑警，"身上带着刀子构成犯罪吗？这算是杀人未遂，还是意图杀人……"

"要看情况。如果取出刀子袭击仓持先生，大概就算是杀人未遂。可您还没有那么做。"

"难道我应该庆幸自己那临阵畏缩的性格吗？"我摇摇头，"我不知道嫌疑人是个怎样的人，不过单就对仓持的憎恨而言，我想他应该比不上我。可是事实上，我却比他晚了一步。"

刑警的眼镜镜片闪了一下。"您好像在懊恼半路杀出一人，抢走了您的目标。"

"倒也不是那样……"

敏锐的刑警看穿了真相。我为自己没有成为杀人犯而松一口气的同时，也因被人抢走杀仓持的这个最大目标而怅然若失。

"田岛先生，有杀人动机不见得就会引发杀人行为。"刑警用告诫的口吻说，"动机当然不可或缺，但要杀人还必须具备环境、时机、当时的情绪等多方面的因素。"

"这我知道，可是……"

"还有，"刑警继续说，"有的人需要类似导火线的诱导才会采取行动。您可能就需要某种导火线。也就是说，没有导火线，您就无法跨越成为杀人魔的那道门。当然，这样比较好。最好永远不要跨越那道门。"

"成为杀人魔的那道门？"话一说完，我忽然发现目前为止还没听说另一个重点，于是问刑警，"请问，仓持情况如何？"

刑警挺直背脊，缩起下巴注视着我。"看情形，命是保住了。"

"啊……"我顿时语塞。从仓持遇刺的情形看来，我本来笃定他性命难保。

"不过，以目前的状况来看，结果还很难讲。他现在应该还在医院里，继续接受治疗。"

"由希子……你们跟他太太联络过了吗？"

"当然联络过了。她可能已经赶到医院了。如果你想去探望，我们可以送您去医院，就当是您协助办案的谢礼吧。"

"麻烦你了。"说完，我站了起来。

我一到医院，就看到由希子在候诊室里，低着头。她似乎是匆匆赶来的，连上衣和裙子的颜色不协调也顾不上。一个穿制服的女警站在出入口待命。

由希子抬头看我，缓缓摇头。我不懂那个动作代表什么意思。大概有许多含义，其中一定还包含了不敢相信竟会发生这种事的情绪。另外，想必也是告诉我她不知如何是好的心情。

"仓持情况怎么样？听说保住了一条命。"

"还在动手术，好像还没有恢复意识。"由希子像是忽然想起了什么，抬头看我，"他……去见过你了？"

"嗯，他打电话给我，然后在我家附近的美式餐厅碰面。"

"要是告诉我就好了。"由希子愤愤不平地说。

"因为你好像被警方监视了……"

"可你也受到了警方的监视，不是吗？所以，凶手才会埋伏在餐厅的停车场里，对吗？"

我心想没错，却不知如何解释。

"仓持好像也不想让你知道。"

"可能吧。"由希子转过脸去，吸了一下鼻子，然后用手帕抵住眼角。

"仓持有话要我转达。他说，等他安顿好一定会去接你，希望你先忍耐一下。其实他还要我将一大笔生活费转交给你，可是刚才被警方没收了。警方说只要查明那笔钱和这起事件没关系，就会还我……"

"钱还不还无所谓。只要他能得救……"她呜咽着说。

事到如今，由希子还深爱着仓持，令我再次嫉妒他。我想，非得设法告诉由希子那个人的真面目不可。

走廊上传来杂乱的脚步声，一个护士跑过来。"太太，主治医生有话要跟你说。"

"手术结束了吗？"

"是的，主治医生会向你作详细说明。"

"怎么样？顺利吗？他得救了吗？"由希子一口气问道。

"我想，医生会说明。这边请。"

我知道护士被禁止随便说话，但她的样子明显有异。我想，告诉我们病人是否得救应该无妨吧。我们跟在护士后面，前往加护病房。一名医生向我们走来。

"您是伤者的太太吗？"医生问。

"是的。这位是外子的朋友。"由希子这么介绍我。

医生看了我一眼后点头，将视线移回由希子身上。"这边请。"

我们来到加护病房内。医生走到一间由透明塑料膜隔开的隔间前，停下脚步。"那就是你先生。"

仓持躺在里面的一张床上，身上覆盖着氧气罩等各式各样的器具。

"就结论而言，"医生冷静地说，"你先生保住了一条命，但是还没恢复意识。今后恐怕也不会恢复了，因为他控制意识的部位受到了损伤。"

"啊……"由希子低吟。

"医生，也就是说，"我向医生确认，"他变成植物人了？"

"是的。"医生点头。

由希子慢慢地倒下来，像一帧慢镜头。我没来得及接住她。下一秒钟，我听见了她的哭喊哀号。

一个星期后，警方逮捕了刺杀仓持的凶手。如刑警所猜测的，凶犯果然是"创造机会"的受害者。他去年从公司退休，几乎将所有的退休金都押在"创造机会"上。后来他觉得公司有问题，要求返还资金，公司却再三推托，不肯还钱。再后来发生了公司被强制搜查的骚动，当他知道还钱希望渺茫时，就下定决心杀害仓持。他似乎费了不少力气才找到仓持的住处。据说他最后之所以盯上我，完全是基于直觉。

听到这些来龙去脉，我想起了刑警的话——杀人光靠动机是不够的。时机和氛围更重要。

警察一步步对"创造机会"展开调查。渐渐浮出水面的经营情况再度令我感到惊讶，甚至让我佩服，没想到他们居然能用那么胡来的手段敛财。

举例来说，业务员用的全是假名，且一个人同时使用四五个名字。此外，他们提供给客户的大都是空穴来风的消息。上头好像指示他们说："不管怎样，只要让客户把钱交给我们，就是我们的了。"

大部分员工对股票一无所知。关键在于如何让谎言听起来像是真的。他们会打电话给问卷调查名单上的所有人。"恭喜您参加猜谜活动中奖了，让我告诉您一只能赚大钱的股票。"这种玩笑般的骗人手段让不少人上了当。

他们会为客人提供一只股票的内幕信息，让客人观察其动向。如果股票没有上涨，他们便默不作声；但如果股票稍有上涨，他们就马上打电话给客人。"我说得没错吧？入会金只要十万元。入会之后，我会告诉您我们公司持有的独家内幕。"

　　员工的自保业绩为每个月争取十人入会，如此则能够获得会员入会金的一成作为奖金。二十万左右的薪水加上奖金，每个月可以轻松拿到三十万。

　　包含组长，员工几乎都在二十岁上下，还有不少大学生。

　　一名在读大学生在警察局里做笔录时提到："简直赚翻了。财能通神，大家都拼了命地工作。"

　　警方也找过我几次。他们想查清仓持把钱藏在哪里。我不可能知道。警方也许觉得从我身上问不出任何内情，渐渐地也就不再找我了。

　　后来，我不得已辞去了家具行的工作。尽管我不是"创造机会"的正式员工，但和这家公司有关却是铁一般的事实，一旦有人针对这一点加以指责，我就无法辩驳。我再度陷入找工作的窘境，但这次不怎么沮丧。我觉得凡事都能从头再来。

　　我能这样想，是因为考虑到仓持目前的身体状况。

　　仓持还活着。就像那天医生宣布的，他已无法恢复意识，但仍有生命反应。

　　我经常抽空去医院。仓持住在特别病房里接受看护。

　　由希子几乎总是待在病房里照顾他。她卖掉了公寓，租了一套较小的房子，剩下的钱就拿来支付仓持的医疗费。说是医疗费，其实也只是维持他的生命。

　　仓持有时候看起来像在睡觉，有时候眼皮会睁开。我甚至还见过他的眼珠在转动。那种时候，我觉得医生的诊断一定出了错。

　　由希子似乎比我更相信这一点。她有时会对我说："我想小修一定听得到我的声音。因为他的反应明显不同。只要我对他说话，他的眼睛就会动，虽然只是微微转动。我帮他擦身体的时候也是，原本没有反应的，我一帮他擦身，他就会有微小的反应。所以，我觉得他一定有意识。"

当骨肉至亲或深爱之人变成植物人，看护者好像都会有这种感觉。毕竟，虽说是植物人，到底还是有生命，经常会出现一些生命反应，若是与自己的呼唤恰巧一致，就会产生那种错觉。

但我不想纠正由希子的错觉。看护仓持需要非常坚强的意志力。让那种错觉成为她的精神支柱也好。

由于媒体的报道，很多人都知道了仓持遇刺的事，于是前来拜访的人络绎不绝。其中，最多的是"创造机会"的受害者，都想来医院看看主谋的悲惨景况。由希子对来访者严格把关，断然拒绝心存歹念的人与仓持会面。

不过，也有单纯想来看他的人。美晴就是其中之一。

她站在病床旁抚摸仓持的脸颊，指尖滑过他的颈项，然后无视我的注视，吻了他的唇。幸好由希子不在场，但我还是为她捏了一把汗，心想要是正巧撞上由希子回来，不知道该怎么办。

"那个意气风发的山姆居然会变成这样，人生真是残酷啊。"美晴低头看着旧情人，对我这个前夫说。

"事到如今，我本不想这么说。不过，"我对她说，"仓持说，他没有设计让我陷入圈套。他准备公寓是事实，但他没想到你会那样使用。"

"他说的？"美晴盯着仓持，"这样啊。他是那么说的吗？"

"你们谁说的才是真的？你还是仓持？让我搞清楚！"

美晴歪头想了想，然后说："既然他那么说，就当他说的是真的好了。"

"喂！"

"反正你恨我，不是吗？既然如此，你就相信他吧。也许你不恨山姆比较好。"

"我想知道真相。"

"所以我说，他说的就是真相呀。"

除了美晴，还来了许多女人。我几乎都不认识，其中有的一看就知道混迹于声色场所。她们看见仓持面目全非的样子，个个都流下了眼泪。

"像我这种丑女人，仓持先生也一视同仁地温柔对待我。这世上除了他，再没有这么好的人了。"有的陪酒女甚至这么说，然后号啕大哭。

当然，也有男性访客。他们反应不一，却有一个共同点。每个人都曾对仓持愤恨难消，最终绝交。

"这男人天生一副好口才，废铁也能被他说成黄金。他不知害我损失了多少钱。"一个上了仓持的当、损失将近一亿元的人笑着说，"不过，现在回想起来真有趣。拜他所赐，我有了许多奇怪的梦想。看到他变成这样，真觉得空虚。"

总而言之，那些男人都曾和他绝交，却没有一个人打从心里恨他。虽然由希子会过滤来访者，没想到这种人还进得来，真是令人意外。

仓持遇刺一个月后，一个男人来到了医院。

39

由希子打电话给我，说是有个男人来探病，但不知道是谁，感觉有些古怪，问我如果有空能不能来看一下。正失业的我时间多的是，于是马上答应，穿上夹克就出门了。那天的天气很奇怪，晴空万里，天上却不时飘下细雨。

我一到医院，就看到由希子一脸不安地站在病房前。她看到我，松了一口气。

"来访的人呢？已经回去了？"

由希子摇摇头，目光转向病房。

从病房的门口可以看到里面，那是仓持的单人病房，病床四周装设着维持生命的仪器，所有仪器都覆盖着透明塑料膜。

病床旁边站着一个男人，五十岁上下，穿着深棕色的三件套西装。他的身材并不壮硕，但挺拔的姿态散发出一股威严的气势。他手上挂着一把收折整齐的雨伞当拐杖，如果再戴上一顶帽子，俨然就是一名英国绅士。

男人缄默不语，低头看着仓持的睡脸。当然，就算他开口说话，仓持也听不见。但许多来访者还是会对他说点什么。

"他是谁？没有自我介绍吗？"我低声问由希子。

她递上一张名片。"他给了我这个。"名片上印着"企管顾问公司佐仓洋平",办公地址在港区。"他说是小修的老朋友。"

"你没听仓持提起过他吗？"

她摇头。"他看起来不像是可疑人物，客气地请我让他进去探病，我没理由拒绝……"

她说得一点没错。我对她点了点头。

"田岛先生，你也没见过那个人吗？"

"从这里看不太清楚，但应该不认识。"

"是吗？那他到底是何许人呢？"

"你三十分钟之前打电话给我时，他就那样站着不动了吗？"

"是啊。几乎一动不动，一直盯着小修的脸。总觉得……"后面的话她含糊带过了。大概是想说很古怪。我也有同感。

我们在病房外等待，想再观察他一阵子。几分钟后，他走了出来，看着我，微微点头致意。

我想我不认识这个人，然而几乎同时，又觉得好像在哪儿见过他。说不定我见过和他长相相似的人，产生了错觉。

"真是不好意思，打扰了那么久。"男人向由希子道歉，"我们好久不见了。"

"这样啊。"她面露微笑，用求救的眼神看着我。

我想，要调查男人的来历，由希子最好不在场。"你去看看仓持吧。"

"啊……是啊。那么，佐仓先生，失陪了。"

"噢，请便，不用招呼我。"

我看着由希子走进病房，缓缓地往走廊另一边走去。男人看我那么做，也跟了上来。

"您姓佐仓？从事企业顾问？"我边走边发问。

"嗯，是的。但客户都是一些小公司。"

"您和仓持是什么关系？"

男人没有马上回答，却低沉地笑了。"我们是老朋友了。我们的关系不是三言两语能够道尽的。"

　　我们在电梯前停下脚步。他似乎没有进一步说明的意思，反倒问我："恕我冒昧，您是哪位？"

　　"他的朋友。"说完，我本能地撒了个谎，"我姓江尻。不好意思，我现在失业了，无法给您名片。"

　　"噢，哪里，没有关系。"男人笑着微微抬起手，看来他对我并不感兴趣。

　　我之所以没有报上真名，是担心如果他是"创造机会"的受害者就麻烦了。说不定受害者中有人知道负责管账的是一个姓田岛的人。

　　我们搭上电梯，抵达一楼之前，我观察了男人的侧脸。我真的觉得在哪里见过他。说不定他是个名人，说不定我曾在杂志或电视上看过他。从事企业管理的人，有些经常出现在大众媒体上。我猜想，仓持大概也是因为生意上的往来才和此人关系密切的，看起来并不需要特别戒备。

　　一楼到了。我跟在佐仓身后走出电梯。穿过一楼大厅之前，佐仓停下脚步，将脸转向我。

　　"那么，我就此告辞了。劳你代我告诉夫人，请她不要太过沮丧。"

　　"我会如实转达。要不要找个地方喝杯茶呢？请务必告诉我您和仓持之间的关系。"

　　"非常抱歉，我待会儿还有事情。改天我再好好说明。"他婉拒道。我觉得，他不会再来了。

　　"那么，我送您到门口。"

　　"不，这里就行了。"佐仓举起一只手，转过身。

　　然而，他正要往前走时，一旁发出了声响。一个胖老太婆急忙蹲下来，捡拾散落一地的零钱。似乎是她钱包里的东西撒出来了。

　　一枚十元硬币滚到佐仓脚边。他捡起来，走到老太婆身边。"您的零钱。"

"噢，真是非常感谢。"

佐仓用食指和中指夹住十元硬币，放在老太婆的掌心。老太婆连忙点头道谢。

那一瞬间，我的记忆被唤醒了。一段很久很久以前的记忆。

我快步追上佐仓。在他就要跨出自动门之前，我出声唤他。"岸伯伯，您现在还下五子棋吗？"

佐仓停下了脚步，缓缓地转过头来，眼神变得暗淡。我看着他的眼睛，继续说道："旁人开口，罚钱一百。是吗？"说完，我做了一个下棋的动作。

我们进了医院附近的一家咖啡店。佐仓从容地抽着烟。

"那是年轻时我工作的一家公司里的人教我的。也有人用象棋，但五子棋能比较快地分出胜负，所以我就将那当成快速赚取零用钱的方法，找了很多人来。我做梦也没想到会遇到知道这件旧事的人。真是丢脸丢到家了！"佐仓用怀念的语气说。他所说的公司，似乎指的是地方的黑社会企业。

"你是那个时候认识仓持的吗？"

他重重地点头。"一开始，他也是我的客人之一。但后来他开始带朋友来，自己就不再下棋。当时我觉得他真是一个怪小孩。有一天，他悄悄在我耳边说，如果他带客人来，一局给他一百元。听他那么说，我吓了一跳。因为我一直认为他不过是个小学生，没把他放在心上，当时的感觉简直像是被人从头顶泼了一桶冷水。但我也不能就这样被他看扁了，于是叫他别开玩笑了，一局只给他五十元。"佐仓晃着肩膀笑了。

"仓持在你家里帮你做过副业，是吗？我听他说，好像是做变魔术的道具。"

佐仓像是看着远方般眯起眼睛，然后点了点头。"是有那么回事。他不但口才好，手脚也很灵敏，真的帮了我不少忙。"

我很想说"他在你家打工时，我曾经在场"，但还是决定闭嘴。"仓持说，他从你身上学到了很多比学校老师教的还有用的东西。"

佐仓听了，露出一脸得意扬扬的表情，吐出一口烟。"我跟他聊了很多。如果有人听了一定会嘲笑我，跟一个小孩子讲那么多做什么。当时我失业了，有点自暴自弃。于是我半抱怨半开玩笑地将自己做过的奇怪工作都告诉了他。没想到他竟听得津津有味，真是个怪孩子。他家是开豆腐店的，他却对家里的生意丝毫不感兴趣，而且他瞧不起脚踏实地、辛苦赚钱为生的人。"

"他是不是受你影响才开始那样想的呢？"

他连忙摇手否定。"那个孩子从小就是那样。他打从心底厌恶贫穷，经常说：'出生环境导致人有贫富之分，真是没有天理。'"

"出生环境……"

"如果生在有钱人家里，从小就能享受荣华富贵，但是如果出生在贫穷人家里，就只能过苦日子。不过，我倒不觉得他家特别贫穷，只是因为他身边有一个有钱人家的少爷，他很嫉妒那个孩子。那个孩子的家……"佐仓思索着，继续说，"好像是当地出名的有钱人家，父亲开了一家牙医诊所。"

我大吃一惊，脑中一片空白。

"他家附近有一块价钱颇高的土地，那里有整排的高档住宅。你小时候如果也住在那个城镇，应该有印象吧？就是所谓住在山手的人①。其中有一栋大宅格外壮观，就是那个牙医的家。"

"他嫉妒那个孩子……"我觉得口干舌燥，伸手端起水杯，而不是咖啡。

"他有强烈的自卑感。我想，可能是那种自卑感促使他产生那种想法。他经常说：'既然人家可以衔着金汤匙出生，我也要轻轻松松地变得和他一样有钱，所以我不靠劳力赚钱。'"

---

① 山手指今天东京山手线内的区域。从前东京一带常常遭水灾，由于此地地势较高，因此成为有钱人住的地方。此处指有钱人。

佐仓的一言一语就像一根根钉子扎进了我的心。仓持果然恨我，所以才会对我设下一个个陷阱。

"可是啊，他并不讨厌那个少年。这就是那个孩子复杂的地方了。他虽然嫉妒对方的良好身世，却能够保持冷静的态度，分别对待对方的身世和性情。所以即便称不上友谊，他确实对对方怀有一种类似友谊的情感，只不过，那充其量就只是类似友谊的情感而已。"

"这话怎么说？"

"他好像希望对方遭遇不幸。因为他自己无法马上成为有钱人，就想先把对方拖下水。"

我想起了很久以前的事，脑中浮现用血写下的"杀"字。仓持虽然将我的名字错写成田岛和辛，但他确实将我的名字写在了名单上。

"那个少年后来怎么样了呢？"这件事情我比谁都清楚，但还是试探地询问，"他遭遇不幸了吗？"

"事实上，他的确遭遇了不幸。"佐仓喝了一口咖啡，"大概在他升上初中后不久，他家分崩离析了，还卖掉了那栋大宅。那个少年和父亲一起搬到了别的城镇。"

"正如仓持所愿啊，真是太巧了。"

佐仓用手指摩擦着人中，别有意味地干咳一声。"哎呀，也不知道能不能说是单纯的巧合。"

"这话什么意思？牙医的儿子如仓持所愿遭遇了不幸，难道不是单纯的巧合吗？"

"关于这点，我没有资格说话。只不过这世上发生的事情，大部分都不是单纯的巧合。"

"如果你知道什么……"

然而，佐仓却摇摇头，不愿再说下去。"我不是说我没有资格说吗？再说，那些事情也与你无关，不是吗？"

我无法反驳，低下了头。我在桌子底下握紧拳头。

"你说，你是他的朋友？"

我抬起头，默默地点头。

"你真的这么认为吗？还是，你只是姑且表面上那么说说呢？"

"为什么你会那么……"

"因为我想知道，他是否真的交得到朋友。我想，以他那种生活方式，应该很难交到。"

我猜不透佐仓是何用意，便将手边的咖啡杯端了起来。然而，我刚要开口，他抿嘴笑了。我将咖啡杯放回桌面。"你想说什么？"

"没有，抱歉。我想我猜对了。你根本不是他的朋友。至少你不那么认为。你反而恨他。怎么样，我说得对吗？"

"为什么你会那么想？"

"因为那就是他的生存之道，或者可以说是他的处世之道。那种想法的基本概念是我教他的，所以我也要负一些责任。"

"你到底教了他什么？"

"我教他的事情很单纯。那就是，人必须要有弃子才能成功。"

"弃子？"

"当然，这种弃子指的是人。但却不只是单纯地利用人。人都会遇到要赌上一赌的事情。根据情况不同，有时甚至会赌上性命。这种时候，有弃子可用，和没弃子可用，会产生截然不同的结果。此外，弃子有时还能发挥防波堤的作用，让自己免于危难。所以我教他——必须经常准备好适合做弃子的人。还有，选择弃子最重要的一项条件，就是自己信得过的人。"

我无法让自己的表情显得寻常又自然。佐仓也察觉到了，他从容不迫地拿起一旁的雨伞，立在身体前面，像拄着拐杖一样将双手交叠在伞柄上。"你心里好像也有数。"

"那样过日子，人生有何乐趣可言呢？"我仍旧绷着脸问。

"我想，他应该觉得自己过得很充实吧。虽然你可能很恨他，但他应该是把你当朋友的。"

"不是弃子吗？"

佐仓又耸了耸肩，露出安静的微笑。"就像我刚才说的，他很复杂，他不相信任何人，也不会对任何人敞开心扉。但也有例外。那就是像你这样的人。讽刺的是，他能信任的就只有被他选作弃子的人。这只是从他的角度来看。"

"如果他那么想，就应该希望朋友幸福啊。"

"他是希望你得到幸福。只不过，幸福的背后附带着几个条件。"

"什么条件？"

"不让弃子幸福到失去身为弃子的作用。"

那一瞬间，我全身汗毛直竖。佐仓这句话中，仿佛夹带着仓持想控制我的人生的执著意念。我的确受到了他的控制。每到我快要筑起幸福时，仓持就会乘着不祥之风而至。

"我好像说得太多了。难道是因为见到他，不禁感伤起来了？"佐仓起身取出钱包看了看，皱起眉来，"伤脑筋呀，我没有零钱。"

"没关系，我来付。"说完，我拿起账单。

"是吗？那我就不客气了。"佐仓低头行个礼，朝大门走去。

那个企业顾问的头衔大概是骗人的。他虽然穿戴整齐，但应该至今都在接受仓持经济上的援助。我不认为当年那个穷途潦倒的男人，才不过二十年就能摇身一变成为绅士。

弃子——仓持巧妙地运用这种手法，让我的人生一路充满屈辱吗？

他说，牙医一家陷入不幸并非单纯的巧合。

如果不是巧合，那是什么？

40

　　我犹豫很久，还是决定再去见佐仓一面。如果不去问个明白，我今后的人生将无法重新开始——没有仓持的人生将无法开始。

　　我打电话给由希子，请她告诉我佐仓名片上的地址和电话号码。

　　我依照地图找到的是一栋五层高的旧楼。这栋大楼里有好几家公司，但单看名字，都无法判断属于何种行业。

　　我搭旧电梯上了三楼。走廊有些阴暗，空气中飘散着一股怪味。

　　走廊尽头有一扇门，上头贴着一张"樱花企管顾问公司"的名牌。看到名牌，我有点出乎意料。难道佐仓真的在经营企管顾问公司吗？

　　我转动 L 字形的门把，拉开大门，门没有上锁。

　　前面有一张桌子，中间放着一套廉价的沙发，里面摆着办公桌和档案柜，但没有人影。

　　"有人吗？"我问道，却无人应答。

　　我踏进室内，走近前面的桌子，上面放着不知何时用过的咖啡杯。我伸出手指在桌面一摸，覆盖着一层薄灰的桌面上顿时留下痕迹。看来佐仓已经很久没有使用这张桌子了。

　　既然大门没锁，就应该有人在。我心想，等一下好了。正要在沙发上坐下，大门打开了。

进来的不是佐仓，而是一个将头发染成棕色的中年女子。她看着我，面露惊讶，大概没想到有人来了。

我慌张地站起来。"啊，你好……"

她轻轻点头致意，用狐疑的眼神打量我。"您是哪位？"

"我前一阵子和佐仓先生见过面……"说到这里，我脑中某个部分发生了反应，像是遥远的记忆被快速唤醒。那种感觉跟见到佐仓时一模一样。

我凝视着女人。她的脸让我想起了漫画中的狸猫，脸上的浓妆让她看起来更像了。然而，我却在想象那副妆容之下的脸庞在二十年前是什么样。我发现，她和某个人的长相完全一样。

"小富……"

听到我这么一叫，她瞪大了眼睛，露出不安的表情。"啊？"她微偏着头，用一种观察的眼神，眼珠上翻看着我。不久，她张大了嘴巴。"啊……你该不会是田岛先生的……"

"我是和幸。田岛和幸。"

她愣了许久，然后伸出一只手捂住嘴巴，继续端详我。"好久不见。"她总算说出了一句话。语调中，隐含着一种不知如何是好的困惑。

站在我眼前的，正是过去在我家工作的小富。富惠才是她的本名。我家雇来看护祖母、经常和我的父亲发生性行为的女人。

"小富，你为什么会在这里？"

"倒是和幸，你为什么会在这里？"

"说来话长。"我大略说明我有一个朋友变成了植物人，以及遇到了前去探望他的佐仓。

"那个变成植物人的，该不会是豆腐店的……"

"仓持。"

"哦，果然没错。和幸，你现在还和他有来往吗？"

"你认识仓持？"

"这个嘛……他经常提起仓持的事。"

"他指的是佐仓先生？"

"嗯。"小富点头，一脸尴尬。

我们对坐在沙发上。她问我要不要喝茶，我说不用了。

"你和佐仓先生是什么关系呢？"

她低下头，有点忸怩。"什么关系……"

我从她的模样察觉出来。"从什么时候开始的？"

"这个嘛，嗯……大概二十几年前吧。"

"在我家工作的时候就开始了？"

小富点头。

我明白了。大概是佐仓从她口中得知镇上最有钱人家的内情，然后再凑趣地告诉仓持。说不定就是因为这样，仓持才开始特别注意牙医的儿子。

"我完全不知道这件事。小富，为什么你明明有情人，还要做出那种事？"

她抬起头，诧异地皱眉。"哪种事？"

"和我父亲之间的事情。我都知道了。"

小富屏住呼吸，但并不显得慌乱。下一秒钟，她好像忽然变得全身无力，态度有了一百八十度的转变。"那时啊，有很多原因。"

"你说得简单，但却导致我父母离婚啊！"

"他们离婚应该不是只因为我吧？再说，可是你父亲勾引我的。"

我无话可说，她说得一点也没错。我移开视线，叹了一口气。

"田岛先生后来发生的事情，我也听说了。和幸，你想必也很辛苦吧。"

"你一直和佐仓先生住在一起吗？"

"我们没有结婚，却是少不了彼此地活到了这把年纪。应该说是孽缘吧。"说完，她笑了。她的笑容让我想起以前的事。刹那间，我似乎闻到了她为我做的咖喱饭的香味。

“我想见佐仓先生。”我说。

“他今天应该不会回来了。说是有可占便宜的事情，去了新潟。他好像又打算骗谁，赚点小钱。那个人，净做些不三不四的勾当。”

我在心中嘀咕，谁叫他是仓持的师父呢？“既然这样，我改天再来。下次来之前，我会先打电话确认。”

就在我起身之际，小富将手搭在我肩上。“好不容易见到面，你就再坐一下嘛。况且我们从前处得那么好。要不要喝点啤酒？小和，你应该能喝吧？”

“可是……”

“你还在生我气吗？”

“那倒不是。”

“既然这样，你就再陪我一下嘛。我一个人也怪寂寞的。”小富握住我的手，不打算放开。

“那就再坐一会儿。”我重新坐回沙发。见到她让我感到怀念。而且我想，进一步问问她和佐仓的关系也没有损失。

小富不知从哪里拿来了啤酒、威士忌和一点下酒菜。佐仓不在的时候，她大概经常这样一个人喝酒。

她说，这家公司虽然挂着招牌，其实只是一个让人相信佐仓头衔的工具，没有接任何工作，房租不知道是谁在付。我猜应该是仓持。

小富很快喝起酒，诉说起这半辈子的经历。原来她不是一直和佐仓在一起，曾经数度试着想跟别人共筑幸福圆满的家庭，可结果并不顺利，最后还是回到了佐仓身边。

“虽然我觉得回到那种男人身边也是枉然，可是不知道为什么，每当我猛然惊觉，人就已经在他身旁了。这不是斩也斩不断的孽缘吗？”她用一种口齿不清的怪腔调说。

那正像我和仓持之间的关系。原来小富和我是同类。

她喝到一半，开始不加冰块地喝起威士忌。喝了几杯之后，她用一种迷蒙的眼神看我。"对了，小和变成一个大帅哥了。你结婚了吗？"

"结过一次，离了。"

"哦，这样啊。"小富坐到我旁边，"有时候很寂寞吧？"

"没那回事。"

"是吗？可是啊，你现在年轻气盛，经常会想要吧？如果你想要，我可以帮你。"她将手伸到我胯下。

"别这样。"

"为什么？你不用客气。我虽然是阿姨，但技术很好的。"

小富穿着衬衫，扣子开到胸口。一弯下腰，就看到她白皙丰满的乳房。

突然间，我脑中出现了一幕情景。一个白屁股快速地忽上忽下。屁股下面有一个男人，是税务会计，而屁股的主人不用说，自然是小富。

那一瞬间，我的下体有了变化。手放在那里的小富马上察觉，贼贼地笑了。"你瞧，都已经胀得这么大了。"

她的手像魔术师般灵巧，一眨眼就打开了我的裤子拉链，褪下内裤，露出阴茎。她爱抚着它，慢慢将嘴凑近。

那个曾经当过我家女佣的小富，现在正含着我的性器，想到她是偷偷和父亲性交的小富，一种异常的快感排山倒海而至。我将身体交给她，没过多久就在她嘴里泄了。

她用面纸擦拭嘴巴，抿嘴笑了。"味道一样。"

"什么一样？"

"我说，小和跟你爸爸的味道一样。你们果然是一对父子。"

我心想，那种东西的味道会因人而异吗？但还是保持沉默。我还处于虚脱状态。

小富像是要去掉嘴里的余味，喝了一口威士忌，狐媚地看着我。"我说小和啊，我不知道你父母离婚的事情你怎么想，不过要我说，我觉得他们还是离婚比较好。而且除了离婚，他们别无选择。"

"为什么？"

"因为啊，太太一定不擅长那方面的事。"

"你是说我妈？"

小富点头。

"你说我妈怎样？"

她有点难以启齿地撇撇嘴，说道："太太啊，曾经要我做一件非常奇怪的事。"

"什么非常奇怪的事？"

"她要我将白粉掺进饭里。"

"啊？"我不太清楚她的意思，又问了一次。

"就是，"她说，"她要我偷偷将那种化妆用的白粉掺进婆婆的饭菜。"

"白粉？那是什么？"

"我也不太清楚，但太太说，只要我照她的吩咐做，她便对我和先生之间的事睁一只眼闭一只眼。太太察觉到了我们之间的事。"

"所以，你就按她说的做了？"

小富摇摇头。"我是收下了那个白粉盒子，却一次也不曾将它掺进饭菜。事后我才知道，从前化妆用的白粉里有毒。"

我脑中又浮现了另一个久远的记忆——母亲的梳妆台，还有梳妆台抽屉里的白粉。那个梳妆台在她离开家的时候被搬走了。

"在一连串事情之后，婆婆就去世了。"小富说，"太太命令我将白粉掺进饭菜的时候，婆婆的病情正好急速恶化。"

"你想说什么？难道我妈亲自将白粉掺进了饭菜？"

"毕竟，我只能那么想啊。太太要我将白粉掺进饭菜，但她说不定自己找到了机会，偷偷将白粉掺入。不然的话，婆婆的身体忽然变得虚弱就说不过去了。"

我瞪着小富。她害怕地耸肩，啜饮了一口威士忌。

"小富，你对谁说过那件事？"

她慌张地摇头。"我没对谁说过。应该不能说吧？"

"佐仓呢？你连他也没说吗？"

她不知如何回答，只是沉默着，头低低地一动也不动。

我站起身，拿起脱掉的外套。小富好像说了什么，但我没听见。我一语不发地离开了。

我拦了一辆出租车。各种想法在我脑中闪现。至今发生过的事情如瀑布般打在我的脑袋上。

我总算得到了一个解答——这一切并非偶然。我之所以遭遇不幸，并不单单只是因为倒霉。

出租车抵达医院，我从夜间入口进入。阴暗的走廊上寂静无声，我沿着走廊，直接往仓持的病房走去。

我打开病房大门，走了进去。仓持依旧躺在塑料膜里面。用来维持他生命的各种电子仪器，一闪一闪地发出光芒。

我走近病床，拨开塑料膜。仓持的脸在黑暗中浮现。一张宛如少年的睡脸。

仓持！我在心中呼唤他的名字。

散播谣言的那个人一定是你！是你到处散布我母亲杀害祖母的谣言。

我到最后都不知道当时谣言到底从哪里传出，那谣言却引发了一场大骚动，连警方都出面了。而那源头却只不过是小学校园角落里的对话。

那个谣言是一切事情的开端。田岛家分崩离析，父亲落泊潦倒。我被仓持这个恶魔紧紧操控，毁了一生。

诅咒信——仓持，你干得好啊！你对我下了诅咒，而我则逃不出那个符咒。

"不过，都结束了。"我俯视着仓持的脸，说道。

知道了一切真相的我，已经从你的诅咒中解脱了。今后我将过着没有你的人生。你已经不能再阻碍我了。

我凑近他的脸，近到几乎可以觉出他的鼻息，我低喃道："再见了，仓持。"

这时，仓持原本闭着的眼皮缓缓睁开了，那双黑色的眼球捕捉到了我的身影。

他应该没有意识才对。不，他应该已经失去了思维能力，然而，他确实盯着我。他一直瞪着我，仿佛要告诉我，仓持修依然活在我心中，他不会让我自由。

"你休想！"——我听见了仓持的声音。他在我心深处，低声对我说。

那一瞬间，我脑中一片空白。接着，那片空白的银幕上映出一幕幕影像。

祖母的尸体。我想偷走钱包时，感觉她的眼皮在动。当时的恐怖感受又苏醒了。祖母的葬礼上我不敢看她的遗体，是因为她还活在我心中。

现在就和当时一样。

我的嘴仿佛在反抗我心中的想法，发出一种说不上是尖叫还是怒吼的叫声。同时，我的手不受支配地动了起来，开始掐住他的脖子。

我全身充满了一种难以言喻的恐惧，像是一阵带着湿气的风，裹住我的身体。我的手臂、指尖不断用力，以挣脱那股恐惧。我应该出声大叫了，却听不见自己的声音。

我不知道这样过了多久。一大群人跑进病房，试图制伏我。然而，我的眼中只看得见仓持一个人。

仓持的眼睛死死地盯着空中。被掐住的脖子以上一片瘀青。

我一直掐着他的脖子，直到有人将我强行拖开。我一面掐着他，一面在心中问思绪混乱的自己。

我是否跨越了杀人之门呢……

图书在版编目(CIP)数据

杀人之门/〔日〕东野圭吾著；张智渊译.－2版.－海
口：南海出版公司，2015.8（2025.8重印）
（东野圭吾作品）
ISBN 978－7－5442－7543－9

Ⅰ.①杀…　Ⅱ.①东…②张…　Ⅲ.①长篇小说－日
本－现代　Ⅳ.①I313.45

中国版本图书馆CIP数据核字(2014)第276021号

著作权合同登记号　图字：30－2010－011

SATSUJIN NO MON
by KEIGO HIGASHINO
© Keigo Higashino 2003
Edited by KADOKAWA SHOTEN
First published in JAPAN in 2003 by KADOKAWA CORPORATION, Tokyo.
Chinese translation rights arranged with KADOKAWA CORPORATION, Tokyo
through DAIKOUSHA INC., Kawagoe.
All rights reserved.

杀人之门

〔日〕东野圭吾 著

张智渊 译

出　　版　南海出版公司　　（0898)66568511
　　　　　海口市海秀中路51号星华大厦五楼　邮编 570206
发　　行　新经典发行有限公司
　　　　　电话(010)68423599　邮箱 editor@readinglife.com
经　　销　新华书店

责任编辑　张　锐
特邀编辑　王　雪
装帧设计　金　山　朱　琳
内文制作　王春雪

印　　刷　山东京沪印刷科技有限公司
开　　本　890毫米×1270毫米　1/32
印　　张　13
字　　数　355千
版　　次　2011年4月第1版　2015年8月第2版
印　　次　2025年8月第29次印刷
书　　号　ISBN 978－7－5442－7543－9
定　　价　39.50元